Rachel Lacey
Wie Sterne am Horizont

AF202215

 Montlake

Das Buch

Eden Sands ist seit über zwanzig Jahren unerreichte Pop-Ikone in der Welt des Showbusiness. Doch der Erfolg hat Eden einsam gemacht und seit der Scheidung von Schauspieler Zach fehlt es ihr an Inspiration. Eine Veränderung muss her.

Anna Moss, der neue junge Star am Musikhimmel, singt bei den Grammys mit der großen Eden Sands ein Duett. Die Energie zwischen den Sängerinnen ist so mitreißend, dass Anna mit Eden auf Tournee geht. Aus einer klugen Karriereentscheidung wird ein Feuerwerk an Gefühlen, dem sich keine der beiden entziehen kann. Weder auf der Bühne noch dahinter …

Die Autorin

Rachel Lacey ist eine preisgekrönte Liebesromanautorin. Sie liebt es, zu reisen, hat unter anderem Japan besucht und ist am Great Barrier Reef getaucht.

Die Autorin lebt mit ihrer Familie und einer Vielzahl von geretteten Haustieren in North Carolina.

RACHEL LACEY

Wie Sterne am Horizont

Roman

Aus dem Amerikanischen
von Marina Ignatjuk

 Montlake

Die amerikanische Ausgabe erschien 2023 unter dem Titel »Stars Collide«
bei Montlake, Seattle.

Deutsche Erstveröffentlichung bei
Montlake, Amazon Media EU S.à r.l.
38, avenue John F. Kennedy, L-1855 Luxembourg
August 2023
Copyright © der Originalausgabe 2023
By Rachel Lacey
All rights reserved.
Copyright © der deutschsprachigen Ausgabe 2023
By Marina Ignatjuk

Die Übersetzung dieses Buches wurde durch Amazon Crossing ermöglicht.

Umschlaggestaltung: bürosüd° München, www.buerosued.de
Umschlagmotiv: © Nisachon Poompuang © Dasha Petrenko © Avalepsap
© nadtochiy © Songdech Kothmongkol / Shutterstock
Lektorat, Korrektorat und Satz: VLG Verlag & Agentur,
Haar bei München, www.vlg.de
Gedruckt durch:
Amazon Distribution GmbH, Amazonstraße 1, 04347 Leipzig /
Canon Deutschland Business Services GmbH,
Ferdinand-Jühlke-Str. 7, 99095 Erfurt /
CPI books GmbH, Birkstraße 10, 25917 Leck

ISBN 978-2-49671-447-0
e-ISBN 978-2-49671-446-3

www.montlake.de

Kapitel 1

Eden Sands war nicht »gut«. Im Verlauf ihrer Karriere hatte man sie vieles genannt: schön, arrogant, talentiert, unhöflich, großzügig, kalt, hitzig, schwierig, eine Ikone. So viele polarisierende Adjektive, aber niemals »gut«. Gut bedeutete mittelmäßig, und das würde sie niemals sein.

Eden starrte sich in der verspiegelten Wand an und stellte sich die prallvoll mit ihren Kollegen gefüllte Arena vor, in der sie am Sonntag auftreten würde. Sie legte die Finger um den Mikrofonständer, als die ersten Töne von »Alone« erklangen. Auf der Bühne war sie unschlagbar. Hinter den Kulissen, na ja … das vergangene Jahr war in vielerlei Hinsicht eine verdammt lehrreiche Zeit gewesen.

»Ich wusste nicht«, sang sie, »wie einsam es sein kann. Ein Raum voller Menschen, doch keiner sieht mich.«

Bis zur Grammy-Verleihung waren es nur noch ein paar Tage. Eden schloss die Augen und stellte sich die Hitze des Scheinwerferlichts vor, das aufbrausende Publikum, die elektrische Spannung, die ihr jedes Mal über den Rücken lief, wenn sie die Bühne betrat. Gott, sie hoffte, sie würde eins der goldenen Grammofone mit nach Hause nehmen. Nach so einem Jahr hatte sie einen Erfolg verdient. Die Sehnsucht in der Magengrube sagte, sie *brauchte* ihn.

Ihr Auftritt musste ein Statement werden. Er musste der Welt zeigen, dass sie zurück war … nicht, dass sie irgendwie fort gewesen wäre, zumindest nicht absichtlich. Sie war stärker denn je, und dieser Auftritt musste es beweisen. Ihre Managerin Stella Pascual saß in der Ecke und verfolgte Edens Probe. Hoffentlich würde Eden sie gleich von den Socken hauen.

Eden öffnete die Augen, begegnete entschlossen ihrem Spiegelbild. »Ich bin allein, aber auch wieder nicht«, sang sie.

Als die Musik um sie herum anschwoll, nahm sie das Mikrofon aus der Halterung und trat zurück, bedacht darauf, die orangefarbene Markierung auf dem Boden zu treffen. Sie drehte sich um und schritt im Takt zum hinteren Ende des Saals, in dem man die exakte Abmessung der Grammybühne markiert hatte. Dort stand eine filzbedeckte Konstruktion bereit, die eine blumenbeladene Bergkuppe nachahmen sollte. Eden drehte Pirouetten zur Musik. Sie führte ein paar gut eingeübte Schritte aus, schwang die Hüften so, dass der Rock, den sie auch am Sonntag tragen wollte, weit fliegen würde.

Dann wandte sie sich um und kletterte vorsichtig auf die Bergkuppe. Über ihrem Kopf erstrahlten bunte Lichter und verwandelten die Bühne in eine üppige Wiese. Eden hob das Mikrofon für die Schlüsselzeile an die Lippen, die sie persönlich am liebsten hatte. »Ich bin nie wirklich allein, denn ich bin mir selbst der beste Freund.«

Ein anderer Song setzte ein. Die Wiese verschwand, wurde ersetzt mit glitzernden Steinen. Eden ging vorwärts auf ihre Markierung, damit der Filz unter ihren Füßen fortgebracht werden konnte und die Verwandlung der Bühne komplett war.

Der harte, wummernde Beat ihrer aktuellen Single »Never Too Late« erfüllte den Saal. Sie hob das Mikrofon, begann zu singen und sich im Takt zu bewegen. Es war eine verkürzte Version des Songs, um den Zeitvorgaben der Grammys zu entsprechen, und endete mit einem Recken der geballten Faust gen Himmel.

Schweiß lief ihr den Rücken hinab, und eine Blase brannte am Ballen ihres linken Fußes. Adrenalin pumpte durch ihre Adern, und ein breites Lächeln lag auf ihren Lippen. Mit dem Daumen glitt sie am unteren Ende des Mikrofons entlang und schaltete es aus.

Ihre Managerin erhob sich vom Klappstuhl, auf dem sie Edens Probe verfolgt hatte. Stella war eine zierliche Amerikanerin mit philippinischen Wurzeln. Ihre langen schwarzen Haare trug sie heute zu einem glatten Pferdeschwanz zusammengebunden. Sie durchquerte den Raum und blieb vor Eden stehen.

»Und, was denkst du?«, fragte Eden.

»Das war gut«, antwortete Stella.

Eden knirschte mit den Zähnen. Nicht dieses Wort! Ihr Auftritt bei den Grammys konnte unmöglich nur »gut« sein. Er musste außergewöhnlich sein. Sie musste eine Vorstellung abliefern, über die am nächsten Tag alle reden würden.

Kritiker hatten Formulierungen wie »gut, aber uninspiriert« verwendet, um ihr aktuelles Album zu beschreiben. Einer hatte kommentiert, sie klinge, »als fände sie sich sogar selbst langweilig«. Ein anderer hatte sie »müde« genannt. Wenn sie ehrlich war, dann war sie auch erschöpft. Zwanzig Jahre lang hatte sie Herz und Schweiß in ihre Musik gesteckt, und trotzdem war sie jetzt an diesem Punkt. Die Verkaufszahlen ihres Albums sanken. Die anstehende Tour war nicht ausverkauft. Ihr Stern begann zu verblassen, was sie unheimlich wütend machte.

Okay, dann war sie vielleicht müde bis in die Knochen, aber Musik war der Grund, weshalb sie frühmorgens aufstand, sie trieb Eden an. Und sie wollte unbedingt den Staub abklopfen und ihren Platz an der Spitze wieder einnehmen.

»Das war mehr als gut«, protestierte sie.

Mit einem Blick, der sagte: »Das glaubst du doch nicht ernsthaft« brachte Stella sie zurück auf den Boden der Tatsachen. Und tief im Inneren wusste Eden, dass sie recht hatte.

Eden schnaubte. »Na, was schlägst du denn stattdessen vor?« Denn Stella hätte das Thema niemals angerissen, wenn sie nicht bereits etwas im Sinn gehabt hätte. Und egal, wie wenig Lust Eden hatte, sich das anzuhören, so landeten Stellas Ideen gewöhnlich doch Volltreffer.

Stellas braune Augen glänzten. »Wie wär's, wenn wir im zweiten Teil deines Auftritts einen Gast reinholen und aus ›Never Too Late‹ ein Duett machen?«

»Ich bin kein Fan von Duetten.« Eden runzelte die Stirn. Bei einem Duett musste sie die Kontrolle über Teile ihres Auftritts abgeben, wodurch sich Fehler einschleichen konnten. »Und wer würde sich außerdem so kurzfristig auf so was einlassen?«

»Die Grammys sind dafür bekannt, Musiker für unerwartete Duette bei der Liveübertragung zusammenzubringen«, erklärte Stella. »Die Zuschauer lieben das. Und ich habe schon eine Idee für einen perfekten Partner. Wenn ich richtigliege, wird sie diese Chance sofort ergreifen.«

»Sie? Wer?«

»Anna Moss«, antwortete Stella. »Ihr Song ist momentan die Nummer eins der Popcharts, und viele Leute finden, dass der Preis für die beste neue Musikerin letztes Jahr eigentlich an sie hätte gehen müssen.«

»Ich weiß, wer sie ist.« Eden wusste nur allzu gut, wer der junge quirlige Popstar war. Sie waren sich zwar nie begegnet, aber es war dieses Jahr unmöglich gewesen, Annas Musik zu entgehen. Ihre neue Single »Love Me, Love You« war ein derart nerviger Ohrwurm, dass sogar Eden ihn nicht mehr aus dem Kopf bekam. Anna selbst war kess und blond, lächelte viel zu viel und trug grellbunte Klamotten.

»Sie kommt zur Verleihung. Genau genommen seid ihr in einigen der Kategorien beide nominiert.«

»Das weiß ich auch.« Eden behielt einen neutralen Gesichtsausdruck bei, denn sie wusste außerdem noch, dass die

Verkaufszahlen für Annas Album die für ihres überrundet hatten.

»Sie ist ein Riesenfan von dir«, fuhr Stella fort. »Wahrscheinlich kennt sie den Text von ›Never Too Late‹ bereits, und ich wette, sie wäre begeistert, es mit dir bei den Grammys zu singen.«

Eden presste die Lippen zusammen. Sie wollte nicht mit Anna Moss auftreten. Es machte sie stinksauer, dass Annas Jahr erfolgreicher verlief als ihres, dass es Eden einen Schub geben konnte, wenn sie mit ihr auftrat. Sie war Eden Sands, verdammt noch mal! »Ich denk drüber nach.«

»Überleg nicht zu lange. Wenn du sie dir nicht schnappst, dann ganz bestimmt jemand anderes.«

Eden stieß einen unverbindlichen Laut aus. »Ich sag dir morgen früh Bescheid.«

* * *

Dreißig Minuten später trat Eden mit der Chefin ihrer Leibwache Taylor und ihrer Assistentin Paris hinaus in die Sonne von Los Angeles. Eden atmete die frische Luft ein und war dankbar für die milden Winter in Südkalifornien. Man hatte sie bereits über die Menschenmenge informiert, die draußen wartete, also hielt sie ihr Bühnenlächeln parat, als sie sich auf den Weg zu dem Auto machte, das sie nach Hause bringen sollte.

»Eden! Eden!« Die Luft war erfüllt von den Schreien und Rufen der Leute, die alle ihre Aufmerksamkeit erhaschen wollten. Als sie sich zu ihnen drehte, konnte sie kaum ein Gesicht erkennen, weil alle ihre Handys auf sie richteten. Ein paar Fans hatten ihr den Rücken zugedreht und machten Selfies mit ihr im Hintergrund.

Und ihr Lächeln wurde breiter, denn ihre Fans waren *hier*, trotz sinkender Verkaufszahlen. Eden signierte verschiedene

Fotos und T-Shirts und posierte für Selfies, während Taylor half, einen gewissen Abstand zu den Fans zu wahren. Eden liebte es, bei ihren Fans zu sein. Ohne sie hätte sie keine Karriere gehabt, aber manchmal waren sie viel zu handgreiflich. Sie schnappten nach ihr und grapschten, versuchten, sie zu umarmen, und sie mochte es nicht besonders, von Fremden angefasst zu werden.

Während sie mit den Fans beschäftigt war, schoben Taylor und Paris sie kontinuierlich weiter, und nach wenigen Minuten saß sie sicher auf dem Rücksitz des SUVs. Taylor nahm wie immer vorn beim Fahrer Platz und Paris neben Eden.

»Dein Kalender ist mit deinen Terminen für morgen aktualisiert«, sagte Paris, während sie sich anschnallte.

»Danke«, antwortete Eden.

»Gern.« Paris nahm ihr Handy und tippte los, entfaltete ihre magischen Fähigkeiten, mit denen sie Edens Leben reibungslos am Laufen hielt.

Müßig schaute Eden zum Fenster hinaus, betrachtete die farbenfrohen Häuser und die Palmen, die die Route vom Probenstudio in Burbank zu ihrer Wohnung in Marina del Rey säumten. Dabei rasten ihre Gedanken vor Frust, und ihr Körper vibrierte nach einem ganzen Tag der Proben noch vom restlichen Adrenalin.

Sie merkte, dass sie zu einem Song im Radio mitsummte und stellte erst einen Moment später fest, welcher es war: Anna Moss' aktuelle Single.

»Dieser Song bringt mich noch ins Grab«, murmelte Eden vor sich hin. Rastlos tappte sie mit dem Fuß, während der zum Grünärgern eingängige Song, dem sie anscheinend nicht entkommen konnte, das Auto erfüllte. Womöglich hatte sie es doch lauter gesagt als gedacht, denn der Fahrer drückte einen Knopf, und andere Musik erklang.

Als der Wagen vor ihrem Haus hielt, bedankte sie sich beim Fahrer, wünschte Taylor und Paris eine gute Nacht und stieg dankbar für den Privateingang, dessentwegen sie ohne Trara hineingehen konnte, aus. Dank ihm hatten die Paparazzi sie seit ihrem Umzug hierher zu Hause größtenteils in Ruhe gelassen, was sie als enorme Verbesserung empfand. Die Wohnung selbst war allerdings ein Rückschritt im Vergleich zu dem Haus in Santa Monica, in dem sie mit Zach gelebt hatte.

Der Portier hielt ihr lächelnd die Tür auf. »Guten Abend, Ms Sands.«

»Guten Abend, Marco. Danke.« Sie erwiderte sein Lächeln und ging hinein. Das Geräusch rieselnden Wassers empfing sie, mit freundlichen Grüßen vom Wasserfallelement an der hinteren Wand im Foyer. Normalerweise fand sie es beruhigend, aber im Augenblick weckte es die Sehnsucht nach einer Dusche.

Sie drückte den goldglänzenden Knopf des Fahrstuhls und trat ruhelos von einem Bein aufs andere, während sie auf ihn wartete. Ein Duett mit Anna Moss. Das war absurd. Eden brauchte die junge Popsensation nicht, um ihre Popularität zu boosten, oder zumindest … sollte sie das nicht.

Die Tür des Fahrstuhls öffnete sich mit einem munteren »Ding«. Sie ging hinein, fuhr in den fünfzehnten Stock und betrat ihre Wohnung. Nachdem sie die Tür hinter sich abgeschlossen und wieder alarmgesichert hatte, stieß sie einen tiefen Seufzer aus. In der Luft lag ein schwacher Duft nach Blumen, was sie daran erinnerte, dass der Reinigungsdienst heute da gewesen war. Die Oberflächen glänzten strahlend, genau wie das gesamte Gebäude, das erst im letzten Jahr fertiggestellt worden war, kurz bevor Eden die Wohnung gekauft hatte.

Ein Neuanfang für ihr Leben nach der Scheidung. Ein weiterer Seufzer wollte sich ihr entringen, aber diesen schluckte sie hinunter, selbst genervt von ihrer Stimmung. Seit der Scheidung fand sie die Abende am schwierigsten. Wie verbrachte man so viele Stunden, ohne jemanden zum Reden?

11

Sie vermisste es, jemanden zu haben, mit dem sie über irgendwelches sinnloses Reality-TV lachen konnte, jemanden, der ihr beim Abendessen gegenübersaß. Anders als die meisten Menschen konnte Eden nicht einfach so ausgehen, jedenfalls nicht, ohne vorher jemanden von ihrem Sicherheitsteam als Begleitung anzurufen, und das machte nun wirklich keinen Spaß.

Sie ging in die Küche, goss sich ein Glas Wasser ein und setzte sich auf die Couch im Wohnzimmer, wo sie sich durch die über den Tag angesammelten Nachrichten auf ihrem Handy tippte. Es waren nicht viele. Jetzt, da Zach nicht mehr Teil ihres Lebens war, war es wirklich alarmierend festzustellen, wie wenige Freunde sie hatte.

Eine Benachrichtigung war von einem Podcast über die Unterhaltungsindustrie, den sie abonniert hatte, und in dessen aktueller Folge die Chancen für die Grammy-Verleihung diskutiert wurden. Sie drückte auf Play und trank einen Schluck Wasser, während die Moderatoren mit ihrem üblichen Schlagabtausch begannen.

»Okay, Leute, legen wir gleich los«, sagte die erste Moderatorin namens Tarin. »Wir können es alle kaum erwarten zu erfahren, wer dieses Jahr die großen Abräumer bei den Grammys sein werden. Fangen wir an mit dem Schwergewicht im Musikbusiness Eden Sands. Wir lieben sie alle, ist doch klar, oder?«

»Hey, ich gebe gern als Erste zu, dass ich als Teenie zu ›Daydreamer‹ abgerockt habe«, sagte Nicole, die andere Moderatorin, lachend.

Eden verdrehte die Augen, als der Titel ihres ersten Nummer-Eins-Hits fiel. Hätte sie damals gewusst, wie oft sie den Song am Ende würde singen müssen, hätte sie sich vielleicht nicht so beeilt, ihn aufzunehmen. Aber eigentlich stimmte das nicht. Sie war für jeden Moment ihrer Karriere dankbar.

»Aber die Reaktionen der Kritiker auf Edens aktuelles Album waren bestenfalls lauwarm«, fuhr Tarin fort.

»Ich sage es nur ungern, aber sogar ich war enttäuscht«, sagte Nicole. »Eden hat letztes Jahr anscheinend etwas von ihrer Leidenschaft verloren. Vielleicht hat das was mit ihrer Scheidung von Zachary Tomlin zu tun?«

Eden zuckte zusammen. Ja, die Scheidung war schmerzhaft gewesen – schmerzte *noch immer* –, aber ihr Talent hing doch nicht davon ab, ob sie ihr Leben mit einem Mann teilte oder nicht, verdammt noch mal!

»Geholfen hat das ganz sicher nicht«, stimmte Tarin zu. »Aber dieses Jahr gab's ein paar Alben, die ich großartig fand, und ich gehe davon aus, dass zwei Ladys dieses Wochenende gleich mehrere Grammys abräumen.«

»Ich rate mal, du meinst Sasha Sol und Anna Moss.«

»Ganz genau, Nicole. Sasha hatte ein Hammerjahr, und ihr Album ›On the Rocks‹ hat es wohl am meisten verdient, Album des Jahres zu werden.«

»Finde ich auch. Sasha könnte Sonntagabend in allen Hauptkategorien abräumen. Aber vergessen wir nicht Anna Moss. Sie wird zwar als Geheimtipp gehandelt, aber ihr zweites Album ›Simply Myself‹ war der Soundtrack des Sommers, und es ist gut möglich, dass sie der Überraschungsstar des Abends wird.«

Eden stoppte den Podcast, legte das Handy weg und schloss die Augen. Die Schwere all dessen, was sie eben gehört hatte, drückte sie ins Polster unter sich, zwängte ihr die Luft aus der Lunge. Stella hatte recht. Anna war vielleicht genau die Richtige, um Edens Auftritt bei den Grammys aufzumischen. Stöhnend nahm sie ihr Handy wieder zur Hand, diesmal, um ihre Managerin anzurufen.

»Eden, hallo«, antwortete Stella atemlos. Im Hintergrund waren Stimmen zu hören.

»Tut mir leid, wenn ich störe.«

»Wir wollen gleich Abendbrot essen, aber ich wäre nicht rangegangen, wenn ich nicht reden könnte«, beruhigte Stella sie.

»Dann will ich dich nicht lange aufhalten. Ich wollte nur Bescheid sagen, dass ich dabei bin. Ich mache das Duett mit Anna Moss.«

KAPITEL 2

Anna atmete zischend ein, hielt die Luft an und zählte still bis fünf, bevor sie langsam wieder ausatmete. Noch war sie frisch genug im Business, um von großen Namen sofort beeindruckt zu sein, also war es kaum überraschend, dass sie jetzt ganz aufgeregt war. Aber das hier? Wahrscheinlich hatte sie noch nie so etwas Nervenaufreibendes getan.

»Bereit?«, fragte Kyrie und musterte Anna prüfend. Kyrie McIntosh war schon seit ein paar Jahren Annas Assistentin und jemand, den sie zudem als Freundin ansah. Sie sorgte dafür, dass Anna gut organisiert und pünktlich war, und sie brachte sie zum Lachen. Heute war Kyries Haar blau getönt, und morgen? Wer wusste das schon – es konnte gut und gerne orange sein.

»Hab ich was in den Zähnen?« Anna entblößte ihre Zähne.

Kyrie verdrehte die Augen und stupste Anna sanft an. »Du siehst top aus. Hör auf, es rauszuzögern.«

»Aber …« Anna atmete erneut tief ein. Ihr innerer Superfan war schon bei Branchenevents schwer im Zaum zu halten, und gleich sollte sie ihr absolutes Idol treffen. Nicht nur das, sie sollte mit ihrem Idol für einen Auftritt bei den Grammys proben, und ihr innerer Superfan *kreischte* sich die Lunge aus dem Leib. Ihr armer kleiner Superfan war der Ohnmacht nahe.

»Ich weiß, dass du ein bisschen in sie verliebt bist, aber am Ende ist sie eine ganz normale Frau, und im Moment wartet sie darauf, mit dir zu proben.« Kyrie machte scheuchende Gesten mit ihrer Hand.

»Eden Sands ist keine *ganz normale* Frau. Sie ist eine Ikone. Eine Legende.« Anna war entschlossen, einen guten ersten Eindruck zu machen und sie vielleicht sogar zu beeindrucken.

Kyrie lugte durch die Tür in den Probesaal. »Und sie wirkt ungeduldig. Schwing jetzt deinen Hintern dort rein!«

»O Gott!« Annas Stimme klang, als hätte sie Helium inhaliert. Eden wirkte ungeduldig? Aber Anna war doch zehn Minuten früher da als abgesprochen. Wie früh war Eden denn hier gewesen? Sie schaute über Kyries Schulter, und das dort war ganz fraglos Eden. Sie stand mitten im Saal und unterhielt sich mit einer schwarzen Frau, wobei sie ungeduldig mit dem Fuß tippte.

Anna kribbelte es im Bauch, denn – o wow! – sie würde tatsächlich gleich ihr Idol treffen. Sogar aus dieser Entfernung besaß Eden eine gewisse Ausstrahlung, etwas machte es schwer, den Blick von ihr abzuwenden. Das Kribbeln wurde stärker.

»Geh rein, und stell dich vor!«, drängte Kyrie.

»Okay, okay, ich geh ja schon.« Anna trat durch die Tür.

»Hau sie aus den Socken!«, rief Kyrie ihr hinterher.

Unter anderen Umständen hätte sie Kyrie zur Vergeltung für die Stichelei den Mittelfinger gezeigt, aber im Augenblick hatte Anna schon mit so grundlegenden Fähigkeiten wie ganz normal zu gehen Schwierigkeiten. Sie hatte weiche Knie, und ihr war, als hätte sie eben extrem sprudelndes Wasser getrunken … als prickelte zu viel Kohlendioxid im ganzen Körper.

Eden sah sie an, während Anna auf sie zukam. Ihr Gesichtsausdruck gab überhaupt nichts preis. Sie war komplett in Schwarz gekleidet. Eine seidige Bluse in körperbetonten Jeans, die in kniehohen Lederstiefeln steckten. Das dunkelbraune

Haar trug sie offen, und es fiel ihr in glänzenden Wellen über die Schultern. Die strahlend blauen Augen, die Anna auf unzähligen Fotos bewundert hatte, waren mit laserscharfem Fokus auf sie gerichtet.

Alles an Edens Haltung besagte: »Ich bin ein Star, und das weiß ich auch.« Das war die Frau, deren Musik Anna als Teenager ständig rauf und runter gespielt hatte, die Frau aus ihren Träumen, als sie sich damals mit ihrer sexuellen Orientierung auseinandergesetzt hatte. Und jetzt würden sie ein Duett zusammen singen.

Bei der Grammy-Verleihung.

Annas Knie wollten fast nachgeben, aber irgendwie ging sie trotzdem weiter. Von Nahem war Eden auch eher groß, nur ein paar Zentimeter größer als Annas eins achtundsechzig.

Anna atmete noch einmal langsam durch, sammelte sich, während sie die Hand ausstreckte. »Anna Moss. Es ist mir eine Ehre, Sie kennenzulernen, Ms Sands.«

Eden nahm die Hand und schüttelte sie. Ihre Finger lagen kalt an Annas, und ihr Griff war fest. »Bitte duzen wir uns doch, ich bin Eden.«

»Eden.« Anna freute sich, dass ihre Stimme so ruhig klang. Sie mochte ja ein ausrastender Superfan sein, aber ein Profi war sie auch, und der erste Eindruck war einfach ungemein wichtig. »Ich hoffe, es stört dich nicht, wenn ich zugebe, dass du eine Inspiration für mich warst. Ich habe so viel Respekt vor dir, und ich bin ein Riesenfan deiner Musik.«

»Ich glaube, das zu hören würde niemanden stören.« Eden lächelte, aber es war die Art Lächeln, die Anna bei ihr in Interviews gesehen hatte: anerkennend, aber distanziert. Unpersönlich. »Danke.«

»Gern geschehen.«

»Okay, also mir wurde gesagt, du kennst den Text zum Song bereits?«

Anna nickte enthusiastisch und hielt ihr Handy hoch. »Deine Assistentin hat mir gestern Abend die Datei mit der Aufteilung der Zeilen fürs Duett geschickt, also ja, ich bin bereit.«

»Perfekt. Dann legen wir mal los.« Eden drehte sich um, ging zur Mitte der Bühne und legte eine Hand an den Mikrofonständer.

Anna blickte sich einen Moment lang beunruhigt um. Was sollte sie jetzt tun? Das Letzte, was sie wollte, war, vor Eden Sands wie ein Amateur dazustehen.

Die Frau, mit der sich Eden unterhalten hatte, bevor Anna dazugekommen war, sprach sie an. »Ich bin Lora, die Choreografin.«

»Nett, dich kennenzulernen, Lora«, antwortete Anna und gab ihr die Hand.

»Ich freu mich auch«, erwiderte Lora. »Eden wird mit ›Alone‹ anfangen und dann zu ›Never Too Late‹ übergehen, bei dem du dazukommst. Dein Teil des Auftritts hat relativ wenig Choreo. Auf mein Signal hin betrittst du die Bühne von rechts und gehst langsam auf Eden zu. Ihr trefft euch bei dieser Markierung.« Lora zeigte auf den Bühnenbereich mit dem orangefarbenen Klebeband auf dem Boden. »Wenn der Refrain beginnt.«

Anna folgte Lora, während diese sie kurz über die einzelnen Positionen für ihren Auftritt führte. Dann bekam sie ein Mikro in die Hand gedrückt und … das passierte jetzt alles ganz in echt! Dass Anna zusammen mit Eden für einige Grammys nominiert worden war, war bereits surreal genug gewesen. Aber mit ihr zusammen aufzutreten, hätte sie sich nicht einmal in ihren kühnsten Träumen vorstellen können.

Ihre Finger zitterten, als sie das Mikrofon umschlossen. *Bleib cool, Anna!* Sie nahm ihren Platz neben Lora am Bühnenrand ein. Die ersten Töne von ›Alone‹ erklangen, und Anna sah wie gebannt auf Eden, als diese zu singen begann. Ihre Stimme klang satt und kraftvoll, zog Anna in den Song hinein.

18

Sie war schon bei Edens Konzerten gewesen, aber das hier war anders … so viel intimer. Das Kribbeln in Annas Bauch stellte sich wieder ein.

Eden schritt zum hinteren Teil der Bühne und erklomm einen filzbedeckten Hügel, während »Never Too Late« begann. Lora drehte sich zu Anna. Mit den Fingern zählte sie von fünf rückwärts und zeigte dann auf die Bühne.

Anna trat hinaus, das Mikro in der Hand und das Herz irgendwo kurz vor der Kehle.

»Dein Gesicht nimmt alles ein«, sang Eden. »Schließ ich die Augen, bist du frei.«

Anna hob das Mikro. »Es ist nie zu spät für die Liebe. Nie zu spät für Chance Nummer zwei.« Ihre Stimme erfüllte den Raum, ihr natürlicher Sopran erklang höher als Edens Alt, und vielleicht bildete sie sich das nur ein, aber ihre Stimmen schienen einander gut zu ergänzen.

Singend gingen sie aufeinander zu, wechselten dabei die Zeilen im Vers ab. Es lief wie am Schnürchen … lief es zu glatt? Anna widerstand ihrem natürlichen Bedürfnis, die Dinge aufzumischen und hielt sich an die Positionen, die Lora ihr gezeigt hatte. Anna und Eden standen sich gegenüber, um gemeinsam die letzte Zeile zu singen. Eden schien durch Anna hindurchzusehen, den Blick in die Ferne gerichtet. »Niemals zu spät für die Liebe.«

Als die Musik verklang, kamen mehrere Leute aus Team und Technik in den Bühnenbereich, inklusive Kyrie und Lora. Die Gesichter spiegelten unterschiedliche Ausdrücke wider, von erfreut bis nachdenklich, aber niemand wirkte begeistert. Das bestätigte das bohrende Gefühl, das Anna nicht hatte wahrhaben wollen. Sie warf einen Blick auf Eden, die fest die Zähne aufeinanderbiss, als wüsste sie es auch.

»Wie fandest du es?«, fragte Eden. Ihr Gesichtsausdruck war neutral, doch in ihren Augen glomm eine Herausforderung, die

Anna nicht so recht zu interpretieren wusste. Wollte Eden, dass sie die Wahrheit sagte, oder sollte sie lügen, um Edens Stolz nicht zu verletzen? Annas Antwort konnte Edens Meinung von ihr zum Guten oder Schlechten wenden. So viel war furchterregend klar.

»Ähm.« Anna wechselte das Mikro von der linken in die rechte Hand, während sie ihre Antwort abwog. Eine Idee nahm in ihren Gedanken Form an, ein Weg, wie sie ihren Auftritt aufmischen konnten. Aber das hätte geheißen, sie mussten fast alles, was Eden und ihr Team bisher entwickelt hatten, in die Tonne treten. Traute sie sich das? Andererseits hatte sie es nicht so weit gebracht, weil sie stets auf Nummer sicher gegangen war. »Also, ich fand es *gut* …«

Ein Muskel neben Edens rechtem Auge zuckte.

Anna hob das Kinn. Jetzt gab's kein Zurück mehr. »Aber ich habe eine leicht verrückte Idee, wie wir unser Duett so aufmischen könnten, dass man bei der Verleihung vielleicht über nichts anderes mehr redet – falls du interessiert bist.«

Eden blinzelte ganz langsam. Hinter der höflichen Fassade verhärtete sich ihr Ausdruck kaum merklich. Doch Anna spürte den Wechsel wie eine Sturmböe arktischer Luft, und verdammt, hatte sie eben wirklich angedeutet, sie wisse es besser als Eden Sands? Sie war *echt* bescheuert!

* * *

»Dann erzähl mal.« Eden tat desinteressiert, um zu verbergen, wie nervig sie es fand, dass Anna am Auftritt etwas ändern wollte. Bis eben war Anna genau so wie erwartet gewesen. Jung, enthusiastisch und offensichtlich tief beeindruckt vom Star Eden, auch wenn sie bei der Probe gut mitgehalten hatte.

Anna trug rote Sporthosen und ein schwarzes Tanktop mit einem Regenbogen über der Brust. Die blonden Haare waren zu einem Pferdeschwanz hochgebunden. Edens Blick erwiderte sie ohne Scheu, und Eden verspürte einen Schwall irrationaler Wut, weil Anna so einfach aussprach, was Eden aus Furcht nicht hatte anerkennen wollen. Sie konnte sich kaum mehr an eine Zeit erinnern, in der sie selbst derart furchtlos gewesen war.

»Dieser Hügel erinnert mich an das Video von ›Daydreamer‹.« Anna zeigte auf das filzbedeckte Gebilde hinter ihnen.

Eden hatte nicht einmal annähernd erwartet, dass die Unterhaltung in diese Richtung gehen würde, und war jetzt leicht verwirrt. Mit einem Blick signalisierte sie Anna, weiterzureden.

»Das bringt mich auf einen Gedanken«, fuhr Anna fort. »Was wäre, wenn wir statt ›Never Too Late‹ ›After Midnight‹ singen?«

»Wieso ›After Midnight‹?« Das war der Titelsong von Edens aktuellem Album und letzten Herbst auch einigermaßen erfolgreich gelaufen, aber sie verstand nicht, was das mit ihrem Auftritt zu tun haben sollte.

»Weil es darum geht, dass man nach Mitternacht ein etwas anderer Mensch wird, oder?«, antwortete Anna. »Spätnachts, wenn niemand zusieht, ist man freier, man selbst zu sein. Wie wär's, wenn wir das uminterpretieren, sodass die Nach-Mitternacht-Bedeutung des Songs stattdessen für eine jüngere Version von dir steht? Mit ›Daydreamer‹ bist du zum Star geworden, und im Video trägst du ein mit Blumen verziertes grünes Kleid und eine blonde Perücke. Es ist absolut Kult. Jeder kennt diesen Look. Ich könnte doch im Duett ein ähnliches Kleid tragen, oder? Und die blonden Haare habe ich schon. Ich kann die Eden der Vergangenheit darstellen, und unser Duett wäre so, als würdest du mit einer jüngeren Version deiner selbst singen.«

»Du bist die jüngere Version meiner selbst?« Eden versuchte, neutral zu klingen, aber sie war sich nicht sicher, ob ihr das gelang. Die Frechheit dieser Göre anzudeuten, sie sei die nächste Eden Sands!

»Nein, nein«, antwortete Anna schnell und wirkte zum ersten Mal so, als bereute sie es, die Sache angesprochen zu haben. »Ich würde mich nie mit dir vergleichen. Du bist eine Legende, und ich bin … ich bin einfach nur eine Frau, die das Glück hat, Sonntagabend mit dir auf der Bühne stehen zu können.«

»Wenn wir deine Idee nehmen, hieße das, wir müssten einen neuen Song arrangieren und für dich neue Garderobe. Das kostet Zeit und Geld, und der Auftritt ist in vier Tagen«, machte Eden deutlich. Das stimmte zwar, allerdings konnte Annas Konzept ihrem locker das Wasser reichen. Möglicherweise war es sogar großartig, sosehr Eden es auch hasste, das zuzugeben.

»Du hast recht.« Anna machte einen Schritt zurück. »Das war eine blöde Idee. Ich hätte sie nicht ansprechen sollen, tut mir leid.«

»Nichts daran ist blöd. Lass dir von niemandem einreden, dass deine Ideen keinen Wert hätten, Anna.« Eden mochte Annas quirlige Art nicht besonders, aber als sie selbst noch ein Teenage-Popstar gewesen war, hatte sie auch Angst gehabt, eine Nervensäge zu sein, und war bestrebt gewesen, die Erwartungen aller zu erfüllen – auch auf Kosten ihres eigenen Wohlergehens. Sie wusste, wie vernichtend es sich anfühlte, wenn einem gesagt wurde, die eigenen Ideen seien nicht gut genug.

Anna sah sie mit einer Mischung aus Bewunderung und Verwirrung an. Eden wusste nicht so recht, was sie von ihr halten sollte. Erst war Anna ein Superfan mit Sternchen in den Augen, und im nächsten Moment forderte sie Eden heraus. Diesen Gegensatz fand sie seltsam faszinierend.

»Die Idee ist gut«, gab Eden zu. Mehr noch, Annas Konzept, bei dem Eden mit einer jüngeren Version ihrer selbst sang, hatte das Potenzial, ihren Auftritt zum Gespräch des Abends zu machen. Und war das nicht der Grund gewesen, weshalb sie Anna überhaupt erst ins Boot geholt hatte?

»Findest du?«, fragte Anna und klang leicht atemlos. Es war beeindruckend, wie sie ganz offensichtlich zu Eden aufschaute und dennoch keine Scheu hatte, sich ihr entgegenzustellen. Das erforderte Mut. Und singen konnte Anna auch.

Eden nickte. »Mal sehen, was das Team davon hält.«

Annas Gesicht erstrahlte langsam mit einem Lächeln. »Wirklich?«

»Ja.« Eden ging voran zu Stella, die sich beim Soundboard mit Lora unterhielt. Wenn die beiden das absegneten, wollte Eden der Sache eine Chance geben. Es war innovativ, *anders*, etwas, was die Zuschauer der Grammynacht lieben würden.

»Anna, das ist meine Managerin Stella Pascual, und unsere Choreografin Lora Headley kennst du ja, glaub ich, schon.« Eden stellte alle einander vor und gab dann Anna mit einer Handbewegung zu verstehen, dass sie ihnen ihre Idee erklären sollte.

Anna beschrieb ihr Konzept für den Auftritt und schmückte es ein wenig mehr aus als zuvor bei Eden. Entweder war sie jetzt selbstbewusster oder sie hatte sich in der Zwischenzeit mehr Gedanken darüber machen können. Als sie fertig war, erkannte Eden mit einem Blick in Stellas und Loras Gesichter, dass sie an Bord waren.

»Das ist eine *Riesen*veränderung«, sagte Lora. »Und wir liegen jetzt schon im Zeitplan zurück, weil wir Edens Auftritt in ein Duett verwandelt haben.«

»Es wäre wirklich enorm anders, aber ich find's super«, sagte Stella. »Anna, dein Outfit anzupassen sollte relativ leicht sein, oder?«

Anna nickte. »Ja, meine Stylistin sondiert noch die Möglichkeiten, also könnte ich ihr auf jeden Fall noch sagen, dass sie umdenken und nach einem grünen Kleid suchen soll, das dem ähnelt, das Eden im ›Daydreamer‹-Video getragen hat.«

»Super. Wollt ihr beiden selbst ausarbeiten, wie der Text aufgeteilt werden soll?«, fragte Stella.

Eden verkniff sich mühsam ein Stöhnen. »Können wir machen.«

»Ich suche mal Paris, damit sie euch ein paar Kopien des Texts macht, mit denen ihr arbeiten könnt.« Stella drehte sich um und ging davon.

Anna starrte Eden mit großen Augen an. »Wow! Wir machen das wirklich.«

»Sieht ganz so aus. Wie wär's, wenn du mit deiner Assistentin den Outfitwechsel besprichst, und dann treffen wir uns im Pausenraum?« Eden zeigte zur Tür.

»Alles klar.« Anna hüpfte davon, auf die blauhaarige Frau zu, mit der sie gekommen war. Okay, sie ging ganz normal, aber da war ganz zweifellos ein gewisser Stolz in ihrem Gang, und Eden musste sich echt ein Lächeln verkneifen.

Sie hatte Anna unterschätzt. Vielleicht hatte sie sie aufgrund ihres bunten Kleidungsstils beurteilt oder schlimmer noch, aufgrund der Art und Weise, wie sie von den Medien dargestellt wurde. Ausgerechnet Eden hätte es besser wissen müssen. Sie hatte es zugelassen, dass ihre eigene Bitterkeit sie vergiftete. Sie hasste es, dass sie Annas Popularität brauchte, um ihrer eigenen einen Schub zu geben, aber das war nicht Annas Schuld.

Das ging auf Edens Kappe, und sie wollte mit einer anderen Einstellung an die Sache rangehen – von jetzt an.

* * *

»Ich finde, du solltest die letzte Zeile singen.« Anna tippte auf das Blatt vor sich. In mehreren Entwürfen hatten sie erst hervorgehoben, wer was singen sollte, und sie dann verworfen. Eden war überraschend geduldig und entgegenkommend gewesen. Genau genommen wirkte sie insgesamt entspannter als am Morgen, als Anna eingetroffen war.

»Aber die letzte Zeile ist eindeutig mein jüngeres Ich.« Eden drehte den Kopf und sah Anna in die Augen. Sie schaute Anna immer mit einem unheimlich intensiven Blick an, unter dem sie sich winden … oder rot werden wollte. Manchmal beides.

Anna gab alles, um ihre Unsicherheit nicht durchscheinen zu lassen, um sich neben ihrem Idol zu behaupten, obwohl sie mit den Nerven inzwischen völlig am Ende war. »Aber es ist die letzte Zeile«, widersprach sie. »Es ist dein Song, dein Auftritt, und ich glaube, wenn du sie singst, könnte es so klingen, als kehrtest du zu deinem jüngeren Ich zurück. Du bist immer noch sie. Ich verschwinde einfach irgendwie im Hintergrund.«

Eden überlegte einen Moment und nickte dann. »Das finde ich gut, aber du solltest am Ende nicht verschwinden. Das ist auch dein Auftritt.«

»Ich kann danach wieder rauskommen und dem Publikum zuwinken oder so, aber der Schluss des Songs sollte dir gehören.«

»In Ordnung. Wollen wir das proben?«, fragte Eden.

Anna sprang auf die Beine. »Ich bin so weit. Legen wir los.«

Eden stand mit der geschmeidigen Eleganz einer Tänzerin auf, doch Anna wusste, dass Eden eigentlich keine war. Da sie seit so vielen Jahren Edens Fan war, wusste sie letztendlich mehr über sie, als wohl gut war. Vielleicht war Edens Eleganz das Resultat davon, fast ein Leben lang vor Kameras gestanden zu haben. Jede ihrer Bewegungen war beobachtet und beurteilt worden.

Anna war zu Beginn ihrer Karriere auch jung gewesen, aber nicht so jung wie Eden. Anna war mit zweiundzwanzig für die Rolle einer nerdigen Teenagerhexe in »Hex High« engagiert worden, einer Serie, die sie zum B-Promi gemacht hatte. Mit fünfundzwanzig hatte sie die Serie verlassen, um ihre Musikkarriere zu verfolgen.

Eden war gerade mal sechzehn gewesen, als ihr erstes Album herauskam. Das hieß, sie war schon mehr als die Hälfte ihres Lebens eine Berühmtheit. Zwanzig Jahre im Scheinwerferlicht waren eine lange Zeit. Anna konnte sich das nicht einmal vorstellen. Sie stand erst seit fünf Jahren im Scheinwerferlicht und spürte bereits, wie heiß es brannte.

Zwar hatte sie ihre Anonymität noch nicht komplett verloren, aber es wurde immer schwerer rauszugehen, ohne erkannt zu werden. Allerdings beschwerte sie sich nicht, denn sie lebte ihren Traum, schrieb und sang queere Songs für ihre wachsende diverse Fanbase.

Wenn sie es jetzt nur endlich geschafft hätte, dass die Welt sie als Erwachsene sah und als Musikerin ernst nahm. Sie war es ungeheuer leid, als quirlig und süß bezeichnet zu werden. Anna fehlte noch ein großer Musikpreis und die Anerkennung der Kritiker für ihre Musik. Sonntagabend einen Grammy zu gewinnen hätte ihr einfach alles bedeutet. Es wäre ein handfester Beweis dafür gewesen, dass sie es geschafft hatte. Dass sie dazugehörte.

Wenn sie gewann, würde sie definitiv weinen, vielleicht sogar den Grammy mit ins Bett nehmen. Ja, sie wusste, dass Preise eher willkürlich verliehen wurden. Viele legendäre Musiker bekamen regelmäßig eine Abfuhr, trotzdem hatte sie ihre Dankesrede schon als kleines Mädchen einstudiert. Nichts wollte sie so sehr haben wie einen Grammy.

Als Eden zur Bühne voranging, war Anna erneut von ihrer Schönheit überwältigt. Sie ging mit solch einer Haltung, solcher Ausstrahlung. Eden beherrschte jeden Raum, den sie betrat. Sogar ihre Kleidung war elegant. Ihre Seidenbluse schimmerte im Licht, und ihre Jeans schmiegte sich an ihre Kurven, als hätte man sie speziell für Eden genäht. Sie hatte einen fantastischen Hintern.

Und Anna checkte sie gerade total ab! Sie legte einen Schritt zu, um aufzuholen, dann kreuzten sich ihre Blicke, und sie warf Eden ein kurzes Lächeln zu. Eden erwiderte es, und dieses Lächeln wirkte weicher und natürlicher als das, was Anna bei ihrer ersten Begegnung erhalten hatte.

Eden erklomm den behelfsmäßig errichteten Hügel. »Ich fange hier oben an, als hätte ich eben ›Alone‹ zu Ende gesungen. Bist du bereit?«

Anna nickte.

Eden schaltete ihr Mikro ein und hob es hoch. »Lächle für die Kameras. Perfektes Make-up, perfekte Haare.«

Edens Stimme erfüllte den Raum ohne jede musikalische Begleitung, und am ganzen Körper richteten sich Annas feine Härchen auf. Das war ein *Moment*. Sie wollte sich selbst kneifen. Anna lauschte ehrfürchtig, wie Eden die erste Strophe des Songs sang.

»Doch nach Mitternacht …«, sang sie schmachtend.

Anna war derart von ihrer Stimme verzaubert, dass sie beinahe ihren Einsatz verpasst hätte. Sie fummelte am Mikro herum, schaltete es ein und kam hinter der Konstruktion hervor auf die Bühne. »Schränke ich mich nicht mehr ein. Nach Mitternacht hab ich keine Angst, ein Clown zu sein.«

Lora hob die Hand, und Anna hörte auf zu singen. »Lass uns noch etwas an deinem Eintritt feilen.«

Anna nickte. Lora probierte ein paar Varianten aus, wie Anna die Bühne betreten konnte, und entschied schließlich, dass Anna von hinten durch eine Nebelwolke kommen sollte.

»Eden, wenn du deine letzte Zeile gesungen hast, nimmst du Anna in die Arme, so als würdest du dein jüngeres Ich umarmen«, wies Lora sie an. »Anna, du legst ihr den Kopf auf die Schulter. Wir streben einen emotionalen Moment für das Ende des Auftritts an.«

Die Idee war wundervoll, aber als es so weit war, war Anna erneut ganz aus der Fassung, weil sie nun Eden berühren würde. Insgesamt hatte sie sich den Tag über relativ gut zusammenreißen können. Ein Duett mit ihrem Idol singen? Kein Problem. Sie war ein Profi. Aber sich an die Frau zu kuscheln, von der sie als Teenager geträumt hatte? *O-oh!*

Vorsichtig lehnte Anna sich vor und legte ihr Gesicht auf die weiche Seide von Edens Bluse. Sie roch vage nach Rosen, und Anna spürte die Wärme ihrer Haut unter dem dünnen Stoff. Unter ihrer Wange lag der BH-Träger und die weiche Erhebung ihrer Brust drückte sich an sie.

Eden legte die Arme um Anna und hielt sie sanft, beinahe zärtlich fest, und Anna stockte der Atem. Ihr Herz machte einen seltsamen kleinen Hüpfer, und *o nein*, das war keine platonische Reaktion auf eine Umarmung. Das war auch keine Heldenverehrung. Wahrscheinlich hätte Anna nicht überrascht sein sollen, dass sich die Libido rührte. Immerhin war Eden umwerfend und genau Annas Typ. Sie hatte sich immer schon für ältere, starke Frauen interessiert.

Einen warmen Augenblick lang lag sie in Edens Armen, und dann war es vorbei. Anna richtete sich auf. Eden drehte sich um und sprach mit Lora, gänzlich unberührt. Natürlich hatte sie nichts empfunden. Soweit Anna wusste, war Eden hetero, und auch wenn nicht, hätte es sie wohl eher nicht nach Anna gelüstet, nachdem sie sich zuvor als Superfan geoutet hatte. Sie befanden sich nicht eben auf Augenhöhe.

Lora klatschte in die Hände. »Großartig, Ladys. Und jetzt noch mal ganz von vorn.«

Sie gingen den Song nochmals durch. Diesmal lief es um einiges flüssiger ab, und Anna konnte es genießen, Teil des Auftritts zu sein, ohne ständig zu versuchen, sich neben Eden zu behaupten. Sie probten das Duett noch mehrere Male, justierten Text und Choreografie nach, bevor sie für den Tag Schluss machten.

»Dann bis morgen.« Sie lächelte Eden an, als sie aufbrachen.

»Ja, bis morgen. Mach's gut, Anna.« Eden rauschte begleitet von ihrer Entourage zur Tür hinaus, und Anna konnte ihr nur staunend und mit Sternchen in den Augen hinterherschauen. *Was für ein Tag!*

KAPITEL 3

Anna griff nach ihrer Sonnenbrille, als sie mit Kyrie Richtung Ausgang ging. Ihr knurrte der Magen. Sie war am Verhungern. Und völlig erledigt. Dermaßen müde war sie normalerweise nur nach einem ganzen Tag mit der Presse, eine Erschöpfung, die sich einstellte, wenn sie stundenlang »eingeschaltet« gewesen war. Mit Eden zu proben war fantastisch gewesen, aber es hatte ihr auch eine Menge abverlangt.

Anna konnte es kaum erwarten, nach Hause zu fahren. Sie wollte sich hinsetzen und ihre liebsten Momente des Tages Revue passieren lassen, sich an die Aufregung erinnern, als Eden sie angelächelt hatte, und wie ihre Stimmen klangen, als sie gemeinsam harmonisch gesungen hatten. Genau genommen wollte sie ihrer besten Freundin davon vorschwärmen.

Hoffentlich war Zoe da. Anna und ihre ehemalige Co-Hauptdarstellerin aus »Hex High« besaßen ein Doppelhaus in Montecito Heights. Was Anna anbetraf, war das ein perfektes Arrangement für beste Freundinnen. Beide hatten ihre eigenen Räume, konnten einander jedoch jederzeit besuchen. Hollywood konnte manchmal seltsam isolierend sein, und sie war unheimlich froh, dass sie Zoe so nah bei sich hatte.

Kyrie hielt ihr die Tür auf, und sie trat hinaus auf den Parkplatz hinter dem Studio. Der Lärm einer großen Menschenmenge drang an Annas Ohren, und einen Wimpernschlag später sah sie sie. Eden war noch hier, umgeben von Fans und sogar ein paar Paparazzi. Die Fans juchzten und schnatterten, schoben ihr die Handys ins Gesicht und hielten ihr Dinge hin, die sie signieren sollte, während die Paparazzi Fotos schossen und Fragen brüllten.

Bevor Anna reagieren konnte, spürte sie eine Hand auf der Schulter.

»Wir sollten wieder reingehen«, sagte eine Frau. »Schnell.«

Anna drehte sich um und stand Edens Managerin Stella Pascual und ihrem eigenen Manager, David Rukundo, gegenüber. Was in aller Welt machte der denn hier? Dann scheuchte Stella Anna und Kyrie wieder ins Studio zurück.

»Das hätte ich jetzt nicht erwartet«, sagte Kyrie, nachdem die Tür hinter ihnen geschlossen war.

Stella lachte leise. »Eden probt schon die ganze Woche hier, und das hat sich herumgesprochen.«

»Ich wusste nicht, dass du auch hier bist«, sagte Anna zu David.

Er lächelte breit und sah in seinem blassblauen Anzug, der seine mahagonifarbene Haut wunderbar betonte, elegant wie immer aus. »Überraschung! Ich wollte mich mit Stella treffen. Wir haben besprochen, wie wir euren Grammy-Auftritt am besten promoten können, aber wir hätten nicht gedacht, dass Eden und du vor uns fertig sein würdet.«

»Oh«, meinte Anna leicht verwirrt. »Wolltet ihr noch etwas mit uns besprechen, bevor wir gehen?«

»Nein, eher in die Richtung, dass wir nicht wollten, dass man dich und Eden jetzt schon zusammen ablichtet«, erklärte Stella. Neben Davids hochgewachsener Statur wirkte sie winzig. Dennoch hielt sie in der Unterhaltung fraglos die Zügel in den Händen. »Wir möchten für den Auftritt so viel Hype wie möglich erzeugen, indem wir auf Edens Social-Media-Kanälen einen Überraschungsgast andeuten.«

»Dann sollte ich es überhaupt nicht erwähnen?« Anna sank das Herz. Das klang nach einer guten Strategie für Eden, aber warum konnte Anna diese Chance nicht nutzen, um auch ein bisschen Hype für sich selbst zu generieren?

»Du wirst ein paar verschlüsselte Hinweise über deine Social Media geben«, erklärte David. »Stella und ich haben ein Konzept entwickelt, aber wir sind auch für deine Ideen offen. Ich habe dir eine E-Mail geschickt.«

»Okay«, antwortete Anna. Das klang vernünftig. Trotzdem hätte sie sich gewünscht, an der Entscheidungsfindung beteiligt gewesen zu sein.

»Manchmal verhilft ein wenig Geheimniskrämerei zu einem richtigen Schub, wenn man Wirbel machen will«, meinte Stella, und wenn sie das so sagte, musste es stimmen, denn Stella Pascual war eine Legende im Showgeschäft.

»Ein paar deiner Fans werden mit deinen Hinweisen und Edens Aussage, dass sie einen besonderen Gast bei ihrem Grammy-Auftritt haben wird, eins und eins zusammenzählen, aber das ist okay. Das trägt nur zur Aufregung bei«, fuhr David fort. »Wir werden uns bedeckt halten, immer wieder Dinge andeuten, und dann schalten deine Fans am Sonntag hoffentlich ein, um zu sehen, ob sie richtig geraten haben.«

»Die werden sabbern vor Neugier, ob sie richtigliegen, und zwei ihrer liebsten Popstars zum ersten Mal zusammen auf der Bühne stehen werden«, ergänzte Stella mit einem kleinen teuflischen Glitzern in den Augen. »Das wird großartige Publicity für euch beide.«

»Tja, okay.« An so etwas war Anna nicht gewöhnt, aber langsam wurde sie warm mit der Idee. Davon abgesehen, war David damit an Bord, und seinem Urteilsvermögen vertraute sie blind.

»Deshalb konnten wir nicht zulassen, dass die Überraschung ruiniert wird, indem man Fotos von dir schießt, wie du heute Edens Probestudio verlässt«, schloss Stella.

»Stimmt«, bestätigte Anna. »Wie komme ich dann allerdings von hier weg?«

Stella zeigte auf die Tür. »Oh, das dauert vielleicht noch fünf Minuten oder so. Sobald Eden losfährt, gehen die Fans. Sie haben keinen Grund, länger zu bleiben, denn sie haben ja keine Ahnung, dass noch ein Star hier ist.«

Anna stimmte nickend zu, war jedoch leicht enttäuscht, dass sie selbst keine Fans begrüßen oder online Fotos von ihrem Tag posten konnte. Sie hätte diesen Moment gern genauso ausgekostet wie Eden. Aber das würde es alles wert gewesen sein, wenn sie am Sonntag bei den Grammys die Bühne betrat.

Bald darauf machten sie und Kyrie sich auf den Heimweg und hielten kurz bei Honeybee an, wo sie sich ein paar Burger und Shakes mitnahmen. Die veganen Burger dort hatte Anna am liebsten. Sie bestellte sich einen klassischen Burger mit extra Gewürzgurke, dazu Burger für Kyrie und Zoe, drei Schokoladenshakes und eine extra Portion Fritten.

Und als hätte sie's gewusst, wartete Zoe, als sie zu Hause ankamen, bereits mit einem Bier in der Hand auf ihrer gemeinsamen Veranda hinterm Haus, die dunklen Haare zu einem hohen Pferdeschwanz gebunden. Anna winkte, als sie die Haustür aufschloss und öffnete die Tür zu einer grau gestreiften Katze, die auf dem Fußabtreter saß und sie vorwurfsvoll anstarrte.

»Hallo, Nelle«, grüßte Anna und ging um ihre Katze herum.

»Ich komme in Frieden«, witzelte Kyrie und machte einen großen Bogen um Nelle. Nelles rasiermesserscharfe Krallen waren legendär. Niemand legte sich mit Annas Katze an. Nelle schlug nach Kyries Bein, die kreischend zur Seite sprang.

»Sei lieb!«, schimpfte Anna, was überhaupt nichts half, denn Nelle tat, was sie wollte. Für gewöhnlich gehörte dazu auch, zu ihrer Belustigung Annas Gäste zu terrorisieren. Anna durchquerte das Wohnzimmer und öffnete die Tür zur Veranda. Sie und Kyrie gingen hinaus und ließen Nelle im Haus.

Zoe zeigte mit dem Bier auf Anna. »Ich will einfach absolut alles über deinen Tag heute wissen.«

»Das trifft sich gut, ich muss das alles nämlich ganz dringend loswerden.« Anna ließ sich in den Sessel neben Zoe fallen und reichte ihr die Tüte von Honeybee samt Shake.

»Äh, dir ist schon klar, dass die nicht so gut sind wie echte Burger, oder?«, fragte Zoe, als sie die Tüte nahm. »Aber die sind trotzdem ganz gut. Danke.«

»Ich finde, die sind genauso gut wie echte Burger.« Kyrie zuckte mit den Schultern, machte es sich in ihrem Sessel bequem und holte ihren Burger heraus.

»Okay, schieß los«, sagte Zoe. »Konnte Eden deinen extrem überhöhten Erwartungen an sie standhalten?«

Nicht nur das … »Ja«, antwortete Anna und packte ihren Burger aus. Als ihr der herzhafte Geruch in die Nase stieg, knurrte ihr Magen laut. »Sie ist … einschüchternd, ganz ohne Frage, aber sie war nett. Und mein Gott, sie aus nächster Nähe singen zu hören – ich hatte Gänsehaut!«

Kyrie lächelte verschmitzt. »Und dann hast du eine der mutigsten Aktionen gestartet, die ich je gesehen habe, und ihr gesagt, dass du eine bessere Idee für den Auftritt hast. Sie sollte quasi alles aus dem Fenster werfen, woran sie bisher gearbeitet hatte.«

Zoe fiel die Kinnlade herunter und stellte dadurch mehrere halb zerkaute Pommes zur Schau. »Hast du *nicht*, oder?«

»Ich habe nicht gesagt, meine Idee sei *besser*«, protestierte Anna.

»Ähm, in gewisser Weise schon«, erwiderte Kyrie.

Zoe beugte sich vor. »Und wie hat sie reagiert?«

»Kurz dachte ich, sie würde mir garantiert den Kopf abreißen, aber dann wollte sie meine Idee hören.«

»Und dann haben Eden und ihr Team entschieden, Annas Idee zu nehmen, was heißt, sie ist ein richtiges Ass«, ergänzte Kyrie.

»Sie ist mehr als nur ein Ass«, sagte Zoe mit großen Augen. »Dieser Baby-Popstar ist erwachsen geworden und gibt einer verdammten Eden Sands Ratschläge für ihren Auftritt!«

»Sch!«, ermahnte Anna mit geröteten Wangen und biss von ihrem Burger ab.

»Moment mal.« Zoe richtete sich auf und warf ihr einen schelmischen Blick zu. »Ist Eden nicht deine Promi-Freikarte? Das heißt, nicht, dass du mit jemandem zusammen wärst und eine *bräuchtest*, und soweit ich weiß, ist sie hetero, aber … ist sie doch, oder?«

Annas gerötete Wangen wurden tiefrot, denn es stimmte. An einem beschwipsten Abend damals zu »Hex High«-Zeiten, als Anna und Zoe noch niemandem ein Begriff gewesen waren, hatte Anna verkündet, dass Eden ganz oben auf der Liste mit Promis stand, für die sie sich bei ihrem Lebenspartner eine Freikarte für Sex holen würde, falls sich die Gelegenheit dazu je bot.

»Promi-Freikarten sind doch nicht wirklich ernst gemeint.«

»Natürlich nicht, aber wolltest du ihr an die Wäsche, als du sie heute getroffen hast?« Zoe amüsierte sich nach wie vor viel zu sehr über diese Sache.

Anna schüttelte den Kopf. »Größtenteils habe ich mich einfach nur darauf konzentriert, mich vor ihr nicht zum Affen zu machen. Und mal ehrlich, so eine Schwärmerei für einen Star ist doch sowieso nur eine Fantasie, oder?«

»Ich weiß nicht … ist es eine?« Zoe grinste. »Du bist es doch, die heute ihrer Promi-Freikarte begegnet ist, also sag du's mir.«

»Fantasie«, antwortete Anna, erfreut, dass sie so sicher klang, denn da hatte es diesen einen Moment gegeben, als sie sich umarmt hatten … »Eden ist jemand, zu dem ich aufschaue, und ich hatte Glück, dass sie mir mein kleines Fanherz nicht gebrochen hat, als wir uns begegnet sind. Wir dürfen zusammen bei den Grammys auftreten, wodurch ein Traum für mich wahr wird, aber alles ist rein professionell.«

Zoe nickte. »Ihr zwei werdet der Hit des Abends sein. Das weiß ich jetzt schon. Das wird dein Durchbruch, Anna.«

* * *

Eden hielt ihren linken Arm über den Kopf, während ihre Stylistin Zelda sorgfältig den Saum der Blende nähte, die den seitlich am Kleid verlaufenden Reißverschluss verbarg. In ihrer Wohnung brummte es wie in einem Bienenstock – so sehr, wie seit Monaten nicht mehr. Und obwohl sie die Vorbereitung auf eine Preisverleihung manchmal nervtötend oder gar lästig fand, begrüßte sie sie heute.

In ihrem Zuhause wimmelte es zur Abwechslung mal nur so vor Menschen, und das füllte etwas in ihr, was sie nur ganz nebenbei als eine Leere festgestellt hatte: ihr Bedürfnis nach menschlichem Kontakt außerhalb ihrer Arbeit. Allerdings war das genau genommen ebenfalls ihre Arbeit.

»Fast fertig«, sagte Zelda, während sie ihre Hand an Edens Seite vor und zurück führte. Die Furcht vor einem versehentlichen Nadelstich hatte sie schon vor langer Zeit aufgegeben. Zeldas Hand war ausnahmslos ruhig.

»Keine Eile«, erwiderte Eden. Sie lagen genau im Zeitplan, nur das Ziepen in der Schulter durch die ungewohnte Haltung störte. Die meisten Leute hielten diese Momente für den glamourösesten Teil des Prominentendaseins, aber Eden fand, es waren in Wahrheit die am wenigsten glamourösen. Die Vorbereitung auf den roten Teppich war ermüdend, aber zumindest trug sie heute Abend ein bequemes Kleid.

In einer Stunde würde sie zum ersten Mal seit Jahren allein über den roten Teppich gehen. Der Gedanke daran, dass Zach nicht an ihrer Seite sein würde, ließ das leere Gefühl wieder hochkommen. Aber sie würde es überstehen, und Paris würde bei ihr sein, also war sie nicht ganz allein.

»So.« Zelda erhob sich und musterte Edens Robe kritisch. »Dreh dich mal bitte, meine Sonne.«

Gehorsam drehte sich Eden, während Zelda an mehreren Säumen und Nähten zupfte und zog, bevor sie endlich verkündete, dass sie fertig war.

»Einfach umwerfend«, lobte Stella, als sie neben Eden auftauchte. »Ich wünschte, du könntest diese Farbe immer auf dem roten Teppich tragen. Deine Augen strahlen richtig.«

»Ich muss sagen, ich liebe Blau.« Eden betrachtete sich im Spiegel. Der Samt der schulterfreien Robe war von einem tiefen saphirblauen Ton und schmiegte sich bis zur Hüfte eng an ihren Körper. Ein asymmetrischer Rock, der bis zu ihren Knöcheln schwang, sowie links ein Schlitz bis hinauf zum Oberschenkel, machten das Bild komplett. Klassisch genug, um den Listen der am schlechtesten Gekleideten dieses Abends zu entgehen, möglicherweise jedoch zu einfach, um es auf die Liste mit den Besten zu schaffen.

Dieser Tage ging Eden lieber auf Nummer sicher, was sowohl ihr Kleid als auch ihr Leben insgesamt betraf. Sie hatte sich schon immer innerhalb vorgegebener Grenzen bewegt, aber vor allem in diesem Jahr war sie besonders darauf bedacht gewesen, sich keine Fehltritte zu leisten. Ihr Team für Haare und Make-up legte noch einmal kurz Hand an, da Zelda nun mit dem Kleid fertig war. Dann bekam sie als Accessoires Kette und Ohrringe mit Diamanten und Saphiren angelegt.

Zum Schluss setzte sie sich und glitt in die silbernen, mit Glitzersteinen besetzten High Heels. So wunderschön sie auch waren, so taten sie doch auch höllisch weh, und sie wollte sie nicht länger als unbedingt nötig tragen.

»Okay, und bevor du was in Unordnung bringst, schießen wir noch schnell ein paar Fotos für deine Social Media.« Paris trat mit ihrem Handy vor Eden. Sie trug ein bodenlanges Kleid aus schwarzer Seide, die zu ihrer schwarz geränderten Brille passte. Ihre dunklen Haare hatte sie zu einem klassischen Dutt hochgesteckt. »Stylish und doch praktisch« beschrieb Edens Assistentin ganz hervorragend.

Sie lächelte Paris an, während diese anfing, Fotos zu schießen, und stellte sich so hin, dass der Schlitz des Kleides fast ihr gesamtes linkes Bein entblößte. Mit einer Hand hielt sie den Stoff fest, sodass er etwas zwischen den Fingern hervorquoll, denn noch war sie nicht auf dem roten Teppich und wollte ein bisschen Spaß haben.

»Super«, sagte Paris. »Mach jetzt bitte noch ein paar Selfies, und ich lade dann alles hoch, wenn wir rüberfahren.«

Eden nahm das Handy entgegen und machte ein paar Selfies, von Schmollmund bis albern. Meistens schoss sie eine Reihe unterschiedlicher Gesichtsausdrücke und überließ dann Paris die Entscheidung, was davon gepostet werden sollte. Früher hatten sie fast ausschließlich arrangierte Fotos gepostet, aber Paris war aufgefallen, dass Edens Fans ganz besonders auf Selfies heiß waren. Vielleicht mochten sie die weniger formale Aufmachung oder die Tatsache, dass Eden die Fotos selbst geschossen hatte, aber ihre Selfies bekamen stets die meisten Likes.

Eden mochte sie auch am liebsten, sie waren eine Möglichkeit, ihren Fans nahe zu sein.

Paris schrieb schnell einen Post und zeigte ihn Eden, um zu hören, ob sie einverstanden war. Eden hatte zwar über ihr Handy Zugang zu all ihren Social-Media-Profilen, postete jedoch so gut wie nie etwas, geschweige denn, dass sie die Apps überhaupt öffnete. Für mindestens neunzig Prozent von Edens Social-Media-Präsenz war Paris verantwortlich.

Zehn Minuten später brachen Eden, Paris und Taylor auf. Taylor trug einen stylishen schwarzen Anzug. Ihre kurzen braunen Haare hatte sie zurückgegelt. Sie sah eher aus, als gehörte sie in eine Modenschau, und nicht zu Edens Leibwache für den Abend.

»Der Look steht dir super«, lobte Eden sie.

Taylor lächelte breit und steckte die Hände in die Hosentaschen. »Danke.«

Eden nahm ihre Handtasche und ein Schultertuch, das sie während der Fahrt warm halten sollte. Es war die erste Februarwoche, und obwohl die Temperaturen in Los Angeles relativ mild waren, schien es ihr für ein ärmelloses Kleid doch zu kalt. Zusammen mit Taylor und Paris fuhr sie mit dem Aufzug hinunter und ging durch den privaten Hinterausgang, vor dem ihr Wagen bereits wartete.

Nach der dreißigminütigen Fahrt und einer noch längeren Wartezeit in der Schlange zum Ausstieg am roten Teppich, waren sie endlich da. Taylor stieg zuerst aus. Paris nahm Edens Tuch samt Handtasche und schminkte ihr die Lippen noch einmal nach. Als Eden aus dem Auto stieg, half Paris ihr, die Falten in ihrem Kleid glatt zu streichen.

Inzwischen waren ihnen diese Abläufe in Fleisch und Blut übergegangen. Paris arbeitete seit fünf Jahren als ihre Assistentin, und Taylor stand ihrem Sicherheitsteam fast genauso lange vor. In dieser Zeit hatten sie an unzähligen Preisverleihungen teilgenommen.

Eden betrat den roten Teppich und tauchte in ein Meer aus Kamerablitzen und Rufen ein: »Hier drüben, Eden!« – »Nach rechts drehen!« – »Schau nach links!« Sie folgte den Aufrufen so gut wie möglich, lächelte ohne Unterlass, während sie sich von einer Seite zur anderen drehte, damit man sie von allen Seiten fotografieren konnte, den Rücken eingeschlossen. Sie wollten immer eine Pose, die die Rückseite des Kleides zeigte.

In Edens Bauch rumorte das Lampenfieber vor der Show, was noch dadurch verschlimmert wurde, dass sie es dringend nötig hatte, an diesem Abend einen Preis zu gewinnen. Aber das wollte sie sich keinesfalls anmerken lassen, schon gar nicht vor Dutzenden Kameralinsen, die auf sie gerichtet waren, und mit ihren blendenden Blitzen auch den kleinsten Makel deutlich zutage bringen konnten.

Alle paar Minuten ging sie ein paar Schritte weiter, damit die nächste Gruppe Fotografen ihre Fotos machen konnte. Eine kalte Brise wehte über sie hinweg, und sie erzitterte. Gott sei Dank war der Stoff ihres Kleides dick genug, um ihre Brustwarzen zu verbergen, denn ihr war richtig kalt. Ein kurzer Blick nach links und sie entdeckte Max Briner etwa fünf Leute hinter sich auf dem roten Teppich. Hätte sie lieber ihn zu einem gemeinsamen Auftritt einladen sollen statt Anna?

»Eden, hier drüben!«

Die Wangen schmerzten schon vom Dauerlächeln.

»Was dürfen wir von Ihrem Auftritt heute erwarten?«, rief jemand.

»Etwas zu Erwartendes und etwas *Un*erwartetes«, antwortete sie, so wie zuvor mit Stella eingeübt.

Sie drehte sich nach rechts und sah Sasha Sol weiter vorne. Ihr Kleid war so rot wie der Teppich unter ihren Füßen. Ihre Haut hatte einen warmen Braunton, und ihre Haare trug sie zu dünnen Zöpfen geflochten, die ihr über die Schultern fielen. Sie sah umwerfend aus, und fragte man Eden, würde Sasha heute mehrere Preise mit nach Hause nehmen. Eden hatte Sashas Musik schon immer beeindruckend gefunden, und ihr aktuelles Album war ihr bisher bestes.

Sasha trat einen Schritt vor, um mit einem Reporter zu sprechen, wodurch der Blick auf Anna etwas weiter vorne auf dem roten Teppich frei wurde. Sie trug ein knielanges, knallpinkes Kleid mit einer blau-gelb gestreiften Schärpe – so strahlend bunt wie ihre Persönlichkeit. Anna drehte sich und präsentierte die Rückseite ihres Kleides. Die Schärpe war zu einer extravaganten Schleife gebunden worden, die beinahe wie die Flügel eines Schmetterlings aussah.

Eden beobachtete Anna, die sich nun in ihre Richtung drehte. Sie lächelte strahlend, und sogar aus dieser Entfernung konnte Eden sehen, wie ihr Make-up im Blitzlichtgewitter der Kameras schimmerte. *Wow!* Obwohl ihr Outfit nicht Edens Geschmack traf, musste sie doch zugeben, dass Anna sich toll herausgeputzt hatte. Zum ersten Mal sah Eden sie nicht in ihrer üblichen Sportswear, und die Verwandlung war beeindruckend. Anna war eine Wucht.

»Eden! Eden, hier drüben!«

Verflucht! Sie hatte sich so sehr von Anna ablenken lassen, dass sie den Fokus verloren hatte. Sie drehte sich der Presse zu und lächelte.

»Können Sie uns einen Tipp geben, mit wem Sie heute Abend auftreten?«

»Tja …« Eden warf abermals einen kurzen Blick auf Anna – Pink stand ihr *wirklich* gut –, bevor sie über die Schulter in Max' Richtung schaute. »Ich kann auf jeden Fall sagen, dass sich diese Person hier mit mir auf dem roten Teppich befindet.«

»Ist es Max Briner?«, rief jemand. Der Lärm der Fragen zusammen mit den Blitzen der Kameras zerrte an ihren Nerven. Sie wollte jetzt hineingehen.

Mit einem verschmitzten Blick antwortete sie dem Reporter: »Abwarten, Sie werden schon sehen.«

KAPITEL 4

»Anna, machen Sie sich Hoffnungen, heute Ihren ersten Grammy zu gewinnen?«

Anna stützte die Hände in die Hüften und schwang sie in Richtung der Kameras. »Einen Grammy zu gewinnen ist mein Traum, aber ich übertreibe nicht, wenn ich sage, dass es eine Ehre ist, auch nur hier zu sein.«

Das war die Wahrheit. Sosehr sie einen Grammy haben wollte, Anna hatte sich vorgenommen, jede Sekunde des Abends zu genießen, egal, ob sie gewann. Bei den Grammys aufzutreten war ein absolutes Megading, ganz davon abgesehen, dass sie mit ihrem Idol auf der Bühne stehen würde – der größte Moment ihrer bisherigen Karriere! Und obwohl sie sich ziemlich sicher war, dass sie nach außen hin ruhig und selbstsicher wirkte, flippte sie innerlich komplett aus.

Anna drehte sich und bemerkte dabei Eden etwas weiter entfernt auf dem roten Teppich. Sie trug ein saphirblaues Samtkleid, bei dessen Anblick Annas Gehirn mal eben explodierte. Eden machte einen Schritt vorwärts und gewährte Einblick auf den Schlitz, der ihren linken Oberschenkel entblößte. Heilige *Scheiße*!

»Anna, von wem ist das Kleid?«

Sie zwang sich, den Blick zurück auf die Reporter vor sich zu wenden. »Es ist von Lavoie, einem meiner liebsten neuen Designer.«

»Sind das die Farben der pansexuellen Flagge?«, fragte eine junge Frau mit Mikrofon.

Anna lächelte sie strahlend an. »Gut erkannt! Ja, das stimmt.«

»Das finde ich super«, antwortete die Reporterin enthusiastisch. »Danke, dass Sie so offen mit Ihrer sexuellen Orientierung umgehen.«

»Ich bin mir einfach nur selbst treu«, erwiderte Anna. Ihr war bewusst, dass sie Glück hatte, in einer Zeit zu leben, in der sie sich derart stolz und offen in der Gesellschaft bewegen konnte, und es war ihr eine Ehre, alles dafür zu tun, dass es für queere Menschen noch selbstverständlicher wurde, ein Leben nach ihren Vorstellungen leben zu können.

Als Anna das Ende des roten Teppichs erreichte, tauchte Kyrie neben ihr auf. Sie trug ein einfaches weißes Kleid, und ihre Haarspitzen hatte sie in einer Mischung aus Pink und Blau getönt, was zu Annas Kleid passte und gleichzeitig ihr dezentes Bekenntnis zu ihrer eigenen Flagge als transgender Frau war.

Anna und Kyrie machten sich auf den Weg zum Eingang der Arena. Anna hatte Schmetterlinge im Bauch, als sie die Treppe zum Haupteingang hinaufstieg.

»Na so was! Was machst du denn hier?«

Annas Schmetterlinge starben augenblicklich und wurden zu einem riesigen Klumpen im Bauch. Langsam drehte sie sich zu der letzten Person um, der sie heute Abend oder sonst irgendwann begegnen wollte. »Camille, hi.«

Es war geradezu unfair, wie umwerfend Camille Dupont in ihrem champagnerfarbenen Kleid aussah. Die blonden Haare hatte sie elegant hochgesteckt, und ihr Lächeln triefte nur so vor Charme. Aber wenn es um Camille ging, hatte Anna vor langer

Zeit gelernt, dass das Äußere trügerisch sein konnte. »Du siehst absolut herzig aus.« Camille streckte die Hand nach der Schärpe von Annas Kleid aus.

Mit einem automatischen Schritt zurück erwiderte sie: »Du siehst auch gut aus.«

»Und wer ist das?« Camille sah Kyrie mit der allzu vertrauten Eifersucht im Blick an.

»Das ist Kyrie, meine Assistentin«, antwortete Anna. »Ihr seid euch schon begegnet.«

»Kyrie.« Camille nickte. »Ja, genau. Stimmt.«

»Hi«, grüßte Kyrie und nickte höflich.

»Ich glaube, deine Haare waren … war das Lila?« Sie machte eine Handbewegung, als sei Kyries Haarfarbe egal, und richtete den Blick zurück auf Anna. »Mit wem bist du heute Abend hier?«

»Nur Kyrie.« Anna zuckte beinahe zusammen, weil sie etwas atemlos klang. Camilles machtvoller Ausstrahlung hatte sie schon immer hilflos gegenübergestanden. Das war auch der Grund gewesen, weshalb sie immer wieder zu ihr zurückgekehrt war, obwohl sie gewusst hatte, dass ihre Beziehung keine Zukunft hatte, dass Camille manipulativ und kontrollsüchtig war und dass Anna es hasste, wie sie sich fühlte, wenn sie zusammen waren.

»Drei Nominierungen heute, Anna. Nicht schlecht.« Stolz schwang jetzt in Camilles Stimme mit, und Anna genoss es, obwohl sie es nicht wollte. »Schade, dass dir kein Auftritt angeboten wurde.«

Anna verschränkte die Hände vor sich. »Vielleicht nächstes Jahr.«

Camille musterte Annas Kleid auf eine Weise, bei der es ihr früher mal siedend heiß geworden wäre. Anna war echt stolz auf sich, dass Camille diesen Effekt jetzt nicht mehr auf sie hatte. Da wandelte sich Camilles Ausdruck zu Abneigung.

Mit einem Zungenschnalzen fragte sie: »Trägst du etwa … eine Pan-Flagge?«

Anna wäre am liebsten im Boden versunken. Gerade eben war sie so stolz auf ihr Kleid gewesen, aber jetzt sah sie sich durch Camilles niveauvolle Brille und kam sich total blöd vor. Anna war sich nur allzu bewusst, dass sie von ihresgleichen noch nicht respektiert wurde. Nach wie vor sah man sie als den Star einer albernen Teenieshow, nicht als ernsthafte Musikerin. Sie hätte ein anderes Kleid anziehen sollen.

»Ich finde ihr Kleid wunderschön.«

Die unerwartet erklingende Stimme war, als berührte man eine unter Spannung stehende Leitung. Anna erschrak, und ein Stromschlag durchzuckte sie, als sie sich umdrehte und Eden ein paar Schritte entfernt von ihnen stehen sah. Sie beobachtete die beiden Frauen mit einem unergründlichen Ausdruck. Apropos wunderschön …

Camille drehte sich völlig überrascht zu Eden um. »Ms Sands, was für eine Ehre.« Sie streckte elegant die Hand aus. »Camille Dupont.«

Eden nahm ihre Hand, allerdings mit einem Ausdruck, der Anna erbeben ließ. Woher kam diese hochmütige Haltung? Eden sah Camille an, als sei sie der unbedeutendste Mensch, dem sie je begegnet war, obwohl sie in Wahrheit eine renommierte Gesangslehrerin war. Anna hatte ihr Glück nicht fassen können, als sie zu Beginn ihrer Karriere als Camilles Schülerin akzeptiert worden war.

Eden schüttelte kurz Camilles Hand und wandte sich dann zu Anna um. Sofort wurde ihr Ausdruck weicher. »Wir sehen uns dann drinnen?«

Völlig perplex konnte Anna nur nicken.

Eden rauschte an ihnen vorbei die Treppe hinauf. Paris folgte ihr mit der blauen Handtasche und dem Schultertuch in den Händen, passend zu Edens Kleid. Als sie vorbeiging, winkte sie Anna kurz zu. Edens Bodyguard ging neben Paris und sah in dem schwarzen Anzug super aus.

»Eden Sands?«, fragte Camille. »Du bist ja *tatsächlich* aufgestiegen, Süße.«

»Beruflich gesehen war es ein super Jahr für mich.«

»Ich weiß, dass du dich gern an machtvolle Frauen hängst, aber glaub mir, die spielt in einer *komplett* anderen Liga als du.« Camille machte eine Kopfbewegung in die Richtung, in der Eden verschwunden war.

Annas Wangen wurden glühend rot. »Ich … ich hänge mich nicht …«

Kyrie berührte ihre Schulter. »Wir müssen rein.«

»Vielleicht sehen wir uns ja auf einer der Afterpartys«, sagte Camille.

Anna brachte ein dünnes Lächeln zustande. »Vielleicht.«

* * *

Zwei Stunden später verließ Anna ihre Garderobe mit dem Gefühl, als hätte sie möglicherweise ihre überlebenswichtigen Organe dort vergessen, denn anscheinend konnte sie nicht ordentlich atmen. Gleich würde sie vor zwanzigtausend Musikerkollegen auftreten, ganz zu schweigen von den Millionen Zuschauern in ihren Wohnzimmern und …

Gleich würde sie ohnmächtig werden.

Kyrie zog die Garderobentür zu. »Alles okay?«

»Nein«, flüsterte Anna. »Das ist … krass. Das ist so krass, Kyrie. Was, wenn ich's versaue? Was, wenn mir der Text nicht mehr einfällt?«

»Dafür gibt's den Teleprompter«, sagte Eden hinter ihr.

Anna schlug das Herz bis zum Hals, und sie wurde rot vor Scham, weil Eden mitbekommen hatte, dass sie Muffensausen hatte. »Genau«, brachte sie noch heraus.

Eden trug für den Auftritt ein silberfarbenes Kleid, und es war mit dermaßen vielen Pailletten und Kristallen besetzt, dass sie im Licht zu schimmern schien. Sobald man die Bühnenscheinwerfer auf sie richtete, würde sie erstrahlen. Sie war ein Star. Eine Legende. Und Anna … nicht.

»*In einer komplett anderen Liga*«, hallten Camilles Worte in ihren Ohren nach.

»Ist das dein erster Auftritt bei den Grammys?«, fragte Eden. Anna konnte nur nicken.

»Mein Rat: Schau nicht ins Publikum. Sieh mich an oder die Kameras. So ist es weniger einschüchternd.«

»Danke«, sagte Anna. Eden anzuschauen war zwar kaum weniger einschüchternd, doch aufgrund der letzten paar Tage fühlte sich Anna etwas entspannter in ihrer Gesellschaft. Mit Eden zu arbeiten war leichter gewesen als gedacht, aber die ganze Probenzeit über war alles rein professionell abgelaufen. Nur Arbeit, kein freundschaftliches Geplänkel.

»Dein Kleid ist wirklich super geworden«, lobte Eden. »Ich glaube, alle werden den Zusammenhang mitbekommen.«

»Ja.« Anna schaute an sich hinunter. Ihr grünes Kleid war mit knallbunten Seidenblumen verziert. Es war eine fast exakte Kopie des Kleides, das Eden in ihrem »Daydreamer«-Musikvideo getragen hatte.

»Weil wir gerade über das Kleid reden …« Paris trat mit dem Handy in der Hand vor. »Lasst mich schnell ein paar Fotos von euch beiden machen, bevor ihr rausgeht.«

Anna stellte sich neben Eden, und jede legte der anderen einen Arm um die Taille, um für Paris zu posieren. Eden kam noch näher, drückte ihre Wange an Annas, und schoss mit dem eigenen Handy über ihren Köpfen selbst ein paar Fotos. Der Superfan in Anna freute sich wie verrückt. Als Teenager hätte sie nie gedacht, dass so ein Moment überhaupt möglich wäre.

Ein warmes Kribbeln lief ihr den Rücken rauf und runter, was Alarmglocken in ihrem Kopf auslöste. Da Anna nun die Frau hinter der Berühmtheit, die sie seit Ewigkeiten anhimmelte, kennengelernt hatte, wurde aus der Schwärmerei eines Superfans eine echte Anziehung, und … das war nicht gut. Wenn es etwas gab, das sie aus ihrer Zeit mit Camille gelernt haben sollte, dann, dass es unweigerlich zu einem gebrochenen Herzen führte, wenn man sich in seine Mentorin verknallte.

Ein Mitarbeiter der Arena kam zu ihnen und machte mit einer Geste klar, sie sollten ihm folgen.

»Okay, das ist unser Signal«, sagte Paris. »Hals und Beinbruch, Ladys.«

»Du schaffst das.« Kyrie drückte Annas Schultern.

Sie nickte nur, fürchtete, kein Wort herauszubekommen, aber überraschenderweise war sie jetzt gefasster als vorher, als sie aus ihrer Garderobe gekommen war. Den Preis für das beste Musikvideo hatte Anna bereits verloren – die einzige Kategorie, in der man sie als Favoritin angesehen hatte –, also musste sie nur noch den Auftritt durchstehen, bis sie sich entspannen und den Rest des Abends genießen konnte.

Die große Gewinnerin des Abends war bisher Sasha Sol gewesen, und Anna freute sich tierisch für sie. Sie hatte Sasha vor Beginn der Zeremonie kennengelernt, und sie war absolut liebenswert und unglaublich talentiert. Anna fand ihre Musik einfach nur super.

Als die Liveübertragung für Werbung unterbrochen wurde, brachten die Bühnenarbeiter Anna und Eden eilig in Position. Anna setzte sich auf den Hocker, den man hinter dem Hügel für sie bereitgestellt hatte, um sie vorerst verborgen zu halten. Um sie herum wimmelte es nur so geschäftig auf der Bühne. Kurz wünschte sie sich, sie könnte zusehen, wenn Eden den ersten Teil ihres Auftritts ablieferte, aber zumindest konnte sie sich später die Aufzeichnung anschauen.

»Zehn Sekunden!«, rief jemand.

Einen Moment lang wurde es um sie herum hektischer und dann schlagartig still, als die Werbepause zu Ende war und die Übertragung weiterging. Sie hörte, wie Eden anmoderiert wurde, und dann erklangen die ersten Töne von »Alone«. Da sie mit dem Rücken an der Konstruktion lehnte, hinter der sich die Bühnenband befand, spürte Anna die Vibration der Musik bis tief in die Knochen hinein.

Sie schloss die Augen, nahm die Musik in sich auf. Sie verlor sich in der Schönheit von Edens Stimme und der Spannung, die die Luft erfüllte. Auf der Bühne und dennoch vor dem Publikum verborgen zu sein, war eine der intensivsten Erfahrungen, die Anna je gemacht hatte. Als sie Eden singen hörte, schmolz jede Anspannung dahin. Anna war eins mit der Musik.

»Ich bin nie einsam, denn ich kann mir selbst Gesellschaft sein.« Eden sang die letzte Zeile mit unheimlich tiefem Gefühl.

Anna war ganz ergriffen. War das wirklich, was Eden empfand? Fühlte sie sich einsam, sobald das Scheinwerferlicht nicht mehr auf ihr lag? Die Musik wechselte, und Anna beugte sich vor, während der Filzhügel aufgelöst wurde und die Band zum Vorschein kam. Eden stand nun über ihr, aber Anna traute sich nicht hinaufzuschauen. So kurz vor ihrem Einsatz durfte sie sich von nichts und niemandem ablenken lassen.

Die ersten Beats von »After Midnight« hämmerten um sie herum, Anna schaltete ihr Mikro ein. Sie presste die Hände auf ihre Oberschenkel, bereit, vom Hocker aufzuspringen. Eden sang den ersten Vers, und Anna hörte, wie die Massen im Takt klatschten. Durch die Energie in der Luft richteten sich die feinen Härchen an ihren Armen auf. Zischend schoss Bühnenrauch aus der Konstruktion hinter ihr.

»Aber nach Mitternacht …«, drang Edens Stimme zu ihr durch.

Anna sprang hoch, den Blick auf die Markierungen aus rotem Klebeband gerichtet, die ihr den Weg durch den Rauch wiesen, der nun dick um sie herum waberte. Sie betrat die Hauptbühne, wo sie von Scheinwerferlicht eingehüllt wurde, und das Publikum raunte vor Überraschung auf.

»Lass ich mich gehen. Nach Mitternacht bin ich auch gern mal ein Clown.« Annas Stimme war laut und klar, und sie war froh, dass die Scheinwerfer dermaßen hell waren, dass sie das Publikum nicht sehen konnte, auch nicht, wenn sie es gewollt hätte. Sie machte eine Drehung, sodass der Rock des Kleides sich aufbauschte, und tanzte dann zu Eden hinüber, während sie abwechselnd die Zeilen des Refrains sangen.

Eden stand vor ihr und sah aus, als wäre sie in Wahrheit ein himmlisches Wesen und nicht nur ein Star. Ihr Kleid funkelte im Licht der Scheinwerfer, glitzerte und schimmerte und verzauberte Anna, bis sie beinahe *tatsächlich* den Text vergaß. Einen Augenblick lang wusste sie nicht weiter, starrte Eden hilflos vor den Augen einer Arena voller Schwergewichte der Musikbranche an.

Eden lächelte sie bestärkend an, nickte ihr kaum merklich zu. *Du packst das.* Die Botschaft kam laut und deutlich bei Anna an, und plötzlich war es auch so.

»Ich bin etwas wilder, ich *bin* mein inneres Kind. Die rosarote Brille wird nicht abgenommen«, sang Anna und rückte sich die unsichtbare Brille zurecht.

Die Musik wurde dramatischer. Eden hielt den Blick mit gequältem Gesichtsausdruck auf sie gerichtet und wandte sich dann nach vorn zur Kamera um. »Ich habe keine Tagträume mehr.«

Die Stimme tief emotional – *verdammt*, sie konnte echt gut schauspielern! Sie hatten den Text des Songs leicht verändert, damit er zum Thema des Auftritts passte, und Anna hörte, wie die Menge als Reaktion darauf raunte.

Anna drehte sich leicht zur Kamera hin, die an einer Angel über ihnen schwebte. Damit war es dem Sender möglich, für die Zuschauer zu Hause Nahaufnahmen von der Bühne einzublenden. Ihr Blick glitt daran vorbei ins Publikum dahinter. Die Bühnenbeleuchtung hatte gewechselt, und nun konnte sie so viele Gesichter sehen, die sie erkannte, wirklich einschüchternde Gesichter. Ach du Scheiße!

Sie zwang sich, wieder Eden anzusehen. Sie sangen und umkreisten einander dabei, stritten miteinander, als kämpfte Eden mit den Dämonen ihres jüngeren Ichs. Die Art, wie sich die Lichter auf Edens silberfarbenem Kleid brachen, war hypnotisch, und Anna hatte so etwas noch nie gesehen.

Und dann lag sie mit der Wange an diesem über und über mit Glitzersteinen besetzten Kleid, weil Eden ihr inneres Kind umarmte. Als Anna sich aus der Umarmung lösen und aufrichten wollte, verfing sich ihr Ohrring an einem der Kristalle und riss sie zurück an Edens Brust. Sie hing fest. Doch bevor sie in Panik ausbrechen konnte, zerbrach ihr Ohrring und gab sie frei.

Anna wirbelte herum, um sich Rücken an Rücken mit Eden zu stellen und verschmolz mit dem Hintergrund, während Eden die letzten Zeilen des Songs sang.

»Nach Mitternacht bin ich frei.«

Das Publikum fing an zu pfeifen und zu klatschen, und bei dem Geräusch richteten sich Annas feine Härchen erneut auf. Eden drückte ihre Hand, das Zeichen für Anna, neben sie zu treten.

»Vielen, vielen Dank!«, rief Eden ins Publikum.

»Danke«, echote Anna mit Tränen in den Augen. Auch mit leicht verschwommener Sicht nahm sie wahr, wie einige Leute im Publikum aufstanden. Es schien wie in Zeitlupe zu geschehen: Menschen in Smokings und Festkleidern, Menschen, die Anna bewunderte, Legenden der Musikbranche standen auf und klatschten für *sie*.

Na ja, wahrscheinlich für Eden. Vielleicht für beide. Und dann zog Eden sie an sich und umarmte sie. Anna grinste wie irre, und Eden roch immer noch nach Rosen – dieser Augenblick war definitiv ein außerkörperliches Erlebnis.

Wenn es sich so im Himmel anfühlte, wollte Anna nie wieder auf die Erde zurück.

KAPITEL 5

Eden lächelte und ignorierte die auf sie gerichtete Kamera, während die Frau auf der Bühne die Nominierten für das Album des Jahres vorlas. Wenn sie jetzt verlor, würde sie mit leeren Händen nach Hause gehen müssen. Das war zwar kein Weltuntergang, doch nach dem Jahr, das sie hinter sich hatte, fühlte es sich trotzdem nach einem an.

»Nominiert sind … Sasha Sol mit ›On the Rocks‹, Eden Sands mit ›After Midnight‹, Tony Marko mit ›Life of the Party‹, Anna Moss mit ›Simply Myself‹ und Lamar Cruz mit ›Tension‹.«

Eden klopfte das Herz in der Brust, und sie hatte Mühe, gleichmäßig weiterzuatmen. *Bitte. Bitte. Bitte.* Die käferartige Linse der Kamera kam näher, bereit, jede Regung ihres Gesichtsausdrucks einzufangen, sobald der Name des Gewinners fiel.

»Und gewonnen hat …«

Paris drückte ihre Hand, und Eden warf ihr einen dankbaren Blick zu.

»Sasha Sol mit ›On the Rocks‹!«

Eden lächelte unverwüstlich weiter. Sie klatschte enthusiastisch, als Sasha von ihrem Sitz ein paar Reihen weiter aufsprang. Das war ganz fraglos Sashas Abend, und obwohl Eden ein vernichtendes Gefühl der Enttäuschung empfand, konnte sie nicht anders, als sich ebenfalls für Sasha zu freuen. Sie hatte den Preis verdient.

Jetzt durfte Eden nur nicht ihr Pokerface verlieren, bis sie zu Hause war. Niemand hier durfte wissen, wie enttäuscht sie war. Das sollte ihr nicht schwerfallen. Den perfekten Bühnenausdruck hatte sie bereits früh in ihrer Karriere gemeistert, allerdings fühlte sie sich in letzter Zeit einfach echt aufgerieben. Zum ersten Mal in ihrem Leben hatte sie Angst, es könnten sich Risse in der Maske zeigen.

Nach dem Ende der Preisverleihung musste Eden auf dem Weg hinaus aus der Arena einen endlosen Strom an Menschen grüßen. Auch wenn sie keinen Preis gewonnen hatte, sprach doch jeder über ihren Auftritt mit Anna. Eden war schon oft beim Grammy aufgetreten. Acht Mal? Oder neun? Sie war sich nicht ganz sicher, aber stehenden Applaus hatte sie noch nie bekommen. Das verdankte sie Anna und deren brillanter Idee für »After Midnight«.

»Tut mir leid, dass es heute nicht geklappt hat«, sagte Paris, als sie Eden zum Ausgang führte. »Bist du bereit für die Crescent-Party?«

Eden überlegte tatsächlich ganz kurz. Sie war absolut nicht in der Stimmung für eine protzige Afterparty, aber das wurde von ihr erwartet. Sie musste sich bei der Party ihres Plattenlabels zumindest mal zeigen. Etwas trinken. Sich fotografieren lassen. »Okay, dann los.«

Gefühlte Stunden später saß sie endlich im Auto auf dem Weg zur Party. Ihr taten die Füße weh. Sie war müde, hatte Durst und konnte anscheinend die melancholische Stimmung nicht abschütteln, die sich über sie gelegt hatte.

»Vorhin bist du bei Twitter getrendet«, erzählte ihr Paris, als sie losfuhren.

»Ach ja?« Eden nahm sich eine Flasche Wasser aus dem Kühlbehälter zwischen den Sitzen.

»M-hm.« Paris hielt ihr das Handy hin und scrollte durch einen Strom an Tweets, von denen viele Fotos von ihrem Auftritt zeigten. »Dein Auftritt mit Anna ist das Stadtgespräch Nummer eins. Morgen wirst du jede Menge Schlagzeilen machen.«

Eden sank in ihren Sitz und trank einen großen Schluck Wasser. »Wenn ich nur daran denke, dass ich sie nicht fragen wollte.«

Paris lächelte breit. »Ihr zwei habt die Bühne so richtig zum Strahlen gebracht.«

»Hm.« Eden schaute zum Fenster hinaus. Das Kleid, von dem sie gedacht hatte, es sei so bequem, hatte angefangen, unter den Armen zu reiben. Sie konnte es kaum erwarten, es auszuziehen. »Wir sollten das zu einem eher kurzen Zwischenstopp machen, okay?«

Paris nickte und schob ihre Brille zurecht, während sie auf ihr Handy schaute. »Gib mir einfach ein Zeichen, und ich unterbreche, um dir zu sagen, dass es Zeit für deinen nächsten Termin für den Abend ist.«

»Und zwar mein Bett«, sagte Eden müde lächelnd. »Danke.«

»Na klar, Chefin.«

Eden schloss die Augen, während sich das Auto langsam durch die vollen Straßen wand. Der Auftritt war wie ein Rausch gewesen. Liveauftritte waren immer aufregend, und sie konnte es kaum erwarten, bis ihre anstehende Tour endlich losging. Sie würde den Nervenkitzel des Auftritts fast jeden Abend spüren können. Zu erleben, wie Fans ihre Songs für sie sangen? Es gab einfach nichts Besseres.

Vielleicht verhalf der heutige Auftritt auch dem Ticketverkauf zu einem Aufschwung. Stella war ihr in letzter Zeit mit allerlei Werbetricks auf den Keks gegangen, um mehr Publicity für die Tour zu erreichen. So ein Problem hatte es bei Eden noch nie gegeben. Ihre Touren waren immer sofort ausverkauft gewesen, sobald es Tickets zu kaufen gab. Diesmal jedoch nicht.

Noch ein Beispiel dafür, wie sie das vergangene Jahr neben die Spur gebracht hatte.

»Wir sind da«, sagte Paris etwas später.

Eden öffnete die Augen und sah, wie das Auto vor dem Club Velvet hielt, den ihr Plattenlabel für die Nacht gemietet hatte. Der Eingang war mit Lichtstreifen erleuchtet, die fortlaufend alle Farben des Regenbogens wiedergaben. Beidseits der Tür standen Männer in grauen Anzügen und prüften die Einladungen der Gäste. Wie erwartet hatte sich entlang des Fußwegs bereits eine große Menge Paparazzi eingefunden, die begierig einen Blick auf die eintreffenden Stars werfen wollte.

»Komm mal her«, sagte Paris, und als Eden sich zu ihr drehte, sah sie die Puderdose in ihrer Hand. »Wir legen ein wenig nach für die Kameras.«

Eden beugte sich gehorsam vor, damit Paris ihr Make-up nachbessern und frischen Lippenstift auftragen konnte.

»Okay. Los geht's.« Paris reichte Eden ihre Clutch, während Taylor vorn ausstieg und Eden die Tür öffnete.

Eden atmete tief durch, bevor sie ausstieg. Augenblicklich begannen die Fotografen, ihren Namen zu rufen. Sie winkte lächelnd und blieb auf den Stufen hinauf zum Club stehen, damit sie ihre Schnappschüsse machen konnten.

Als sie drinnen waren, schnappte sie sich ein Glas Champagner. Auch wenn sie nicht viel zu feiern hatte, einen Drink – oder zwei – hatte sie sich definitiv verdient. Wenn sie trank, wurde sie eher still und nachdenklich, also hatte sie keine Sorge, dass sie sich irgendwie blamieren könnte.

Eden sagte dem Team ihres Labels Hallo und wurde gleich darauf von niemand Geringerem als Max Briner in ein Gespräch verwickelt. Eine überwältigende Mehrheit ihrer Fans hatte spekuliert, dass sie bei den Grammys mit ihm auftreten würde. Es folgte ein verschwommener Schwall an Gesichtern, bevor sie Anna entdeckte, die ganz allein am Eingang stand und ein wenig überfordert wirkte.

Wahrscheinlich hatte ihr jemand vom Label aufgrund des Duetts mit Eden eine Einladung gegeben. Und sie schuldete Anna ein Dankeschön dafür, wie es gelaufen war. Eden nahm sich zwei Champagnerflöten vom Tablett eines vorbeilaufenden Kellners und ging zu Anna hinüber.

»Champagner?«, fragte sie statt eines Hallos und hielt ihr eins der beiden Gläser hin.

So wie Anna sie ansah, kam sie sich in ihren High Heels gleich noch etwas größer vor, als wäre Eden der wichtigste Mensch im Raum, und als könnte Anna nicht ganz glauben, dass sie zu ihr gekommen war, um mit ihr zu reden. Natürlich schauten viele Menschen Eden auf diese Weise an, aber bei Anna fühlte es sich irgendwie anders an.

»Danke.« Anna nahm das Glas. »Das ist ja mal 'ne Party, was?«

»Die gibt's jedes Jahr, man glaubt es kaum«, gab Eden zurück. »Da drüben ist ein freies Sofa, und meine Füße bringen mich um. Wollen wir probieren, es uns vor den anderen zu schnappen?«

Anna nickte eifrig und ging voraus zum Sofa. Ihr pinkfarbenes Kleid schien im leicht übertriebenen Licht des Clubs zu strahlen. »Ich war mir nicht sicher, ob du hier sein würdest«, sagte sie, setzte sich und strich behutsam die Schleife an der Rückseite ihres Kleides glatt.

»Ich bleibe nicht mehr lange«, antwortete Eden. »Ich habe meine Runde gemacht und bin jetzt mehr als bereit für bequeme Sachen und mein Bett.«

Diesmal lächelte Anna weicher. »Ich auch. Ich war schon bei der Party meines Labels und wollte nur kurz herkommen, um mich bei Colin Braithwaite für die Einladung zu bedanken, dann ist Schluss für heute.«

»Das ist der Mann dort drüben beim Fenster.« Eden zeigte auf ihn.

»Danke.« Anna nickte. »Und noch mal danke für diese Erfahrung. Der Auftritt heute mit dir war ein Highlight meiner Karriere. Ich glaube kaum, dass das noch irgendwie zu toppen ist.«

»Oh, ich bin mir sicher, dass da noch mehr als genug große Momente für dich kommen. Du fängst ja gerade erst an.« Eden trank einen kleinen Schluck Champagner. Das war ihr zweites Glas, und sie spürte die Wärme des Alkohols in ihren Adern. Er linderte den Schmerz in ihren Füßen und an den wunden Stellen von ihrem Kleid. »Eigentlich wollte ich *dir* für deine Idee mit ›After Midnight‹ danken. Sie ist beim Publikum sehr gut angekommen.«

»Scheint mir auch so«, erwiderte Anna keck lächelnd. »Mein Handy steht schon den ganzen Abend nicht mehr still vor Mitteilungen.«

»Wirklich?« Eden hatte, seit sie ihre Wohnung am frühen Abend verlassen hatte, keinen einzigen Blick auf ihres geworfen.

»O Gott, ich glaube, jeder Mensch, dem ich je begegnet bin, hat mir heute eine Nachricht geschrieben«, schwärmte Anna. »Ganz zu schweigen von den Social Media.«

»Bei mir sind die Benachrichtigungen für all das ausgestellt. Wenn ich auch nur versuche, mir das anzuschauen, explodiert mir der Kopf. Wahrscheinlich wird mir Paris ein paar Screenshots von den guten Sachen schicken.«

»Das hört sich nach einer guten Strategie an.« Anna rückte die Schärpe ihres Kleides zurecht.

Plötzlich dachte Eden an den Vorfall auf den Stufen zur Arena vor der Zeremonie, und vielleicht hatte ihr der Alkohol doch noch die Zunge gelöst, denn sie hörte sich sagen: »Entschuldige, wenn ich jetzt vielleicht eine echt dumme Frage stelle, aber was ist eine Pan-Flagge?«

Anna blinzelte. »Was?«

»Vorhin sagte Camille Dupont, dass dein Kleid wie eine Pan-Flagge aussieht. Ich dachte, das heißt pansexuell … aber bei ihr klang das wie eine Beleidigung.« Eden merkte, wie ihr Gesicht heiß wurde. Wahrscheinlich machte sie sich gerade zum Eimer, war vielleicht sogar unsensibel. Sie gehörte nicht der LGBTQ-Community an, versuchte allerdings, eine gute Verbündete zu sein. »Tut mir leid, wenn diese Frage fehl am Platz ist.«

Anna schüttelte den Kopf. »Kein Problem. Du hast recht. Ich bin pansexuell, und die Farben der Pan-Flagge sind Pink, Gelb und Cyan.« Sie zeigte auf ihr Kleid.

»Oh.« Jetzt wusste Eden nicht, was sie sagen sollte.

»Camille war meine Gesangstrainerin. Und ist meine Ex.«

»Tut mir leid.«

Anna winkte ab. »Du hast nichts Falsches gesagt. Was Camille angeht, habe ich sehr lange Scheuklappen aufgehabt.«

Eden runzelte die Stirn. »Mentoren sollten einen bestärken, aber sie klang herablassend.«

»Sie hat das besondere Talent, andere sich klein fühlen zu lassen.« Anna presste die Lippen zusammen und sah nun beinahe traurig aus.

Eden wollte das Thema wechseln. »Darf ich dir noch eine potenziell unsensible Frage stellen?«

Anna warf ihr einen leicht skeptischen Blick zu. »Klar.«

»Es ist nur … irgendwie habe ich den Unterschied zwischen bisexuell und pansexuell nie ganz begriffen.«

»Oh.« Annas Ausdruck wurde fröhlicher. »Das ist überhaupt nicht unsensibel. Im Gegenteil, ich find's toll, wenn man sich informiert, es zeigt, dass es einem wichtig ist.«

Eden nickte. »Ist es mir auch.«

»Also, der Unterschied zwischen bisexuell und pansexuell ist sehr fein, und manche definieren es auch anders, aber für mich bedeutet bisexuell, dass man sich zu mehr als einem Geschlecht hingezogen fühlt. Und pansexuell heißt, dass man sich zu einem Menschen hingezogen fühlt, egal welches Geschlecht er hat.«

Eden lächelte und ließ sich entspannt ein wenig tiefer ins Sofa sinken. Das leuchtete ihr tatsächlich ein. »Du fühlst dich also eher zu jemandem hingezogen, weil du eine besondere Verbindung mit einem speziellen Menschen spürst und nicht aufgrund seines Geschlechts.«

»Ganz genau.«

»Danke für die Erklärung und dafür, dass du mir nicht das Gefühl gegeben hast, es sei albern, überhaupt zu fragen.«

Annas Augen funkelten neckend. »Du magst ja vieles sein, Eden Sands, aber mit dem Wort albern würde ich dich ganz bestimmt nicht beschreiben.«

In diesem Augenblick kam sich Eden allerdings doch ziemlich albern vor. Ein Lachen baute sich in ihrer Brust auf, aber sie verkniff es sich. »Wie auch immer, ich finde es furchtbar, wie gemein Camille wegen deines Kleides war. Du hast Farben genommen, die dir etwas bedeuten und sie in ein Outfit für einen dir wichtigen Abend einfließen lassen. Ich finde das wundervoll.«

Anna sah sie mit großen Augen blinzelnd an und schien sprachlos. »Danke«, brachte sie schließlich hervor.

»Gern geschehen. Und jetzt kommt die letzte ahnungslose Frage für diesen Abend: Hast du heute was gewonnen? Ich weiß, dass wir beim Album des Jahres beide verloren haben, aber ich habe den Anfang der Preisverleihung verpasst, weil ich mich auf unseren Auftritt vorbereitet habe.«

Anna rümpfte die Nase. »Nee. Heute gab's keine Preise für mich.«

Eden hielt ihr halb leeres Glas hoch. »Auf zwei der größten Loser des Abends.«

Anna lachte erstickt auf und stieß dann mit Eden an. »Darauf trinke ich. Allerdings würde ich dich kaum als Loser bezeichnen.«

Eden entwich ein unverbindlicher Laut. Heute fühlte sie sich wie ein Loser, zumindest verglichen damit, wie es normalerweise für sie lief. Seit ihrem Debüt mit sechzehn Jahren hatte sich ihre Karriere auf einem stetig aufsteigenden Pfad befunden – bis zum letzten Jahr. Und jetzt … jetzt hatte sie Angst zu sehen, wie tief sie noch würde fallen müssen. Sie hob den Blick und merkte, wie Paris sie von der anderen Seite des Raumes her musterte. Es war spät, und sie war müde. »Ich fürchte, es ist Zeit für meine Flucht«, sagte sie zu Anna.

»Bei mir auch«, erwiderte Anna. »Gleich nachdem ich mich bei Mr Braithwaite vorgestellt habe.«

Eden stand auf. »Ich freue mich, dass wir uns noch über den Weg gelaufen sind. Es war schön, mit dir zu quatschen.«

»Fand ich auch.« Anna warf ihr noch eins dieser bewundernden Lächeln zu, die Eden daran erinnerten, dass sie Annas Vorbild gewesen war. Ja, das war schmeichelhaft, aber sie fühlte sich dadurch … alt. Anna war die Zukunft der Popmusik, aber Eden hatte den Höhepunkt ganz sicher noch nicht überschritten. Sie hatte nur ein Ausnahmejahr.

»Wir laufen uns ganz sicher wieder über den Weg«, sagte Eden. »Gute Nacht, Anna.«

»Nacht«, erwiderte Anna.

Eden fing Paris' Blick ein, während sie ihren Champagner austrank. Sekunden später war Paris an ihrer Seite und hielt Eden die Stola hin. Taylor war direkt hinter ihr.

»Lawrence fährt eben das Auto vor«, sagte Paris.

»Super. Danke.«

Ein paar Minuten später saß sie im Auto auf dem Weg nach Hause … endlich. Erschöpfung legte sich über sie. Gedämpft vom Alkohol fühlte sie sich allerdings entspannt und nicht mehr ganz so gequält von ihrem unbequemen Outfit. Sie holte ihr Handy hervor und fand eine Handvoll Nachrichten vor. Die meisten waren von Stella, die den Auftritt anscheinend wunderbar gefunden hatte und aufgebracht war, dass Eden keinen Preis gewonnen hatte. Die nächste Nachricht war von Zach.

Zach: Was für ein unglaublicher Auftritt vorhin!

Ein Lächeln zupfte an ihren Mundwinkeln. Zach war wahrscheinlich der netteste Schauspieler Hollywoods. Sogar ihre Scheidung war freundschaftlich verlaufen. Müßig dachte sie an die Szene zwischen Anna und Camille zurück, die sie zuvor mitbekommen hatte. Ihre Ex-Partner hätten nicht verschiedener sein können.

> **Eden:** Danke! Und lieb, dass du es dir angesehen hast.

Die Pünktchen begannen zu hüpfen und verrieten ihr, dass er eine Antwort schrieb.

Zach: Hey, hast du morgen schon was vor? Wollen wir vielleicht brunchen gehen? Ich möchte was mit dir besprechen.

Was in aller Welt hatte er mit ihr zu besprechen? Die Scheidung war seit über sechs Monaten offiziell. Aber sie hatte nichts dagegen, Zach zu sehen. Sie vermisste ihn ja trotzdem, auch wenn sie es nicht vermisste, das Bett mit ihm zu teilen.

> **Eden:** Keine Ahnung, ob ich Lust auf Brunch haben werde, aber ich bin da, falls du vorbeikommen möchtest.

Zach: Dann bringe ich was zum Brunch mit. Gegen Mittag?

> **Eden:** Klingt gut. Bis dann.

Als sie sich in ihren Sitz zurücklehnte, schweiften ihre Gedanken zu Anna ab. Obwohl sie heute Abend verloren hatte, musste Eden doch eingestehen, dass es ein paar Highlights gegeben hatte, und alle hatten mit einem gewissen jungen Popstar mit einem überbordenden Lächeln und Sternen in den Augen zu tun.

* * *

Eden erwachte vom Klingeln und blinzelte erledigt in ihr Kissen. Was zur …? Sonnenlicht strahlte hell durchs Fenster und – *o Mist!* –, die Uhr neben ihrem Bett zeigte 12.05 Uhr an. Sie war dermaßen erschöpft gewesen, dass sie bis Mittag geschlafen hatte, und jetzt war Zach da. Stöhnend kletterte sie aus dem Bett und ging zur Gegensprechanlage an der Tür. »Hallo?«

»Guten Tag, Ms Sands«, meldete sich der Portier. »Mr Tomlin ist hier und möchte Sie sehen.«

»Können Sie mir fünf Minuten geben, bevor Sie ihn hochschicken? Dann kann ich mich fertig machen.«

»Selbstverständlich, Ms Sands.«

»Danke.« Sie lief ins Badezimmer, um sich frisch zu machen und die Zähne zu putzen. Dann zog sie Jeans und ein lockeres blaues Top an. Ihre Haare waren zerzaust, aber es war ja nicht so, als hätte Zach sie noch nie kurz nach dem Aufstehen gesehen. Gerade als sie die Kaffeemaschine anschaltete, klopfte er an der Tür.

Sie öffnete ihm lächelnd.

Er nahm sie ebenfalls lächelnd in den Arm. »Du warst bis eben noch im Bett, oder?«

»Kann sein. Der Abend gestern war lang. Was hast du mir mitgebracht?« Sie lud ihn mit einer Handbewegung ein hereinzukommen.

Zach hatte eine weiße Papiertasche ihres Lieblingscafés in Santa Monica dabei, wo sie gelebt hatten, als sie noch verheiratet gewesen waren. Zach wohnte immer noch dort. »Einen Bagel mit Frischkäse und einen großen Caffè mocca.« Er hielt ihr den Becher entgegen.

Sie konnte das Stöhnen gerade noch so zurückhalten. Nirgendwo war der Mokka so gut wie dort. »O Gott, ich liebe dich.« Zach schaute etwas verlegen drein, und plötzlich wurde Eden klar, was sie eben gesagt hatte. Sie stöhnte auf. »Ich meine ... du weißt, wie ich das meine ... der Caffè mocca! Ich liebe Caffè mocca. Ich bin eben erst aufgestanden, und im Moment ist Koffein meine Sprache der Liebe.«

Er legte ihr die Hand auf die Schulter und lenkte sie ins Wohnzimmer. »Zwischen uns ist doch alles okay, oder? Dir geht's damit gut, wie die Dinge jetzt sind?«

»Ja, alles gut. Wirklich.« Sie nahm ihm den Becher ab und sank auf die Couch.

Zach setzte sich ihr gegenüber auf den Zweisitzer. Seine braunen Haare trug er jetzt ein wenig kürzer als früher, wahrscheinlich für einen Film. Er sah gut aus, also übermäßig Hollywood-schön, aber sie empfand nichts weiter als freundschaftliche Zuneigung für ihn. Vielleicht hatte sie auch nie mehr als das für ihn empfunden, wenn sie ganz ehrlich war.

»Das freut mich.« Er stellte die Tasche auf den Couchtisch zwischen ihnen ab. »Du hast doch nichts dagegen, wenn wir hier essen, oder?«

»Nein, nur zu. Ich will nur erst eine Liebesaffäre mit diesem Caffè mocca starten, bevor ich mich an den Bagel ranmache.«

Zach grinste breit. »Eden, wie sie leibt und lebt, wie ich sehe.«

»Alles wie immer«, schlug sie in dieselbe Kerbe und trank einen Schluck. Die kräftige Kombination aus Kakao und Espresso begrüßte ihre Zunge, und *Himmel*, das war so gut, wie sie es in Erinnerung hatte.

»Wie geht's dir, jetzt mal ehrlich?«, fragte er.

»Mir geht's …« Super lag ihr auf der Zunge, aber sie hatte Zach noch nie angelogen. Warum sollte sie jetzt damit anfangen? »Gut. Mir geht's gut.«

»Nur gut?« Er schaute ihr besorgt mit gerunzelter Stirn in die Augen.

Sie zuckte mit den Schultern. »Ich gewöhne mich ans Singleleben. Du weißt ja, wie das ist.«

Ein undeutbarer Ausdruck huschte ihm übers Gesicht.

»Mein letztes Album lief nicht so gut, und ich stecke in einer Art kreativem Loch.« Sie schloss die Augen und trank noch einen Schluck. »Aber das wird schon wieder.«

»Ja, denke ich auch. Wenn ich mir dessen nicht schon sicher gewesen wäre, hätte dein Auftritt bei den Grammys keinen Zweifel mehr daran gelassen. Du warst gestern Feuer und Flamme, Eden. Da war ein *Leuchten*, das ich schon eine Weile nicht mehr bei dir gesehen habe.«

»Ach ja?« Sie hatte es gespürt, aber da er es jetzt laut aussprach … tja, das fühlte sich wie eine Bestätigung an. Sie öffnete die Augen und sah, dass er sie aufmerksam musterte. »Ehrlich gesagt, habe ich dieses Leuchten gesucht.«

»Ich glaube, du hast es gefunden.«

»Das hoffe ich.« Sie schaute Zach an und trank noch einen Schluck Caffè mocca. Langsam lüftete sich der schläfrige Schleier in ihrem Gehirn. »Also, was führt dich an einem Montagmorgen in meine Wohnung?«

»Ah.« Er setzte sich aufrechter hin, legte seinen Bagel ab – und in diesem Moment wurde ihr klar, dass er hergekommen war, um ihr etwas Wichtiges zu sagen, wahrscheinlich etwas, das ihr nicht gefallen würde. »Es gibt Neuigkeiten, und ich wollte sicherstellen, dass du es zuerst von mir hörst.«

Sie holte tief Luft. »Okay.«

»Ich habe jemanden kennengelernt.«

Ihr wurde ganz flau im Magen. *O!* Natürlich hatte er das. Gott, darauf war sie nicht gefasst gewesen. Sie zwang sich ein Lächeln auf die Lippen. »Ich freue mich für dich, und ich weiß es sehr zu schätzen, dass du es mir erzählst, bevor ich es irgendwo online lese.«

»Du wirst mir immer am Herzen liegen, Eden. Das weißt du, oder?«

Sie nickte. »Du mir auch. Also, wer ist sie? Kenne ich sie?« *Bitte sag Nein.*

»Ich glaube nicht«, antwortete er. »Wir haben uns am Set meines letzten Films getroffen. Sie ist Regieassistentin. Hallie Milzovski.«

»Kein Promi? Das ist allerdings neu für dich.«

»Ja, stimmt, und diese Veränderung ist gut, glaube ich.« Er hob das Handy und zeigte ihr ein Foto von sich mit einer hübschen Brünetten. Die Hingabe, mit der er Hallie betrachtete, ließ Eden zweifeln, ob sie diesen Ausdruck überhaupt schon einmal bei ihm gesehen hatte. Er sah wie ein schwer verliebter Mann aus.

Sie straffte die Schultern und kämpfte gegen den Drang an, auf der Couch zusammenzusinken. Zach hatte ein neues Kapitel in seinem Leben aufgeschlagen, wogegen sie seit ihrer Scheidung noch nicht einmal auf ein Date ausgegangen war. An ihren letzten Kuss konnte sie sich auch nicht mehr erinnern. Hatte sie Zach je so angesehen, wie Hallie es tat? »Ihr zwei seht gut aus zusammen.«

»Danke. Wir sind sehr glücklich.«

Das war nicht als Seitenhieb gemeint. Das wusste sie. Er hatte keine einzige miese Faser in sich. Trotzdem spürte sie einen schmerzhaften Stich direkt durch ihr Herz.

KAPITEL 6

Stella machte es sich auf dem Zweisitzer gegenüber Eden gemütlich – ganz ähnlich wie Zach es Anfang der Woche getan hatte –, und etwas an Stellas Ausdruck gab Eden das Gefühl, dass ihr diese Unterhaltung auch nicht viel besser gefallen würde. »Ich habe eine Idee für dich, und du musst mir versprechen, dass du mich ausreden lässt, bevor du Nein sagst.«

»Nein«, erwiderte Eden mit einem schelmischen Grinsen.

Stella warf die Hände in die Luft. »Ach, komm schon!«

»Du hast mir eben schon gesagt, dass es mir nicht gefallen wird. Also … egal, was es ist, meine Antwort lautet Nein.« Eden machte nur Spaß. Beide wussten das, und trotzdem war es ihr im Herzen nie ernster gewesen. Sie war müde. Sie war frustriert. Und sie kämpfte gegen eine allmählich einsetzende Desillusion an, ein Gefühl, dass der Rest der Welt da draußen sein Leben lebte und einander liebte, während sie in ihrer Wohnung hoch über einem Strand wohnte, den sie nicht einmal betreten konnte, ganz allein in ihrem Turm.

Verbittert, das war sie. Sie wurde zu einer verbitterten Frau, und das fand sie furchtbar.

Stella winkte ab. »Wisch dir den finsteren Blick aus dem Gesicht. Ich fang noch mal von vorn an, diesmal ganz anders.«

»Meinetwegen.« Eden versuchte nicht einmal, sie davon abzuhalten. Beide wussten, dass sie wahrscheinlich sowieso Ja sagen würde, egal, was Stella gleich vorschlagen wollte.

»Vier Tage nach deinem Grammy-Auftritt – und das ganze Internet schwärmt immer noch davon«, begann Stella. »Über keinen anderen Auftritt des Abends wurde so viel gesprochen wie über deinen mit Anna.«

»Das freut mich.« Eden freute sich *wirklich*, aber sie war es leid, darüber zu sprechen. Die Grammys waren vorbei. Bald begannen die Proben für ihre anstehende Tour. Sie hätte sich viel lieber darauf konzentriert, wie man die Leute dazu bringen konnte, mehr über die Tour zu reden, statt den Grammy-Auftritt wieder und wieder durchzukauen.

»Der Ticketverkauf läuft nach wie vor schleppend«, sagte Stella, als hätte sie Edens Gedanken gelesen.

Eden erwiderte nichts. Sie trank einfach ihren Kaffee weiter und wartete darauf, dass Stella fortfuhr.

»Was euer Duett derart bestechend gemacht hat, war die Energie, die auf der Bühne zwischen Anna und dir entstanden ist. Anna hat zwar bisher nur wenig kritische Anerkennung bekommen, aber ihre Fanbase ist absolut enthusiastisch. Ihre Fans sind jünger als deine, und einige haben angefangen, deine Musik herunterzuladen. Deine Streamingrate ist über die letzten paar Tage gestiegen, vor allem unter jüngeren Leuten, was wirklich tolle Neuigkeiten sind. Das sollten wir nutzen, solange es trendet, Eden. Hol Anna für die Tour an Bord. Lad sie als Vorband ein.«

Eden presste frustriert die Lippen aufeinander. Ihre beiden letzten Tourneen hatten keine Vorband gehabt, und so war es ihr auch lieber. Vorbands waren eine Ablenkung. Es war schwer, passende Musiker zu finden. Sie minderten ihren Profit … nicht, dass es ihr an Geld mangelte, aber trotzdem. Eden hatte gern die Kontrolle, wenn es um ihre Karriere ging, und in letzter

Minute eine Vorband dazuzunehmen, hieß, sie würde Kompromisse eingehen müssen, die sie nicht wollte.

Die Teenager-Popsensation, der jede Minute ihres Tages vorgeschrieben worden war, während ihre Eltern mit ihren Millionen auf großem Fuß lebten, steckte noch immer tief in ihr drin. Sie hatten jeden Aspekt von Edens Leben bis ins Detail bestimmt – bevor und nachdem sie berühmt geworden war – und damit auch nicht aufgehört, als sie achtzehn geworden war. Sie hatte sich so sehr bemüht, sie dazu zu bringen, dass sie ihr zuhörten und ihre Wünsche respektierten, aber letztlich hatte sie die Tatsache akzeptieren müssen, dass sie ihre Eltern aus ihrem Leben würde ausschließen müssen, wenn sie eine Karriere nach ihren eigenen Vorstellungen haben wollte.

Sie schickte ihnen genug Geld, dass sie weiterhin in Luxus leben konnten, und besuchte sie hin und wieder. Aber sie waren mehr daran interessiert, das Verdienst für Edens Erfolg sich selbst zuzurechnen, als einfach ihre Eltern zu sein. Sie schickte ihnen auch nach wie vor Tickets für Konzerte oder Events, die Eden in ihre Gegend brachte, aber gewöhnlich gaben sie sie weiter, um Freunde zu beeindrucken, anstatt selbst zu kommen und sie zu sehen. Das machte sie unsagbar traurig, aber sie hatte damit Frieden geschlossen. Eden hatte jetzt die Kontrolle über ihr Leben und würde sie für nichts und niemanden aufgeben.

»Wenn ich Anna als deine Vorband bekannt gebe, werden die Tickets innerhalb von Stunden ausverkauft sein. Ob's dir gefällt oder nicht, sie ist gerade angesagt«, sagte Stella.

Eden gefiel das ganz sicher *nicht*, egal, wie sehr sie Anna widerstrebend mochte. »Wir haben die Kosten für eine Vorband nicht in die Ticketpreise einkalkuliert.«

»Nein, aber wir haben immer einen Puffer in den Ticketpreisen für unerwartete Ausgaben, und ich habe bereits einen Plan, wie wir Teile der Mehrkosten durch Merchandising und zusätzliche VIP-Optionen wieder reinholen können. Wenn du das nicht machst, wirst du entweder Ticketbündel zu reduzierten Preisen verkaufen oder unverkaufte Plätze bei jedem Konzert einkalkulieren müssen. Also egal, wie du's drehst oder wendest, diese Verluste wirst du irgendwie wieder reinholen müssen.«

Eden biss die Zähne zusammen. Verdammt, warum konnte sie ihre eigene Tour nicht ausverkaufen? Ihr »After Midnight«-Album war vielleicht nicht ihre beste Arbeit, dennoch war sie darauf stolz. Hatten sich tatsächlich so viele ihrer Fans einfach so von ihr abgewendet?

»Ich weiß, du denkst an das eine Mädel, das bei deiner Daylight-Tour Vorband war«, sagte Stella. »Die ständig zu spät und unvorbereitet auftauchte.«

»Harmony Cox«, ergänzte Eden tonlos. »Das Publikum hat sie ausgebuht. Sie hat mich schlecht dastehen lassen.«

»Nein, hat sie nicht. Die Leute kommen, um den Hauptact zu sehen. Eine mittelmäßige Vorband wird keinem den Abend vermiesen. Was ich aber damit sagen will, ist ... Anna ist nicht Harmony. Wenn wir von dem ausgehen können, was wir letzte Woche gesehen haben, reicht ihre Arbeitsdisziplin sogar locker an deine heran. Außerdem hat sie eine tolle Verbindung zu ihren Fans. Sie ist die perfekte Wahl. Hol sie an Bord.«

Eden schaute zur Terrasse hinüber, wo über dem Geländer gerade so ein Streifen blauen Wassers sichtbar war. Sie hatte sich seit Monaten auf diese Tour gefreut, auf die Chance, zu strahlen, bei ihren Fans wieder beliebt zu werden. Eitelkeit hin oder her, es gefiel ihr nicht, ihren Platz im Scheinwerferlicht zu teilen.

Aber Eden respektierte Anna. Vielleicht würde es ihr sogar nichts ausmachen, wenn sie bei der Tour dabei war.

»Na schön«, sagte Eden seufzend. »Ruf sie an. Lad sie auf die Tour ein.«

* * *

Anna wünschte, sie hätte die Haare im Winde wehen lassen können. Sie saß auf ihrem Yamaha-Motorrad, gab Gas und spürte, wie der Motor unter ihr dröhnte. So entspannte sie sich am liebsten. Im Schutz des Vollvisierhelms konnte sie in absoluter Anonymität über die Straßen L.A.s kurven, aber es waren die offenen Straßen außerhalb der Stadt, nach denen sie sich wirklich sehnte. Sie liebte es, den Pacific Coast Highway entlangzufahren, die umwerfenden Häuser und den Blick auf den Ozean zu genießen.

Es war atemberaubend. Allerdings vermisste sie schon die etwas wildere Zeit ihrer Jugend, als sie einen weniger schützenden Helm getragen hatte, mit dem sie den Wind im Gesicht gespürt und die Haare frei flattern gelassen hatte. Doch Sicherheit ging vor. Und mit der Sicherheit kam Anonymität.

Anna war außerhalb von San Francisco aufgewachsen, also lag ihr die kalifornische Küste quasi im Blut. Sie liebte sie leidenschaftlich und schämte sich nicht zu sagen, dass eins ihrer Karriereziele darin bestand, sich eins der am Strand gelegenen Häuser leisten zu können, an denen sie auf ihren Ausflügen vorbeifuhr. Sie wollte zur Hintertür hinausgehen und die Zehen in den Sand stecken können, wollte Wellen hören und salzige Luft atmen.

Ihr heutiges Ziel war das Naturreservat Point Dume, das etwa eine Stunde nördlich der Stadt lag. Zum Wandern hatte sie keine Zeit, aber für sie war die Fahrt entlang der Küste sowieso das Beste an der ganzen Sache. Sie wollte auf dem Parkplatz des Aussichtspunkts über dem Kliff kurz Pause machen und den Ausblick genießen, bevor sie dann für ihr Treffen mit David fix zurück nach Hause raste.

Als sie den Park erblickte, bremste Anna ihr Motorrad ab und lenkte es auf den Parkplatz, an dessen hinterem Ende sie hielt, weit genug von den anderen Autos entfernt, sodass niemand sie bemerken würde. Dann nahm sie den Helm ab und schüttelte ihr Haar aus. Normalerweise wurde sie nur von Leuten ihres Alters oder jünger erkannt, was sich allerdings mit ihrem nächsten Album ändern sollte, wenn es nach ihr ging.

Und das würde es.

Das Bedürfnis, ernst genommen zu werden, nagte stetig an ihr, wuchs mit jedem Tag, der vorbeiging, an. Sie war bereit – *mehr* als bereit –, für eine breitere Gruppe an Menschen interessant zu werden. Sie hatte so viel mehr zu bieten als nur das Freche-Göre-Image, auf das sich die Mainstreammedien eingeschossen hatten.

Ein zufriedenes Lächeln machte sich auf ihrem Gesicht breit, während sie die Klippen hinab in die sich brechenden Wellen schaute. Sie war versucht, ein Selfie für ihre Kanäle zu schießen, aber bisher hatte sie es vermieden, hier Fotos zu machen. Alles, was sie online postete, war Freiwild für ihre Fans, die es auseinandernahmen, dieselben Wege gingen und ihre Selfies am selben Ort nachstellten. Fast alle Aspekte ihres Lebens waren öffentlich einsehbar.

Aber Point Dume behielt sie für sich. Niemand wusste, dass das ihr Lieblingsort war.

Sie griff in die Tasche hinter sich und holte eine Flasche Wasser und einen Energieriegel heraus. Während sie ihren Snack genoss, ließ sie den Moment am Ende des Auftritts Revue passieren, als sich ihr Ohrring an Edens Kleid verfing und sie beide aneinandergebunden hatte. Die Wärme von Edens Umarmung und der Rosenduft ihrer Haut … bei der Erinnerung daran wurden Annas Wangen rot.

Wenn sie sich bei einem Event der Musikbranche wiedertrafen, würden sie dann auch wieder diese harmonische Verbindung haben? Anna gefiel die Vorstellung, dass sie irgendwann mal erneut so einen Augenblick miteinander erleben würden. Natürlich erträumte sich ihr pansexuelles Herz mehr als das, aber sie war Realistin. Eden interessierte sich nicht auf diese Weise für sie, und davon abgesehen, hatte Anna ihre Lektion gelernt, was eine Beziehung mit Mentoren anging.

Allein beim Gedanken an die Szene mit Camille vor den Grammys wurde ihr mulmig. Sie fand es furchtbar, dass Eden es mitbekommen hatte, andererseits tat es ihr aber auch nicht wirklich leid, wie es am Ende ausgegangen war. Camilles Gesichtsausdruck, als Eden sie hatte abblitzen lassen, nur um dann Anna ein Kompliment für ihr Kleid zu machen …

Unbezahlbar.

Anna aß ihren Snack auf und steckte den Müll in die Satteltasche. Dann schaute sie eine Zeit lang einfach nur aufs Meer hinaus, ließ es auf sich wirken. Zu dieser Jahreszeit konnte man manchmal Grauwale auf ihrem Weg die Küste hinauf sehen, aber bisher hatte sie kein Glück gehabt.

Entspannt und gestärkt fuhr sie entlang der Küste zurück. Erst als sie wieder in den überfüllten Straßen des Großraums L.A. war, stieg die Anspannung ein wenig. Auf dem Weg zu ihrem Haus in Montecito Heights fuhr sie am Ernest E. Debs Regionalpark vorbei. Als ihr graues Doppelhaus am Straßenende in Sicht kam, entdeckte sie auch Davids schwarzen Durango in der Einfahrt. Entweder war er früh dran oder sie hatte für den Heimweg länger gebraucht als gedacht.

Sie lenkte ihr Motorrad an seinem SUV vorbei, um es im Verschlag neben ihrem Haus abzustellen. »Entschuldige, mir war gar nicht klar, dass ich spät dran bin«, sagte sie, als sie vom Motorrad stieg und den Helm abnahm.

Er stieg in einem lavendelfarbenen Hemd samt grauen Hosen aus. »Du kommst nicht zu spät. Ich bin früh dran.«

»Das sieht dir gar nicht ähnlich«, neckte sie ihn und verstaute den Helm. Dann schloss sie den Verschlag ab und ging voraus ins Haus, wobei sie die Beine ein wenig streckte. Sie schmerzten vom stundenlangen Sitzen auf dem Motorrad.

»Ich hatte vorher noch einen Termin in der Gegend, und statt in einem Café hier ein Vermögen für einen Kaffee auszugeben, dachte ich, ich komme einfach her und bearbeite meine E-Mails, bis du nach Hause kommst.«

»Der Kaffee ist hier tatsächlich sauteuer«, stimmte sie zu. »Möchtest du einen umsonst? Ich könnte auch welchen gebrauchen.«

»Zu einem Kaffee sage ich nicht Nein.« David setzte sich an den Küchentisch. »Allerdings kann es sein, dass du lieber Champagner trinken willst, wenn du hörst, weshalb ich hier bin.«

Anna erstarrte mit einer Hand am Kaffeeautomaten. »Was? Ich dachte, du möchtest nur den üblichen Kram besprechen.«

»Wollte ich auch, bis ich heute Morgen einen völlig unerwarteten Anruf erhielt.« Er tippte mit seinen manikürten Fingernägeln auf den Küchentisch und musterte sie eindringlich. Er liebte es, es auf diese Weise spannend zu machen und sie auf die große Überraschung heißzumachen, egal, was es sein mochte.

»Okay«, sagte sie, weil sie wusste, dass es sinnlos war, ihn zu drängen.

»Der Anruf kam von Stella Pascual.«

»Edens Managerin hat dich angerufen?« Etwas Warmes und Kribbeliges explodierte in ihr und machte sich breit, denn worauf auch immer David hinauswollte, wenn es etwas mit Eden zu tun hatte, würde sie es fast garantiert gut finden. Sie ließ den Kaffeeautomaten stehen und setzte sich David gegenüber. »Was wollte sie?«

David verschränkte die Finger und beugte sich vor. »Eden geht diesen Frühling auf Tour, und sie hat gefragt, ob du ihre Vorband sein möchtest.«

Anna atmete zischend ein, und dabei lief irgendwas schief, als hätte sie ihre eigene Spucke mit eingeatmet, weshalb sie anfing zu husten und zu prusten. Ihre Augen tränten, während die Gedanken rasten, denn – *o Gott!* – Vorband bei Eden Sands Tour? Das hätte sich der kleine Superfan in ihr nicht einmal im Traum ausmalen können.

»Erstick mir bloß nicht, bevor wir darüber reden konnten«, ermahnte David sie grinsend.

»Wehe, das war nur ein Spaß!«, bekam sie gerade so heraus und zeigte mit dem Finger auf ihn.

»Das ist mein voller Ernst. Eigentlich hatte Eden keine Vorband für diese Tour geplant, aber laut Stella fanden sie eure Chemie am Grammy-Abend so super, dass sie dich gern an Bord hätten.«

»Ach, du Scheiße!«, entglitt ihr keuchend. »Das war's. Ich bin gestorben. Das muss der Himmel sein.«

Sein breites Grinsen nahm leicht teuflische Züge an. »Ich dachte, deine Vorstellung von Himmel wäre etwas romantischer, als ihre Vorband zu sein.«

Sie wurde rot. »Sie steht ziemlich sicher nicht auf Frauen, David.«

»Ziemlich sicher hast du recht, aber hier geht's ja sowieso nur um einen Traum, hab ich recht?«

»Stimmt«, antwortete sie nickend und zappelte immer noch auf ihrem Stuhl herum. »Aber als Eröffnung bei ihrer Konzerttour zu spielen? Ja, verflucht! Sag mir, wo ich unterschreiben soll!«

»M-m, nicht so schnell«, bremste er mit erhobenem Zeigefinger. »Ich wusste, dass du so reagierst, aber ich bin nicht überzeugt, dass das im Augenblick die richtige Entscheidung ist.«

»Na schön«, erwiderte sie. »Verhalt dich wie mein Manager und nicht wie mein Freund, wenn du darauf bestehst.«

»Oh, ich bestehe darauf. Zuallererst, wenn Stella sagt, Eden hätte für ihre Tour keine Vorband geplant, bis sie gesehen hat, wie gut ihr zwei bei den Grammys zusammengearbeitet habt, dann ist das meiner Meinung nach nur die halbe Wahrheit. Der

Ticketverkauf für Edens Tour läuft im besten Falle schleppend. Du bist im Moment total angesagt – vor allem nach diesem Auftritt – und sie nicht. Wenn du mich fragst, brauchen sie dich, um diese verdammte Tour zu verkaufen.«

»Was? Nie im Leben.« Die Vorstellung, dass Eden Anna brauchte, um die Tickets für ihre Tour zu verkaufen, war hirnrissig.

»Das ist mein Ernst, Anna. Ihre Karriere hat momentan einen Knick. Ihr letztes Album hat sich nicht gut verkauft. Die Leute sagen, sie hat ihren Biss verloren. Dagegen bist du ein aufsteigender Star. Du stehst kurz vor deinem Durchbruch, und Edens Team weiß das nur zu genau. Du hast es nicht nötig, diesen Sommer Edens Konzerte zu eröffnen. Du könntest selbst ganze Hallen füllen. Du hast für dieses Jahr selbst eine Tour in Betracht gezogen. Bleiben wir bei diesem Plan.«

Sie starrte ihn an und ließ sich seine Worte durch den Kopf gehen. Er hatte recht. Wahrscheinlich konnte sie ganz allein Hallen füllen – auf jeden Fall kleinere. Und ja, sie hatte über eine Tour nachgedacht. Sie liebte es, live aufzutreten, und ihre Fans hatten ihr in den Ohren gelegen wegen einer Chance, sie zu sehen. Aber … »Ich kann das nicht ablehnen.«

Anna liebte es, sich unerwartet bietende Chancen zu ergreifen, links abzubiegen, wenn man von ihr erwartete, nach rechts zu gehen. Edens Vorband zu werden verstand sich von selbst. Und indem sie Edens Fanbase vorgestellt wurde, verdiente sie sich vielleicht sogar etwas von der breiteren Anerkennung, nach der sie strebte.

»Ich muss darauf bestehen, dass du eine Nacht darüber schläfst, bevor du mir morgen antwortest. Denk wirklich darüber nach, Anna. Denk mit deinem Kopf und nicht mit gewissen anderen Körperteilen.«

Sie setzte sich aufrecht hin. »Ich tue jetzt mal so, als hättest du mich nicht eben beleidigt und mir unterstellt, dass ich nur Ja sagen würde, um sie ins Bett zu kriegen, und nicht, weil sie eine verfluchte Legende ist und es mir eine Ehre wäre, mit ihr auf Tour zu gehen, wenn ich schon mal das Glück habe, gefragt zu werden.«

Er hob die Hände und sagte: »Du hast recht. Das war unangebracht.«

»Ich denk drüber nach, aber meine Antwort wird sich nicht ändern. Ich verstehe, was du meinst, aber ich denke, mit Eden auf Tour zu gehen würde auch meiner Karriere einen Schub geben. Ihre Fans sind älter als meine, und das ist genau das Alter, bei dem ich gern präsenter sein möchte als bisher. Auf diese Weise schaffe ich es vielleicht, dass man mich ernster nimmt und in mir mehr als nur ein Teenie-Phänomen sieht. Ganz zu schweigen davon, dass ich die Chance bekomme, von meinem Idol zu lernen. Stell dir nur vor, was sie mir alles beibringen kann. Ich könnte diesen Sommer auch kleine Hallen füllen, aber ich habe so ein Gefühl, dass ich ein noch viel größerer Star sein werde, wenn ich mich mit Eden Sands zusammentue.«

David schaute sie prüfend an, und dann machte sich ein Lächeln auf seinem schönen Gesicht breit. »Verdammt, meine Sonne! Okay, du hast mich überzeugt. Ich hatte Angst, dass du aus den falschen Gründen mitmachen willst, aber alles, was du eben gesagt hast, trifft voll ins Schwarze. Nicht mal ich hab deiner Logik was entgegenzusetzen.«

»Gut«, sagte sie lächelnd. Und dann sprang sie auf und tanzte durch die Küche. »O Gott, ich gehe mit Eden Sands auf Tour!«

KAPITEL 7

Annas Herz gab einen glücklichen – wenn auch leicht hektischen – Takt in ihrer Brust vor, als sie den goldenen Aufzugknopf drückte. Er glänzte genauso sehr wie alles andere in dem Hochhaus, in dem Eden wohnte. Am anderen Ende der Lobby plätscherte ein Wasserfall über eine kunstvolle Felsstruktur herab, und hinter den Glastüren auf der Rückseite des Gebäudes konnte sie den Pazifik schimmern sehen.

Es hatte drei Wochen gedauert, doch endlich war der Tourvertrag unterzeichnet. Annas Team war mit Edens Team über einzelne Details hin- und hergegangen, und kaum, dass alles in trockenen Tüchern gewesen war, hatte Anna völlig unerwartet von Eden eine Einladung zum Mittagessen bei ihr zu Hause bekommen. Ein offizielles »Willkommen im Team« hatte Stella es David gegenüber bezeichnet.

Anna wollte es als Chance nutzen, einen gereifteren Eindruck bei Eden zu hinterlassen, und hatte beschlossen, ihren inneren Superfan heute zu Hause zu lassen. David ließ ihr den Vortritt in den Aufzug, und während sie in die fünfzehnte Etage fuhren, strich sie die Vorderseite ihrer Hosen glatt.

Auf Edens Etage gab es nur zwei Türen, jeweils eine an den gegenüberliegenden Enden des Flurs. Wenig überraschend befand sich Edens Tür an der Rückseite des Gebäudes. Sie musste freien Blick auf den Ozean haben, und Anna konnte es kaum erwarten, das zu sehen.

David klopfte, und die Tür ging beinahe augenblicklich auf. Stella bat sie hinein. Ihr pink-orangefarbenes, geblümtes Kleid wirkte sehr frühlingshaft und unterstrich ganz wunderbar die bronzefarbenen Töne ihrer Haut. »Tretet ein. Wir freuen uns sehr, dass ihr kommen konntet.«

»Danke für die Einladung«, erwiderte Anna. »Und ich finde dein Kleid übrigens ganz großartig. Diese Farben stehen dir super.«

»Danke.« Stella lächelte zufrieden. »Wir dachten, weil das Wetter heute so schön ist, essen wir auf der Terrasse.«

»Was für eine tolle Idee«, antwortete Anna begeistert. Es juckte ihr sowieso bereits in den Fingern, am Nachmittag mit dem Motorrad rauszufahren und so viel frische Luft zu schnappen, wie nur irgend möglich. Sie blieb kurz stehen und ließ das Wohnzimmer auf sich wirken. Es war so schick und modern, wie sie es sich vorgestellt hatte, mit jeder Menge Glas und Akzenten in Silber. Eine große graue Couch samt einem Extra-Zweisitzer bildeten den Mittelpunkt. Die Wände waren weiß und geschmackvoll mit nicht zu vielen Kunstwerken dekoriert.

Insgesamt wirkte alles wie aus einem Magazin, als wäre es von einem Innenarchitekten eingerichtet worden. Ganz wundervoll, aber vielleicht etwas zu wundervoll? Anna sah sich um und da war nichts, das »Eden« gesagt hätte – nirgends persönlicher Krimskrams. Dann entdeckte sie auf dem Regal beim Fenster einen Grammy und ging schon darauf zu, bevor sie sich bremsen konnte.

»Das war ihr erster«, erklärte Stella.

»Ich freue mich, dass sie ihn hier aufgestellt hat, wo sie ihn tagtäglich sehen kann.« Anna starrte das goldschimmernde

Grammofon begierig an. Sie hatte noch nie eins aus nächster Nähe gesehen. Ihr Blick wurde von der Inschrift angezogen. Da stand, dass sie es für ihr Album »In the Clouds« gewonnen hatte.

Anna konnte sich noch daran erinnern, wie sie als kleines Mädchen auf ihrer Couch gesessen und im Fernsehen mitverfolgt hatte, wie Eden diesen Preis gewann. Von da an hatte sie davon geträumt, irgendwann selbst einmal einen Grammy zu bekommen. Das kleine Mädchen von damals hätte sich den jetzigen Moment niemals vorstellen können. Und es wollte immer noch ganz unbedingt einen eigenen Grammy haben.

»Sie wartet auf der Terrasse auf dich«, sagte Stella.

Anna verstand das als Hinweis, jetzt nicht weiter herumzuschnüffeln. Brav trat sie einen Schritt zurück vom Grammy und ging auf die geöffnete Glastür zu, hinter der sie die Terrasse vermutete. Strahlend weiße Vorhänge bauschten sich im Wind, und als Anna einen davon beiseitenahm, sah sie Eden am Geländer lehnen. Ihre dunklen Haare wehten in der Brise. Sie trug ein grob gestricktes Kleid mit blauen und grauen Mustern. Das waren anscheinend ihre Lieblingsfarben: Blau, Grau und Schwarz.

»Hi«, grüßte Anna sofort, damit Eden sich nicht erschrak.

Eden drehte den Kopf und lächelte warm. »Selbst hi.«

Anna stellte sich neben Eden ans Geländer und starrte auf die Wellen, die fünfzehn Stockwerke unter ihnen über den Sandstrand leckten. »Das ist mal eine Aussicht.«

»Ich will dir nichts vormachen. Die Wohnung habe ich nur wegen des Ausblicks gekauft.«

»Kann ich dir nicht vorwerfen.« Anna legte die Arme aufs Geländer. Sie hörte, wie sich Stella und David im Wohnzimmer unterhielten, und war froh, diesen Moment mit Eden allein zu haben. »Du musst ja ständig da unten sein. Ich wäre es ganz sicher.«

»Am Strand?«, fragte Eden, und, o Mann, ihre Augen waren gerade unglaublich blau.

»Ja.«

»Eigentlich so gut wie nie«, antwortete Eden. »Es ist nicht besonders entspannend, wenn einem tausend Handys ins Gesicht gehalten werden. Aber ich liebe es, mir die Wellen von hier oben anzuschauen.«

Anna runzelte die Stirn. »Das klingt ja schrecklich.« Für sie war es die schlimmste Folter überhaupt, einen so wunderbaren Strand genau vor der Nase zu haben und ihn nicht nutzen zu können.

»Wart's nur ab.« Edens Lippen verzogen sich zu einem wissenden Lächeln. »Bei dir ist's auch bald so weit.«

»Ich schätze, ja … oder zumindest hoffe ich das.«

Eden lächelte breiter. »Diese Tour könnte dir dabei helfen.«

»Ja, gut möglich. Ach, übrigens, danke dafür. Wahrscheinlich brauche ich dir nicht zu sagen, wie unglaublich geehrt ich mich fühle und wie sehr ich mich freue, mit dir auf Tour zu gehen.«

»Wie jetzt, Anna Moss, soll das etwa heißen, du bist ein Fan?« Ein Lachen funkelte in ihren Augen.

»Zwing mich nicht, dir ein Foto von dem Poster zu zeigen, das über meinem Bett hing, als ich klein war«, neckte Anna sie und ärgerte sich gleichzeitig, dass sie wieder ihren Superfan herausgeholt hatte.

Eden stöhnte. »Jetzt fühle ich mich uralt.«

Anna schüttelte den Kopf. »Du bist nicht so viel älter als ich, sondern einfach nur wesentlich länger berühmt.«

»Ach ja?«, fragte Eden mit gehobener Augenbraue.

»Du bist wie alt … sechsunddreißig?«

Eden nickte.

»Und ich bin siebenundzwanzig.«

Eden starrte sie kurz, offensichtlich überrascht an.

»Du dachtest, ich wäre viel jünger«, stellte Anna fest.

»Ja, tut mir leid … Wow! Siebenundzwanzig?«

Anna zuckte zusammen. »Ich wurde mit zweiundzwanzig für ›Hex High‹ gecastet und habe eine Sechzehnjährige gespielt.

Und jetzt schafft's Amerika anscheinend nicht, etwas anderes als einen Teenager in mir zu sehen.«

»Das muss nicht unbedingt schlecht sein«, meinte Eden. »Zwar hat sich die Lage für weibliche Promis gebessert, aber nach wie vor können wir uns nicht so lange wie unsere männlichen Kollegen im Geschäft halten. Es wird erwartet, dass wir ewig jung bleiben.«

»Ich will einfach nur als Erwachsene wahrgenommen werden«, gestand Anna.

»Das ist nur fair, und ich schätze, ich war selbst nicht viel besser und habe dich auch wie ein Kind behandelt. Das tut mir leid. Ich dachte, du wärst so um die Zwanzig.«

»Das denken die meisten.«

»Bei mir war's genau umgekehrt.« Eden starrte auf die Wellen. »Als meine erste Single herauskam, war ich sechzehn. Trotzdem wurde ich von Anfang an als Erwachsene gesehen. Die Art, wie man in den Medien über mich gesprochen hat, wie alles, was ich gesagt oder getragen habe, sexualisiert wurde ... das war mir unglaublich unangenehm.«

»Igitt! Anscheinend war ich noch zu jung, um das mitzubekommen. Dich hat man wie eine Frau behandelt, obwohl du noch ein Kind warst, und mich will man nicht erwachsen werden lassen.«

»Diese Branche kann für Frauen die reinste Hölle sein«, sagte Eden.

»Nicht nur für Frauen«, ergänzte Anna.

»Da hast du recht.«

Hinter ihnen klapperte es, und als Anna sich umdrehte, sah sie Stella und David Teller mit Sandwiches sowie anderes Fingerfood auf den Tisch stellen. Stella winkte sie heran.

»Das Mittagessen ist serviert.«

* * *

Stella hob beschwingt ihr Glas. »Seit heute zwölf Uhr ist es offiziell: Die Tour ist ausverkauft. Gratuliere, Ladys! Ihr seid ein Gewinnerteam.«

Anna reckte die Faust in die Luft, und ihr Pferdeschwanz hüpfte. »Jawoll!«

Eden wünschte, sie hätte sich auch nur halb so sehr freuen können. Stattdessen machte sich eine Mischung aus Erleichterung und einer ordentlichen Portion Groll breit, weil sie Annas Hilfe gebraucht hatte, um alle Tickets zu verkaufen. Hinter dieser Verbitterung verbarg sich jedoch Angst. Wahrscheinlich steckte sie nur in einer Flaute mit ihrer Popularität – ein Durchhänger, der sich mit der Zeit wieder einrenken würde. Aber was, wenn nicht? Was, wenn sie keinen Biss mehr hatte, wie man es in den Medien hörte? Oder schlimmer noch, was, wenn sie in den Augen einer altersfeindlichen Welt ihren Zenit überschritten hatte?

»Du bist aber verdächtig still da drüben, Eden«, sagte Stella.

Eden griff nach ihrem Glas und setzte ein Lächeln auf. Egal, welchen innerlichen Aufruhr sie verspürte, sie würde liebenswürdig sein und dafür sorgen, dass Anna sich bei ihrer Tour angemessen willkommen fühlte. »Anna und ich sind ein Superteam.«

Anna lächelte daraufhin strahlend. Sie hob ihr Glas und stieß mit Eden an. »Ich freue mich unglaublich darauf, mit dir auf Tour zu gehen.«

»Ach, das merkt man dir aber gar nicht an«, neckte Eden sie. Mit Anna konnte man sich gut unterhalten, mit ihr hatte sie Dinge gemeinsam. Eden hatte nicht viele Freunde, aber vielleicht konnte sie Anna bald dazuzählen.

Anna legte sich eine Hand an die Brust. »Tief im Herzen bin ich ein absoluter Superfan, und ich sehe gar nicht ein, warum ich mich dafür entschuldigen soll.«

Alle lachten. Normalerweise mochte Eden es nicht, wenn andere ihr so offen schmeichelten. Bei Musikerkollegen fühlte es sich oft so an, als wollten sie sich anbiedern, sich bei ihr einschleimen, damit sie ihnen einen Gefallen tat. Dieses Gefühl hatte sie bei Anna überhaupt nicht. Sie schien einfach nur geradeheraus enthusiastisch zu sein. Und das war merkwürdig erfrischend.

»Da wir gerade von der Tour sprechen«, begann Eden, »Zum Proben habe ich die Limelight Studios für die vier Wochen bis zur Premiere gemietet. Und zwar das gesamte Studio, das heißt, es ist mehr Platz als genug, wenn du auch dort proben möchtest.«

Annas Augen wurden groß. »Also, wenn dir das wirklich nichts ausmacht. Das klingt großartig!«

»Ich habe nichts dagegen«, erwiderte Eden. »Es könnte sogar hilfreich sein, weil wir dann Ideen austauschen können, und ich kann dir die Bühne so vorbereiten lassen, wie sie später auch aussehen wird.«

Nach dem Essen verabschiedeten sich Anna und David. Stella blieb noch kurz und half Eden aufzuräumen, wobei sie die Gelegenheit nutzte und ihr noch mal versicherte, mit Anna auf ihrer Tour die richtige Entscheidung getroffen zu haben. Edens Tour war jetzt ausverkauft und im Netz öfter im Gespräch, als je zuvor seit dem Tag ihrer Ankündigung.

»Ich wünschte nur …« Eden presste die Lippen aufeinander, weil sie nicht wie eine undankbare, arrogante Bitch klingen wollte, denn sie mochte Anna. Ja, wirklich.

»Dir wäre lieber gewesen, du hättest die Tour allein ausverkaufen können«, sprach Stella es aus. »Das ist ganz normal. Und ich weiß, es ärgert dich, dass du Anna brauchst, um dir einen Schub zu geben, aber lass mich das mal anders formulieren. Ist dir je in den Sinn gekommen, dass die letzten Tickets vielleicht nicht von Annas Erfolg verkauft wurden, sondern eher vom Anreiz, euch beide zusammen zu sehen?«

* * *

84

Eden verzog das Gesicht, als ihre Füße auf der Bühne aufschlugen. Alles drehte sich, und wahrscheinlich wäre sie auf dem Hintern gelandet, hätte das Gurtzeug sie nicht aufrecht gehalten.

»Viel besser!«, lobte Lora. »Langsam hast du den Dreh raus.«

»Danke, das hoffe ich.« Eden hatte nicht das Gefühl, den Dreh rauszuhaben. Das war der dritte Probentag für ihre Tour, und die meiste Zeit hatte sie für einen Stunt am Ende ihres Songs »Smash« über der Bühne wirbelnd in diesem Gurtzeug verbracht.

Premiere war in kaum vier Wochen, und sie freute sich so sehr darauf, dass sie es von den Dächern rufen wollte, auch wenn dieser Stunt wesentlich schwerer war als erwartet. Sie war erschöpft, ihr war schwindelig und die Gurte drückten, aber diesen Teil der Tour hatte sie schon immer geliebt – zu sehen, wie ihre Vision für die Show bei den Proben zum Leben erwachte.

»Das reicht für heute.« Lora löste die Verschlüsse an Edens Gurtzeug und half ihr heraus.

»Danke. Dann machen wir morgen früh weiter.«

»Ganz genau.« Lora ging zum Bühnenmanager hinüber, um mit ihm zu sprechen.

Eden strich sich eine verirrte Strähne aus dem Gesicht und schaute sich nach Paris um, die sich in einer hinteren Ecke des Probenbereichs mit Anna unterhielt. Eden ging zu ihnen.

»Möchtest du, dass ich Lawrence Bescheid gebe, damit er das Auto vorfährt?«, fragte Paris.

Eden nickte. »Ich brauche nur ein paar Minuten, um mich frisch zu machen.«

»Alles klar.« Paris ging Richtung Tür und tippte bereits auf ihrem Handy.

»Ich hoffe, es ist okay, dass ich vorbeigekommen bin und ein wenig zugeschaut habe«, sagte Anna.

»Absolut.« Eden hatte sich auch schon ein paar Minuten Zeit genommen, um Anna beim Proben zuzusehen. Zwar hatte sie keinerlei Zweifel an Annas Fähigkeiten, zugleich hatte sie sich ihres Bedürfnisses nach Sicherheit aber nicht erwehren können. Die Sorgen hätte sie sich allerdings sparen können. Anna und ihre Tänzer hatten sich mitten in einer Sequenz befunden, die bei Weitem komplizierter war als alles, wozu Eden fähig gewesen wäre.

»Das sah super aus im Gurtzeug.« Anna verschränkte die Arme vor der Brust, und irgendwas glitzerte darunter und zog Edens Blick auf sich. Ein Bauchnabelpiercing. »Das wird fantastisch aussehen in der Show.«

»Danke.« Eden riss sich vom unerwarteten Anblick des Schmuckstücks los. »Es ist schwerer als gedacht.«

»Du kriegst das hin, da bin ich mir absolut sicher.«

Eden musterte Anna, dachte an die Energie, die sie ihrem Auftritt beim Grammy eingeflößt hatte. Keins der Videos auf Edens offiziellem YouTube-Kanal wurde so oft angesehen wie das von ihrem Duett. Eine Idee formte sich, und eigentlich war sie nicht sonderlich impulsiv, aber … »Was hältst du von einer Neuauflage unseres Grammy-Duetts für die Tour?«

»Wie jetzt, du und ich singen jeden Abend ›After Midnight‹ bei deiner Show?« Annas Stimme stieg immer höher, was Eden als gutes Zeichen wertete.

»Ganz genau.«

Anna wippte auf den Zehen auf und ab. Sie wippte tatsächlich. »Ja! O mein Gott, ja, das wäre so toll und super und insgesamt … ja. Das fände ich großartig.«

»Dann heißt das also Ja?«, neckte Eden sie.

Anna drehte sich im Kreis und sang »Ja«, so laut sie konnte.

»Super. Vielleicht können wir uns morgen zusammensetzen und besprechen, wie wir es machen wollen.«

»Na klar. Das wird ein Riesenspaß, ich wette, unsere Fans werden es auch super finden.«

Paris' Kopf tauchte in der Tür auf. »Das Auto ist in fünf Minuten hier.«

»Danke, Paris«, antwortete Eden.

»Hast du heute Abend was vor?«, fragte Anna.

Eden zuckte mit den Schultern. »Was fürs Abendessen finden und dann wahrscheinlich ein heißes Date mit meinem Kindle.«

»Also, kein Druck, aber heute Abend kommen ein paar Freunde zu mir, ich mache Wok-Gemüse, und wir genießen das schöne Wetter auf meiner Terrasse hinterm Haus. Das ist ganz privat, also keine Sorge wegen Paparazzi. Komm einfach vorbei, wenn du magst.«

Eden blinzelte bedächtig. Sie war schon ewig nicht mehr zum Abhängen eingeladen worden und hatte keine Ahnung, was sie sagen sollte. Wie waren Annas Freunde? Hatte sie irgendwas mit ihnen gemeinsam? Es konnte unangenehm werden, wenn sie auch solche Fans von ihr waren wie Anna. Sie wusste nicht genau, weshalb sie überhaupt darüber nachdachte, außer vielleicht, weil sie womöglich gern Zeit mit Anna verbrachte. Also das, und der einsame Abend, der ihr bevorstand, wenn sie zu Hause blieb.

»Aber die reizvolle Aussicht auf einen ruhigen Abend mit einem guten Buch kann ich auch total nachvollziehen. Habe ich gestern auch gemacht.« Anna trank einen Schluck aus ihrer Wasserflasche.

»Weißt du was? Ich komme gerne vorbei, wenn es wirklich keine Umstände macht.«

»Überhaupt nicht«, versicherte Anna. »Und meine Freunde arbeiten alle in der Unterhaltungsbranche, also brauchst du dir so gut wie keine Sorgen wegen Fanverhalten zu machen.«

Was für eine Erleichterung! »Okay. Und wann?«

»So gegen sieben. Ich schicke dir meine Adresse.«

»Super. Dann, bis später.«

KAPITEL 8

Anna führte das Messer wie ein Profi, was sie als Tochter einer Küchenchefin gelernt hatte. Die polierte Klinge zerschnitt eine rote Paprika zügig in gleichmäßige schmale Streifen. Aus den im Erdgeschoss eingebauten Lautsprechern erklang leise Musik, und sie summte beim Schneiden mit.

Sie konnte immer noch nicht glauben, dass sie Eden spontan zu ihrem kleinen Treffen unter Freunden eingeladen hatte … oder dass Eden zugesagt hatte. Aber das hatte sie, und Anna freute sich tierisch darüber. Sie hoffte, dieser Abend war eine Chance, sich besser kennenzulernen, bevor sie zusammen auf Tour gingen.

Je mehr Zeit sie mit ihr verbrachte, desto verzauberter war sie. Erfolgreiche Frauen hatte sie schon immer anziehend gefunden. Kompetenz war extrem sexy, soweit es Anna anging, was nicht hieß, dass sie Eden auf *diese* Weise sah – zumindest gab sie sich sehr große Mühe, sie nicht so zu sehen –, aber es wäre der Hammer, wenn sie Freunde sein könnten.

»Klopf, klopf«, rief Zoe, als ihr Kopf in der Verandatür auftauchte.

»Komm rein und hilf mir ein bisschen«, sagte Anna.

»Ich habe draußen eine Kühltasche mit Bier abgestellt, und ich habe auf dem Heimweg ein paar Limetten-Meringue-Bites gekauft … vegan, ich hab extra gefragt.«

»Du bist ein Schatz«, lobte Anna ihre Freundin.

»Womit kann ich helfen?«

Anna hielt kurz inne, bevor sie nach der nächsten Paprika griff. Sie konnte Gemüse wesentlich schneller schneiden als Zoe. »Könntest du dich vielleicht um die Marinade kümmern? Das Rezept habe ich schon auf meinem Handy geöffnet.«

»Mach ich. Und? Wer kommt denn so alles?«

»Nicole und ihr Freund, Kyrie und Eden.«

Zoes Augenbrauen schossen hoch. »Eden kommt?«

»Ja. Wir haben uns heute bei den Proben gesehen, und ich habe sie gefragt, ob sie vorbeikommen möchte.« Anna zuckte mit den Schultern, als wäre das nichts Besonderes, als würde sie ständig irgendwelche Superstars zu sich nach Hause einladen. Anna und Zoe waren B-Promis, aber Eden … sie war die Art Promi, bei dem sogar Promikollegen Sternchen in den Augen hatten.

»Meine kleine Anna steigt auf in der Branche«, sagte Zoe. »Werd aber bloß nicht zu cool, um dich noch mit mir abzugeben. Versprochen?«

»Das wird nie passieren.« Anna gab ihr einen Stups mit dem Ellbogen. »Eden ist manchmal etwas divenhaft, aber sie wirkt auch, ich weiß nicht … einsam. Ich glaube nicht, dass sie viele Freunde hat.«

»Sie ist frisch geschieden«, erzählte Zoe. »Das hat ihren Freundeskreis sicher total auf den Kopf gestellt.«

»Stimmt.«

»Na ja, aber wie toll für dich – mit einem Superstar abhängen. Ich bin megagespannt auf sie.«

»Bleib bitte cool«, ermahnte Anna. »Ich habe ihr versprochen, dass wir uns alle benehmen werden.«

Zoe zuckte mit den Schultern und goss Sojasoße in eine Schüssel. »Du weißt ja, dass ich nicht der Fan-Typ bin. Für mich ist Eden einfach nur Eden.«

Hätte Anna doch ihren eigenen inneren Superfan nur auch so einfach ausschalten können! Sie quatschten, während sie alles vorbereiteten. Anna wollte alle Zutaten fürs Essen fertig haben, bevor ihre Freunde eintrafen. Sobald dann alle hungrig waren, konnte sie einfach alles in den Wok werfen, und das Essen war schnell fertig.

Kyrie kam als Erste und hatte eine braune Papiertüte dabei. »Ich bin noch bei dem Laden auf der Figueroa vorbei und hab uns ein paar von den vegetarischen Frühlingsrollen geholt, die wir so gern essen.«

»O mein Gott, ja, die sind super. Danke.« Inzwischen hatte Anna alles zum Kochen vorbereitet, und sie setzte sich zusammen mit Kyrie zu Zoe hinaus auf ein Bier. Anna liebte es, zu dieser Jahreszeit draußen zu sein. Tagsüber war es um die dreiundzwanzig Grad gewesen, doch jetzt ging die Sonne langsam unter, und die Temperatur sank leicht unter zwanzig Grad. Perfektes Wetter für einen Hoodie.

Anders als in San Francisco, wo sie aufgewachsen war, war der Frühling hier in L.A. eher klar und frisch, statt endlos grau und feucht. Ihr Handy brummte, eine Nachricht.

Eden: Bin da.

Anna sprang peinlich schnell auf und ging ins Haus. Sie zog die Haustür auf und sah draußen eine schicke schwarze Limousine warten. Die hintere Tür ging auf, und Eden stieg aus. Sie trug Skinny Jeans und ein pink gemustertes Top. Annas verräterisches Herz machte einen kleinen Sprung. »Hi«, grüßte sie und winkte Eden herein.

»Weißt du, ich habe versucht, mir vorzustellen, wie du wohnst«, sagte Eden, als sie hereinkam.

Anna schloss die Tür hinter ihr. »Und?«

»Und es ist ziemlich genau so, wie ich's mir vorgestellt habe.« Edens Blick wanderte durchs Wohnzimmer. »Farbenfroh, einladend, überhaupt nicht protzig.«

»Ist das, wie du mich siehst?«

»Ich glaube, du bist all das und noch viel mehr.« Eden reichte ihr eine Flasche. »Ich hätte ja Wein mitgebracht, aber du scheinst mir nicht der Typ dafür zu sein.«

»Ich trinke ab und zu Wein, aber du hast recht. Meine erste Wahl ist er nicht.« Sie nahm die Flasche mit gewürztem Rum entgegen, die genauso teuer und elegant aussah wie Eden. Anna versuchte, sich cool zu geben, als wäre sie nicht von Edens Aufmerksamkeit gerührt. Als würde sie sich allen Mühen zum Trotz nicht gerade massiv in Eden verschießen. »Das sieht fantastisch aus, danke.«

»Gern.« Eden lächelte sie an, und ein paar wundervolle Sekunden lang stand die Zeit still. Sie sahen sich einfach nur an, ganz entspannt, glücklich und zufrieden. Dann schaute Eden hinunter zu ihren Füßen.

Anna folgte ihrem Blick und sah, wie Nelle an Edens Stiefeletten schnüffelte. »Das ist Nelle, die wahre Hausbesitzerin. Gleich fällt sie ihr Urteil, ob du bleiben darfst.«

»O-oh«, sagte Eden. »Ich hoffe, ich falle nicht durch.«

»Sieht vielversprechend aus, aber ich würde jetzt noch nicht versuchen, sie zu streicheln. Sie kann manchmal richtig fies sein.«

»Alles klar.« Eden schaute auf, ihre Augen funkelten amüsiert. »Nelle, hm?«

»Ja, sie ist, ähm … ich habe sie Villanelle genannt, weil sie dich den einen Moment lieben und im nächsten auf dein Blut aus sein kann. Eine sehr komplizierte Lady.«

»Du bist wohl 'ne kleine Psychopathin, was, Nelle?«, fragte Eden. »Schön und tödlich, genau wie deine Namensvetterin.«

Nelle schaute zu ihr auf und miaute. Hinter ihnen glitt die Tür zur Veranda auf und Zoe kam herein.

»Ich wollte mal schauen, wohin du verschwunden bist«, sagte sie und sah erst Anna an, dann Eden. »Zoe Morales. Schön, dich kennenzulernen.«

»Hi, Zoe.« Eden reichte ihr die Hand und Zoe schüttelte sie. »Ich bin Eden. Anna hat mich gerade Nelle vorgestellt.«

»Oh, bei ihr solltest du lieber vorsichtig sein.« Zoe warf der Katze einen liebevollen Blick zu. »Sie schlitzt dich auf, wenn du es am wenigsten erwartest.«

»Hab ich auch schon gehört. Zoe Morales, dein Name kommt mir bekannt vor. Woher kenne ich dich?«, fragte Eden.

»Anna und ich haben zusammen bei ›Hex High‹ mitgespielt, und meine neue Serie heißt ›The Match‹. Ich wohne in der anderen Hälfte dieses Doppelhauses.« Mit dem Daumen zeigte sie über die Schulter hinweg hinüber zur Wand zu ihrem Haus.

»Das ist ja schön, wenn direkt nebenan eine Freundin wohnt«, sagte Eden.

»Das ist großartig«, bestätigte Anna. »Was möchtest du trinken? Wir haben Bier, Limo, Wasser, Sprudel und jetzt auch gewürzten Rum.« Sie hielt die Flasche hoch.

Eden schaute erst die Flasche und dann Anna an. »Was trinkt ihr denn alle?« In ihrer Stimme registrierte Anna etwas, das sie noch nie zuvor bei Eden gehört hatte: ein Zögern, oder vielleicht sogar den kleinsten Hauch von Unsicherheit. Als machte sich Eden Sorgen, sie könnte nicht dazupassen. Und das kam ebenso unerwartet, wie es süß war. Als wäre es überhaupt möglich, dass Eden Sands einmal nicht die coolste Person im Raum war.

»Bier«, antwortete Zoe und hielt ihres hoch.

»Ich auch«, sagte Anna. »Ich habe meins draußen stehen lassen, als ich rein bin, um dir aufzumachen.«

Eden nickte. »Bier klingt super.«

Anna stellte die Rumflasche auf der Anrichte ab und ging voraus auf die Veranda. »Mir nach. Es kommen nur noch zwei Leute mehr, und dann essen wir.«

* * *

Eden fröstelte. Als sie hergekommen war, waren es schon noch ein paar Grad mehr gewesen. Vor ihr tanzten die Flammen im Feuer und erhellten den Bereich hinter Annas und Zoes Doppelhaus. Nach zwei Flaschen Bier und mit dem köstlichen Wokgericht im Bauch, saß Eden satt und entspannt in einem Liegestuhl neben Anna. Ihre Freunde Nicole und Tom hatten sie um ein Selfie gebeten, aber davon abgesehen, schien sich niemand dafür zu interessieren, wer sie war.

Und sie war überrascht, wie leicht die Anspannung von ihr abgefallen war. Unter Menschen, die sie nicht kannte, war Eden normalerweise ständig auf der Hut, und trotzdem hatten es Annas Freunde irgendwie geschafft, ihr die Befangenheit zu nehmen. Vielleicht hing das eher mit Anna selbst zusammen, die es anscheinend immer schaffte, Eden irgendwie zum Lächeln zu bringen.

»Madam Pop-Superstar, Sie sind aber verdächtig still da drüben«, neckte Anna sie jetzt und schaute zu Eden hinüber.

»Tut mir leid. Alkohol macht mich nachdenklich.« Sie rieb sich mit den Händen über die Oberarme. Wäre ihr nicht so kalt gewesen, hätte sie ohne Probleme die ganze Nacht hier sitzen können.

»Wirklich?«, fragte Zoe. »Er lässt dich nicht wie wild auf den Tischen tanzen?«

Eden lächelte. »Nein, aber ich habe auch einen ganzen Tag mit Proben für die Tour hinter mir, wahrscheinlich bin ich einfach nur müde.«

Anna stand auf und ging hinein, und Eden begann, sich mit Kyrie zu unterhalten, wobei sie erfuhr, dass sie Anna als

Produktionsassistentin bei »Hex High« kennengelernt hatte. Die Tür glitt wieder auf, und Anna kam mit etwas im Arm zurück.

»Hier. Du siehst aus, als wäre dir kalt.« Anna reichte ihr etwas, das sich als Hoodie entpuppte.

»Oh, lieben Dank.« Eden setzte sich auf und zog ihn über den Kopf. Augenblicklich umgab sie mehr Wärme und ein vager, leicht süßer Duft, der sie an Anna erinnerte. Der Hoodie war dick und weich und von einem hübschen lilafarbenen Ton, der etwas subtiler war als der gelbe Hoodie, den Anna trug. Glücklich seufzend steckte Eden die Hände in die vorderen Taschen. »Das ist einfach nur perfekt.«

Anna lächelte. Die Flammen warfen tanzende Schatten auf ihr Gesicht. »Keine Ursache.«

»Möchte jemand Nachtisch?« Zoe hielt einen Teller voller kleiner Gebäckstücke hoch. »Limetten-Meringue-Bites, und bevor jemand fragt, die sind gekauft.«

»Puh!«, sagte Nicole mit übertriebener Erleichterung.

»Backen ist wohl nicht so dein Ding?«, fragte Eden Zoe.

»Ich bin gemeingefährlich in der Küche.« Zoe hielt Eden den Teller hin. »Du solltest also absolut froh sein, dass die hier nicht von mir sind.«

»Mir geht's genauso. Danke schön.« Eden nahm sich ein Teilchen. Es sah fast wie eine Zitronenschnitte mit weißem Überzug aus, obwohl sie annahm, dass das keine echte Meringue war, denn sie hatte zuvor erfahren, dass Anna Veganerin war.

Das Dessert schmeckte köstlich, und während sie quatschten, verputzten sie zu sechst alle Teilchen. Mit dem geborgten Hoodie und dem Feuer war es trotz der kühlen Luft gemütlich und Eden warm. Ihre Terrasse hatte zwar den besseren Ausblick, aber hier war die Atmosphäre um einiges freundlicher.

»Wo finde ich denn hier die Toilette?«, fragte sie Anna.

»Ach ja, an der Küche vorbei und dann die Tür rechts.«

»Danke.« Eden stand auf und ging hinein. Sie fand das Bad ohne Probleme und machte sich frisch. Als sie wieder herauskam, stellte sie erschrocken fest, dass Nelle im Weg saß und sie anstarrte. »Hi«, sagte sie zur Katze.

Nelle miaute.

»Du redest gern, was? Genau wie Anna.« Eden hockte sich hin und streckte die Hand aus, wenn auch vorsichtig, nach dem, was sie über die Katze gehört hatte. Nelle sah ganz harmlos aus, das tat ihre Namensvetterin allerdings auch.

Nelle schnüffelte an ihren Fingern und miaute erneut.

»Ich wette, du würdest liebend gern mit zu uns allen rauskommen.«

Nelle schaute sie aus großen grünen Augen an und rieb dann ihr Köpfchen an Edens Hand. Kurz entschlossen, es zu riskieren, kraulte Eden sie unterm Kinn. Zum Dank vernahm sie ein leises Schnurren.

»Langsam habe ich das Gefühl, du hast nur einen schlechten Ruf«, flüsterte Eden.

Nelle schaute auf und miaute wieder.

Die Verandatür glitt zur Seite, und Anna kam herein. »O-oh, sei bloß vorsichtig, Eden. Ganz im Ernst.«

»Es wurde kein Blut vergossen«, antwortete Eden.

Nelle schlug mit der Tatze zu und stolzierte mit hoch aufgerichtetem Schwanz zu Anna.

»Das war ohne Krallen, nur damit du's weißt.« Eden richtete sich auf und hielt ein Stöhnen zurück, weil ihr die Bauchmuskulatur schmerzte. In diesem Gurt waren heute ein paar seltsame Muskeln zum Einsatz gekommen.

»Also, ich bin froh, dass sie dich noch nicht zu Filets verarbeitet hat. Das ist nämlich nicht die Art Gastfreundlichkeit, mit der ich meine Gäste gern verwöhnen möchte.« Anna legte ein paar leere Bierflaschen in einen blauen Mülleimer, vermutlich zum Recycling.

»Ich kann mich nicht über deine Gastfreundlichkeit beschweren.« Eden stützte sich mit den Ellbogen auf der Anrichte ab. »Kann ich dir was helfen?«

»Nö. Nicole und Tom wollen aber gleich nach Hause gehen. Sie hat morgen sehr früh Drehbeginn.« Annas Freundin Nicole hatte Eden zuvor erzählt, dass sie momentan einen Film für Netflix drehte.

Wenn es so ungezwungen war wie jetzt, verbrachte Eden gern Zeit mit anderen Leuten aus der Branche. Leider fand sie sich viel zu oft bei Events wieder, bei denen sich alle bei ihr einschmeicheln wollten, also die Art Veranstaltung, wo sie in einem teuren Kleid und unbequemen High Heels umherlaufen musste. Mit Zach an ihrer Seite hatte ihr das nicht so viel ausgemacht, aber allein konnte es unerträglich sein. »Wahrscheinlich sollte ich mir auch mein Auto herbestellen.«

»Fährst du manchmal auch selbst?«, fragte Anna und warf ihr einen Blick zu. »Du kannst mich ruhig abbügeln, wenn mich das nichts angeht.«

»Hier in L.A. habe ich das Autofahren aufgegeben«, erzählte ihr Eden. »Ich hatte ein paar gruselige Zwischenfälle zu viel mit Paparazzi. Sie haben mich an Ampeln durch die Autoscheibe hindurch fotografiert, und einmal haben sie mich tatsächlich von der Straße abgedrängt. Am Ende hatte ich mehr Stress deswegen, als es wert war.«

»Das tut mir leid«, sagte Anna. »Das klingt wie ein Albtraum.«

»Passiert dir so was nicht?«, fragte Eden.

Anna bedachte sie mit einem Blick, den Eden nicht ganz deuten konnte. »Gerissen« kam ihr in den Sinn, um ihn zu beschreiben. Eden merkte, wie sie sich zu ihr vorbeugte, um auch genau zu hören, was sie jetzt sagen würde. »Ich fahre Motorrad.«

»Oh!« Eden konnte sich das sofort vorstellen. Anna auf einem Motorrad, wie sie die Straßen entlangschoss, die blonden

Haare hinter sich im Wind wehend. Die Vorstellung brachte ihren Puls zum Rasen. Sie atmete zischend ein. Wie es sich wohl anfühlte, derart frei zu sein?

»Durch meinen Vollschutzhelm weiß niemand, wer ich bin. Ich liebe das.«

»Also, jetzt bin ich neidisch«, erwiderte Eden. »Das klingt nach wesentlich mehr Spaß, als sich die ganze Zeit nur herumchauffieren zu lassen.«

»Ich könnte dich mal mitnehmen, wenn du möchtest«, bot Anna an.

Eden überlegte kurz. Sie hatte noch nie auf einem Motorrad gesessen. Es klang ein wenig waghalsig, ein wenig gefährlich – bisher hatte Eden solche Situationen vermieden, und sie wusste nicht einmal, ob sie sich das zutraute. »Mal sehen.«

»Cool. Kein Druck.« Anna schenkte ihr noch so eins von diesen strahlenden Lächeln.

Eden merkte, wie sie es erwiderte. Lächeln fühlte sich für sie manchmal anstrengend an. Bei einem Fotoshooting. Auf dem roten Teppich. Dort zu lächeln hieß, sie musste ständig daran denken, und dass ihr am Ende des Tages die Wangen wehtaten, weil sie es an Ort und Stelle halten musste. Anna rief das bestmögliche Lächeln hervor, ein Lächeln, das einfach … von allein kam.

Etwas stieß an die Rückseite ihrer Unterschenkel, und als Eden hinabschaute, sah sie Nelle, die hinter ihr Kreise drehte und sich immer wieder an ihren Beinen rieb. »Guck mal.«

Anna beugte sich über die Anrichte hinweg und schaute zu ihrer Katze hinunter. »Eden Sands, du hast mir nie erzählt, dass du eine Katzenflüsterin bist.«

»Na *immerhin* wurde ich vor ein paar Jahren zum liebenswertesten weiblichen Star gekürt.«

Anna schaute zu ihr. Wie sie so über die Anrichte gebeugt war, lag ihr Arm an Edens gepresst, und Eden war sich ihrer

Nähe und der Wärme an ihrer Haut, wo sie sich berührten, mehr als bewusst. Gerade als die Verandatür aufglitt, bewegte sie ihren Arm.

»Wir dachten schon, du bist fort, ohne dich zu verabschieden«, sagte Zoe zu Eden, als sie mit dem leeren Kuchenteller in der Hand in die Küche kam.

»Nö. Ich habe mich nur von Nelle ablenken lassen.«

»Und von Anna anscheinend auch.« Zoe grinste und stellte den Teller auf die Anrichte.

Nicole, Tom und Kyrie waren Zoe hereingefolgt, und nun sammelten sich alle in der Küche, bereit aufzubrechen. Eden nahm ihr Handy aus der hinteren Hosentasche und schrieb ihrem Autoservice eine Nachricht. Hoffentlich hatte Lawrence noch Dienst. Er war zuvorkommend und freundlich, versuchte aber nicht, den ganzen Weg bis nach Hause ein Gespräch am Laufen zu halten. Und heute war sie in der Stimmung, mit ihren Gedanken ein Weilchen allein zu bleiben.

Als sie wieder aufschaute, saß Anna auf der Anrichte und unterhielt sich mit Nicole.

»Wenn jemand Karten für die Premiere der neuen Staffel von ›The Match‹ am nächsten Wochenende haben möchte, dann gebt mir Bescheid. Ich kann euch welche besorgen«, bot Zoe an.

»Ich!« Anna hob die Hand wie in der Schule.

»Für dich habe ich schon eine reserviert«, sagte Zoe zu ihr.

Anna strahlte. »Juhu!«

Sie schwatzten noch ein paar Minuten, dann brummte Edens Handy. »Mein Auto ist hier. Vielen lieben Dank für die Einladung, Anna.«

»Jederzeit gern«, erwiderte sie. »Ich bringe dich noch raus.«

»Okay.« Zwar brauchte Eden keine Begleitung, aber sie freute sich über die Gelegenheit, noch einen Moment mit Anna zu haben. »Gute Nacht, allerseits.«

Alle verabschiedeten sich, und Eden ging zur Haustür hinaus. Anna blieb auf dem Treppenabsatz stehen und sah Eden hinterher, die zu dem am Straßenrand wartenden Auto lief.

»Gute Nacht«, verabschiedete sich Eden. »Bis morgen.«

»Kann's kaum erwarten. Gute Nacht.«

Eden winkte, bevor sie die Tür öffnete, und glitt auf den Rücksitz der Limousine, wo sie erleichtert Lawrence' freundliches Gesicht vorn erblickte. »Hi, Lawrence.«

»Guten Abend, Ms Sands.«

Als das Auto losfuhr, merkte Eden, dass sie immer noch Annas Hoodie trug.

* * *

»Reden wir noch mal über den Moment, als ich dich und Eden vorhin überrascht habe?« Zoe machte es sich mit einem Bier in der Hand auf ihrem Liegestuhl bequem. Alle waren nach Hause gegangen, und sie tranken noch ein letztes Bier, bevor sie das Feuer löschen und für den Abend Schluss machen wollten.

»Da war kein Moment«, antwortete Anna. »Sie hat sich mit Nelle angefreundet, und ich habe zugesehen.«

»Das sah für mich aber ganz anders aus. Du lagst über die Anrichte gebeugt und hast sie so angesehen, als würdest du sie gleich küssen wollen.«

»Ich hatte nicht vor, sie zu küssen«, protestierte Anna, und zumindest, was das anging, sagte sie die Wahrheit. Sie hätte Eden nie geküsst – egal, wie sehr sie es wollte –, nicht einmal, wenn es in ihrer Küche tatsächlich einen »Moment« gegeben hätte. Ihre Arme hatten sich berührt, und Eden hatte sie auf eine Weise angesehen, bei der ihr der Atem stockte.

Aber das änderte nichts. Eden war nicht auf diese Weise an ihr interessiert. Anna war nicht naiv.

»Süße, du hattest den ganzen Abend lang Herzchen in den Augen, wenn du sie angesehen hast«, sagte Zoe. »Keine Sorge, ich glaube, außer mir ist das niemandem aufgefallen. Ich weiß, sie war schon immer der Star, für den du geschwärmt hast, aber du schaust sie so an wie früher Camille, und das hat mir ein bisschen Angst gemacht.«

Anna senkte den Blick auf ihr Bier. »Ich weiß. Das macht mir auch Angst.«

»Umwerfende ältere Frauen in verantwortlicher Position fandest du schon immer unwiderstehlich.«

Das war noch untertrieben. Anna vermutete, letztlich ging es um das uralte Dilemma: *Möchte ich wie sie sein oder möchte ich* mit ihr zusammen *sein?* In diesem Fall wohl von beidem etwas, aber zum größten Teil Letzteres. Anna hob die Flasche und trank einen großen Schluck. »Eden hat nicht gerade eine verantwortliche Position inne.«

»Nein, aber sie hat dich sehr wohl dafür engagiert, die Konzerte für sie zu eröffnen.«

Anna trank noch einen Schluck und ließ Zoes Worte sacken. Das war ihr schon klar gewesen, aber jetzt, da Zoe es laut aussprach, klang es viel realer. »Ich verstehe, was du meinst. Wirklich.«

»Gut.« Zoe streckte den Arm aus und stieß mit ihrer Flasche an Annas an. »Ich will nämlich nicht wie ein Arsch klingen. Ich versuche nur, dir eine gute Freundin zu sein. Ich will nicht, dass du wieder verletzt wirst, vor allem, weil du dich eben erst von all dem Schaden erholt hast, den Camille angerichtet hat.«

Anna zuckte zusammen. Die Jahre der emotionalen Quälerei mit Camille hatten ihren Preis gefordert, ganz besonders, was ihr Selbstwertgefühl anging. Seither war sie keine feste Beziehung mehr eingegangen. »Du hast recht. Ich weiß das auch schon alles, aber wenn du heute Abend sehen konntest, wie ich Eden angeschmachtet habe, dann bin ich offensichtlich schwerer in sie verknallt, als ich dachte, und ich muss damit aufhören.«

»Sie ist echt heiß, das versteh ich«, sagte Zoe. »Und das sage ich als Frau, die hardcore-hetero ist. Ich kann absolut nachvollziehen, wieso Eden dir den Kopf verdreht.«

»Na ja, ich bin mir ziemlich sicher, dass sie genauso hetero ist wie du, also …«

»Noch ein Grund mehr für dich, dein schönes großes Herz hinter Schloss und Riegel zu halten.«

Anna drehte mit einer Handbewegung einen imaginären Schlüssel über ihrem Herzen um. »Versprochen.«

»So ist's richtig. Wie wär's, wenn wir inzwischen mal wieder ausgehen und versuchen, uns ein paar Dates klarzumachen?«

»Absolut«, stimmte Anna zu. »Wir können wieder einen Fifty-fifty-Abend machen und erst in eine queere und dann in eine hetero Bar gehen.«

»Das machen wir!«

In dieser Nacht ging Anna mit Zoes warnenden Worten im Ohr ins Bett, aber sie schlief mit der Erinnerung daran ein, wie Eden in ihrem lilafarbenen Hoodie ausgesehen hatte, die Freude in ihren meerblauen Augen, als sie Nelle gekrault hatte, und an den Funken, der in Anna ein Feuer entfacht hatte wie eine randvoll gefüllte Halle am Premierenabend, als sich ihre Arme in der Küche berührt hatten.

Am nächsten Morgen hielt sie sich selbst eine strenge Standpauke vor dem Badezimmerspiegel, bevor sie sich auf den Weg zu den Proben ins Studio machte. Eden war aus so vielen Gründen tabu. Es würde nicht einfach sein, dieses entfachte Feuer zu ignorieren, aber wenn Anna ihre Schwärmerei überwinden konnte, standen die Chancen gut, dass sie Freunde wurden, und das wollte sie. Mit Eden befreundet zu sein klang großartig, und ehrlich gesagt, hatte es ganz den Anschein, als könnte Eden ein paar Freunde gebrauchen.

Es klang total verrückt, dass jemand, der so reich und berühmt war wie Eden, Freunde brauchen könnte, aber Anna war lange genug im Geschäft, um zu wissen, dass es manchmal *vor allem* die wohlhabendsten und erfolgreichsten Leute waren, die am dringendsten ehrliche Freunde ohne Wenn und Aber brauchten.

Im Studio angekommen, schloss sie sich mit Kyrie kurz. Nach dem Mittagessen würde sie weiter an ihrer Choreo arbeiten, und sie war heute schon so früh da, weil … na ja, sie freute sich eben darauf, für ihre erste Tour zu proben.

Sie entdeckte Eden in dem Raum, der als ihr Probenbereich eingerichtet worden war. Die Umrisse der späteren Bühne waren mit hellrotem Klebeband markiert worden. Eden stand mit dem Rücken zur Tür und trug eine Kombi, die Anna inzwischen als ihre Probenuniform bezeichnete: schwarze Skinny Jeans mit einem sportlichen Tanktop, das ordentlich in der Hose steckte. Heute war das Top blassblau.

Eden trug die Haare offen, und sie fielen ihr halb über den Rücken. Mit den Füßen hüftbreit voneinander entfernt, stand sie mit beiden Händen am Mikrofonständer da. Anna schlüpfte durch die Tür und setzte sich im Schneidersitz in eine hintere Ecke, um zuzusehen. Eden arbeitete am Arrangement für »Alone«, und Anna hörte fünfzehn Minuten lang zu, wie sie die kraftvollen Worte herausschmetterte. Ihre Stimme erfüllte die Halle, und Anna bekam wieder Gänsehaut an den Armen.

Eden hatte das Arrangement für die Tour etwas abgeändert, und es klang einfach wundervoll, besonders die eher gequälten Teile des Songs, in denen sie beklagte, dass sie niemanden hatte, der ihr Bett wärmte oder sie im Arm hielt, wenn sie weinte. In welchem emotionalen Zustand musste Eden sich befunden haben, als sie das geschrieben hatte? Wahrscheinlich sehr niedergeschlagen. Er war nicht lange nach ihrer Scheidung herausgekommen.

»Ich bin nie allein, denn ich bin mir selbst der beste Freund«, endete Eden und verbeugte sich, bevor sie sich zur

Rückseite der Bühne umdrehte. Sie entdeckte Anna, und Annas Magen machte einen Salto, als sich ihre Blicke trafen.

Der Hauch eines Lächelns umspielte Edens Lippen, bevor sie sich zu ihrem Team umdrehte. »Wie war das?«, rief sie aus. »Ich glaube, der veränderte Tonfall am Ende des zweiten Refrains verleiht den Streichern den größten Effekt.«

»Finde ich auch«, stimmte ein Mann zu, der vor der Bühne saß. »Sehr stark, vielleicht etwas mehr Vibrato am Ende, aber ich denke, du hast den Nagel auf den Kopf getroffen.«

Eden nickte. Sie unterhielten sich ein Weilchen, und Anna fragte sich, ob er Edens Gesangstrainer war. Wenn ja, dann gingen sie wesentlich respektvoller miteinander um als Anna und Camille damals. Sie hatte Jahre gebraucht, bis ihr klar geworden war, dass Camilles Kritik nicht sonderlich konstruktiv gewesen war.

»Das Mittagessen steht im Pausenraum bereit«, rief Paris zur Tür herein.

Wow, bei Edens Leuten lief alles wie am Schnürchen. Alles war so durchorganisiert. Anna hatte gemeint, ihr Team sei auf Zack, aber Mittagessen hatte bisher bedeutet, dass sie mit Kyrie loszog, um in der Nähe einen veganerfreundlichen Drive-in zu finden.

Eden steckte ihr Mikro in den Ständer und kam auf Anna zu. Sie streckte die Hände aus, und Anna nahm sie, ließ sich von Eden auf die Beine helfen. »Und, wie hat's dir gefallen?«, fragte Eden.

»Super, und das ist nicht nur ein hohles Kompliment, weil ich deine Musik an sich schon liebe. Deine Änderungen heben den Song auf ein neues Niveau. Ich hatte Gänsehaut.« Sie hob den Arm, um Eden die aufgestellten Härchen zu zeigen, die immer noch leicht sichtbar waren.

Edens Lächeln ließ ihr Gesicht erstrahlen. »Danke schön. Das bedeutet mir echt viel. Wollen wir zusammen essen?«

»Ähm, klar, aber …«

Eden winkte ab. »Paris bestellt immer zu viel, und es wird auch ganz sicher etwas Veganes dabei sein. Wenn du willst, können wir unser Duett besprechen, dann kannst du es ein Arbeitsessen nennen.«

»Ich nenne es gern ein einfaches Essen unter Freunden«, erwiderte Anna. »Aber über unser Duett möchte ich trotzdem reden.«

»Super.« Eden ging voraus aus dem Studio und einen Korridor entlang zu einem Zimmer, in dem Anna bisher noch nicht gewesen war. Mit dem langen ovalen Tisch, der fast den gesamten Raum einnahm, wirkte es eher wie ein Vorstandszimmer als wie ein Pausenraum. Die Anrichte im hinteren Bereich quoll fast über vor Essen. Anna sah Servierteller mit verschiedenen mediterranen Gerichten: Schwarze-Bohnen-Salat, Tabbouleh, gefüllte Weinblätter, Kebabs, Reis und andere Gerichte, die sie auf den ersten Blick nicht identifizieren konnte.

Zusammen mit Eden belud sie ihren Teller und schnappte sich eine Flasche Wasser, bevor Eden sie einen weiteren Korridor entlang und zur Tür hinaus führte. Anna fand sich auf einem kleinen Patio an einem Teich hinter dem Gebäude wieder. In der Mitte befand sich ein Glastisch mit ein paar Metallstühlen und am Rand standen zwei Loungestühle.

»Verrat's niemandem, aber ich habe ein bisschen die Diva heraushängen lassen und diesen Bereich für mich beansprucht«, erzählte ihr Eden mit einem selbstzufriedenen Lächeln.

»Also, wenn hier jemand die Diva heraushängen lassen darf, dann ja wohl du.«

Edens Lächeln verblasste leicht. »Wenn mich die Medien schon als Bitch hinstellen, kann ich mich auch wie eine benehmen, oder?«

Anna schnalzte mit der Zunge, als sie ihren Teller auf den Tisch stellte. »Das meinte ich damit nicht. Wir kennen uns zwar noch nicht sehr lange, aber wie eine Bitch hast du dich vor meinen Augen noch nie aufgeführt. Allerdings bist du die Frau, die für all das hier die Rechnung stemmt, wenn du also draußen sitzen und während eines anspruchsvollen Tags ein paar Minuten Ruhe für dich beanspruchen möchtest, dann nenne ich das Selbstfürsorge.«

»Du tust meinem Selbstwertgefühl sehr gut, weißt du?« Eden setzte sich ihr gegenüber, drehte die Wasserflasche auf und trank einen großen Schluck.

Anna zwang sich, nicht Edens Hals zu beobachten, während sie trank. »Ich würde ja sagen, dass ich mir nicht vorstellen kann, wieso eine Frau mit deiner Stellung überhaupt einen Schub fürs Selbstwertgefühl brauchen sollte, aber die Branche kann echt fies sein, vor allem, wenn's um Frauen geht, die ihren Erfolg nicht kleinreden wollen.«

»Du sagst es.« Eden stellte die nun halb leere Flasche ab. »Social Media schaue ich mir so gut wie gar nicht an, und trotzdem bekomme ich es irgendwie zu sehen und nehme es mir zu Herzen.«

»Es ist ja auch schwer, das nicht zu tun.«

»Hey, nicht ganz passend zum Thema, aber apropos öffentliches Image, ich habe überlegt ...« Eden zögerte und drehte die Wasserflasche in den Händen.

»Was denn?«, hakte Anna nach.

»Na ja, du hast erwähnt, dass du dir wünschst, man würde dich ernster nehmen, dich als Erwachsene sehen. Wie wär's also, wenn du die Tour dafür nutzt, einen neuen Look für dich zu präsentieren?«

»Einen neuen Look?« Anna verzog die Lippen. Sie mochte ihren Look. Er gab *sie* sehr authentisch wieder, egal, wie fröhlich und farbenfroh er war, und ihr sank das Herz, als ihr klar wurde, dass Eden das nicht verstand.

»Nichts Dramatisches«, erklärte Eden. »Vielleicht ein neuer Haarstil? So eine kleine Veränderung kann viel bewirken und dich älter wirken lassen. Und du könntest die Kostüme für deine Tour upgraden, aus den Sportklamotten etwas Schickeres machen. Ich kann mir bei dir total gut regenbogenfarbene Paillettenhosen vorstellen.«

Oh! Und einfach so war Annas Enttäuschung verpufft. Sie stellte sich vor, wie sie mit einem frischen neuen Haarschnitt und in einer in allen Regenbogenfarben glitzernden Hose auf der Bühne stand. Das fühlte sich reifer an, ja, behielt jedoch trotzdem ihren einzigartigen Stil bei. »Weißt du was? Das ist genial. Gleich nach dem Mittagessen rufe ich meine Stylistin an.«

Edens Wangen wurden ganz leicht rot, aber das reichte aus, um Annas Magen in einen schwindelerregenden Überschlag zu schicken. Eden schaute auf ihren Teller. »Wir können nicht immer kontrollieren, wie die Medien uns darstellen, aber es gibt Wege, die Berichterstattung zu beeinflussen.«

Beim Essen sprachen sie über die Tourplanung und auf welche Städte sie sich besonders freuten. Dann setzten sie sich in die Loungestühle und streckten sich aus. Eden wirkte entspannt und zufrieden. Ihr Lachen klang wundervoll, weshalb Anna es gern öfter hören wollte.

»Komm, wir machen Selfies«, schlug sie vor und holte ihr Handy heraus. »Ich kann eins posten und dich markieren, dann feuern wir die Vorfreude auf die Tour weiter an.«

»Klar.« Eden setzte sich zu Anna, eng an sie gepresst, während diese ihr Handy über ihnen hielt. Dann drückte sie ihre Wange an Annas, und da war auch der Rosenduft, den Anna inzwischen mit ihr verband. Heute mischte er sich mit Zitrone von ihrem Mittagessen.

Anna schoss jede Menge Fotos, während sie und Eden sich für die Kamera produzierten. Dann drehte sie das Handy um, und sie schauten sie sich an. »Oh, wir sehen süß aus.«

»Echt süß. Nimm das, was du am süßesten findest, und poste es. Ich vertraue dir.«

KAPITEL 9

Die erste Probenwoche war immer die schwierigste. Es war, als wollte man mit hundert unterschiedlich großen Bällen jonglieren, die manchmal in unerwartete Richtungen flogen. Eden genoss die Herausforderung, sogar an den Tagen, an denen es ihr schwerfiel zu glauben, dass die einzelnen Elemente je zu einer einheitlichen Show zusammenfinden würden.

Sie hatte gelernt, dem Prozess zu vertrauen. Anfangs kam einem immer alles chaotisch vor, und am Ende passte alles zusammen. Heute fand die erste offizielle Probe für das »After Midnight«-Duett mit Anna statt. Den ganzen Nachmittag hatten sie überlegt, wie sie ihren Auftritt bei den Grammys ändern und wieder neu und aufregend gestalten konnten.

»Wir dürfen nicht vergessen, dass unser Duett nach der Premiere keine *echte* Überraschung mehr sein wird«, gab Anna zu bedenken, nachdem Paris vorgeschlagen hatte, die Aufstellung zu ändern, damit Anna vor der großen Offenbarung besser verborgen war.

Eden runzelte die Stirn. »Ach nein?«

»Klar, die einfachen Fans, also die Leute, die zum Konzert gehen, ohne uns auf Social Media zu folgen oder sich online mit anderen Fans zu verbinden, werden sicher überrascht sein«, erklärte Anna. »Aber unsere Hardcorefans werden schon vom Duett gehört und Fotos online gesehen haben. Sie werden es erwarten, also sollten wir mit der Welle schwimmen und dafür sorgen, dass wir ihnen geben, was sie wollen.«

»Und wie?«, fragte Eden.

»Vielleicht sie irgendwie necken? Wie wär's, wenn ich zwischen mehreren Kostümen wechsle, die alle deine berühmten Looks widerspiegeln? Du könntest deine Fans über Social Media bitten, ihren Lieblingslook der ›frühen Eden‹ zu wählen, den ich wiederauferstehen lassen soll, oder vielleicht sogar eine Umfrage starten, bei der sie erraten müssen, welches Kostüm ich am jeweiligen Abend tragen werde. Wir lassen uns einfach auf die Tatsache ein, dass sie darauf warten, mich bei dem Song zu sehen, und bauen trotzdem Spannung auf, weil sie sehen wollen, welches Kostüm ich trage.«

»Das ist eine super Idee«, sagte Eden. »Was meinst du, Paris?«

»Ich finde sie auch toll und schreibe schon fleißig mit.« Paris hielt wie zum Beweis ihr Handy hoch. »Eine Twitter-Umfrage ist super, um die Fans anzuheizen.«

Als die Probe zu Ende war, zeigte Paris ihnen den Entwurf für einen Post dazu, den sie mit ein paar Fotos vorbereitet hatte – Fotos, die ein Duett andeuteten, ohne es jedoch zu bestätigen, um den Hype anzufachen. Mit beider Erlaubnis postete sie es auf Edens Social Media und markierte Anna.

»Gehst du jetzt?«, fragte Eden Anna, als sie anfingen, ihre Sachen zusammenzupacken.

»Ja. Ich bin heute mit dem Motorrad hier, weil ich noch die Küste rauffahren möchte, bevor es nach Hause geht.«

»Oh.« Eden spürte ein Ziehen in der Brust. Sie brauchte einen Moment, bis ihr klar war, dass es Sehnsucht war.

»Ich habe einen zweiten Helm dabei«, sagte Anna und warf ihr einen Blick zu. »Nur für alle Fälle.«

»Für welchen Fall?«, fragte Eden, während ihr Puls bei der Vorstellung stieg, wie sie zusammen über die Straßen rasten und den Druck der Welt hinter sich ließen.

»Falls du mitkommen möchtest.«

»Ja«, antwortete Eden, bevor sich Zweifel einstellen konnten.

Anna lachte. »Das war ja leichter als gedacht. Im Ernst?«

Eden nickte. »Du dachtest, ich sei nicht der Typ, der sich spontan auf ein Motorrad setzt, und genau deshalb will ich es machen. Du hast nämlich recht, ich kann so gut wie nie etwas spontan machen und irgendwo hinfahren, ohne dass ein ganzes Team auf mich aufpasst, als wäre ich ein Kleinkind.«

»Na dann los«, sagte Anna und hakte sich bei Eden unter. »Das wird dir wahnsinnig Spaß machen, versprochen.«

»Ich muss nur erst …« Eden holte ihr Handy heraus und schrieb Paris eine Nachricht, dass sie kein Auto mehr brauchte. Daraufhin kam eine seltsame Antwort von ihrer Assistentin, die eindeutig ein Problem damit hatte, dass Eden einfach so allein loszog, aber auch wusste, dass sie nicht die Autorität hatte, es ihr zu verbieten.

Eine Minute später kam eine Nachricht von Taylor, die die Erlaubnis haben wollte, dem Motorrad folgen zu dürfen, was Eden ebenso ablehnte. Nur für diesen Abend wollte Eden ihre Entourage hinter sich lassen. Sie wollte nur ein klein wenig leichtsinnig sein.

»Deine Jeans und die Stiefel sind perfekt zum Motorradfahren«, erklärte Anna. »Aber wir brauchen noch eine Jacke für dich.«

»Im Lagerraum liegt jede Menge Kram rum.« Eden steckte ihr Handy ein. »Übrig gebliebene Kostüme und so. Ich wette, da finden wir irgendwo auch eine Lederjacke.«

»Dann schauen wir mal nach.«

Eine Viertelstunde später waren sie bereit loszufahren. Eden trug eine geborgte Lederjacke, die ihr zwar ein wenig zu groß war, aber zum Glück nicht nach der Person roch, die vor ihr darin gesteckt hatte. Das war Teil des Abenteuers, sagte sie sich selbst, als sie den Helm von Anna entgegennahm. Sie setzten ihre Helme noch im Gebäude auf und schlüpften dann unbemerkt zu Annas Motorrad hinaus, das hinter dem Studio abgestellt war.

Kurz davor war Paris zum Haupteingang hinausgegangen und hatte den auf dem Parkplatz versammelten Fans gesagt, dass Eden bereits weg sei. Und somit war der Bereich nun so gut wie menschenleer.

»Ich steige zuerst auf, und dann stellst du deinen rechten Fuß hierhin.« Anna zeigte auf die Stelle an der Seite des Motorrads. »Und schwingst dich hinter mich. Dann legst du die Arme um meine Taille und hältst dich für die Fahrt deines Lebens fest. Bereit?«

»Bereit«, antwortete Eden atemlos. Ihr Puls hatte sich nicht wieder beruhigt, seit Anna das Motorrad zum ersten Mal erwähnt hatte, und jetzt, da sie davorstand, flatterten nervöse Schmetterlinge in ihrem Bauch.

»Solange wir in der Stadt fahren, hast du vielleicht das Gefühl, dass uns die Autos sehr nahe kommen, aber mach dir keine Sorgen, okay? Ich verspreche, ich passe auf, dass dir nichts passiert.«

»Okay.«

»Und denk dran, niemand wird wissen, wer du bist. Wenn du magst, kannst du alle vom Schutz deines Helms aus durch die Autoscheiben anglotzen.« Anna grinste sie an.

So viel Freiheit klang … großartig.

»Ach, noch etwas: Mein Lieblingsort ist etwa eine Stunde von hier entfernt. Ist es okay für dich, so weit zu fahren? Ich kann dich danach direkt bei dir zu Hause absetzen.«

»Das ist in Ordnung.« Eden konnte nicht abstreiten, dass sie neugierig war auf Annas Lieblingsort, auch wenn sie dafür weiter fahren mussten als gedacht.

»Also gut. Gleich haut's dich aus den Socken.« Anna stieg aufs Motorrad und wirkte dabei so in ihrem Element, wie wenn sie auf der Bühne stand oder in ihrer Küche im Wok rührte. »Jetzt setz dich hinter mich.«

Eden schaute sich auf dem Parkplatz um, um sicherzugehen, dass niemand sie entdeckt hatte. Doch Paris' Ablenkungsmanöver hatte anscheinend funktioniert. Vorsichtig stellte sie ihren Fuß auf die Stelle, die Anna ihr gezeigt hatte, und schwang sich hinauf. Der Sitz war schräg, wodurch sie der Gravitation sei Dank an Annas Rücken gepresst wurde. Anfangs sträubte sie sich dagegen und versuchte, aufrecht zu sitzen. Aber dann erinnerte sie sich, dass sie sowieso ganz nahe an Anna sitzen und sich an ihr festhalten musste.

Der Motor erwachte dröhnend zum Leben, und Eden ruderte mit den Armen, legte sie beinahe, ohne um Erlaubnis gefragt zu haben, hektisch um Annas Taille, doch das Motorrad rührte sich nicht vom Fleck. Natürlich wäre Anna nicht losgefahren, bevor Eden bereit war. Sie verdrehte die Augen über sich selbst.

So saßen sie eine Weile da, bis der Motor warm gelaufen war. Dann drehte Anna den Kopf zu ihr um. »Bereit?«

Eden nickte. Sie verschränkte die Hände vor Annas Bauch und presste die Schenkel ans Motorrad. Annas Stimme war kaum zu hören, und ihr wurde klar, dass sie sie wahrscheinlich gar nicht mehr hören würde, sobald sie losfuhren.

Anna legte eine Hand über Edens und rief: »Festhalten!«

Eden schlang die Arme fester um Annas Mitte. Unter ihr heulte der Motor auf, und Eden hielt die Luft an. Adrenalin schoss ihr durch die Adern, überflutete sie mit einer Mischung aus Angst und Aufregung. Gleich würde sie etwas Verrücktes tun, und als sich das Motorrad in Bewegung setzte, war sie fast davon überzeugt, dass es eine gute Entscheidung gewesen war.

Anfangs kamen sie nur langsam voran, da Anna durch die vollen Straßen bei den Limelight Studios fahren musste. Eden hatte mehrmals die Augen schließen müssen, damit sie wegen des Verkehrs um sich herum nicht in Panik geriet. Sie fühlte sich unglaublich ungeschützt. Nichts bewahrte ihre Beine vor der Stoßstange des nächsten Autos, aber sie dachte an Annas Worte und spürte, wie sie sich langsam entspannte.

Anna fuhr ständig Motorrad, und ihr war nichts Schlimmes passiert. Das heißt, Eden hatte sie eigentlich nie danach gefragt, aber dafür war es jetzt zu spät. Jetzt saß sie auf einem und würde es verdammt noch mal auch genießen. Sie warf in das eine oder andere Auto einen Blick und war begeistert von der Anonymität, die ihr der Helm bot.

Und dann bog Anna auf den Pacific Coast Highway, und Eden vergaß alle Bedenken. Sie beschleunigten, als die Straße vor ihnen frei wurde. Edens Kopf war vor dem Wind geschützt, aber sie spürte, wie er an ihrem Körper zerrte. Sie war schon mal Bodyflying gewesen, wobei man auf einem Luftschwall segelte, und das fühlte sich ähnlich an.

Sie klammerte sich fester an Anna, damit es sie nicht hinten vom Motorrad wehte. Links glänzte der Pazifik tiefblau unter der Sonne des späten Nachmittags gegenüber von Strandhäusern, die sich entlang der Straße aufreihten. Rechts schmiegten sich weitere Häuser in die Hügel, von kleinen Hütten bis hin zu spektakulären Villen.

Früher hatte sie auch mal in so einer gewohnt. Nicht in einer der riesengroßen, aber das Haus, das sie sich mit Zach geteilt hatte, war bei Weitem das schönste, in dem sie je gelebt hatte. Es hatte einen Pool im Garten und einen umwerfenden Ausblick auf den Ozean gehabt. Und sie war dort fast genauso einsam gewesen wie in ihrer neuen Wohnung. Jetzt fühlte sie sich allerdings nicht einsam, die Arme um Anna geschlungen.

Eden registrierte, wie das Motorrad nach und nach langsamer wurde. Anna bog links auf einen Parkplatz ab. Wenn das ihr Ziel war, hatte es sich nicht so angefühlt, als hätte es eine Stunde bis hierher gedauert. Andererseits – Eden blinzelte, um wieder klar im Kopf zu werden – kam es ihr so vor, als wäre sie zwischenzeitlich kurz weggetreten.

Konnte man vom Rausch des Motorradfahrens high werden? Denn sie fühlte sich gerade ein wenig high. In ihrem Körper kribbelte es, als wäre sie eben nach einem berauschenden Auftritt von der Bühne gekommen. Sie befanden sich an einem malerischen Aussichtspunkt, der anscheinend der Eingang zu einem Naturpark war. Die Küste war steiler geworden, und sie sah, wie sich die Ozeanwellen am Fuß der Klippen brachen.

Anna fuhr bis zum hinteren Ende des Parkplatzes und lenkte auf einen Platz entfernt von weiteren Autos. Das Motorrad kam zum Stehen, und sie setzte den rechten Fuß auf den Asphalt. Dann erstarb der Motor. In Edens Ohren hallte das stetige Brummen noch nach. Ihr Puls war viel zu hoch, und sie atmete schwer. *Wow!*

Anna drehte den Kopf zu ihr und bedeutete ihr mit der Hand, den Helm abzunehmen. Eden warf einen Blick über die Schulter und versuchte sicherzustellen, dass niemand zu ihnen herschaute, aber der Helm schränkte die seitliche Sicht dermaßen ein, dass es quasi unmöglich war.

Anna bewegte sich, und plötzlich wurde es Eden deutlich bewusst, dass sie ihre Arme nach wie vor fest um Annas Oberkörper geschlungen hielt. Sie spürte, wie sich Annas Brustkorb mit jedem Atemzug hob und senkte, und sie schien ebenfalls recht schwer zu atmen. Eden spürte, wie Hitze ihren ganzen Körper durchflutete.

Was war los mit ihr? Fand sie eine Fahrt auf dem Motorrad tatsächlich erregend? Himmel, sie musste wirklich öfter mal raus. Sie musste sich mal flachlegen lassen, obwohl sie Sex nie sonderlich aufregend gefunden hatte.

Sie hielt Anna immer noch in den Armen und dachte jetzt an Sex. Eden riss ihre Arme fort und bemühte sich, etwas

Abstand zwischen sie zu bekommen. Doch der schräge Motorradsitz hielt ihre Hüften fest an Annas gepresst.

Immer noch erregt.

Eden nahm den Helm ab und sprang quasi vom Motorrad, und dann stöhnte sie auf, denn – o Gott! – ihre Oberschenkel schmerzten, weil sie sie so lange ans Motorrad gepresst gehalten hatte. Morgen bei der Probe würde sie Muskelkater haben. Daran hatte sie überhaupt nicht gedacht.

»Alles okay bei dir?«, fragte Anna. Sie hatte ihren Helm auch abgesetzt und strich ihren Zopf glatt, während sie Eden musterte.

»Ja.« Edens Stimme klang seltsam. Rau. Sie räusperte sich und sagte dann: »Alles super. Das war fantastisch!«

»Oh, gut.« Anna wirkte erleichtert. »So wie du abgesprungen bist, bin ich kurz besorgt gewesen. Ich dachte, du fandest es vielleicht furchtbar.«

»Nein, überhaupt nicht.« Eden atmete beinahe wieder normal, auch wenn sie sich noch ein wenig wackelig auf den Beinen fühlte. »Ich musste nur meine Beine strecken.«

Anna nickte und schwang sich ebenfalls vom Motorrad. »Ja, ich habe vergessen, dich davor zu warnen. Morgen hast du wahrscheinlich Muskelkater.«

Eden schaute an Anna vorbei in die Wellen, die sich am Fuß der Klippen brachen. Ihr Herz fühlte sich leicht an. Ihr ganzer Körper fühlte sich leicht an. Als sich ihr Blick mit Annas kreuzte, lächelte sie. »Das war's absolut wert.«

* * *

Später am Abend saß Anna auf ihrer Veranda und war dankbar, dass Zoe ausgegangen war. Sie war noch nicht bereit, über ihren Ausflug mit Eden zu reden. Nein, sie wollte einfach hier sitzen und in der Erinnerung schwelgen, denn es war *perfekt* gewesen. Unglaublich perfekt. Zu perfekt.

Den Pacific Coast Highway entlangzubrettern, Edens Arme um sie geschlungen, war extrem erregend gewesen, doch Anna hatte ihre Finger bei sich behalten. Auf keinen Fall wollte sie riskieren, dass ihre aufkeimende Freundschaft durch ihre Schwärmerei ruiniert wurde, denn sie genoss jeden Augenblick, den sie mit Eden verbrachte. Sie konnte es nicht mal erklären. Es klickte einfach zwischen ihnen. Sie hatten Spaß miteinander, egal, ob sie einen Auftritt choreografierten, gemeinsam auf dem Patio Mittag aßen oder auf Annas Motorrad fuhren.

Manchmal wirkte Eden melancholisch, wenn sie nicht performte, als machte sie alles nur mechanisch. Aber heute hatte sie auf eine Weise lebendig gewirkt, wie Anna es noch nie erlebt hatte, übersprudelnd vor Energie und Freude. Anna wollte alles dafür tun, diesen Ausdruck an ihr wieder zu sehen.

Mit einem glücklichen Seufzer entsperrte sie ihr Handy und scrollte die Benachrichtigungen durch. Heute gab es jede Menge, die meisten von Twitter. Die Leute reagierten auf mehrere Schwarz-Weiß-Fotos von ihr und Eden, die Fotos, die Paris von den Proben gepostet hatte.

Sie hatte darauf geachtet, dass es nicht zu offensichtlich war, dass sie ein gemeinsames Duett probten, deshalb schaute Anna beim ersten Foto zu, während Eden sang. Auf dem zweiten Foto sang Anna, und Eden war im Hintergrund zu sehen. Auf dem letzten Foto umarmten sie sich. Alle drei Fotos erfüllten Anna mit Wärme und Glück. Der Schwarz-Weiß-Filter verlieh den Fotos einen künstlerischen Touch. Anna wollte sie am liebsten einrahmen und an die Wand hängen. Vielleicht würde sie das sogar machen.

Ihre Fans waren ganz aufgeregt gewesen, als sie das Selfie von ihrem Mittagessen vor ein paar Tagen gepostet hatte, deshalb war Anna neugierig, wie Edens Fans auf diese hier reagierten, da sie bei ihr gepostet worden waren.

@QueerCat918: DIE SIND SO SÜSS … O GOTT, ICH STERBE

@EdensGarden: Jawoll Queens! Ihr werdet alle plattmachen, kann's kaum erwarten, euch in Vegas zu sehen!

@HexMeAnna: OMG Anna!!! Ich erkenne #gaypanic, wenn ich's sehe

Angehängt war eine Vergrößerung von Annas Gesicht, wo sie Eden beim Singen zuschaute, und *puh*, die Sehnsucht in ihrem Gesicht war schmerzlich offensichtlich. Ihre Wangen brannten heiß. Sie scrollte weiter und war überrascht, wie viele Benutzernamen sie erkannte – ihre eigenen Fans kommentierten Edens Post.

Eine alarmierend große Zahl von ihnen war überzeugt, dass Anna Eden anhimmelte. Sie hatten sogar einen alten YouTube-Clip herausgekramt, eins der ersten Interviews von Anna, nachdem sie für »Hex High« gecastet worden war. Darin erging sie sich über Eden und deutete an, Eden sei ihr Promi-Schwarm. Gott sei Dank las Eden nie die Kommentare auf ihren Kanälen, sonst hätte ihr Anna nie wieder in die Augen sehen können.

@peanutonthebutter: Ich hab's zuerst gesagt: die 2 sind zu süß, um nicht zu daten #Edanna

@KatieCat1989: #Edanna OMG die sind so süüüüüüüß

@adoringanna_x: SCHREI ES LAUT #EDANNA

@HexMeAnna: Wie Anna Eden anschaut – mein Herz! #Edanna

@chelseexxx: ICH LIEBE SIE TOTAL #EDANNA

116

@PunkyCutester44: Aber ist jemandem aufgefallen, wie Eden Anna auf dem 2. Foto anschaut – omg?!?! #Edanna

Daydreamer05: Bitte! Wenn Eden mit einer Frau ausgeht, dann mit jemandem auf ihrem Niveau, nicht mit einem Kind wie Anna Moss

@BriannaLong598: Puh, wie die 2 sich ansehen!!! #Edanna

So ging es immer weiter, und die Fans zerlegten jeden Aspekt jedes einzelnen Fotos. Sie hatten ihnen sogar einen Promi-Pärchen-Namen verpasst, indem sie Eden und Anna zusammengeworfen und daraus #Edanna gemacht hatten, was … Annas Herz aus absolut unanständigen Gründen flattern ließ.

Die meisten Kommentare waren positiv, allerdings fanden einige von Edens Fans, dass Anna es nicht wert war, ihr Idol zu daten. Das nahm Anna den Wind aus den Segeln, obwohl sie es ihnen kaum vorwerfen konnte, dass sie so empfanden. Dennoch war sie wohl kaum ein »Kind«.

Nachdem sie bei Hunderten Fans gelesen hatte, sie würden sich angeblich romantisch beäugen, betrachtete Anna die Fotos noch einmal genauer, diesmal mit anderen Augen. Schaute Eden sie wirklich auf diese Weise an? Nein. Das sanfte Lächeln in Edens Gesicht, während sie Anna beim Singen zusah, war warm, aber auf eine freundschaftliche Art, nicht romantisch.

Allerdings sahen sie zusammen echt ungeheuer süß aus. Annas Handy machte »ping«, als eine Nachricht eintraf, und ihr Herz setzte kurz aus, als sie Edens Namen auf dem Display sah. O Gott! Hatte sie das Hashtag gesehen? Als Anna auf die Nachricht tippte, erschien ein Selfie von Eden, die in Annas violettem Hoodie auf ihrer grauen Couch in ihrer Wohnung saß.

Eden: Ich vergesse ständig, dir den hier zurückzugeben! Und ich wollte dir noch mal für vorhin danken. Es war fantastisch.

Sie hatte ein Motorrad-Emoji und mehrere Smiley-Variationen angefügt. Anna schnürte es das Herz zusammen. Eden in ihrem Hoodie zu sehen, stellte irgendwas mit ihr an.

Anna: Behalt ihn! Den habe ich sowieso kaum getragen.

Das war gelogen. Es war einer ihrer Lieblingshoodies, aber sie liebte es mehr, ihn an Eden zu sehen, als ihn selbst zu tragen. Anna hatte jede Menge Hoodies.

Anna: Und ich nehme dich liebend gern jederzeit noch mal auf dem Motorrad mit! Ich fahre mehrmals die Woche raus.

Eden: Vielleicht nehme ich das 🏍 an.

Anna: Jederzeit.

Eden: Bis morgen.

Anna wechselte zu Twitter zurück, und diesmal speicherte sie spontan die Fotos auf ihrem Handy ab. Ja, es hatte sie schlimm erwischt. Und ja, es war ihr egal.

KAPITEL 10

»Du und Anna habt letzten Abend richtig was losgetreten bei Twitter«, berichtete Paris Eden auf ihrer Fahrt zu den Proben.

»Was? Wieso?« Eden warf ihr überrascht einen Blick zu. Es hatte sie doch niemand auf dem Motorrad gesehen. Sie hatte darauf geachtet, dass niemand hingeschaut hatte, als sie ihren Helm abgesetzt hatte …

»Die Fotos, die ich von den Proben gepostet habe. Ein paar Fans spekulieren, ob ihr zwei vielleicht zusammen seid. Sie haben sogar einen Promi-Pärchen-Namen: Edanna.«

Eden lachte. »Na, das ist ja mal was Neues. Ich bin ja die Gerüchte gewöhnt, wenn ich mit einem Mann abgelichtet werde, aber mit einer Frau ist mir das noch nie passiert.«

»Vielleicht, weil Anna lesbisch ist?«, fragte Paris, auf ihrem Handy tippend.

»Pan«, korrigierte Eden.

»Was?«

»Anna ist pansexuell.«

»Oh, tut mir leid. Wie auch immer, du kennst doch den Spruch: Solange man darüber spricht, ist es gute Werbung.«

»Stimmt.« Neugierig holte sie ihr Handy heraus und öffnete Twitter. Sie nutzte es so gut wie nie und hatte jegliche

Benachrichtigungen ausgestellt, aber ihre Tweets konnte sie natürlich sehen, oder vielmehr die Tweets, die Paris an ihrer statt postete. Sie tippte auf die besagten Fotos und betrachtete sie kritisch.

Klar, sie und Anna wirkten wie Freunde. Eden erkannte die Bewunderung in Annas Blick, als sie ihr beim Singen zusah. Aber war sie zu ihr hingezogen? Eden war sich nicht so sicher. Mit den Fingern vergrößerte sie Annas Gesicht. Gut möglich, dass sie ein paar Sternchen in den Augen hatte, aber Eden hatte immer angenommen, dass das daher kam, wie sehr sie Eden in ihrer Jugend vergöttert hatte.

War da mehr als das?

Eden verspürte eine seltsame Aufregung bei dem Gedanken daran, dass Anna sie *mögen* könnte, aber das war absurd. Sogar wenn Eden nicht hetero gewesen wäre, hätte es für sie und Anna keinen Anlass gegeben, miteinander herumzumachen, da sie sich in den nächsten sechs Monaten jeden Tag bei der Tour sehen mussten. Und Eden war hetero. Diese Tatsache durfte sie nicht vergessen.

Sie scrollte durch die Antworten, und wow, es gab jede Menge davon. So viele Edanna-Hashtags und Emojis, die sie nicht verstand. Jede Menge Flammen. Und GIFs von Leuten, die sich Luft zufächelten. Und Verweise auf Schiffe, die völlig unlogisch waren. Dann kam ein GIF mit einer Frau, die sich Luft zufächelte, mit der Unterschrift #gaypanic. Edens Gesicht war feuerrot, als sie das Handy senkte.

»Was soll das mit den Booten?«, sprudelte es aus ihr heraus.

Paris sah sie verständnislos an. »Was?«

»Auf Twitter. Ich bin total durcheinander … deshalb schaue ich da normalerweise nie rein.«

»Oh, meinst du Schiffe?«, fragte Paris.

Eden winkte ab. »Schiffe. Boote. Was hat das mit Anna und mir zu tun?«

Paris lächelte breit. »Das ist ein Begriff aus der Fangemeinde und steht für ›Beziehung‹. Wenn man zwei Leute ›shipt‹, heißt das, dass man sie als Paar sehen will. Der Ausdruck stammt aus den Neunzigern von den Fans der ›Akte X‹, die Mulder und Scully zusammen sehen wollten.«

»Oh!« Edens Wangen wurden sogar noch röter. »Das ist … woher weißt du so was?«

»Mein Job ist, Fans zu verstehen«, antwortete Paris. »Und heute shippen dich deine mit Anna.«

»Tja, da steht ihnen aber an dieser Front eine Enttäuschung bevor.«

»Nicht unbedingt. Ihr zwei habt eine Superchemie, wenn ihr auf der Bühne steht, und die Fans werden es lieben, das bei der Tour zu sehen. Wen stört es schon, wenn ein paar von denen davon träumen, dass ihr mehr als Freunde seid? Das trägt nur zum Reiz der ganzen Sache bei, oder?«

Eden räusperte sich. »Stimmt.«

Im Studio angekommen, verbrachte sie den Vormittag mit ihrem Tourmanager, um die letzten Details für die Bühne zu besprechen, die bald in derselben Arena aufgebaut werden sollte, wo die Grammys stattgefunden hatten. Eden wollte ihre Tour hier in L.A. eröffnen und die letzten paar Tage vor der Premiere in der Arena proben.

Von da aus sollte es die Westküste hinaufgehen, dann quer über die Mitte des Landes und bis nach Kanada. Gegen Ende des US-Teils der Tour hatten sie eine Woche Pause, bevor es die Ostküste hinab und dann nach Übersee ging. Alles in allem würden sie bis Oktober auf Achse sein, und sie konnte es kaum erwarten.

»Klopf, klopf«, erklang Annas Stimme hinter ihr.

Eden saß allein am Tisch im Pausenraum und schaute Unterlagen durch. Sie lächelte und winkte Anna herein. »Hi.«

»Keine Proben für dich heute Vormittag?« Anna trug schwarze Sporthosen und ein Regenbogentop.

Eden schüttelte den Kopf. »Produktionsbesprechung. Ich probe heute Nachmittag.«

»Ah.« Anna nahm sich eine Flasche Wasser und setzte sich auf die Tischkante. »Das ist echt aufregend, weißt du? Zu sehen, wie sich alle Details zusammenfügen.«

»Wir werden schneller auf Tour sein, als du denkst.« Eden musterte sie und suchte nach Beweisen für die »gaypanic«, die Annas Fans so sicher bei ihr auszumachen schienen. Eden sah nichts dergleichen, aber ihr eigener Puls raste, und sie war sich nicht ganz sicher, wieso. »Das ist deine erste Tour, oder?«

Anna nickte enthusiastisch. »Ja. Das heißt, ich habe hier und da Konzerte gegeben, aber ich bin nur einmal in einer großen Arena aufgetreten … mit dir bei den Grammys.«

»Du wirst im Nullkommanichts ein Profi sein«, sagte Eden. »Wie ich gehört habe, haben wir zwei gestern Twitter aufgemischt.« O Gott, wieso hatte sie das gesagt? Eine warme Röte breitete sich über ihre Haut aus.

Anna zuckte zusammen, als hätte Eden ihr einen Stich versetzt. Sie hüpfte vom Tisch und ging eilig zum Fenster. »M-hm. Wir haben jetzt ein eigenes Hashtag. Ganz offiziell von Twitter.« Sie hielt inne und warf ihr über die Schulter hinweg einen Blick zu. »Ich dachte, du schaust dir deine Social-Media-Kanäle nicht an.«

»Mach ich auch nicht. Paris hat mir heute früh davon erzählt.«

»Ich habe echt gelacht, als ich es gestern Abend gesehen habe«, sagte Anna kess lächelnd. »Die Fans wollen immer, dass ich mit den Stars zusammenkomme, mit denen ich abgelichtet werde. Das geht dir bestimmt auch so, oder?«

»Ach Gott, ja«, antwortete Eden lachend. »Ständig. Allerdings zum ersten Mal mit einer Frau.«

»Oh, bei mir kommt's von allen Seiten.« Anna zuckte mit den Schultern. »Eine Weile lang dachten sie, ich wäre mit Zoe zusammen. Ich hatte sogar schon Fragen wegen Kyrie. Und Carlos Alito, dem Schauspieler, mit dem meine Figur bei ›Hex High‹ zusammen gewesen war. Wir können nichts weiter tun, als darüber zu lachen, stimmt's?«

»Genau«, stimmte Eden zu. »Zumindest ist das schmeichelhafter, als wenn sie Feindschaft und Zickenkrieg erfinden.«

»Stimmt auch wieder.«

»Wie dem auch sei, den Wunschtraum können wir ihnen wohl kaum vorwerfen, oder? Wir wären *tatsächlich* ein süßes Paar.« Eden wollte sich die Hand vor den Mund schlagen.

Anna hob beide Augenbrauen. »Also, ja, klar.«

»Außer natürlich, dass ich leider hetero bin.« Na bitte. Endlich hatte sie das Gespräch zurück auf sicheren Boden gelenkt.

»Niemand braucht sich für seine sexuelle Orientierung zu entschuldigen.« In Annas Gesicht spiegelte sich keinerlei Enttäuschung wider, kein Hinweis darauf, dass sie Gefühle für Eden hegte. Was hieß, dass die Fans bei Twitter mit ihren »gaypanic«-Memes danebenlagen.

Eden hätte erleichtert sein sollen. Warum war sie es nicht?

Sie starrten einander länger einfach nur an. Das Gespräch schien festzustecken. Dann platzte Paris beladen mit Taschen voll eingepacktem Essen fürs Mittagessen herein.

»O Gott!« Anna wippte auf den Zehen. »Du hast Honeybee mitgebracht!«

»Was ist das?«, fragte Eden.

»Burger«, antwortete Anna. »Vegane Burger.«

Eden widerstand dem Impuls, das Gesicht zu verziehen. Veggieburger waren nicht ihre Favoriten. Ihre Einstellung musste sich dennoch auf ihrem Gesicht gezeigt haben, denn Anna lachte.

»Die schmecken köstlich, ganz ehrlich«, sagte sie.

»Kyrie hat mich überzeugt, sie mal zu probieren«, erklärte Paris schulterzuckend. »Ich dachte mir, wir brauchen mal was Neues in unserer Routine.«

»Sie sind sicher großartig«, kam es von Eden. Sie war froh, jetzt über Burger zu sprechen, und nicht mehr darüber, ob Anna und sie ein süßes Paar abgegeben hätten.

»Es ist einer mit extra Gewürzgurken dabei«, sagte Paris zu Anna, die über diese Neuigkeit hocherfreut zu sein schien. »Kyrie hat gesagt, den magst du am liebsten.«

»Ich liebe euch beide gerade wie wahnsinnig!« Anna folgte Paris zur hinteren Anrichte und wühlte die Taschen durch, bis sie den Burger mit extra Gürkchen gefunden hatte.

Eden gesellte sich zu ihnen und suchte sich einen Cheeseburger aus. Anna und sie nahmen ihre Burger mit hinaus auf den Patio, wo sie oft zusammen Mittag aßen. Erleichtert stellte Eden fest, dass die Unterhaltung dabei unbeschwert dahinplätscherte. Anna wollte Geschichten von früheren Touren hören, und Eden hatte jede Menge davon parat.

Nach dem Mittagessen verbrachte sie einen langen Nachmittag mit Proben. Die Oberschenkel schmerzten bereits vom Muskelkater nach dem gestrigen Motorradausflug, und als sie abends nach Hause kam, brüllten sie quasi vor Überlastung. Sie nahm ein paar Schmerztabletten und legte sich in die heiße Wanne, wo sie sich unerklärlicherweise bei der Frage wiederfand, ob #Edanna nach wie vor bei Twitter trendete.

Waren sie überhaupt ein Trend gewesen? Sie war sich nicht sicher, aber als sie am Morgen nachgeschaut hatte, war dieses Hashtag definitiv sehr oft aufgetaucht. Und in der Badewanne hätte sie nicht über #Edanna nachdenken sollen. Sie hätte grundsätzlich nicht an Anna denken sollen.

Eden schloss die Augen und versuchte, den Kopf freizubekommen. Allerdings erinnerte sie sich nun daran, wie sie sich gestern auf dem Motorrad gefühlt hatte, die Erregung, die sie elektrisiert hatte, während unter ihr der Motor brummte, die Arme um Anna geschlungen. War es möglich … war das eine Reaktion auf *Anna* gewesen?

Sie riss die Augen auf. Das Wasser war eindeutig zu heiß. *Ihr* war es eindeutig zu heiß. Was in aller Welt war heute Abend nur in sie gefahren? Selbstverständlich hatte sie gestern nur auf die Aufregung der Fahrt reagiert, vielleicht sogar auf die Vibrationen des Motorrads. Nicht auf Anna. Sie hatte sich von diesen Fans bei Twitter auf falsche Gedanken bringen lassen.

Wütend stieg Eden aus der Wanne, wobei Wasser auf den Boden schwappte. Sie wischte es auf, trocknete sich ab und zog sich bequeme Sachen an, bevor sie sich auf die Suche nach ihrem Kindle machte. Sie steckte mitten in einem spannenden Thriller, und das war genau das, was sie jetzt brauchte, um das Chaos in ihrem Kopf auszuschalten.

* * *

Nach diesem Tag bekam Anna Eden nicht mehr so oft zu Gesicht. Nach außen hin hatte sich nichts verändert. Eden war so freundlich wie immer, wenn Anna mit ihr probte, aber sie verbrachten keine freie Zeit mehr miteinander. Keine Ausflüge auf Annas Motorrad, kein Mittagessen mehr auf dem Patio. Angeblich hatte Taylor dem Patioessen ein Ende bereitet, nachdem sie hinter dem Gebäude mehrere herumlungernde Fans erwischt hatte, die Eden fotografieren wollten. Aber das war nicht alles.

Eden hatte nach dem #Edanna-Vorfall definitiv einen Gang zurückgeschaltet. Entweder gab sie dem Hashtag eine Chance, in Vergessenheit zu geraten, bevor man sie und Anna erneut zusammen fotografierte, oder der Gedanke, dass Anna in sie verschossen sein könnte, war ihr zu viel gewesen. Letzteres raubte Anna nachts den Schlaf.

Eden hatte so oder so das Handtuch geworfen, indem sie ihr geradeheraus gesagt hatte, dass sie hetero war. Anna hatte die Botschaft laut und deutlich verstanden, und sie wollte vor Scham im Boden versinken, weil sie Eden möglicherweise unabsichtlich vergrault hatte.

Um es wiedergutzumachen, war Anna seither besonders achtsam, wenn sie im Studio mit Eden zu tun hatte. Sie hielt ihre Gefühle derart tief vergraben, dass niemand etwas anderes als Freundlichkeit in den Blick hineininterpretieren konnte, mit dem sie Eden ansah. Außerdem war Anna noch mit Zoe durch die Bars gezogen. Sie hatte mit ein paar Leuten geflirtet und ein paar Telefonnummern bekommen – und dann Eden lang und breit davon erzählt, nur um zu belegen, wie sehr sie *nicht* in sie verschossen war –, hatte aber bisher mit keinem der potenziellen Kandidaten Kontakt aufgenommen.

Sie sollten bald auf eine sechsmonatige Tour aufbrechen, jetzt war also nicht die Zeit, um etwas Ernstes anzufangen. One-Night-Stands hatte Anna noch nie gemocht, und da sie nun berühmt wurde, mochte sie sie sogar noch weniger. Der Gedanke ließ sie einfach nicht in Ruhe, ob die Person ihretwegen oder weil sie berühmt war in ihrem Bett liegen mochte.

Ironischerweise schrieb Eden Anna jetzt öfter, obwohl sie sich in Person distanziert hatte. Es ging immer um irgendwelche unverfänglichen Themen, zum Beispiel was sie gerade las, oder um etwas Lustiges, das bei ihrer Probe passiert war.

An diesem Abend war Anna nach einem frustrierenden Tag im Studio etwas müde und ein wenig niedergeschlagen. In zwei Tagen würden sie für die abschließenden Proben vor der Premiere in die Arena umziehen, und Anna vermasselte ständig die Schritte bei der letzten Tanzsequenz von »Headfirst«. Sie bekam die Sorge darüber nicht aus dem Kopf, und die ließ sie nun buchstäblich darüber stolpern.

Ihr Handy spielte die ersten paar Noten von »Daydreamer«, die Melodie, die sie Eden zugeordnet hatte. Annas Magen verkrampfte sich, als sie nach dem Handy griff.

> **Eden:** Du bist heute heftig
> hingefallen! Alles okay?

Anna: Ja, nur ein paar blaue Flecke, vor allem für mein Selbstbewusstsein.

> **Eden:** Die können am schlimmsten sein!

> **Eden:** Was ist passiert?

Anna: Ich habe Frust mit einem Stück Choreo, und je mehr ich mich anstrenge, es hinzubekommen, umso schlimmer versaue ich es.

Anna: Ich soll bei einer Welttournee deine Konzerte eröffnen, und ich glaube, jetzt ist es mir so richtig bewusst geworden 🫣

> **Eden:** Okay, also 1., du tanzt 10x besser
> als ich es je könnte. Und 2., wenn ich bei
> so was stecken bleibe, dann ändere ich
> es normalerweise einfach.

> **Eden:** Bitte deine Choreografin, die
> Schritte abzuändern, das ist wie ein
> Neustart fürs Gehirn.

Anna: Das ist ein echt guter Tipp. Danke schön!

> **Eden:** Jederzeit gern. Was hast du heute
> Abend vor?

Anna: Serienmarathon, irgendeine Realityshow über hässliche Häuser. Und du?

Eden: Lesen.

Anna: Du liest jede Menge.

Eden: Stimmt.

Anna: Was am liebsten?

Eden: Gleichauf Krimis und Fantasy. Beim Lesen entfliehe ich gern der echten Welt.

Anna: Ich habe eine Schwäche für gute Liebesromane.

Eden: Aber die sind so unrealistisch! Das frustriert mich.

Anna: Neeeeeiiin, Eden, brich mir doch nicht das Herz

Eden: …

Die Punkte tauchten immer wieder auf und verschwanden, doch es kam keine Antwort. Anna hatte sich so sehr von der Unterhaltung mitreißen lassen, dass sie es vielleicht zu weit getrieben hatte. Während sie überlegte, wie sie eine andere Richtung einschlagen konnte, kam endlich Edens Antwort.

Eden: Ich glaube, es liegt am überzogenen Sex. Ständig heißt es ICH STERBE, WENN ICH DICH NICHT SOFORT HABEN KANN

Anna: Ähm, das finde ich gerade am besten.

Eden: Da muss ich immer die Augen verdrehen.

Anna wusste nicht, was sie darauf schreiben sollte. Wollte Eden damit etwa sagen, dass sie noch bei keinem dieses Gefühl von »Ich sterbe, wenn ich dich nicht haben kann« verspürt hatte? Bei diesem Gedanken wollte Anna … nein, den Gedanken würde sie gar nicht erst zu Ende bringen.

Anna: Wenn du mal einen Roman mit m. E. perfekter Balance zwischen sexueller Spannung und mitreißender Handlung probieren möchtest, bei dem du nicht die Augen verdrehst, versuch mal »Dein, wenn Du willst« von Brie.

Eden: Moment …

Eden: Ok, Lesezeichen ist gesetzt, aber ich kann nichts versprechen.

Anna überlegte, ob sie erwähnen sollte, dass es eine lesbische Romanze war, aber egal, wie sie es formulierte, es schien sie in einen Bereich zu lenken, den sie beide zu ignorieren versuchten. Wahrscheinlich hatte Eden sowieso den Klappentext gelesen, als sie das Lesezeichen gesetzt hatte.

Bei der Probe am nächsten Morgen sprach es keine von beiden an. Anna nahm Edens Rat an und bat ihre Choreografin, die Schritte, die sie vermasselte, leicht zu verändern, und es klappte wie geschmiert. Dennoch fühlte sie sich seltsam aufgewühlt, als die letzten Tage mit Proben anbrachen.

* * *

Anna starrte in die leere Arena hinaus, und die Nervosität legte sich wie eine Klammer um ihren Brustkorb, presste ihr die Luft aus der Lunge. Vor nicht ganz drei Monaten war sie genau auf dieser Bühne mit Eden aufgetreten. Leer wirkte diese Kultarena sogar noch größer als am Abend der Verleihung, wo sie randvoll mit Menschen in glitzernden Kleidern und eleganten Anzügen gefüllt gewesen war.

Gerade hatte sie den abschließenden Soundcheck beendet. In ein paar Minuten musste sie hinter die Bühne und anfangen, sich bereit zu machen. Die Arena würde sich mit erwartungsvollen Konzertgästen füllen, die kamen, um Eden zu sehen. Einige auch für Anna, aber die meisten für Eden. *Premierenabend.* Anscheinend hatte sie nichts von dem, was sie bis jetzt geprobt hatte, auf diesen Moment vorbereitet.

Eine Hand legte sich ihr auf die Schulter. »Tief durchatmen. Schön langsam.«

Anna folgte der Anweisung, während bei Edens Stimme die Schmetterlinge in ihrem Bauch zu flattern begannen. Von ihrer gemeinsamen Probenzeit auf der Bühne abgesehen, hatte Anna sie die ganze Woche über kaum gesehen. Sie vermisste die Freundschaft, die zwischen ihnen zu sprießen begonnen hatte.

»Weißt du noch, bei den Grammys, als ich dir gesagt habe, dass du nicht ins Publikum sehen sollst, wenn du nervös bist?«, fragte Eden.

»Ich erinnere mich.« Anna drehte den Kopf und sah Eden hinter sich, komplett in Schwarz gekleidet.

»Das ist ein guter Trick bei Preisverleihungen. Als ich zum ersten Mal auf dieser Bühne gestanden und ins Publikum voller Musiklegenden geschaut habe, bin ich wie erstarrt gewesen. Aber bei einem normalen Konzert finde ich, dass es hilft, ins Publikum zu sehen. Konzentrier dich auf die Leute direkt vor dir. Die sind normalerweise sehr enthusiastisch, und manchmal hilft es, mit jemandem Augenkontakt herzustellen. Lächle die

Person an. Konzentrier dich lieber auf sie statt darauf, wie viele Menschen noch anwesend sind.«

Anna nickte. »Wirst du manchmal noch nervös?«

»O Gott, ja«, antwortete Eden lachend. »Falls es mich irgendwann nicht mehr nervös machen sollte, wenn ich gleich vor dreißigtausend Leuten die Bühne betrete, sollte ich mir wohl besser mal den Puls checken lassen.«

»Mein Puls braucht garantiert nicht gecheckt zu werden.« Anna presste sich die Hand an die Brust, wo ihr Herz wie wild schlug.

»Wenn du die Bühne betrittst, wirst du so richtig Schiss haben. Das ist normal, also kein Grund, sich dagegen zu wehren. Schau zu deinen Tänzern, schau auf die Leute in den ersten Reihen, konzentrier dich auf die Musik. Und nicht vergessen: Wenn du was falsch machst, bekommen das die meisten überhaupt nicht mit. Mach einfach weiter mit der Gewissheit, dass es morgen Abend leichter sein wird.«

»Danke.« Anna drehte sich um und umarmte Eden spontan. Das war ein Megading. Anna würde gleich zum ersten Mal solo vor einer ausverkauften Arena auftreten. Sie eröffnete das Konzert für ihr großes Vorbild. Und dieses Vorbild stand hier und redete ihr gut zu, wozu es absolut nicht verpflichtet war.

Edens Arme schlossen sich auch um sie und drückten Anna fest. »Wenn ich dir sage, dass ich mir deine Show ansehen werde, macht dich das mehr oder weniger nervös?«

»Mehr«, flüsterte Anna, verloren im vertrauten Rosenduft von Edens Haut. »Aber auch weniger, weil es nämlich schön ist, wenn Freunde einem den Rücken stärken.«

Eden ließ sie los und trat einen Schritt zurück. »Dafür sind Freunde doch da.«

»Es ist Zeit, Ladys«, sagte Paris und kam hinter ihnen auf die Bühne. »Gleich werden die Türen geöffnet, also müsst ihr von der Bühne.«

Eden nickte. Sie drehte sich um und verließ die Bühne, gefolgt von Anna. Kyrie wartete bereits auf sie und fing sie ab, und als sie sich wieder umdrehte, um Eden noch mal zu danken, war sie schon fort. Also ging Anna in ihre Garderobe, wo ihr Haar- und Make-up-Team darauf wartete, sein Wunder zu vollbringen.

Das Team brauchte fast eine Stunde, um sie bereit zu machen. Als sie fertig waren, sagte Kyrie: »Fünfzehn Minuten bis Showtime. Gib Bescheid, wenn du Hilfe beim Anziehen brauchst.«

»Danke, mach ich.«

Kyrie verließ die Garderobe, und Anna schloss hinter ihr die Tür, dankbar, dass sie noch ein paar Minuten für sich allein hatte, bevor sie auf die Bühne ging. Nach einem schnellen Ausflug aufs WC wuselte sie sich in die Paillettenhose und das rote Top, die sie heute Abend tragen wollte. Die Hose lag eng wie Leggings an und funkelte in allen Farben des Regenbogens.

Sie hatte Edens Rat umgesetzt und ihre Konzertkostüme aufgepeppt. Außerdem hatte sie ihre Haare um ein paar Zentimeter kürzen lassen und wollte sie heute Abend auch offen tragen. Sie waren seitlich mit einer roten Spange zurückgesteckt. Anna betrachtete ihr Spiegelbild und entschied, dass es ihr gefiel. Auf diese Weise wirkte sie tatsächlich reifer, jedoch ohne das Gefühl, sich zu verstellen.

Sie nippte am Tee, den Kyrie ihr hingestellt hatte, und wärmte ihre Stimme auf. Ihre Garderobe befand sich irgendwo tief unter der Bühne und isolierte sie von allem, was oben vor sich ging. Sie konnte die Menge nicht hören, und wahrscheinlich war das auch besser so. Auf diesen Moment hatte sie ihr Leben lang gewartet, die Chance, für eine Arena voller Menschen zu singen.

Sie atmete langsam aus und schloss die Augen, gab ihr Bestes, den Kopf freizubekommen und ihre Nerven zu beruhigen. Sie stellte sich Edens Gesicht vor, das feine, ermutigende

Lächeln, das sie Anna geschenkt hatte, kurz bevor sie die Bühne verlassen hatten. Diese blauen Augen, so tief wie der Ozean, aber viel wärmer. Rosen. Anna atmete ein und stellte sich vor, sie könnte sie riechen.

Ein Klopfen an der Tür unterbrach den Augenblick. »Ja?«, rief sie.

»Fünf Minuten«, sagte Kyrie.

»Okay, komm rein.«

Die Tür ging auf und Kyrie schlüpfte herein. Die nächsten Minuten verbrachte sie damit, Annas Outfit noch mal zu überprüfen und ihr mit den Ohrsteckern und dem Soundpack zu helfen, das in eine am Hosenbund eingenähte Tasche gesteckt werden musste.

»Bereit?«, fragte Kyrie, während sie Anna langsam umrundete und alles ein letztes Mal überprüfte.

Anna nickte. Sie griff nach dem Tee und trank einen letzten Schluck. Danach schürzte sie die Lippen, und Kyrie zog den Lippenstift nach.

»Also gut. Los geht's. Und ich will nur kurz sagen, wie unglaublich stolz ich bin, heute Abend mit dir hier zu sein, Anna. Du wirst sie aus den Socken hauen.« Kyrie drückte sie kurz und passte auf, weder an ihr Haar noch an ihr Make-up zu kommen.

»Danke schön«, war alles, was sie herausbekam, und sie blinzelte die Tränen fort.

»Ich gebe jetzt Bescheid, dass sie das Licht in der Arena ausschalten sollen.« Kyrie rückte das Mikro ihres Headsets zurecht, das Anna nicht mal an ihr bemerkt hatte, und sprach mit flottem, professionellem Ton hinein. Sie hatte sich in letzter Zeit wirklich gemausert. Das hatten sie beide. Jetzt spielten sie in der Oberliga, und Anna war unheimlich froh, auf dieser Reise eine Freundin wie Kyrie an der Seite zu haben.

Über ihr ertönte ein gedämpftes Tosen, das Geräusch von Tausenden Menschen, die klatschten und pfiffen, als sie merkten, dass die Show gleich losgehen würde. Zoe würde sich morgen Abend in der Menge befinden, und Anna stellte plötzlich fest, dass sie sich wünschte, ihre Freundin wäre heute schon hier, ein vertrautes Gesicht im Publikum, das ihr zujubelte.

»Arenalichter sind aus. Wir müssen los.« Kyrie legte ihre Hand an Annas Ellbogen, und sie lenkte sie aus der Garderobe hinaus durch ein Labyrinth aus Gängen, die zur Bühne führten.

Anna lief wie auf Autopilot, überließ Kyrie die Führung, während sie sich aufs Atmen konzentrierte. Tief und gleichmäßig. Schweiß bildete sich auf ihrer Haut, und jetzt setzte das Lampenfieber am ganzen Körper ein. Aus den Augenwinkeln sah sie das Funkeln ihrer Paillettenhose und stolperte beinahe.

»Da sind wir.« Kyrie blieb am unteren Ende einer abgedunkelten Treppe stehen. Sie drückte Anna ihr Mikro in die Hand. »Von hier an nimmt dich der Bühnentechniker mit. Viel Glück! Kann's kaum erwarten, nachher mit dir zu feiern!«

Anna lächelte. »Danke.«

Ein vollkommen schwarz gekleideter Mann tauchte mit einer kleinen Taschenlampe vor ihr auf, deren Strahl er auf den Fußboden vor ihren Füßen gerichtet hielt. »Bitte mir nach, Ms Moss.«

»Danke.« Sie atmete noch mal tief ein und machte einen Schritt vorwärts, sodass ihre Zehen im Licht seiner Lampe aufsetzten.

Er führte sie die Treppe hinauf, und die ersten Beats ihrer aktuellen Single »Headfirst« setzten ein. Als Anna auf die Bühne ging, synchronisierte sie ihre Schritte mit der Musik, so wie sie es bei den Proben getan hatte. Als sie das Mikro hob, umhüllte sie das Scheinwerferlicht, und sie war leicht benommen vor Nervosität. Vage nahm sie die Tänzer wahr, die zu ihr auf die Bühne kamen, und die aufgeregten Rufe samt Jubeln von der Menge.

»Auf die Beine. Zähl den Beat. Ich tanz für dich.« Ihre Stimme erfüllte die Arena ruhig und klar, und ihr Körper begann, automatisch die Tanzschritte auszuführen, die sie im letzten Monat perfektioniert hatte. Sie bewegte sich zum vorderen Rand der Bühne, während sich ihre Tänzer hinter ihr auffächerten.

Anna schaute in die Menge, und ihr Blick landete auf einer jungen Frau mit grell pinkfarbenen Haaren, die strahlend lächelnd Annas Liedtext mitsang. Wärme erfüllte Annas Herz, und sie lächelte breit, während sie sang. Als sie den Blick durch die Arena schweifen ließ, sah sie jede Menge leere Plätze – immerhin war sie nur die Vorband –, aber auch jede Menge freudige Gesichter. Sie hörte das Summen Hunderter, wenn nicht gar Tausender Stimmen, die mitsangen, und das war magisch.

Das war es, weshalb sie Sängerin geworden war. Dieser Augenblick.

Sie drehte sich um, folgte der Choreografie Richtung linker Bühne, als ihr Blick gleich an der Bühnenseite, von der Menge nicht zu sehen, an einem Gesicht hängen blieb. Eden stand in Schatten gehüllt, doch Anna sah sie klar wie bei Sonnenschein, wie sie ihr zusah, wie sie *sang* – sang sie etwa Annas Song mit?

Kurz verlor Anna den Faden, doch Eden erwiderte ihren Blick und lächelte mit dem Hauch eines Nickens, das ihr sagte: »Du packst das.« Mit einem Schub fürs Selbstbewusstsein drehte sich Anna zum Publikum.

KAPITEL 11

»Danke, Los Angeles! Es ist mir eine Ehre, die After-Midnight-Tour hier in meiner Heimatstadt zu starten, und ihr wart ein fantastisches Publikum. Ich liebe euch! Macht's gut.« Eden hob die Hand hoch über den Kopf und winkte der Menge zu, die ihr stehend mit so viel Enthusiasmus entgegenjubelte, dass sie die Vibration tief im Brustkorb spürte.

Diese Energie belebte den verdorrten Ort in ihrem Herzen, den dieses furchtbare Jahr hinterlassen hatte. Ihre Fans liebten sie *doch* noch. Und sie trat so ungeheuer gern für sie auf. Tränen traten ihr in die Augen, und sie lächelte dermaßen breit, dass sie die Augen zusammenkniff und ein paar Tränen herausquollen.

Sie drehte sich, winkte den Fans auf beiden Seiten der Bühne zu, bevor sie sich umwandte und in Richtung der hinteren Treppe joggte, wo sie ein Techniker mit einer Taschenlampe erwartete, um sie die abgedunkelten Stufen hinabzubegleiten. Dann führte er sie noch durch eine mit Vorhängen drapierte Tür in einen hell erleuchteten Korridor.

»Fantastische Show!« Paris reichte ihr eine Flasche Wasser und ein Handtuch für den Schweiß in ihrem Gesicht.

»Danke.« Eden klang atemlos. Sie *fühlte* sich atemlos. Ihr ganzer Körper vibrierte von dieser vertrauten Mischung aus

Adrenalin und Erschöpfung nach dem Konzert, und sie wusste, sie würde bald völlig platt sein. Gewöhnlich landete sie nach einem Konzert im Hotelzimmer und schaute irgendwas Sinnbefreites im Fernsehen, während sie darauf wartete, dass sich das Adrenalin abbaute, damit sie sich schlafen legen konnte.

Aber heute Abend konnte sie in ihrem eigenen Bett schlafen, ein Luxus, den ihr der Start der Tour in L.A. brachte. Morgen gab sie ein weiteres Konzert hier, danach ging es zuerst runter nach San Diego und dann die Westküste hinauf.

Eden wischte sich den Schweiß vom Gesicht und warf das Handtuch über die Schulter, bevor sie sich einen großen Schluck Wasser gönnte. Das Lampenfieber zur Premiere und der zusätzliche Stress davon, dass dies ihr erstes Konzert nach dem glanzlosesten Jahr ihrer Karriere war, vergrößerte heute ihre Erschöpfung zusätzlich. Aus Nervosität hatte sie den ganzen Tag über kaum was gegessen, und jetzt summte es ihr in den Ohren.

Irgendjemand quiekte, und aus den Augenwinkeln sah sie Anna noch auf sich zuschießen, bevor sie schon in einer festen Umarmung lag. »O Gott, du warst einfach unglaublich! Also, eins der besten Konzerte, die ich je gesehen habe, und ich habe all deine Tourkonzerte gesehen, also weiß ich, wovon ich rede«, schnatterte Anna, während sie vor Freude sich und Eden drehte.

»Danke.« Eden lächelte in Annas Haar und erwiderte die Umarmung. »Du warst auch ziemlich klasse.«

»Pah, ich war okay. Du warst brillant! Der Teil, wo du senkrecht über der Bühne durch die Luft wirbelst? Also, klar, habe ich das schon bei den Proben gesehen, aber heute Abend … wow. Einfach nur wow! Und deine Stimme … Gänsehaut!«

Wärme durchflutete Eden, nicht nur von Annas Lob, sondern auch von ihrer überschäumenden Energie. Immer, wenn Anna in ihrer Nähe war, fühlte sie sich leichter. *Glücklich.* Die letzten paar Wochen hatte sie sich dagegen gewehrt und versucht, den #Edanna-Hype nicht noch zu füttern. Aber jetzt wurde ihr klar, dass das ein Fehler gewesen war, denn sie vermisste das hier. Sie vermisste Anna.

Anna löste sich von ihr, und einen Augenblick lang lächelten sie sich einfach nur an.

»Unser Duett war anscheinend der Hit«, meinte Eden.

»Ich habe vorhin ein Foto davon gepostet«, sagte Paris und erinnerte Eden an ihre Anwesenheit.

Kurz war sie leicht angenervt. Um sie herum waren Menschen mit der Abwicklung des Konzerts beschäftigt. Sie war dermaßen von Anna eingenommen gewesen, dass sie das vollkommen ausgeblendet hatte. Plötzlich kam ihr der Korridor laut und chaotisch vor.

Paris hielt Eden ihr Handy hin und zeigte ihr das Foto, das bei ihrem Duett entstanden war. Anna trug ein rotes Kleid mit Faltenrock, das fast genauso aussah wie das, das Eden im Video für ihre Single »Take Your Time« getragen hatte. Auf dem Foto lag Edens Arm über Annas Schultern, und sie lächelten sich an.

»Euer Hashtag trendet wieder«, kommentierte Paris amüsiert.

Eden zuckte fast zusammen. Sie wusste nicht, warum ihr das Hashtag unangenehm war, doch plötzlich war es ihr auch egal. Irgendwann in den letzten paar Monaten hatte Eden die Leidenschaft für ihre Musik wiedergefunden, und dafür war Anna zumindest teilweise verantwortlich. Sie gab Eden Energie, und Eden schätzte ihre Freundschaft zu sehr, um sich von einem albernen Hashtag kirre machen zu lassen.

»Lasst uns weitergehen. Wir sind hier im Weg.« Paris wedelte mit dem Arm und scheuchte sie in Richtung Edens Garderobe weiter.

Eden nickte dankbar. Sie wollte sich wirklich gern umziehen und nach Hause fahren. Und essen. Und wahrscheinlich noch eine Flasche Wasser trinken. Sie ging flankiert von Paris und Anna los.

»Das neue Kleid war der Hit!«, schwärmte Anna überschwänglich wie immer. »Als ich vorhin die Kommentare durchgescrollt habe, hatten die Leute anscheinend gehofft – wenn nicht sogar erwartet –, dass wir das Duett bei der Tour wieder singen. Aber niemand hat damit gerechnet, dass ich in einem anderen ehemaligen Eden-Look auftauchen würde. Jetzt wimmelt es nur so vor Theorien, was ich beim nächsten Mal tragen werde.«

»Du hattest recht«, sinnierte Eden. »Die Outfits erregen Aufsehen.«

Anna wippte auf den Fußballen. »Ich freue mich so, dass sich die Fans freuen!«

»Ich auch.« Eden schob sich eine Haarsträhne aus dem Gesicht. Durch die Kombination aus Make-up und Schweiß fühlte sich ihre Haut klebrig an. Himmel, sie konnte es kaum erwarten zu duschen. »Ich wusste nicht, ob du noch hier sein würdest«, sagte sie zu Anna.

Pairs war ein paar Schritte vorausgegangen, blieb nun stehen und schloss die Tür zu Edens Garderobe auf. Mit einer Handbewegung winkte sie sie hinein.

»Machst du Witze?« Anna schaute sie ungläubig an. »Ich würde nie im Leben einen deiner Auftritte verpassen, vor allem keine Premiere. Aber vielleicht werde ich …« Sie hielt inne, als wäre ihr soeben erst aufgefallen, dass sie Eden in deren Garderobe gefolgt war. »Tut mir leid, ich lass dich jetzt in Ruhe.«

»Nein, nein«, sagte Eden überrascht über sich selbst. »Bleib noch ein bisschen. Wir können zusammen gehen.«

»Ganz sicher?«, fragte Anna.

Eden nickte und warf die leere Wasserflasche in den Müll.

»Ich suche Kyrie, und wir sorgen dafür, dass beide Autos bereitstehen. In etwa fünf Minuten?«, fragte Paris.

»Wunderbar. Danke.« Normalerweise verschwand Eden nach einem Konzert schneller als heute. Wenn sie von der

Bühne kam, zog sie sich um und setzte sich sofort ins Auto. Aber zur Premiere und beim Abschlusskonzert lief alles etwas langsamer ab.

Paris ging und schloss die Tür hinter sich, während Anna sich auf die Couch fallen ließ und anfing, Eden ein paar Kommentare der Fans zur heutigen Show vorzulesen. Eden öffnete ihre Tasche und holte Jeans und Top heraus, die sie auf dem Weg nach Hause tragen wollte.

»Bin gleich wieder da«, sagte sie zu Anna, als sie die Tür zum Badezimmer öffnete. Doch bevor sie hineingehen konnte, klopfte es an der Garderobentür. Eden seufzte. Sie kam sich halb betrunken vor, da sich das Adrenalin abbaute. Sie wollte nichts lieber, als sich frisch zu machen und nach Hause zu fahren, und nicht mit irgendjemandem an der Tür herumsäuseln.

»Ich gehe«, sagte Anna und stand auf. »Zieh du dich um.«

Sie öffnete die Tür und stand vor Paris. Eden entspannte sich. Das Auto stand doch sicher noch nicht bereit, oder? Es war kaum eine Minute vergangen, seit Paris gegangen war.

»Eden …«, begann Paris zaghaft. »Deine Eltern sind hier, und sie möchten dich sehen, bevor du gehst.«

»Oh.« Eden stützte sich an der Wand ab, da ihre Knie drohten nachzugeben. *O nein!* Sie hatte ihre Eltern über ein Jahr lang nicht mehr gesehen, und obwohl sie ihnen wie üblich Tickets fürs Konzert geschickt hatte, hatte sie nicht gedacht, dass sie tatsächlich kommen würden. Jetzt war sie völlig unvorbereitet auf die seelenraubende Erfahrung, sie zu bespaßen, und dafür hatte sie heute Abend mit Sicherheit nicht die Energie – weder körperlich noch mental.

Sie atmete tief ein und reckte das Kinn. »Na schön. Schick sie rein.«

* * *

Anna hätte gar nicht hier sein sollen. Sie hätte sich gar nicht erst selbst in Edens Garderobe einladen sollen, und sie hätte definitiv gehen sollen, bevor Edens Eltern hereingekommen waren. Aber alles war so schnell gegangen. Sie hatte sich im Moment verfangen, hatte mit Eden gefeiert, als sie von der Bühne gekommen war, und das hatte sie nun davon.

Doch obwohl Anna anfangs gedacht hatte, dass der Besuch von Edens Eltern eine tolle Überraschung war, dauerte es nicht lange, bis ihr klar wurde, dass hier etwas im Argen lag. Eden benahm sich wie eine Fremde. Unter dem Bühnen-Make-up wirkte sie blass, und der Ausdruck in ihren Augen … also, Anna wusste nicht, wie sie den interpretieren sollte, aber er machte sie traurig. Niemand sollte so dreinschauen, wenn er seinen Eltern gegenüberstand.

Das gut gekleidete Paar in der Tür weckte auch bei ihr keine warmen Gefühle. Edens Vater strahlte »wichtigtuerischer weißer Mann« aus, und ihre Mutter schaute buchstäblich auf Anna herab. Igitt! Anna lehnte sich an die Wand und versuchte, so wenig wie möglich aufzufallen.

»Mom, Dad, das ist aber eine Überraschung«, sagte Eden mit fest vor sich verschränkten Händen.

»Wieso?«, fragte ihre Mutter. »Deine Managerin hat uns Tickets besorgt. Wenn sie dir nicht gesagt hat, dass sie uns welche schickt, dann solltest du vielleicht über eine neue Vertretung nachdenken. Meiner Meinung nach war sie sowieso nie so gut wie Peter.«

»Nein, ich wusste, dass sie euch welche geschickt hat, ich dachte nur …« Eden verstummte und schaute auf ihre Hände. Sie hatte also gewusst, dass ihre Eltern Tickets für das heutige Konzert hatten, und trotzdem hatte sie nicht erwartet, sie hier auch zu sehen?

Anna schluckte schwer. Da sie es nun aus erster Hand miterlebte, fiel ihr wieder ein, dass sie ein paar vage Hinweise dazu gelesen hatte, dass Eden sich früh in ihrer Karriere mit ihren Eltern überworfen hatte. Entrüstung flammte in Annas Brust dafür auf, was Eden hatte durchmachen müssen.

»Richard Sandowski«, sagte Edens Vater und reichte Anna die Hand. »Sind Sie Edens Assistentin?«

Sie schüttelte seine Hand und hatte bereits einen zermalmenden Griff erwartet. Anna gab ihr Bestes, es ihm gleichzutun. »Anna Moss. Ich bin das Vorprogramm. Ich bin nur kurz vorbeigekommen, um Eden zur Show zu gratulieren, genau wie Sie.«

»Nett, Sie kennenzulernen.« Er zerrte mehrere Male heftig an ihrer Hand, sie weigerte sich zusammenzuzucken. »Leider waren Cathy und ich nicht früh genug da, um das Vorprogramm zu sehen.«

»Oh, das ist okay. Wir sind ja sowieso alle nur hier, um Eden zu sehen«, erwiderte Anna. Endlich ließ Richard ihre Hand los, und sie lehnte sich wieder an die Wand.

Eden warf ihr einen Blick zu und schaute dann wieder ihre Eltern an. »Danke, dass ihr gekommen seid.«

Ihre Mutter nickte. »Ehrlich gesagt, war ich überrascht zu hören, dass du für diese Tour eine Vorband hast. Ich dachte, das hättest du schon seit Jahren nicht mehr nötig.«

Anna blinzelte sie an und erinnerte sich plötzlich an Davids Worte, dass Eden den Schub von Annas Namen brauchte, um die Tour auszuverkaufen. Sie hatte das für Blödsinn gehalten, andererseits *war* die Tour an dem Tag ausverkauft worden, als Annas Teilnahme verkündet worden war. Selbst wenn es stimmte, wollte Anna nicht, dass Eden das vor ihren Eltern zugeben musste.

»Ein Vorprogramm zu haben ist doch kein Maßstab für meinen Erfolg«, widersprach Eden. »Es ist mir eine Ehre, Anna auf meiner Tour dabeizuhaben.«

Eine *Ehre*. Jetzt wurde Anna rot. Unter weniger bedrückenden Umständen wäre sie über dieses unerwartete Kompliment ihres Idols absolut verzückt gewesen. »Danke schön«, murmelte sie.

Cathy räusperte sich. »Eigentlich sind wir nur vorbeigekommen, um dich für morgen zum Mittagessen einzuladen. Peter wird auch da sein. Er ist sich sicher, dass er dir hätte helfen können, den Absatzrückgang bei deinem Album zu verhindern. Ich habe mir seinen Plan angehört, wie er dich wieder in die Spur bringen will, und er ist gut. Peter ist bereit, uns den Gefallen zu tun und dich zurückzunehmen.«

In diesem Moment schien Eden größer zu werden, sie reckte das Kinn und ihre Augen blitzten. »Morgen bin ich voll ausgebucht mit Presseterminen für die Tour und darüber hinaus absolut zufrieden mit meinem momentanen Management.«

»Dieses Verhalten ziemt sich nicht«, herrschte Richard sie an. »Du hörst besser auf uns. Gott weiß, um wie viel erfolgreicher du wärst, wenn du nicht so stur gewesen wärst.«

Ein Muskel spannte sich an Edens Unterkiefer an, und Anna fragte sich, was sie jetzt nicht laut aussprach. Ihre Eltern hatten ihr nicht gratuliert, geschweige denn auch nur ein einziges Kompliment für ihren heutigen Auftritt übrig. Sie hatten nur eins getan: sie wie ein trotziges Kind behandelt, und Anna verspürte das irrationale Bedürfnis, sie dafür zur Rechenschaft zu ziehen.

»Ich werde Peter auf keinen Fall engagieren«, sagte Eden matt und stumpf, aber nachdrücklich. Wie Feuerstein. Anna hatte den Eindruck, wenn Eden jetzt auf einen Stein geschlagen hätte, wären auch Funken geflogen, und wow, das war unerwartet sexy.

»Das wirst du dir noch mal überlegen, wenn du gehört hast, was er zu sagen hat«, erwiderte ihr Vater. »Peter und ich wussten schon immer, was für deine Karriere am besten ist.«

Was? Nein, *verdammt*! Anna hatte genug. Sie stieß sich von der Wand ab, bevor sie sich bremsen konnte. »Eden ist seit über zehn Jahren die Bestverdienerin unter den Musikerinnen

Amerikas. Sie ist das Vorbild, an dem sich der Rest von uns misst, also würde ich sagen, hat sie in Wahrheit absolut *exzellente* Arbeit beim Management ihrer Karriere geleistet!«

Und plötzlich waren alle Augen auf Anna gerichtet. Edens Lippen öffneten sich tonlos, und ihre aufgerissenen blauen Augen funkelten Anna an, aber hatte das Ärger … oder Dankbarkeit zu bedeuten? *Bitte lass es Dankbarkeit sein.* Nach einer Sekunde schockierter Stille sprachen Edens Eltern beinahe gleichzeitig.

»Ich kann mich nicht erinnern, dass Sie jemand um Ihre Meinung gebeten hat«, ätzte Cathy, der Ton triefte nur so vor Gift, während Richard blaffte: »Das war vollkommen unangebracht, junge Dame.«

Anna zuckte einfach mit den Schultern. Sie bereute nicht, was sie gesagt hatte … es sei denn, sie hatte Eden damit verärgert.

»Ich werde mich nicht mit Peter treffen«, sagte Eden zu ihren Eltern und ignorierte Annas Ausbruch. »Aber danke, dass ihr vorbeigekommen seid.« Ihr Blick richtete sich auf jemanden, den Anna nicht sehen konnte, und sie nickte leicht.

Paris betrat die Garderobe. »Wenn Sie mir bitte folgen würden, Mr und Mrs Sandowski, ich zeige Ihnen den Weg hinaus.«

»Wir sind noch nicht fertig«, widersprach Richard.

Eden reckte das Kinn »Doch, sind wir.«

»Morgen um zwölf«, sagte ihre Mutter über die Schulter hinweg, als sie sich zum Gehen wandte. »Sei pünktlich, Eden.«

Eden erwiderte nichts. Ihre Eltern verließen die Garderobe, und Paris schloss die Tür hinter ihnen. Eine Weile lang stand Eden nur da und starrte zu Boden. Annas Puls raste, und – o Gott! – hatte sie eben wirklich Edens Eltern einfach so die Stirn geboten? War Eden wütend darüber? Es war zu still in der Garderobe. Dann atmete Eden hörbar aus. Sie presste sich eine Hand an die Stirn und schwankte leicht.

»Oh, hey.« Anna nahm Edens Hand – sie war kalt und klamm – und zog sie auf die Couch. »Vielleicht setzt du dich lieber mal kurz hin. Du bist direkt von der Bühne gekommen und dann kam gleich … das hier.«

Eden stieß ein freudloses Lachen aus und ließ sich auf die Couch fallen, lehnte den Kopf zurück und schloss die Augen.

»Soll ich lieber gehen?«, fragte Anna.

Eden schnaubte. »Du hast ja eh schon mitbekommen …« Sie wedelte mit der Hand Richtung Tür. »Dann kannst du auch gleich hierbleiben.«

»Es tut mir leid.« Anna setzte sich neben sie. »Ich hatte nicht vor, deinen Dad so anzugehen. Es war nur … ich fand es unmöglich, wie er mit dir umgesprungen ist, und da sind kurz die Pferde mit mir durchgegangen. Aber es war absolut unangebracht, dass ich was gesagt habe.«

»Du brauchst dich nicht zu entschuldigen«, sagte Eden leise. »Du warst … großartig. Wirklich.«

Jetzt starrte sie Anna an, und da war eine Intensität in ihrem Blick, die Anna nicht zu benennen wagte, aber es verschlug ihr mit einem hörbaren Zischen den Atem. Edens Pupillen waren geweitet, und sie atmete so schnell, und – *o Gott!* – was passierte hier gerade?

Adrenalin! Das war einfach nur das Adrenalin von der Szene mit ihren Eltern. *Sei nicht albern, Anna. Sie hat dir deutlich gesagt, dass sie hetero ist!*

Eden beugte sich vor, stützte sich mit den Ellbogen auf den Knien ab. Jetzt saßen sie viel zu eng beieinander. Anna erkannte einen bläulichen Make-up-Fleck neben Edens linkem Auge, und sie stemmte sich gegen den Impuls, die Hand auszustrecken und ihn wegzuwischen. Einen Augenblick lang saßen sie reglos da, ihre Blicke trafen sich so kraftvoll, wie das Scheinwerferlicht zuvor auf der Bühne.

Abrupt senkte Eden den Blick auf ihre zitternden Hände. Und sie war immer noch so blass, alarmierend blass.

Anna richtete sich auf. »Eden?«

»Mir geht's gut. Ich komme bloß vom Adrenalin runter und hab wahrscheinlich niedrigen Blutzucker. Ich hatte kein Abendbrot … zu nervös.« Sie lächelte Anna schief an, bevor sie sich hinunterbeugte und einen Proteinriegel aus ihrer Tasche angelte.

Anna, du Honk! Während du dir vorgestellt hast, wie du sie küsst, saß die Arme hier und bemühte sich, nicht in Ohnmacht zu fallen. Sie tippte sanft mahnend auf Edens Handgelenk. »Und du warst vorm Konzert da draußen und hast *mir* Mut gemacht. Kein Wort davon, dass du auch nervös warst.«

»Doch, eigentlich schon«, widersprach Eden und riss die Verpackung auf. »Ich habe dir erzählt, dass ich immer noch vor jedem Auftritt nervös bin. Ich habe dir nicht gesagt, dass der Premierenabend besonders hart für mich ist, weil mir das nicht sonderlich hilfreich zu sein schien, bevor du auf die Bühne gegangen bist. Oder dass ich mich vor meinem ersten Konzert nach dem schlimmsten Jahr meiner Karriere unter Druck gefühlt habe, aber darüber weißt du ja jetzt auch dank meinen Eltern Bescheid, also …«

»Das tut mir leid.« Anna war so sehr mit ihrer eigenen Nervosität beschäftigt gewesen, dass sie keinen Gedanken daran verloren hatte, wie es Eden gehen mochte. Sie war einfach davon ausgegangen, dass Eden so cool und gefasst war, wie sie es sonst auch zu sein schien. Außerdem hatten sie nie über die aktuellen Rückschläge in Edens Karriere gesprochen.

»Es ist, wie es ist.« Eden biss vom Riegel ab, kaute und schluckte, bevor sie Anna einen Blick zuwarf. »Und meine Eltern sind … na ja, wir haben uns entfremdet. Wir sehen uns mehr oder weniger einmal im Jahr, und dann läuft es quasi immer so ab wie gerade eben.«

»Sie waren so von oben herab. Ich war einfach … bah! Wie kann es sein, dass ihnen nicht klar ist, wie großartig du bist?«

Eden lächelte, während sie noch mal vom Riegel abbiss. »Niemand wird sie je davon überzeugen können, dass ich weiß, wie ich meine eigene Karriere manage, aber ich fand's toll, dass du's versucht hast.« Sie steckte sich das letzte Stück in den Mund und stand auf. »Wie auch immer, ich muss mich umziehen, und dann müssen wir beide nach Hause.«

»Ja«, stimmte Anna zu und warf einen letzten Blick auf Edens goldschimmerndes Kleid. Himmel, sie sah heute überirdisch heiß aus, und Anna musste wirklich, *wirklich* diese Schwärmerei auf Eis legen, bevor sie überkochte und alles ruinierte.

Eden lächelte sie sanft an, und Annas Puls beschleunigte sich. Dann ging sie ins Badezimmer und zog die Tür hinter sich zu.

KAPITEL 12

»Geht heute jemand spielen?« Paris schaute von ihrem Teller auf und ließ den Blick um den Tisch schweifen.

»Ich nicht.« Eden nahm ihren Tee. Sie waren jetzt seit einer Woche auf Tour, und bisher war es ein Wirbel an Ereignissen gewesen. Zu Beginn einer Tour gab es stets dermaßen viele Pressetermine, dass sich ihr der Kopf drehte. Dazu kamen die Konzerte selbst und die Umstellung auf ein Leben als Nomade. Heute waren sie in Las Vegas. Eden aß mit Paris, Anna und Kyrie in ihrer Suite Mittag.

Zum ersten Mal seit der Premiere hatte Eden keine Pressetermine am Nachmittag. Sie hatte vor, es sich mit ihrem Kindle auf dem Bett gemütlich zu machen und den Nachmittag mit Lesen und viel Tee mit Honig zu verbringen. Die Woche über hatte sie entschieden zu viel geredet – und gesungen –, und sie war lange genug im Geschäft, um zu wissen, dass sie der unvermeidlichen Belastung ihrer Stimmbänder gegensteuern musste.

»Ich hätte Lust«, meinte Kyrie. »Ich war noch nie in Las Vegas, und ich würde liebend gern mal ein paar Münzen in einen Automaten werfen. Und du, Anna?«

Anna schürzte die Lippen und überlegte. »Klingt verlockend, aber ich bin ein bisschen müde. Ich glaube, ich lasse es bis zum Konzert etwas ruhiger angehen.«

»Vielleicht keine so schlechte Idee«, stimmte Kyrie zu.

»Aber wenn du mal spielen willst, solltest du absolut mitgehen«, sagte Anna. »Ich brauche dich heute Nachmittag nicht.«

»Das gilt auch für dich, Paris«, warf Eden ein. »Ihr zwei solltet losziehen und euch Vegas ansehen.«

»Wirklich?«, fragte Paris. »Bist du sicher, dass du mich nicht brauchst?«

»Absolut«, versicherte ihr Eden. »Ich habe nicht vor, meine Suite zu verlassen.«

Paris sah Kyrie an. »Hast du Lust?«

»Ja«, stimmte Kyrie zu, und sie fingen an, den Nachmittag zu planen, während sie die Reste vom Mittagessen vom Tisch räumten. Paris erzählte, dass die Geldautomaten keine Vierteldollarmünzen mehr nähmen. Jetzt laufe alles digital. Sie war eine unerschöpfliche Quelle für alle möglichen Informationen.

Eden starrte auf den bernsteinfarbenen Tee in ihrer Tasse und trank dann einen Schluck. Ihre Stimmung war irgendwie … verändert, seit die Tour begonnen hatte, und sie wusste nicht, warum. Es war weder Traurigkeit noch Erschöpfung. Sie fühlte sich vage beunruhigt, als brächte ihr keine ihrer Routinen das sonst gewohnte Gefühl von Geborgenheit.

»Hast du Lust auf Gesellschaft heute Nachmittag?«

Sie blickte auf und sah, dass Anna sich auf den Sessel neben ihr gesetzt hatte. »Gesellschaft?«

Anna trug wie immer ihre Sportklamotten, heute ein auf Violett abgestimmtes Set. Ihre Haare waren offen und sahen unglaublich weich aus. Allerdings hatte Eden keine Ahnung, wieso ihr so etwas überhaupt auffiel. »Wir könnten uns einen Film ansehen oder so«, schlug Anna vor.

149

An Konzerttagen verbrachte sie den Nachmittag eigentlich allein, aber im Moment hörte sich die Idee, mit Anna einen Film anzuschauen, zweifellos nach Spaß an. »Ja, klar. Bleib hier.«

»Echt jetzt?«, fragte Anna, und das für sie typische ansteckende Lächeln zierte ihre Wangen.

»Ja«, antwortete Eden und spürte, wie sie als Reaktion selbst anfing zu lächeln. »Und wer darf den Film bestimmen?«

»Heute suchst du einen aus und nächstes Mal ich?«

Nächstes Mal. Ja, okay, die Vorstellung gefiel ihr. »Abgemacht.«

Paris stellte Eden eine Tasse frischen Tee hin. »Bist du sicher, dass ich nichts mehr für dich tun kann, bevor ich gehe?«

»Ganz sicher«, antwortete Eden. »Danke für den Tee. Und jetzt los, amüsier dich gut, und verlier nicht zu viel Geld am Automaten.«

»Keine Sorge. Mein Spiellimit ist fünfzig Dollar«, erwiderte Paris.

Kyries Augen wurden groß. »Das mache ich auch so.«

»Viel Spaß, ihr zwei!« Anna winkte ihnen hinterher. »Tut nichts, was ich nicht auch tun würde.«

»Das ist keine besonders große Einschränkung«, antwortete Kyrie und zog eine Grimasse.

Anna lachte, und es klang ungeheuer fröhlich. Nachdem Kyrie und Paris die Suite verlassen hatten, drehte sie sich zu Eden um. »Das wird lustig, wie eine Pyjamaparty in der Schule, nur tagsüber. Glaubst du, der Zimmerservice kann uns Popcorn bringen?«

»Da bin ich mir sicher.« Eden nahm ihren Tee und trank einen Schluck. »Darf man bei Pyjamapartys Tee trinken?«

»Nicht bei den Pyjamapartys, bei denen ich war«, antwortete Anna ernst. »Gut möglich, dass du damit gegen das Pyjamapartygesetz verstößt.«

Eden zuckte mit den Schultern. »Kannst du glauben, dass ich noch nie bei einer Pyjamaparty gewesen bin?«

Anna legte entsetzt die Hand an die Brust. »Nein! Das ist ja tragisch! Wieso nicht?«

»Wir sind nach L.A. gezogen, als ich zwölf war. Von da an wurde ich zwischen Vorsingen und Musikunterricht zu Hause unterrichtet. Ich hatte quasi keine Freunde in meinem Alter.«

Annas Lächeln verblasste. »Ist das dein Wunsch gewesen? Nach L.A. zu ziehen?«

»O ja!« Diese Geschichte teilte Eden nur selten. Ihr gefiel nicht, wie sie ausgegangen war, zumindest nicht, was die Beziehung zu ihren Eltern anging. Aber dieses Desaster hatte Anna bereits aus erster Hand miterlebt, also verdiente sie vielleicht auch die Vorgeschichte dazu. »Schon als kleines Mädchen wollte ich nichts anderes, als ein Popstar zu werden. Über den Umzug nach L.A. bin ich absolut begeistert gewesen.«

»Da sind wir schon mal zwei«, sagte Anna. »Wir leben unsere Kindheitsträume.«

»M-hm«, stimmte Eden zu. »Dann bekam ich mit sechzehn meinen ersten Plattenvertrag, und ich dachte nur wow, ich hab's wirklich geschafft, weißt du? Ich würde meinen Song bald im Radio hören. Das war einer der schönsten Tage meines Lebens.«

»Mit sechzehn.« Anna schüttelte kurz den Kopf. »Das wusste ich natürlich, aber mir war nie wirklich klar, welchen Effekt das auf deine Jugend hatte.«

»Wenn ich ehrlich bin, habe ich nicht das Gefühl, eine gehabt zu haben«, gab Eden zu. »Ich habe dir ja schon erzählt, dass mich die Medien von Anfang an wie eine Erwachsene behandelt haben. Ständig wurde mein Körper kritisiert und darüber spekuliert, mit wem ich zusammen war. In den Late-Night-Shows hat man Witze über mein Sexleben gerissen, obwohl ich in Wirklichkeit noch nicht mal geküsst worden war.«

»Das ist ja … igitt!«

»Igitt« drückte es nicht einmal ansatzweise aus. »Das war eine sehr merkwürdige Zeit. Die Welt sah mich als eine extrem erfolgreiche Sängerin, aber abseits der Bühne hatte ich keinerlei Kontrolle über mein Leben. Meine Eltern gaben mir ein monatliches Taschengeld, allerdings kein besonders großzügiges. Mein Vater engagierte Peter Roth als meinen Manager, und die beiden trafen alle Entscheidungen für meine Karriere. Ich war einfach nur das Gesicht, die Stimme.«

»Ich hatte ja keine Ahnung«, sagte Anna leise.

»Anfangs war ich so jung, dass ich froh gewesen bin, wenn mir jemand sagte, was ich tun sollte, denn mit noch nicht mal achtzehn ein Superstar zu sein, fühlte sich unwirklich und überwältigend an. Aber dann wurde ich achtzehn, und trotzdem trafen andere alle Entscheidungen für mich. Sie entschieden, welche Songs ich aufnehmen sollte, und bestimmten, was ich anziehen und tun sollte. Wahrscheinlich hätte ich es nicht so lange weiterlaufen lassen sollen, aber immerhin waren das meine Eltern, und ich ging davon aus, dass sie es am besten wussten.«

»Selbstverständlich dachtest du das. Oh, Eden! Ich hatte ja keine Ahnung. Du hast bei keinem Interview ein Wort darüber verloren.«

»Nein.« Sie nippte am Tee. »Das ist keine besonders tragische Geschichte. Ich spreche einfach nicht gern darüber. Um meinen einundzwanzigsten Geburtstag herum habe ich meinen Manager gefeuert und meinen Eltern gesagt, ich sei bereit, selbst über meine Karriere zu entscheiden. Das ging nicht gut aus. Wir sind … na ja, du hast ja gesehen, wie es jetzt bei uns läuft. Es ist mir echt peinlich, dass du das hast mit ansehen müssen.«

Anna legte ihr eine Hand auf den Arm. »Ja, und mir ist es peinlich, dass du meine Begegnung mit Camille bei den Grammys mit angesehen hast, aber eigentlich sollte es uns doch nicht peinlich sein, wie sich andere verhalten, oder?«

Eden sah ihr immer noch nicht ganz in die Augen. »Wahrscheinlich nicht.«

»Und wir haben beide daran gearbeitet, diese Leute aus unserem Leben zu streichen, und dafür Hut ab für uns.«

»Stimmt«, sagte Eden. »Dann hast du also Camille aus deinem Leben gestrichen?«

»So gut wie, allerdings brauchte ich eine Weile dafür. Unsere erste Trennung war vor zwei Jahren, aber dann sind wir eine Weile lang immer im Bett gelandet, wenn wir uns irgendwo über den Weg gelaufen waren. Ich glaube ehrlich gesagt, darauf hat sie auch bei den Grammys spekuliert. Sogar wenn wir hässlich zueinander waren, war da immer noch diese Leidenschaft zwischen uns, weißt du? Wir konnten die Finger nicht voneinander lassen. War es bei Zach und dir auch so?«

Eden schüttelte den Kopf. »Zach und ich waren das glatte Gegenteil davon. Wir funktionieren besser als Freunde, weniger als Paar.« Genau genommen war Eden sich nicht sicher, ob sie überhaupt schon mal eine Leidenschaft erlebt hatte, wie Anna sie beschrieb.

»Seid ihr noch befreundet?«, fragte Anna.

»Ja, sind wir. Er ist ein toller Typ. Unsere Scheidung verlief sehr gütlich.«

»Das gab's bestimmt noch nie in Hollywood.« Anna lachte.

»Ja, oder? Ich vermisse ihn, aber ich glaube, größtenteils vermisse ich es einfach, jemanden im Haus zu haben, mit dem man reden kann. Ich fühle mich einsam, wenn ich allein lebe, vor allem, weil ich nicht einfach wie jeder normale Mensch ausgehen kann.«

»Ja, ich find's toll, dass Zoe nebenan wohnt. Wir verbringen viel Zeit miteinander. Hey, apropos Familie und so, du weißt doch, dass ich aus San Francisco komme, oder?«

Eden wandte sich ihr zu. »Ja, und morgen haben wir dort ein Konzert. Kommen deine Eltern zur Show?«

»Ja, und sie möchten dich liebend gern kennenlernen.«
Anna lächelte sie schüchtern an. »Genau genommen fahre ich
morgen gleich nach der Landung zum Mittagessen zu ihnen,
und sie fänden es großartig, wenn du mitkommen würdest.
Kein Druck, wenn du zu tun hast oder dich einfach nur ausruhen oder dein eigenes Ding machen willst.«

Eden kaute nachdenklich auf ihrer Unterlippe. »Ich würde
ja gern, aber ich will nicht stören, wenn du die Zeit lieber allein
mit deinen Eltern verbringen möchtest. Immerhin werden wir
eine ganze Weile unterwegs sein.«

»Wir sehen uns echt oft, und sie haben sehr lange mit angehört, wie ich als Fan von dir geschwärmt habe, also sind sie
ganz aufgeregt, dass du eventuell tatsächlich zu ihnen zu Besuch
kommen könntest.« Annas Wangen waren nun flammrot.

»Dann möchtest du also, dass ich dort auftauche und
beweise, dass wir tatsächlich befreundet sind, und du nicht
insgeheim meine Stalkerin bist?«, neckte Eden sie und wurde
belohnt, weil Anna noch röter wurde.

»Ja, klar, so was in der Art«, antwortete sie albern lachend.

»Tja, dann bleibt mir wohl nichts anderes übrig.« Sie stand
auf und machte eine Geste Richtung Schlafzimmer. »Zeit,
unsere Stimmen zu schonen und uns den Film auszuleihen. Bei
Pyjamapartys liegt man doch im Bett, richtig?«

»Absolut.« Anna sprang auf. »Langsam hast du den Dreh
raus mit den Pyjamapartys.«

* * *

Eden nahm das Mikro vom Ständer, drehte sich um und stand
Anna gegenüber. Das Scheinwerferlicht umgab sie und ließ Annas
Augen-Make-up glitzern. Heute sah sie aus wie eine Prinzessin.
Das tiefblaue Kleid war dem nachempfunden, das Eden bei
einem ihrer ersten Liveauftritte getragen hatte, und Anna sah so

wunderschön darin aus. Edens Blick wanderte von ihrem Gesicht hinunter zum anmutig geschwungenen Hals und über ihre Brüste.

»Tritt mir die Heels von den Füßen«, sang Anna und kickte mit einem Bein in die Luft.

Das war Edens Stichwort. Sie fing an zu singen, trat vor Anna, um das Ringen mit ihrem jüngeren Selbst darzustellen. Die Beleuchtung änderte sich und erhellte jetzt Teile des Publikums. Was das anging, gehörte Vegas nicht zu ihren Favoriten. Die ersten paar Reihen waren immer als Bonusgabe für Spieler mit tiefen Taschen vom Casino reserviert, deshalb sah sie ganz vorne eher jede Menge gelangweilte Menschen, die sich nicht wirklich für ihre Musik interessierten.

Heute erkannte sie viele Senioren in den ersten paar Reihen, und während einige von ihnen aktiv die Show verfolgten, konzentrierten sich die meisten auf Snacks oder sogar ihr Handy. Dahinter hielten mehrere jüngere Fans ein knallpinkes Schild hoch, und Eden schirmte die Augen ab, um es zu lesen.

#EDANNA4EVER

Oh! Eden wandte sich Anna zu, als sie neben sie trat, um den nächsten Refrain zu beginnen. Wieder dieses strahlende Lächeln, an dem Eden hängen blieb, und in ihrem Bauch wallte etwas Seltsames auf, so als schösse Strom durch sie hindurch, oder wie … *Blitze.* O Gott, war das etwa, was man damit meinte, wenn man sagte, wie vom Blitz getroffen?

Ihr wurde ganz heiß. Anna drehte sich, und erneut war sie wie elektrisiert. Reflexartig legte sie die Hand an ihren Bauch. Ihr Blick konzentrierte sich auf Annas Unterschenkel, als ihr Rock hochflog, und wanderte zu ihrer Taille hinauf. Dann starrte sie erneut Annas Brüste an. Egal, wo sie hinschaute, sie sah nur Annas Körper. Was passierte nur mit ihr? Eden hatte nie … noch nie war …

Jetzt stand Anna vor ihr und schaute sie seltsam an, und – o Gott! – sie hatte ihren Einsatz verpasst! Wie ging der Text noch mal? Sie wirbelte herum, suchte verzweifelt nach etwas, an dem sie sich orientieren konnte, egal was. Und dann spürte sie Annas Hand auf ihrem Arm. Eden erinnerte sich daran, wie Annas Haare sie zuvor am Nachmittag am Arm gekitzelt hatten, als sie zusammen »Captain Marvel« geschaut hatten.

Anna sang Edens Zeilen, sprang für sie ein. Ihre Hand war so warm, und …

Eden atmete tief ein und schloss kurz die Augen, um wieder zu sich zu finden. Dann lächelte sie Anna dankbar zu, als sie wieder übernahm und die nächste Zeile sang. Eden drehte sich zum Publikum und hielt den Blick auf einen leeren Platz ein paar Reihen weiter hinten gerichtet, ein sicherer Hafen, während sie sich in die Musik hineinversetzte. Zu ihrer Erleichterung lief der Rest des Songs wie am Schnürchen.

Am Ende umarmte sie Anna kurz, wie immer nach »After Midnight«, und versuchte, bei der Berührung das leichte Flattern im Bauch zu ignorieren. Solange sie nicht allein in ihrem Hotelzimmer war, konnte sie weder darüber noch über Anna nachdenken.

Eden begann den nächsten Song und war erleichtert zu spüren, wie die Ausgeglichenheit zurückkehrte. Sie beendete das Konzert ohne weiteren Fehltritt und verließ die Bühne unter tosendem Beifall. Hinter der Bühne wartete Anna auf sie, wie es inzwischen Gepflogenheit war, und zusammen mit Kyrie, Paris und Taylor fuhren sie ins Hotel. Niemand sprach Edens Hänger an. Für sie war es nur ein verpatzter Einsatz. Das passierte ständig bei Liveauftritten.

Wie hätten sie auch nur ahnen können, dass Eden heute auf der Bühne einen weltverändernden Moment erlebt hatte? Dass sie im Augenblick einen wichtigen Teil dessen infrage stellte, was sie von sich zu wissen geglaubt hatte? Ihr Gehirn war zwar auf Existenzkrise geschaltet, doch sie war sich einigermaßen sicher, dass sie nach außen hin so cool und gefasst wirkte wie immer.

Vor dem Hotel blieben Anna und sie stehen, um einer Gruppe wartender Fans Autogramme zu geben. Na ja, »Fans« war eventuell etwas zu großzügig ausgelegt, denn die Mehrzahl von ihnen bat sie, nichts Persönliches auf die Fotos zu schreiben, was bedeutete, dass sie in Wahrheit Autogrammjäger waren, die die Fotos online verkaufen wollten. Aber zumindest fragte sie niemand nach #Edanna.

Taylor hielt alle im Zaum, bis die Fotos signiert waren, und geleitete dann Eden in die Hotellobby, mit Anna und den anderen im Schlepptau. Sie stiegen alle zusammen in den Aufzug.

»Dann bis morgen«, sagte Anna, als sie auf ihrer Etage ausstieg.

»Gute Nacht, Anna.«

Kyrie und Paris stiegen auf der nächsten Etage aus.

»Ich hole dich morgen früh um sieben ab, wir fahren dann direkt zum Flughafen«, sagte Paris.

Eden nickte. »Ich bin dann fertig.«

Endlich hielt der Aufzug auf Edens Etage an, und Taylor brachte sie bis zur Tür ihres Zimmers, damit Eden sicher darin ankam. Sie wünschte eine gute Nacht, und endlich war Eden auch allein. Gott sei Dank. Sie ging direkt ins Badezimmer, zog sich aus und stellte sich unter die Dusche.

Sie schrubbte sich das Make-up von Hals und Gesicht und seufzte erleichtert auf. Unter dem heißen Strahl der Dusche schweiften ihre Gedanken ab, spulten noch einmal den Moment mit Anna ab, den Augenblick, in dem sie ihren Einsatz im Song verpasst hatte, weil sie … ja, was eigentlich? Was war da gewesen? Eine Reaktion auf das #EDANNA-Schild?

Eden konnte jetzt nicht darüber nachdenken, nicht, während sie nackt unter der Dusche stand, mit den Händen an ihrem Körper, die Schweiß und Make-up wegwuschen. Vor allem nicht, solange ihr Körper sie daran erinnerte, wie lange es her war, dass sie sich um gewisse Bedürfnisse gekümmert hatte. Sie war zu verunsichert, um sich heute Abend darum zu kümmern, zu verwirrt darüber, weshalb sie so empfand. Vielleicht hatte sie zu große Angst davor zu sehen, wessen Gesicht in ihrer Fantasie auftauchen könnte.

Reiß dich zusammen, Eden!

Nach der Dusche zog sie ihr Schlafzeug an und setzte sich dann mit dem Handy und einer Flasche Wasser ins Bett, um mit diesem üblichen Ritual nach einem Konzert runterzukommen, damit sie schlafen konnte. Aber heute schien ihr, als würde sie nie wieder schlafen können. Wieder und wieder ging sie die Szene auf der Bühne durch. Hatte es begonnen, als sie das #EDANNA-Schild entdeckt hatte, oder hatte sie zuerst Anna angesehen?

Ganz sicher hatte es mit dem Schild angefangen. Als sie es sah, hatte es sie irgendwie daran erinnert, dass einige der Fans Anna und sie als Paar sehen wollten. Offensichtlich war das der Grund, weshalb sie dann diese elektrisierenden Blitze – oder was auch immer das gewesen war – verspürt hatte, als sie daraufhin Anna angeschaut hatte.

Denn Eden war sechsunddreißig und hatte sich noch nie zu einer Frau hingezogen gefühlt. Aber hatte sie sich andererseits je so richtig zu einem Mann hingezogen gefühlt? Sie schüttelte den Kopf über sich selbst. Das war doch lächerlich. Wenn sie nicht hetero gewesen wäre, dann hätte sie das doch inzwischen ganz sicher gewusst.

Nachdem sie endlich ihren ersten Manager und das Team aus anmaßenden Männern, das er angeheuert hatte, losgeworden war, hatte Eden sich absichtlich nur mit fähigen Frauen umgeben. Sie war immer von Frauen umgeben gewesen. Und sie hatte Frauen immer zu schätzen gewusst. Selbstverständlich bewunderte Eden die weibliche Form. Frauen waren wunderschön. So viele Kurven, eine Weichheit, die über ihre zugrundeliegende Stärke hinwegtäuschte. Aber das bedeutete noch lange nicht …

Eden verspürte ein unangenehmes Ziehen im Magen. Frauen hatte sie immer interessanter gefunden. Wenn sie Filme oder Serien schaute, sprach sie am Ende unweigerlich über die Schauspielerinnen, während ihre Freundinnen sich darüber ausließen, welchen Schauspieler sie am heißesten fanden. War das … von Bedeutung?

Sie entsperrte ihr Handy und öffnete Twitter. Ihre Finger suchten nach #Edanna, bevor sie sich bremsen konnte, und – *Himmel!* – waren da viele Tweets! Hunderte allein vom heutigen Abend. Sie sah Fotos von Anna und sich auf der Bühne, Fotos, wie Eden Anna wie benommen anstarrte, als sie den Faden beim Song verloren hatte.

@**ChaiLatte999**: Ist noch jemandem aufgefallen, dass Eden total den Text ihres eigenen Songs vergessen hat, als sie Anna angeschaut hat? Die Arme hat's echt schwer erwischt, und ICH LIEBE ES! #Edanna

@**EdensGarden 565**: OMG ich muss das Video sehen!!! #Edanna4ever

@**PinkCookiesxx**: Ihr habt alle Glück, ICH HAB DAS VIDEO #Edanna4ever

Edens Daumen schwebte über dem Play-Symbol des angehängten Videos, doch stattdessen schloss sie Twitter in letzter Sekunde. Sie blinzelte, und Tränen liefen ihr über die Wangen. Es war schlimm genug, dass sich die Zweifel an ihrer sexuellen Orientierung ausgerechnet auf einer Bühne vor dreißigtausend Menschen geregt hatten, aber nein, jemand hatte es auch noch auf Video festgehalten.

Mist, als wäre es in ihrem Leben schon mal anders gelaufen!

KAPITEL 13

»Mom!«, jauchzte Anna, als sie sich in die Arme ihrer Mutter warf. Frühmorgens war sie mit Eden und dem Rest ihrer Entourage von Las Vegas nach San Francisco geflogen. Alle außer Anna waren ins Hotel gefahren, doch sie direkt zu ihren Eltern, da sie nach dem Konzert bei ihnen übernachten wollte.

»Sieh dich nur an, mein angehender Superstar«, murmelte ihre Mutter und umarmte Anna fest. »Du strahlst ja förmlich.«

»Ich bin wirklich glücklich, Mom.« Sie löste sich von ihr und lächelte ihre Mutter breit an, bevor das Räuspern ihres Vaters sie unterbrach.

»Ich warte immer noch auf meine Umarmung«, sagte er.

Sie ließ ihre Mutter los und drehte sich zu ihrem Vater um, der sie in eine seiner bärenhaften Umarmungen zog. »Ich hab dich vermisst, Dad. Wollen wir morgen früh zusammen das Kreuzworträtsel lösen, so wie in alten Zeiten?«

»Darauf kannst du wetten.« Er klopfte ihr auf den Rücken, bevor er sie wieder losließ.

»Aber zuerst wollen wir alles über deine große Tournee erfahren«, sagte ihre Mutter und nahm sie in die Küche mit, die für Anna immer das Herz ihres Zuhauses war. Als Kind hatte sie hier unzählige Stunden mit ihrer Mutter gekocht und geredet.

Es war die Küche einer Chefköchin, mit glänzenden Doppelbacköfen im hinteren Bereich und einem großen Gasherd. Alles war in warmen Erdtönen gehalten. Heute roch es dank eines Kruges frisch gemachter Limonade, der auf der Kücheninsel stand, nach Zitronen und Minze.

Anna lief das Wasser im Mund zusammen. Die Minzlimonade ihrer Mutter war legendär. »Wenn ich ein Glas Limonade bekomme, erzähle ich dir alles.«

»Hast du Hunger?«, fragte ihre Mutter, als sie den Krug nahm und ein Glas füllte. »Und kommt Eden nach wie vor zum Mittagessen?«

»Ja, ein wenig, und ja, sie kommt. Und zwar in circa einer Stunde. Sie muss erst im Hotel einchecken. Machst du heute einen Tag frei?« Ihrer Mutter gehörte das Terrace Bistro, ein beliebtes Restaurant im Zentrum von San Francisco.

»Ja. Die Gelegenheit, Zeit mit dir zu verbringen, konnte ich mir nicht entgehen lassen. Und John kommt heute übrigens auch mit zum Konzert.«

»Juhu!« Anna nahm ihrer Mutter das Glas Limonade ab. Sie hatte ihren Bruder monatelang nicht gesehen. Er war zwei Jahre älter und arbeitete im Silicon Valley, wo er irgendein Tech-Ding machte, das sie nicht mal ansatzweise kapierte, ihm aber einen Haufen Geld einbrachte.

Ihre Mutter holte einen Beutel voll selbst gemachtem Granola hervor, das Anna naschen konnte, und sie nahmen alles ins Wohnzimmer mit, wo sie sich entspannen und unterhalten konnten, bis Eden kam.

»Da sie noch nicht hier ist, erzähl uns alles darüber, wie es ist, mit Eden auf Tour zu sein.« Ihre Mutter lächelte sie wissend an, als sie es sich im Sessel ihr gegenüber bequem machte. Ihre Eltern wussten wahrscheinlich besser als jeder andere, wie sehr Anna Eden in ihrer Jugendzeit vergöttert hatte, und Anna musste höllisch aufpassen oder sie würden spielend leicht merken, wie unrettbar sich Anna in die echte Eden verschossen hatte.

»Also, ich bin zu dem Schluss gekommen, dass die Person, die mal gewarnt hat, man sollte nie seine Idole kennenlernen, anscheinend nur furchtbare Menschen vergöttert haben muss, denn Eden ist einfach wunderbar. Manchmal kann sie ein bisschen unnahbar sein, aber nicht auf eine grobe Art. Es ist eher so, dass sie meistens der berühmteste Mensch im Raum ist und deshalb den Druck hat, auf alles zu achten, was sie sagt oder tut.«

»Das ist verständlich«, sagte ihre Mutter nachdenklich.

»Und wenn sie singt, dann … also ich bekomme buchstäblich Gänsehaut. So großartig ist sie.«

»Wow!« Ihr Vater wechselte Blicke mit ihrer Mutter. »Also ich freue mich wirklich darauf, die Frau kennenzulernen, die dir diese Sternchen in die Augen zaubert.«

»Wohl eher Herzchen«, warf ihre Mutter ein. »Anna, Liebes, mir scheint, aus deinem Jugendschwarm ist etwas mehr geworden.«

Anna schlug die Hände vors Gesicht. Es hatte also keine zwei Minuten gedauert, bis sie es herausgefunden hatten. »Ist es so offensichtlich?«

»Nur, weil wir dich so gut kennen.« Ein Lachen schwang in der Stimme ihres Vaters mit. »Wir wissen, wie du schaust, wenn du in jemanden vernarrt bist.«

»Das ist nur eine harmlose Schwärmerei«, wiegelte Anna ab. »Ich werde nichts unternehmen. Nicht nur, weil wir die nächsten sechs Monate zusammenarbeiten müssen, sondern auch, weil sie hetero ist.«

»Da bin ich aber erleichtert«, erwiderte ihre Mutter, »denn die Dynamik zwischen euch beiden erinnert mich ein bisschen zu sehr an deine Beziehung mit Camille.«

Anna zuckte zusammen.

»Ich wollte es nicht sagen, aber das war auch mein Gedanke«, sagte ihr Vater mit einem entschuldigenden Lächeln. »Bei ihr hast du früher genauso geschwärmt.«

»Ich weiß, ich weiß, das ist mir auch aufgefallen«, gestand Anna ein. »Aber nur, dass ihr's wisst, auch wenn das mit Eden absolut nicht in diese Richtung geht, sie ist vollkommen anders als Camille.«

»Das freut mich«, sagte ihre Mutter. »Manipulative Menschen sind reines Gift, egal, ob man in einer Beziehung mit ihnen ist oder nicht.«

Anna nickte. »Eden war immer nur freundlich. Ihr werdet schon sehen, wenn ihr sie kennenlernt.«

* * *

Eden zögerte, als sie auf der Veranda von Annas Elternhaus stand, und Angst brannte ihr im Magen. Aber wenn sie hier nur stand, fühlte sie sich exponiert. Sie fühlte sich immer angreifbar, wenn sie sich draußen in der Öffentlichkeit befand, und wartete nur darauf, dass ein übereifriger Fan oder Paparazzo aus dem Gebüsch sprang. Das Auto, mit dem sie gekommen war, stand noch immer am Straßenrand, und darin saß Taylor, die sie vom Beifahrersitz aus beobachtete, um sicherzugehen, dass Eden wohlbehalten im Haus ankam. Das hieß, Taylor sah, dass sie jetzt wie erstarrt auf der Veranda stand.

Eden hob die Hand und klopfte. Drinnen erklangen Schritte. Dann schwang die Tür auf und Annas lächelndes Gesicht kam zum Vorschein. *Blitze.* Alles in Eden leuchtete auf, wie ein Stadion voller Fans, die es mit ihren Handys erhellten.

Sie unterdrückte sofort alles. Solange sie im Haus von Annas Eltern war, würde sie *nichts* außer Freundschaft für sie empfinden. »Hi«, grüßte sie und freute sich, dass ihre Stimme ganz normal klang.

163

»Selbst hi.« Anna machte eine einladende Handbewegung. »Komm rein und lern meine Eltern kennen. Meine Mom hat mir zwar nicht verraten, was es zu Mittag gibt, aber es wird zweifellos fantastisch sein.«

»Da bin ich mir sicher.« Eden betrat das Haus. Es war schicker als erwartet, andererseits hatte Anna erwähnt, dass ihre Mutter ein Restaurant besaß. Eden konnte den Baustil nicht benennen, aber er wirkte modern, mit reichlich dekorativen Elementen im Balkenwerk. Alles war in einem warmen Beigeton gestrichen, und an den Wänden hingen jede Menge Familienfotos.

Sie sah sich eins genauer an und lächelte über das zuckersüße blonde Mädchen, das in einem roten Overall lustig posierte. Schon als Kind war Anna eine schillernde Persönlichkeit gewesen. Neben ihr stand ein nur wenig älterer blonder Junge, der der Kamera die Zunge herausstreckte. »Du und dein Bruder?«

»Jepp«, bestätigte Anna. »Das ist John. Er kommt heute zum Konzert.«

»Oh, das ist toll.«

»Ich kann's kaum erwarten, ihn zu sehen.« Anna quasselte fröhlich weiter und zeigte dabei auf verschiedene Fotos, und Eden fand diesen Einblick in ihre Kindheit ganz aufregend.

»Da bist du ja«, sagte eine Frau.

Eden drehte sich um und sah eine ältere Version von Anna auf sich zukommen. Annas Mutter war groß und schlank und strahlte eine gewisse Autorität aus, aber ihr Lächeln war warm und einladend. Eden streckte die Hand aus. »Sie müssen Mrs Moss sein. Ich bin Eden.«

»Bitte, nenn mich Bev. Ich freue mich sehr, dich kennenzulernen, Eden. Anna ist losgegangen, um die Tür zu öffnen, und nicht zurückgekommen.« Bev warf Anna einen leicht tadelnden Blick zu, doch da war kein Groll zu sehen, nur Liebe, zumindest, soweit Eden das beurteilen konnte.

»Entschuldige, Mom, aber das ist eure Schuld, weil ihr all die Familienfotos direkt neben der Haustür aufgehängt habt. Eden ist gleich davon abgelenkt gewesen.«

»Das stimmt«, gestand Eden entschuldigend und folgte Bev zum Wohnzimmer. »Die kleine Anna war sehr niedlich.«

Im Wohnzimmer traf sie auf Annas Vater George. Er war ein großer, aber unaufdringlicher Mann in Jeans und einem anscheinend oft getragenen Metallica-Shirt, der Eden sofort ein entspanntes Gefühl gab, indem er Fragen über die Tour stellte. Eden setzte sich neben Anna auf die Couch und nahm ein Glas Limonade von Bev an.

»Und, was unternimmst du so, während du auf Achse bist?«, fragte George und trank selbst einen Schluck Limonade. »Siehst du dir Sehenswürdigkeiten an? Oder nutzt du die Chance, um weiter entfernt lebende Freunde und Familie zu besuchen?«

»Ehrlich gesagt, viel weniger, als man sich so vorstellt«, berichtete Eden. »Manchmal – so wie heute – sind wir nur einen Tag lang in der Stadt, und wir müssen um sechs für den Soundcheck im Stadion sein, also bekomme ich gewöhnlich kaum etwas mit von der Stadt, vom Ausblick meines Hotelzimmers mal abgesehen.«

»Na, dann freuen wir uns umso mehr, dass du heute zu uns gekommen bist«, sagte Bev.

»Ich auch«, erwiderte Eden und meinte es auch so. Sie besuchte so gut wie nie jemanden zu Hause, außer es handelte sich um einen Branchenevent oder ein Interview. Es war schön, Zeit mit Annas Familie zu verbringen und sich über gewöhnliche Dinge zu unterhalten.

Nach einer Weile ging Bev in die Küche, um das Mittagessen zuzubereiten, und lehnte Edens Angebot zu helfen ab. »Wenn ich koche, darf niemand in der Küche sein.«

»Sie nimmt ihre Küche sehr ernst«, erklärte Anna Eden.

»Das stimmt«, bestätigte George. Er saß zurückgelehnt in seinem Sessel, die Beine übergeschlagen.

»Ich schätze, das ist so, wenn man Chefköchin ist«, sagte Eden. »Und was machst du beruflich, George?«

»Oh, ein bisschen von allem«, antwortete er. »Momentan macht es mir am meisten Spaß, wenn ich im Haus herumwerkeln kann.«

»Er baut Modellschiffe«, verriet Anna mit stolzem Blick. »Sie sind ungeheuer detailliert, es ist unglaublich.«

»Die würde ich gern mal sehen«, sagte Eden. Und so fand sie sich kurz darauf im Keller wieder, lief durch Georges Werkstatt und bewunderte die Schiffe, die er gebaut hatte. Die meisten waren etwa sechzig Zentimeter lang und aus Echtholz gefertigt. Der Grad an Details, angefangen bei den Segeln bis hin zur Takelage, war atemberaubend. »Die sind absolut fantastisch, George. So was habe ich noch nie gesehen.«

»Ist nur ein Hobby.« Er zuckte mit den Schultern, aber Eden merkte, wie er hier in der Werkstatt aufblühte, sah das Glitzern in seinen Augen und hörte, wie liebevoll er über die Schiffe sprach. Dieses Gefühl kannte sie. So ging es ihr, wenn sie sang.

Und in gewissem Maße ging es ihr auch so, wenn sie mit Anna zusammen war. So eine Verbindung hatte sie bisher zu keinem anderen Menschen verspürt, und obwohl es etwas verwirrend war, fühlte sie sich glücklich und energiegeladen, wenn Anna dabei war.

Allem anderen, was sie über diese grundlegende Erkenntnis hinaus empfand, traute sie nicht über den Weg. Wahrscheinlich stellte sie sich aufgrund des ganzen #Edanna-Geredes selbst infrage, obwohl dieses warme, kribbelnde Gefühl, das sie bei Anna empfand, einfach nur die Freude darüber war, endlich eine neue Freundin gefunden zu haben. In Wahrheit war es Ewigkeiten her, dass Eden jemanden als echte Freundin bezeichnet hatte.

Nachdem sie Georges Modellschiffe bestaunt hatten, rief Bev sie zum Küchentisch, auf dem sie knusprigen Tofu süß-sauer, mit einem Grünkohlsalat als Beilage serviert hatte.

»Seid ihr beide auch Veganer?«, fragte Eden, als sie sich setzte.

»Du meine Güte, nein«, antwortete Bev. »Auf der Koch-schule hat man uns kaum ein fleischfreies Rezept beigebracht, das mir wirklich geschmeckt hätte. Aber die vegane Küche hat seither große Sprünge gemacht. Wenn Anna uns besucht, freue ich mich immer auf die Herausforderung, etwas zu kochen, das uns allen schmeckt.«

»Das hast du geschafft, würde ich sagen«, lobte Eden, als sie den Tofu probierte. »Das schmeckt köstlich.«

»Danke schön. Und jetzt«, bat Bev und schaute von Eden zu Anna und zurück, »müsst ihr mir alles über die Tour er-zählen.«

* * *

Anna zog am Schild des Basecaps, das sie trug. Heute wollte sie sich Edens Konzert zum ersten Mal vom Publikum aus anschauen. Das hieß vielmehr, sie konnte sich in etwa die erste Stunde davon von ihrem Platz aus ansehen, bevor sie Backstage gehen und sich für ihr Duett bereitmachen musste.

In der Hoffnung, dass sie lange genug inkognito bleiben konnte, um Edens Konzert zu genießen, wollte sie warten, bis das Licht ausging und dann erst zu dem freien Platz schleichen, der auf sie wartete. Außerdem war es eine willkommene Ge-legenheit, mehr Zeit mit ihrer Familie zu verbringen. Damit man sie nicht gleich erkannte, hatte sie Kyrie gebeten, ihr eins der Basecaps von Edens Merchandise-Ständen zu kaufen.

Als es so weit war, verließ sie ihre Garderobe, um sich mit Kyrie zu treffen, die sie zu ihrem Platz führen sollte. Sie wusste genau, wann die Lichter ausgingen, weil die Menge ausrastete und nach Eden schrie. Anna konnte das nachvollziehen.

Auf dem Weg ins Publikum wurde sie immer aufgeregter. Schon als kleines Mädchen hatte sie Konzerte in diesem Stadion besucht. Genau genommen hatte sie Eden hier als Zehnjährige zum ersten Mal live gesehen. Und jetzt war sie auf Tour mit ihr und trat im Stadion ihrer Heimatstadt auf.

Das war ein weiterer dieser *Momente*.

Sie hielt den Kopf gesenkt, obwohl das völlig unnötig war, denn niemand interessierte sich für sie. Alle schauten gebannt zur Bühne, wo die Musik zu spielen begonnen hatte. Anna hatte etwa dreißig Sekunden Zeit, um ihren Platz zu finden, bevor Eden auf die Bühne kam.

Ihre Familie saß im Bereich direkt links neben der Bühne, nah genug, dass Anna sie bei ihrem Auftritt sofort entdeckt hatte. Den Stolz und die Freude in ihren Gesichtern zu sehen war eine Erinnerung, die sie für immer bei sich tragen würde. Sie hatte unheimlich großes Glück, sie zu haben.

Edens Eltern kamen ihr in den Sinn. War es heute hart für sie gewesen mit Annas Familie, weil ihre eigene so erdrückend und wirklich gar keine Stütze war? Anna hoffte, nicht. Jedenfalls hatte Eden den ganzen Nachmittag gut gelaunt gewirkt, aber inzwischen wusste Anna, dass Eden ihre wahren Gefühle außergewöhnlich gut verbergen konnte, wenn sie den Eindruck hatte, sie müsse eine Show für jemanden abliefern.

Anna entdeckte ihre Eltern samt John und schlüpfte auf den freien Platz zwischen John und ihrer Mutter, ohne zu viel Aufmerksamkeit auf sich zu ziehen. »Hi«, sagte sie und legte einen Arm um ihren Bruder.

Er lächelte breit und beugte sich zu ihr, damit sie ihn bei der lauten Musik hören konnte. »Du warst absolut großartig. Um ehrlich zu sein, hat mich das ein bisschen kirre gemacht. Du siehst aus wie ein Star, nicht wie meine kleine Schwester.«

»Kann ich nicht beides sein?«, fragte sie neckend und stupste ihn mit dem Ellbogen an.

»Oh, klar, und außerdem …« Seine Stimme ging im Aufschrei der Menge unter.

Eden tauchte in einem pinkfarbenen Minirock samt passendem Top aus einer Falltür in der Mitte der Bühne auf und sah wie die Art Superstar aus, die Anna irgendwann mal zu sein hoffte. Eden fing an zu singen, und so, wie sie sich mit ihren Tänzern bewegte, entstand der Eindruck, als würde sie viel mehr tanzen, als sie es eigentlich tat. Bevor Anna Eden bei den Proben zugesehen hatte, war ihr nie wirklich aufgefallen, wie sehr Eden ihre Bewegungen von den Tänzern betonen ließ.

Die Choreografie war unheimlich gut. Makellos, aber nicht *zu* glatt. Eden ergänzte alles mit ihrem eigenen Flair, indem sie Blickkontakt mit dem Publikum herstellte, wenn sie an den Bühnenrand kam, lächelte und ihren Fans zuwinkte. Sie war ein Profi. Und bei ihrer Stimme stellten sich die Härchen an Annas Armen erneut auf.

Eden kam herüber zur linken Bühnenseite, stand etwa drei Meter vor Anna und ihrer Familie, und sie war voller Energie, als hätte jemand seit ihrer ersten Begegnung vor den Grammys ihr inneres Scheinwerferlicht wieder eingeschaltet. Sie strahlte regelrecht.

Ihre Blicke fanden sich, und Eden zwinkerte ihr zu. Anna lächelte breit, sie war und blieb Edens Superfan. Bei dem Blick, den Eden ihr zuwarf, wollte Anna vor Glück dahinschmelzen. Eden sah sie an, als hätte Anna ihr eine Riesenfreude gemacht, als fände sie es genauso toll, Anna im Publikum zu sehen, wie Anna es toll fand, hier zu sein.

Anna presste die Hand an die Brust, denn ihr Herz wollte gleich herausspringen. O Gott, diese Frau raubte ihr den Verstand. Eden bewegte sich zurück zur Bühnenmitte, sang, den Blick in die Tiefe des Stadions gerichtet, und zeigte dem Publikum exakt das, was es sehen wollte.

Aber Anna hatte Eden auch schon ohne ihre professionelle Fassade gesehen: Momente, in denen sie in Annas Anwesenheit alle Vorsicht abgelegt hatte, in denen sie sich sicher genug gefühlt hatte, einfach sie selbst zu sein. Diese Augenblicke schätzte Anna ganz besonders.

Edens echtes Lächeln – wenn es aufrichtig war, wie das, das Anna eben von der Bühne bekommen hatte – fühlte sich wie ein Geschenk an, wie etwas Persönliches, das niemand außer Anna bekam.

Sie tanzte in ihrer Reihe umher, total begeistert über diese Gelegenheit, die Show vom Publikum aus zu genießen. Sie hakte sich bei ihrer Mutter unter, und sie bewegten sich zusammen zur Musik, und als sie an Bev vorbeischaute, sah sie ihren Vater ebenfalls zum Beat abhottend.

Etwa dreißig Minuten nach Konzertbeginn tauchte Eden in einem weit schwingenden blauen Rock wieder auf der Bühne auf. Sie stellte sich ans Mikrofon und sang »Alone«. Beim Text des Songs blutete Anna das Herz. Eden mochte eine Maske tragen, wenn sie sprach, aber wenn sie sang, offenbarte sie ihr Innerstes. Die reine Emotion in ihrer Stimme trieb Anna die Tränen in die Augen.

Nach »Alone« ging Eden zu einem ihrer peppigeren Songs über. Sie schwang die Hüften zum Beat, und der blaue Rock flog ihr um die Beine. Einer der Tänzer löste die Klemme an ihrem Rock, riss ihn fort und enthüllte ihre blauen Minishorts, woraufhin die Menge zu jubeln begann. Zu spät fiel Anna auf, dass sie ebenfalls gekreischt hatte, und kassierte dafür einen Blick von ihrer Mutter. Ups!

Am Ende des Songs hakten die Tänzer Eden an einem Seil fest, das von einer Konstruktion oben herabgelassen worden war, und verbanden es mit den Gurten, die in ihr Kostüm eingenäht waren. Dann erhob sie sich in die Luft und drehte sich wie ein Tornado – der Stunt, der ihr bei den Proben so viele Probleme bereitet hatte. Heute lief es makellos, sie wirbelte mühelos durch die Luft, bevor sie auf die Bühne zurückkehrte, um die letzte Zeile des Songs zu singen.

Doch es war Anna, der jetzt ganz schwindelig war. Ihr Kopf – und ihr Herz – drehten sich von ihren machtvollen Gefühlen für Eden.

KAPITEL 14

Anna: Hast du heute schon was vor?

Eden: Wie immer. Tee. Film.
Hast du Lust?

Anna: Ich komme.

Eden setzte sich im Bett auf und musterte sich kritisch, um sicherzugehen, dass sie bereit für Gesellschaft war. Sie schluckte den vertrauten, wenn auch verwirrenden Ausbruch von flattriger Aufregung hinunter, den sie immer empfand, wenn sie Anna sah, aber besonders, wenn sie zusammen in ihrer Suite abhängen wollten.

Sie tourten jetzt seit einem Monat, und Eden hatte zu all ihren normalen Tourgewohnheiten zurückgefunden. Paris brachte ihr jeden Morgen einen Eiweißshake zum Frühstück, wonach Eden eine Privatstunde im Fitnessraum des Hotels absolvierte. Da sie außer für Pressetermine und das Konzert so gut wie nie ihr Hotelzimmer verließ, musste sie sich auf diese Weise fit halten, solange sie unterwegs waren.

Nachdem sie geduscht und zu Mittag gegessen hatte, verbrachte Eden den Rest des Nachmittags gewöhnlich in ihrer

Suite und las oder schaute fern, bis es Zeit war, sich aufs Konzert vorzubereiten. Manchmal kam Anna zu ihr, und sie schauten sich einen Film an, und diese Nachmittage hatte Eden am liebsten.

Es klopfte an der Tür, und Eden krabbelte vom Bett. An der Tür sah sie vorsorglich durch den Spion. Auch wenn sie Anna erwartete, konnte etwas Vorsicht nie schaden. Bis jetzt war es auf dieser Tour noch nicht passiert, aber früher oder später würden ein paar übereifrige Fans unweigerlich richtig tippen, in welchem Hotel sie war, und dann in der Hoffnung, Eden würde aufmachen, an allen Türen der VIP-Etage klopfen – und dann könnten sie was? Zusammen abhängen?

So weit würde es nie kommen. Sie prüfte immer über den Spion, wer draußen stand, und wenn sie die Person nicht kannte, rief sie Taylor an.

Aber heute entdeckte sie Annas Gesicht, als sie hindurchlugte. Mit dem gelben Top und dem Pferdeschwanz sah sie so sonnig aus wie immer. Eden lächelte bereits, während sie aufschloss und die Tür öffnete.

Anna hielt eine orangefarbene Plastiktüte hoch, die wie aus dem Souvenirladen unten in der Lobby aussah. »Hast du Lust auf ein Abenteuer?«

»Was für ein Abenteuer?« Eden schloss die Tür hinter ihr und schob den Riegel wieder vor.

»Von der Art ›raus aus dem Hotel‹.« Anna ging voraus in Edens Suite. Sie stellte die Tüte auf den Tisch im Wohnzimmer und holte zwei Basecaps heraus. Eins war knallpink und das andere lilafarben. Auf beiden prangte vorne ein touristischer Aufdruck.

Eden hatte schon so eine Ahnung, worauf das hinauslief, und es gefiel ihr nicht. Anna ging oft mit Kyrie raus und erkundete die Städte, in denen sie für die Tour haltmachten, aber Eden konnte das nicht. Bereits bei der Vorstellung, unter Leute zu gehen, wollte sie am liebsten Arme und Beine in ihr übergroßes T-Shirt ziehen, sich fest zusammenrollen und den Rest des Tages so verharren.

»Bist du schon mal den San-Antonio-River-Walk entlanggegangen?«, fragte Anna.

»Nein.« Eden wandte sich ab, um das hoffnungsvolle Glänzen in Annas Augen nicht sehen zu müssen.

»Hast du Lust? Ich habe nämlich alles für eine perfekte Verkleidung dabei.«

»Ich will mich nicht verkleiden«, protestierte Eden. Das hörte sich unangenehm an, und unter Leute zu gehen fühlte sich schon unangenehm genug an.

»Die Verkleidung ist ganz anders, als du denkst«, wandte Anna ein. »Sie ist super einfach. Wir gehen undercover als Touristen.« Anna zog übergroße, knallbunte T-Shirts aus der Tüte, auf denen vorne »SAN ANTONIO« und der Umriss von Texas aufgedruckt waren.

»Anna, ich kann nicht.«

»Fällt dir nicht manchmal die Decke auf den Kopf, wenn du die ganze Zeit in deinem Zimmer hockst?«

Eden seufzte und verschränkte die Arme vor der Brust. »Na klar, aber das gehört nun mal einfach zum Leben bei einer Tour dazu. Ich liebe meine Fans, aber ich hasse es, auf der Straße belagert zu werden. Ich habe akzeptiert, dass ich solche Dinge wie draußen herumspazieren oder Sehenswürdigkeiten besuchen nicht machen kann, ohne dass meinetwegen ein Rummel entsteht.«

»Vermisst du das nicht?«, fragte Anna jetzt leiser. »Die Straße entlangzugehen, ohne erkannt zu werden?«

»Mag schon sein. Ehrlich gesagt, kann ich mich nicht wirklich daran erinnern, wie das ist. Ich war schon als Teenie berühmt.«

Anna setzte eins der Basecaps auf und grinste sie an. »Hör zu, ich weiß, ich bin nicht so berühmt wie du, aber ich verkleide mich nun schon seit Wochen als Touristin, und niemand hat mich erkannt. Die Leute erwarten, dass Promis auf der Straße auch wie Promis aussehen. Sie halten Ausschau nach glamourösen Klamotten und einem Gefolge, nicht nach prolligen Touristen. Na, komm schon, lass uns am Fluss spazieren gehen und ein paar Tacos essen, und danach vielleicht noch ein Eis? Was soll schon Schlimmes passieren?«

»Dass ich belagert werde, und Taylor ist nicht da, um mir zu helfen?« Eden hob die Augenbrauen. »Tut mir leid, Anna, aber das macht mir Angst. Ich würde lieber hierbleiben.«

»Dann nehmen wir Taylor eben mit«, schlug Anna vor. »Sie kann mit uns abhängen, oder vielleicht irgendwo in der Nähe, dann kannst du ihr eine Nachricht schicken, falls du sie brauchst. Würdest du dich dann sicherer fühlen?«

Eden setzte sich auf die Couch und starrte die T-Shirts an, die Anna mitgebracht hatte. Trotz ihres Protests konnte sie nicht anders, als sich das Bild vorzustellen, das Anna beschrieben hatte: sie beide bei einem einfachen Spaziergang, ohne dass sie jemand eines zweiten Blickes würdigte. Sie verspürte ein sehnsüchtiges Ziehen. Konnte es tatsächlich so einfach sein, wie Anna behauptete?

Anna setzte sich neben sie und legte Eden eine Hand aufs Bein. »Wenn du das wirklich nicht willst, dann bleibe ich liebend gern hier bei dir, und wir schauen uns einen Film an. Eigentlich will ich ja einfach nur den Nachmittag mit dir verbringen.«

Eden spürte die Wärme, wo Anna sie berührte. »Ich möchte auch gern den Nachmittag mit dir verbringen. Und ich bin ja nicht grundsätzlich abgeneigt rauszugehen. Ich bin nur zögerlich.«

»Wie wär's damit: Wir probieren unsere Verkleidung mal an und schauen, wie es sich für dich anfühlt. Und wenn du es dann mit einem Ausflug versuchen möchtest, bitten wir Taylor mitzukommen. Wenn dich niemand erkennt, kann Taylor die

Gegend vielleicht ein wenig für sich allein erkunden, ohne sich zu weit zu entfernen, falls du sie doch noch brauchst.«

Eden atmete zischend ein und stieß die Luft wieder aus. Dachte sie wirklich ernsthaft darüber nach? »Tacos und Eiscreme?«

»Oder was auch immer du willst«, antwortete Anna breit lächelnd. »Ich würde ja Margaritas vorschlagen, aber wir haben heute Abend ein Konzert.«

»Ich bin als Kind zum letzten Mal mit einer Eiswaffel die Straße langgelaufen.«

»Dann wird's mal wieder Zeit dafür«, sagte Anna. »Komm schon, Eden. Sag Ja.«

Sie sah Anna in die haselnussbraunen Augen und verlor sich augenblicklich darin. In diesem Moment hätte sie zu beinahe allem Ja und Amen gesagt. »Okay.«

»Im Ernst?«, fragte Anna, und war sie jetzt näher an ihr dran als eben?

Eden starrte nun nicht mehr in ihre Augen, sondern auf ihre glänzenden, pinkfarbenen Lippen. Sie sahen so weich aus. Würden sie sich auch so weich anfühlen, wie sie aussahen? Anna beugte sich vor, und – o Gott! – wollte sie sie etwa küssen? Eden verspürte etwas Heißes und Drängendes zwischen ihren Beinen. Aber halt, sie wollte sie gar nicht wirklich …

Da hatte Anna ihre Arme bereits um sie geschlungen, und sie umarmten sich – und Eden versuchte mit aller Kraft, nicht so zu klingen, als hätte sie vergessen, wie man atmet. Anna löste sich und sah sie strahlend an. »Das wird ein absoluter Riesenspaß!«

* * *

»Bist du sicher, dass du Vanille möchtest?«, fragte Anna.

Eden stand neben ihr und sah mit dem lilafarbenen Basecap und der Sonnenbrille, zusammen mit dem übergroßen limettengrünen T-Shirt, schwarzen Shorts und Sneakern bezaubernd gewöhnlich aus. In den ersten zehn Minuten an der Flusspromenade hatte sich Eden so offensichtlich unwohl gefühlt, dass Anna beinahe eingeknickt wäre und sie ins Hotel zurückgebracht hätte. Jedes Mal, wenn auch nur ein Blick in Edens Richtung ging, war sie sofort angespannt gewesen.

Aber anscheinend merkte sie langsam, dass ihre Verkleidung funktionierte. Niemand außer Anna interessierte sich für sie, und wenn sie am Eisstand waren, wollte Anna den Augenblick feiern, selbst wenn Eden sich für einen langweiligen Geschmack entschieden hatte. Wenn Vanille tatsächlich ihre Lieblingssorte war, würde sie ihr liebend gern eine Kugel kaufen. Aber sie fragte sich, ob Eden nicht einfach nur auf Nummer sicher ging, denn das schien grundsätzlich ihre Herangehensweise zu sein.

»Vanille ist okay.« Eden zuckte mit den Schultern und beäugte den Eisstand, als wäre er mit übereifrigen Paparazzi gefüllt, die sie gleich anspringen und behelligen wollten.

»Natürlich ist Vanille *okay*, aber schau dir die anderen Sorten zumindest mal an, bevor du dich entscheidest.«

»Was nimmst du denn?«, fragte Eden.

»Ich nehme Zitronensorbet, das ist nämlich als einziges vegan. Aber für dich gibt's zwanzig Sorten zur Auswahl. Komm, sieh mal.« Anna ging zum Eisstand voran und winkte Eden zu, ihr zu folgen.

Eden stellte sich ein wenig versetzt hinter Anna, quasi umgekehrt zu der Position, wie sie später beim Konzert stehen würden. Anna fand diese etwas schüchterne Version von ihr bezaubernd. Das hätte sie sich bis eben nicht einmal vorstellen können. Zum ersten Mal seit ihrer Begegnung hatte Anna das Sagen, was sie etwas schwindelerregend fand.

»Okay, dann will ich doch lieber Minze mit Schokostücken probieren«, entschied Eden. »Ich weiß noch, dass ich das als Kind immer geliebt habe.«

Anna warf ihr einen skeptischen Blick zu. »Eden, wann hast du das letzte Mal Eiscreme gegessen?«

»An so einem Stand? Da war ich wohl etwa zehn. Ich liebe zwar Desserts, aber Eiscreme steht nicht wirklich weit oben auf der Liste, außer mal eine Kugel auf einem Stück Kuchen oder so was in der Art, weißt du?«

»Was ich weiß, ist, dass du dir den Genuss einer Eiswaffel viel zu lange hast entgehen lassen, und ich freue mich sehr, dass ich das heute in Ordnung bringen kann für dich.« Anna knuffte sie neckend. »Okay, Minze mit Schokostücken. Und was hältst du von Waffeltüten?«

Eden schaute verlegen aus der Wäsche. »Klingt interessant?«

»Okay, Fräulein Promi von und zu Snob, dann gestatten Sie mir, Sie wieder mit der Welt der einfachen Freuden einer Eiswaffel vertraut zu machen. Bis gleich.« Anna trat an den Stand und erwartete fast, dass Eden ihr folgte. Seit sie Taylor endgültig die Erlaubnis gegeben hatte, die Gegend am Flussufer eigenständig zu erkunden, war sie Anna nicht von der Seite gewichen. Anna wusste nicht genau, wo Taylor jetzt war, aber sie hatte versprochen, in der Nähe zu bleiben, falls Eden sie brauchte. Anna war froh, dass es bis jetzt nicht dazu gekommen war.

Sie bestellte einen Becher Zitronensorbet für sich und eine Waffeltüte mit Minze-Schoko-Eis für Eden, und sie war froh, bei der Verkäuferin hinterm Tresen keine Anzeichen von Erkennen zu sehen. Das Mädchen schien knapp zwanzig zu sein, also im Alter der Kerngruppe von Annas Fans.

Anna zahlte bar und drehte sich nach Eden um, die jedoch nirgends zu sehen war. Wo war sie hin? Panik flackerte kurz auf. Sie wollte, dass dieser Ausflug locker und lustig war, eine Chance für Eden, den Einschränkungen ihres Lebens für ein paar Stunden zu entfliehen. Wenn ihr etwas zugestoßen war …

Aber nein, da war sie, stand mit dem Rücken zu Anna am Flussufer. Eden hielt die Hände hinterm Rücken verschränkt, und zumindest aus dieser Entfernung wirkte sie entspannt. Anna atmete auf und eilte zu ihr.

»Eine Minze-Schoko-Eistüte für die Lady am Fluss«, sagte Anna.

Eden drehte sich lächelnd zu ihr um. Ihre Hände berührten sich, als sie ihre Eistüte nahm, und Anna verspürte ein glückliches Kribbeln bis in den Arm hinein. »Danke.«

»Siehst du die Brücke da vorn?«, fragte Anna. »Wenn du magst, können wir uns dort draufstellen und Menschen beobachten, während wir unser Eis essen.«

»Oh, das hört sich toll an.« Eden leckte an ihrem Eis und lenkte Anna mit dem Anblick ihrer übers Eis wirbelnden Zunge ab.

»Zu Highschoolzeiten habe ich immer ein Spiel mit meiner besten Freundin gespielt, wenn wir irgendwo unterwegs waren. Wir haben immer Leute beobachtet und uns Geschichten für sie ausgedacht.«

»Was für Geschichten?«, fragte Eden, als sie losgingen.

»Je abstruser, desto besser«, antwortete Anna. »Willst du's mal probieren?«

»Klar.« Eden leckte wieder am Eis. »Du hast recht. Das ist besser als Vanille.«

»Gefällt's dir?« Anna war noch nie am San-Antonio-River-Walk gewesen, sie hatte nur Fotos davon gesehen. Aber bis jetzt erfüllte er voll und ganz ihre Erwartungen. Der San-Antonio-Fluss schlängelte sich durchs Stadtzentrum und wurde dort beidseitig von einem Fußgängerweg begrenzt, an dem sich Geschäfte und Restaurants aneinanderreihten. Hier und da schipperten Touristenboote vorüber. Es war belebt genug, dass sie nicht auffielen, jedoch nicht so voll, dass es keinen Spaß mehr machte.

»Ja«, antwortete Eden und lächelte Anna auf eine Weise an, die hundert Mal entspannter wirkte als noch vor Kurzem. »Ja, sehr.«

»Das freut mich.« Anna ging voran auf die Betonbrücke, die den Fluss überspannte. Von hier aus hatten sie gute Sicht in alle Richtungen. Viele der Geschäfte waren bunt angestrichen, was fröhlich aussah und zu Annas Stimmung passte. Es war die letzte Maiwoche, und in San Antonio war es unerwartet heiß. Wahrscheinlich mussten sie vor dem Konzert am Abend noch mal duschen gehen.

Anna nahm ihr Handy und machte ein paar Fotos vom Fluss. Dann drehte sie sich um für ein Selfie und winkte Eden zu sich. »Ein Selfie, nur für uns zwei. Das poste ich nicht.«

»Warum nicht?«, fragte Eden und rückte zu ihr.

»Falls wir das in einer anderen Stadt noch mal machen. Unser Trick hat ausgedient, wenn die Fans anfangen, uns verkleidet als Touristen entlang der Tourroute zu suchen.« Anna hielt ihr Handy von sich und schoss ein paar Fotos, während sie in die Kamera grinsten.

»Schickst du mir die guten?«, bat Eden.

»Na sicher.« Während Eden sich wieder ihrem Eis widmete, scrollte Anna die Bilder durch und schickte ihr mehrere. Ein Weilchen aßen sie schweigend weiter und schauten einfach den Menschen zu.

»Ich bin überrascht, dass es keinerlei Barrieren gibt, die die Leute davon abhalten reinzufallen«, sinnierte Eden, als sie ein paar Kinder am Fluss entlanghüpfen sah. Sie hatte recht. Der Fußweg führte ohne jedes Geländer am Fluss entlang.

»Womöglich ist das Wasser nicht sehr tief, aber genau weiß ich das nicht«, sagte Anna.

»Ich frage mich, wie viele Leute wohl einen Margarita zu viel kippen und ungeplant baden gehen.« Eden klang unbeschwert und fröhlich, wodurch Anna sich ebenso fühlte.

»Das ist bestimmt schon passiert«, stimmte Anna zu.

»O-oh.« Eden schaute auf ihre Sneaker, die mit grüner Eiscreme bespritzt waren. »Ich schmelze.«

»Dann iss lieber schneller.«

»Versuche ich ja«, murmelte Eden mit dem Mund voller Eis und Waffel. An der Nasenspitze hatte sie einen grünen Punkt, und Anna sehnte sich danach, die Hand auszustrecken und ihn mit dem Finger wegzuwischen. Wäre sie nicht so ungeheuer in sie verschossen gewesen, hätte sie das vielleicht auch getan, aber da sie es nun einmal war, war sie sich jeder ihrer Handlungen übermäßig bewusst und achtete besonders darauf, keine Grenzen zu überschreiten.

Anna war froh, dass sie am Stand ein paar Servietten eingesteckt hatte, die sie Eden stattdessen geben konnte. Eden verschlang die letzten Reste ihres Eises und wischte sich dann die Hände und das Gesicht ab, bevor sie sich bückte, um ihre Sneaker sauber zu machen.

»Okay, das war es absolut wert, auch wenn ich den Rest des Nachmittags klebrige Hände habe«, erklärte Eden. »Und jetzt zeig mir, wie dieses Beobachtungsspiel geht, das du erwähnt hast. Man denkt sich also einfach Geschichten aus?«

»Genau. Siehst du die Frauen da drüben?« Anna nickte in Richtung eines Tischs vor einem nahe gelegenen Restaurant, den sie beobachtet hatte. Drei Frauen saßen weit über den Tisch gebeugt und schienen in ein Gespräch vertieft zu sein. »Sie haben eben herausgefunden, dass sie alle mit demselben Typen zusammen sind, und jetzt planen sie seinen Tod.«

»Oh!« Eden lachte und schaute zum fraglichen Tisch.

»Jetzt du«, sagte Anna.

Eden beobachtete den Tisch kurz. »Die im blauen Top hat eben vorgeschlagen, ihren Fremdgeher-Ex gleich hier in den Fluss zu werfen.«

»Und die Frau in Rot? Sie ist Privatdetektivin und kennt ein paar Tricks, wie man mit einem Verbrechen davonkommt. Sie glaubt, sie sollten ihn lieber verbrennen.«

Eden warf ihr mit zuckenden Lippen einen Blick zu. »Mit dir sollte ich's mir lieber nicht verderben.«

181

»Also, ich habe alle Folgen von ›How to Get Away With Murder‹ gesehen. Ich habe unendlich viele nützliche Tipps zum Thema auf Lager.«

»Es gibt eine Serie, in der es darum geht, wie man mit Mord davonkommt?«, fragte Eden. »Und so was ist legal?«

»Das ist eine Krimiserie, keine Schritt-für-Schritt-Anleitung. Allerdings sind die Darsteller doch ziemlich oft in einen Mord verwickelt. Die Hauptfigur Annalise Keating hat keinerlei Skrupel, und sie steht auf Frauen, was für mich immer ein Bonus ist. Sie wird von Viola Davis gespielt. Schau mal rein, super zum Bingen im Hotelzimmer.«

»Vielleicht können wir sie uns ja zusammen ansehen«, schlug Eden vor – und wurde sie etwa rot?

»Klar.« Anna richtete den Blick wieder auf den Tisch, an dem die Frauen sich mit erhobenen Händen abklatschten. »Der Plan, ihn zu verbrennen, ist angenommen.«

Eden kicherte. »Oh, schau mal, die Frau im Blumenkleid hält den Moment mit einem Selfie fest.«

»Ja, stimmt«, sagte Anna. »Ganz schön mutig von ihr.«

Sie gingen über die Brücke zum anderen Ufer und entsorgten den Müll vom Eisessen. Und als sie am Tisch mit den Frauen vorbeikamen, lachten beide leise.

»Du hast recht«, sagte Eden. »Die Verkleidung funktioniert, und das macht so viel mehr Spaß, als den Nachmittag im Hotelzimmer zu verbringen.«

»Ach, ich weiß nicht. In deinem Bett hatten wir auch jede Menge Spaß.« Okay, da hatte sie nicht zu Ende gedacht, bevor sie den Mund aufgemacht hatte, und jetzt wurde Eden definitiv rot. Anna versuchte krampfhaft, das Thema zu wechseln, und beschloss, zum Spiel zurückzukehren. »Siehst du den Mann da drüben? Mit dem Riesenhut? Das ist ein Schauspieler, der hier in der Stadt einen Film dreht. Ganz offensichtlich hat er mein Memo bekommen, dass heute Promi-undercover-Tag am River Walk ist.«

Eden warf den Kopf zurück und lachte. »Hey, aber das wusste ich schon! Er hat mir nämlich den geheimen Handschlag beigebracht, als du unser Eis gekauft hast.«

* * *

Eden konnte nicht mehr aufhören zu lächeln. Auch wenn sie generell kein unglücklicher Mensch war, so war sie doch am glücklichsten, wenn sie auf der Bühne stand … und nicht auf der Promenade am San Antonio. Sie hasste es, unter Leute zu gehen, dennoch hatte sie schon Ewigkeiten nicht mehr so viel Spaß gehabt wie jetzt.

Andererseits hatten sie und Anna anscheinend immer Spaß, egal ob sie zusammen die Gegend erkundeten, probten oder einen Film im Bett schauten. Vielleicht erklärte das, weshalb sie Anna anscheinend nicht mehr aus dem Kopf bekam. Aber tief in ihr regten sich Zweifel. Heterofrauen träumten nicht davon, ihre Freundinnen zu küssen, und in letzter Zeit konnte Eden anscheinend nur noch daran denken, Anna zu küssen.

Allerdings war sie noch nicht bereit, sich diese Gedanken einzugestehen. Vielleicht würde sie das niemals sein. Anna und sie waren Freunde, und Eden hatte nicht vor, die Dynamik zwischen ihnen zu ruinieren, vor allem nicht, solange sie derart verwirrt über ihre sexuelle Orientierung war.

»Woran denkst du gerade?«, fragte Anna.

Eden blinzelte und riss sich aus ihren ausufernden Gedanken, die sie um keinen Preis mit Anna teilen wollte. *Himmel!* Ihre Wangen fühlten sich heiß an. »Nur, dass ich schon eine Weile nicht mehr so viel Spaß hatte. Danke, dass du hartnäckig warst und mich herausgelockt hast, obwohl ich's immer noch kaum glauben kann, dass uns niemand erkannt hat.« Bei den letzten Worten senkte sie die Stimme.

Sie hatten sich in einem der Restaurants entlang des Flusses draußen an einen Tisch gesetzt und gönnten sich ein frühes

Abendessen, bevor sie ins Hotel zurückgehen und sich fürs Konzert vorbereiten mussten.

»Nur so aus Neugier, als du zum letzten Mal draußen unterwegs gewesen bist, bist du da mit Zach den Rodeo Drive langspaziert, und habt ihr wie das ultimative Promipaar ausgesehen?« Annas Augen funkelten vergnügt.

»Nicht den Rodeo Drive, aber ich schätze, die meisten negativen Erfahrungen habe ich tatsächlich in L.A. gemacht.« Eden seufzte. »Ich habe was verpasst, stimmt's?«

»Das kann ich dir nicht sagen«, antwortete Anna. »Aber wenn wir uns heute als Beispiel nehmen, sollten wir das öfter machen. Denk nur an all die Städte, die wir zusammen erkunden können!«

»Ja«, stimmte Eden zu. »Ich würde das gern wieder machen, aber nicht in jeder Stadt. Wir müssen uns so viel wie irgend möglich ausruhen. Du wirst kaum glauben, wie erschöpft man nach ein paar Monaten auf Tour ist.«

»Oh, du hast ganz sicher recht. Aber im Augenblick bin ich so aufgedreht, weil ich zum ersten Mal auf Tour bin, und ich fühle mich unbesiegbar.«

»Vielleicht bist du das auch«, erwiderte Eden zwinkernd und erwischte sich wieder dabei, wie sie auf Annas Lippen starrte. »In meinen Zwanzigern hatte ich auch viel mehr Energie.«

»Jetzt hör aber auf!« Anna richtete den Zeigefinger auf sie. »Darüber haben wir schon gesprochen. Und du bist nur neun Jahre älter als ich.«

Wenn Eden daran dachte, sie zu küssen, kamen ihr neun Jahre viel vor – vor allem beim Gedanken daran, wie sehr Anna sie vergöttert hatte. Das Essen kam und bewahrte Eden davor, diesen Gedanken weiterzuspinnen. Ihr Magen knurrte, als sie die Enchiladas betrachtete. Sie sahen unglaublich aus. Die Chips mit Salsa, die sie genascht hatten, als sie auf ihre Hauptspeisen gewartet hatten, hatten auch wundervoll geschmeckt. In Wahrheit war der gesamte Nachmittag einfach perfekt gewesen. Eden hatte fast gar nicht überlegt, wo Taylor war, auch wenn sie sich mit ein paar Nachrichten darüber ausgetauscht hatten, ob alles okay war.

»Zoe wäre jetzt unheimlich neidisch«, sagte Anna und nahm einen ihrer Tacos in die Hand. »Sie ist hier in San Antonio aufgewachsen.«

»Ach, wirklich?«

Anna nickte. »Ihre Eltern kamen aus Mexiko her, als sie noch ein Baby war, und sie haben sich hier niedergelassen. Sie hätte uns sicher in ein authentischeres Restaurant weit weg von der Promenade mitgenommen, aber ich fand's richtig toll, heute ein Touri zu sein.«

»Ich auch«, sagte Eden. »Vielleicht sollten wir sogar noch in so einen Laden gehen und uns Souvenirs kaufen, wenn wir nach dem Essen noch Zeit haben, oder?«

Und so hielt sie ein paar Stunden später in ihrem Hotelzimmer einen Lutscher gefüllt mit einem Skorpion in der Hand. Sie bezweifelte, dass sie je den Mut aufbringen würde, ihn zu essen, aber bis dahin wollte sie spontan sein, so wie Anna es in ihrer Vorstellung in dieser Situation gewesen wäre. Eden schoss ein albernes Selfie mit dem Lutscher und postete es auch selbst, was ihr sofort eine Nachricht von Paris einbrachte.

Paris: Was in aller Welt? Du isst SKORPIONE und postest das selbst?!?!?!

> **Eden:** Ich hatte einen tollen Nachmittag, und das schien mir unverfänglich! Ich hab doch keinen Mist gebaut, oder?

Paris: Nee. Bin nur überrascht, das ist alles.

Eden konnte schon nicht mehr zählen, wie oft sie sich selbst überrascht hatte, seit sie Anna begegnet war. Ihre Gefühle brachten sie mächtig durcheinander, aber unterm Strich fühlte sie sich einfach gut, wenn sie mit Anna zusammen war. Und obwohl sie besorgt gewesen war, dass sie nach dem Ausflug müde sein könnte, hatte sie sich noch nie so unbeschwert gefühlt, als sie am Abend die Bühne betrat.

KAPITEL 15

»Das ist fantastisch.« Anna machte es sich neben Eden auf dem großen Felsen gemütlich. Das war der vierte Erkundungsausflug, seit sie vor drei Wochen am San Antonio entlangspaziert waren. Heute hatten sie sich für eine kurze Wanderung entschieden, um sich Colorados beeindruckende Landschaft anzusehen. Taylor war irgendwo hinter ihnen auf dem Wanderweg, und mit ihren Basecaps und Sonnenbrillen erregten sie keinerlei Aufsehen.

»Es ist so friedlich hier.« Eden streckte die Beine aus. Ihr Platz bot einen Ausblick über den Clear Creek Canyon, obwohl der als Bach beschriebene Creek für Anna eher wie ein Fluss aussah. Er rauschte über die Felsen unter ihnen hinweg und das Wasser schäumte. »Wandern fand ich schon immer toll.«

»Dann ist das was, das du nicht zum letzten Mal mit zehn gemacht hast, wie das Eisessen?«, neckte Anna sie.

Eden schnaubte. »Hey, als Erwachsene habe ich *tatsächlich* auch schon mal was Schönes gemacht, weißt du?«

Anna hob die Augenbrauen. »Ach ja?«

»Ich habe ein Haus in Vermont. Dazu gehören etwa dreißig Hektar Land, ich kann also auf meinem eigenen Grundstück wandern.«

»Okay, das ist ja der Hammer! Und davon abgesehen, wie viele Häuser hast du eigentlich, Lady?«

»Eins«, antwortete Eden lachend. »Ich habe Wohnungen in L.A. und New York und das Haus in Vermont. Das ist mein Rückzugsort. Nach meiner Scheidung habe ich zwei Monate lang dort gewohnt und mich einfach vor der Welt versteckt. Ich liebe es dort.«

»Das klingt wundervoll.« Anna war froh, dass Eden so etwas hatte, einen Ort, wo sie vom Radar verschwinden und hinausgehen konnte, ohne zu befürchten, fotografiert zu werden.

»Es gibt fast nichts Besseres auf der Welt.« Eden zog die Knie an die Brust, schlang die Arme um die Beine und beobachtete ein Weilchen das durch die Schlucht rauschende Wasser unter ihnen. Hier zu sitzen, umgeben von Bäumen, und alles nur auf sich wirken zu lassen, hatte etwas unglaublich Friedvolles an sich.

Im Wald fühlte sich sogar die Luft frischer an. Es war inzwischen Mitte Juni, doch das Wetter in Colorado war frisch und kalt, ganz anders als die feuchte Hitze in San Antonio. Mithilfe dieser Tour bekam Anna so viele Teile des Landes zu sehen, in denen sie noch nie gewesen war, und sie genoss jeden Augenblick davon.

Allerdings wurden ihre Gefühle für Eden zunehmend stärker. Es fiel Anna immer schwerer zu verbergen, wie wichtig sie ihr war und wie sehr sie sie wollte. In eher optimistischen Phasen hoffte sie nach wie vor, dass sie eines Tages aufwachen und wie durch ein Wunder darüber hinweg sein würde. Und dann waren da noch die Augenblicke, in denen sich Eden bei ihr merkwürdig oder reserviert verhielt, und sie befürchtete, dass sie bemerkt hatte, wie verschossen Anna in sie war.

Aber sicher war das nur Annas überaktive Fantasie …

Eden zog ihr Handy aus der hinteren Tasche ihrer Shorts und tippte schnell etwas ein. »Hatte nur eben einen Gedanken für einen der neuen Songs, an denen ich arbeite«, erklärte sie, als sie fertig war.

»Ah. Hast du viel an neuen Songs geschrieben?«

Eden nickte. »Ich will gern ins Studio, wenn die Tour zu Ende ist.«

»Ich habe auch an ein paar neuen Songs gearbeitet«, erzählte Anna.

»Ach ja? Wie läuft's denn?«

Anna zuckte mit den Schultern. »Langsamer, als mir lieb ist.«

Eden seufzte. »Bei mir auch. Ich glaube, ich traue mich nicht so richtig, nachdem mein letztes Album so schlecht angekommen ist.«

»Mag sein, dass die Verkaufszahlen gemessen an deinen üblichen Standards enttäuschend gewesen sind, aber so schlecht lief es doch gar nicht, Eden. Ich glaube, du bist zu streng mit dir.«

Eden senkte den Blick auf ihre Hände. »Bei meinem Label sieht man das anders. Die Enttäuschung war riesig, und die haben dafür gesorgt, dass ich das auch weiß.«

»Das tut mir leid. Das klingt nach jeder Menge Druck.«

Eden lachte bitter. »Diese Branche ist nichts anderes als Druck, wenn man erst mal ein bestimmtes Niveau erreicht hat. Ehrlich gesagt, ist das erschöpfend, und es schmälert die Freude daran, die Arbeit zu machen, die man liebt. Ständig wird einem gesagt, man hätte nicht genug gelächelt, nicht genug verkauft, nicht genug Werbung gemacht.«

»Hast du mal überlegt, eine Pause zu machen?«, fragte Anna.

Eden schüttelte den Kopf. »Ich will keine Pause machen. Was soll ich denn stattdessen tun? Musik ist quasi mein Leben, aber in letzter Zeit hakt's ein bisschen beim Songschreiben. Momentan bin ich nicht eben inspiriert, Liebeslieder zu schreiben, aber ein gebrochenes Herz habe ich auch nicht. Ich fühle mich einfach … blah.«

»Hast du mal versucht, Bücher oder Filme als Inspiration zu nehmen?«, fragte Anna. »Also logo, nicht, um abzukupfern, sondern einfach nur, um sich in die richtige Stimmung zu versetzen, zum Beispiel einen Liebesfilm zu schauen, um sich für ein Liebeslied inspirieren zu lassen.«

»Nein, aber die Idee ist nicht schlecht.«

»Das mache ich oft. Unsere aktuelle Serie inspiriert mich vielleicht zu ein paar abgedrehten Songs«, sagte Anna lachend. Sie hatten in der Woche davor mit »How to Get Away With Murder« angefangen. »Aber vielleicht schauen wir uns morgen vor dem Konzert mal etwas Romantisches an und versuchen dann, ein paar gute Songzeilen zu schreiben, was?«

Eden lächelte. »Das wäre super.«

* * *

Eden saß im Schneidersitz mitten auf dem Bett. Am Abend gab sie ihr zweites Konzert in Denver, und morgen ging es nach Minneapolis weiter. Sie tippte Wörter in ein Dokument auf ihrem Handy ein, und in ihrem Kopf wirbelte es nur so vor Musik. Gestern auf diesem Felsen beim Fluss zu sitzen hatte irgendwas in ihr ausgelöst.

»Turbulent« war der Titel, der ihr eingefallen war, als sie das Wasser durch den Clear Creek Canyon hatte brausen sehen. In letzter Zeit traf das auf einen Großteil ihres Lebens zu. Sie brachte kein anständiges Liebeslied zustande, aber diesen Song über ihre innere Krise schrieb sie mit Herzblut.

Sie öffnete die App, mit der sie sich immer selbst aufnahm, und sang eine Rohfassung der Strophe, bevor die Melodie in ihrem Kopf verloren ging. So gesehen war das Songschreiben um so vieles einfacher als früher. Mit ihrem Handy konnte sie ihre Ideen überall komponieren und aufnehmen. Das war wesentlich effizienter als das Notizbuch, auf das sie sich zu Beginn ihrer Karriere verlassen hatte.

Als sie mit der Aufnahme fertig war, machte ihr Handy »ding« – eine Nachricht.

Anna: Magst du eine Romkom mit mir schauen? Und dann schreiben wir Liebeslieder? 🎵 💜

Eden: Ja!

Anna: Soll ich zu dir kommen? Ich habe Snacks!

Eden: Diesmal komme ich zu dir. Bis gleich.

Eden legte das Handy ab und presste die Hand auf ihr pochendes Herz. Irgendwie schien es ihr keine gute Idee zu sein, Anna diesen Nachmittag in ihrem Bett zu haben – egal, wie unschuldig der Grund dafür war. In Annas Bett zu sein war allerdings auch nicht wesentlich besser. In letzter Zeit wusste Eden weder ein noch aus, wenn es um Anna ging. Sie gab ihr Bestes, sich auf die Freude einzulassen, die es ihr brachte, wenn sie mit Anna zusammen war, und den Rest zu ignorieren. Das war der einzige Weg, wie sie momentan verhindern konnte, dass sie komplett den Verstand verlor.

Sie schrieb Taylor mit der Bitte, sie zu Annas Zimmer zu begleiten. Eden hatte sich dermaßen daran gewöhnt, dass Taylor sie überallhin begleitete, dass ihr gar nicht aufgefallen war, wie abhängig sie von ihr geworden war – erst als sie gesehen hatte, wie Anna ihr Leben lebte, ohne die Sorge, erkannt zu werden, war ihr ein Licht aufgegangen.

Eden beneidete sie um diese Freiheit, aber sie war einfach zu oft von Paparazzi oder übereifrigen Fans in die Enge getrieben worden, um es zu riskieren. Man fühlte sich sehr hilflos, wenn man von Leuten bedrängt wurde, die keinerlei Respekt für persönlichen Freiraum oder ihre Sicherheit hatten, die ihre Versuche zu entkommen ignorierten, die nicht zögern würden, sie in einem peinlichen oder verletzlichen Moment zu fotografieren.

Sie liebte es, bei ihren Fans zu sein, aber sie brauchte das Gefühl von Sicherheit, das von Taylors Anwesenheit in der Nähe kam, die Gewissheit, dass Taylor eingriff, falls jemand zu fordernd wurde. Manchmal hatte sie so wenig Kontrolle über ihr Leben, aber zumindest das konnte sie kontrollieren.

Ein Klopfen an der Tür signalisierte, dass Taylor da war. Eden nahm ihr Handy, und nachdem sie durch den Spion geschaut hatte, ging sie hinaus.

»Schaut ihr euch heute wieder einen Film an?«, fragte Taylor lächelnd, als Eden in den Korridor kam.

»Ja.«

»Ich freue mich, dass du bei der Tour eine Freundin gefunden hast.« Taylor sah prüfend den Korridor hinab, während sie zum Aufzug voranging.

»Ich auch.« Eden hörte, was Taylor nicht laut aussprach. Sie war bei den letzten drei Tourneen dabei gewesen, wusste also besser als jeder andere, dass Eden normalerweise eine Einsiedlerin war. Nachmittägliche Ausflüge oder auch nur Filme schauen mit einem Freund gehörten nicht zu Edens üblichem Programm, und wenig überraschend machte ihr diese Tour mehr Spaß als je zuvor.

Zum Glück war der Aufzug leer, als er hielt. Taylor drückte den Knopf zur neununddreißigsten Etage, fünf Stockwerke unter Edens Suite. Bereits zwei Etagen tiefer hielt der Aufzug, und vier Frauen kamen aufgeregt schwatzend herein.

Eden sah, wie Taylor diskret den Knopf für die vierzigste Etage drückte, und ihnen einen Ausstieg sowie ein Ablenkungsmanöver verschaffte, falls man sie erkannte. Sie wollten auf keinen Fall, dass ihnen jemand zu Annas Tür folgte oder gar Gerüchte lostreten, weshalb Eden auf dem Weg in Annas Zimmer war.

Und wie geahnt, schaute eine der Frauen beim Ertönen der Glocke für den vierzigsten Stock Eden über die verspiegelten Wände in die Augen und kreischte. »O mein Gott! Das ist sie! Also, Sie *sind* es doch, oder? Wir gehen heute auf Ihr Konzert, und o mein *Gott*!«

»Ja, ich bin's«, bestätigte Eden, als sich die Tür des Aufzugs öffnete, und plötzlich waren alle Blicke auf sie gerichtet. Den vier Frauen wurde klar, dass sie mit einer Berühmtheit im Aufzug standen, und sie starrten sie mit offenen Mündern an.

Taylor legte ihr die Hand auf den Rücken und schob sie sacht in den Korridor hinaus.

Eine der Frauen streckte die Hand aus und hielt die Aufzugtüren offen. »Das ist so abgefahren. Wir sind so große Fans, und vielleicht hatten wir uns erhofft, dass Sie auch im Four Seasons absteigen, aber wir hätten nie gedacht, dass wir Sie *tatsächlich* zu Gesicht bekommen würden.«

Eden lächelte. »Überraschung! Vielen Dank, dass Sie zum Konzert kommen, das weiß ich zu schätzen.«

»Könnten wir …«, bat eine andere Frau zögerlich und hielt ihr Handy hoch.

»Sicher.« Eden winkte sie zu sich. Die Frage nach Fotos war unvermeidlich gewesen, und sie hatte nichts dagegen, nicht, solange Taylor da war und für einen zivilisierten Ablauf sorgte.

Die Frauen liefen auf sie zu und überholten einander vor Aufregung. Eden beantwortete ihre Fragen, während sie für Selfies posierte. Erst als sie sich auf dem Display von einem der Handys selbst sah, stellte sie fest, dass sie Annas lilafarbenen Hoodie trug.

»Könnten Sie mir das signieren?«, bat eine von ihnen und hielt Eden das Handy entgegen.

»Wenn Sie einen Stift haben«, antwortete Eden, und alle fingen an, in ihren Handtaschen herumzuwühlen, bis eine von ihnen einen fand. »Wie heißen Sie?«, fragte Eden.

»Nancy«, antwortete sie atemlos.

Eden schrieb: »Für Nancy. Love, Eden Sands« auf die Rückseite ihrer Handyhülle. Alle holten etwas hervor, das sie signieren sollte, und baten dann um ein Gruppenfoto mit ihr, das Taylor machte.

»Welches Outfit wird Anna heute Abend beim Duett tragen?«, fragte eine, nachdem Taylor schnell ein paar Fotos geschossen hatte. »Können Sie uns einen Tipp geben?«

»Es ist lilafarben«, antwortete Eden.

»Das Kleid, das Sie getragen haben, als Sie Ihren ersten Grammy gewonnen haben!«, jauchzte Nancy. »Das *liebe* ich einfach.«

Eden zuckte mit den Schultern, als könnte sie das weder bestätigen noch abstreiten. Allerdings zwinkerte sie gleichzeitig und gab ihr zu verstehen, dass sie richtig geraten hatte. Da nun alle mit Fotos und Autogrammen versorgt waren, lenkte Taylor sie höflich in den Aufzug zurück, und führte dann Eden den Korridor entlang zum Treppenhaus, da sie eine Etage über Annas ausgestiegen waren.

Taylor hielt kurz an und lauschte, ob ihnen jemand zum Treppenhaus folgte, bevor sie zur neununddreißigsten Etage hinuntergingen. Endlich kamen sie bei Annas Tür an, und Eden klopfte.

»Schick mir einfach eine Nachricht, wenn du in dein Zimmer zurückgehen möchtest«, bat Taylor.

»Mach ich. Danke.«

Anna öffnete die Tür in einem lockeren T-Shirt, das von einer Schulter hing, und Eden war wie elektrisiert beim Anblick der nackten Haut. »Na du?«, grüßte Anna. »Ich habe ein paar Filme in der engeren Wahl und beim Zimmerservice Popcorn bestellt.«

»Super.« Eden winkte Taylor zum Abschied.

Anna schloss die Tür und ging voran zu ihrem Bett, wo eine Schüssel Popcorn auf sie wartete. »Also, wenn du moderne romantische Komödien magst, haben wir ›Verheiratet auf den ersten Blick‹ mit Jennifer Lopez, und es geht um eine Promi-Zweckehe. Den habe ich noch nicht gesehen, aber er soll ganz gut sein. Dann haben wir ›To All the Boys I've Loved Before‹. Das ist eine supersüße Teenie-Komödie. Oder wir könnten uns einen Klassiker wie ›Tage wie dieser‹ oder ›Schlaflos in Seattle‹ ansehen.«

»Ich glaube, als Teenager empfindet man alles viel intensiver. Also wenn das als Inspiration zum Songschreiben dienen soll, dann lass uns die Teenie-Komödie anschauen«, sagte Eden. »Außerdem habe ich von dem Film schon viel gehört, aber ich hab ihn noch nie gesehen.«

»Super!«

Um Anna nicht die ganze Zeit anzustarren oder – schlimmer noch – sie zu küssen, ging Eden zum Fenster und schaute auf das Zentrum von Denver hinab. Ihr Zimmer war auf der anderen Seite zu den Bergen ausgerichtet. Hinter ihr klickte sich Anna durch die Anzeigen am Fernseher.

»Okay«, sagte Anna kurz darauf und klopfte neben sich aufs Bett. »Mach dich bereit für eine zuckersüße Hammerladung.«

»Ich bin so weit.« Eden ging zum Bett und setzte sich, um ihre Schuhe auszuziehen.

Sie stellten die Kissen am Kopfende des Betts hinter sich auf und die Schüssel Popcorn zwischen sich, als der Film anfing. Zwei Stunden später fühlte sie sich tatsächlich zuckersüß aufgeladen – unbeschwert und ausgelassen und insgesamt glücklich.

Anna nahm ihr Handy heraus. »Und jetzt fangen wir diese Stimmung in einem Song ein.«

»Die Spannung steigt.« Eden machte es sich neben ihr gemütlich. Den Hoodie hatte sie vorher bereits ausgezogen, als es ihr zu warm geworden war, und jetzt saß sie in Tanktop und Leggings da und versuchte zu ignorieren, wie Anna das T-Shirt immer wieder von der Schulter rutschte, und damit deutlich machte, dass sie wahrscheinlich keinen BH trug. Ihre Haut war schön gebräunt und sah so weich aus. Eden konnte sich nicht mehr daran erinnern, wie ihr Leben gewesen war, bevor die Gedanken an Anna sie vereinnahmt hatten.

»To all the girls I've loved before ...«, säuselte Anna und tat so, als tippte sie das in ihr Handy.

Eden kicherte. »Ich weiß, von euch gibt's viele, aber jede ist auf ihre Weise etwas Besonderes ...«

»Hey!« Anna stupste Edens Schulter mit ihrer an. »So viele gibt's da gar nicht, wenn du's genau wissen willst.«

»Na sicher«, neckte Eden. »Ich habe mir genug deiner Songs angehört, um das zu bezweifeln.«

»Woher willst du denn wissen, dass die nicht alle von ein und derselben Person handeln?«, konterte Anna. »Und außerdem ... ich wusste ja gar nicht, dass du dir meine Musik angehört hast.« Ihre Wangen glühten, und etwas an ihrem Ausdruck erinnerte Eden daran, wie sie ihr zum ersten Mal begegnet war. Die von ihrem Star faszinierte Seite hatte sie schon eine Weile nicht mehr bei Anna gesehen.

»Natürlich habe ich das«, erwiderte Eden. »Du hast doch wohl nicht angenommen, dass ich dich auf die Tour einlade, ohne meine Hausaufgaben gemacht zu haben, oder? Davon abgesehen, kannte ich deine Hits schon. Es ist ziemlich schwer, denen heutzutage aus dem Weg zu gehen.«

»Dann hast du also versucht, ihnen aus dem Weg zu gehen ...«

»Ich kann nichts dafür, Babe«, sang Eden den Refrain von »Obsessed«, einem von Annas beliebtesten Songs. »Ich seh dich überall, egal wo ich lauf. Ein Blick von dir und die Flammen lodern auf.«

»O mein Gott!« Anna sprang Eden an und rollte mit ihr übers Bett. »Ich kann nicht glauben, dass du meine Songs kennst. Das hast du mir nie gesagt!«

»Wie kommst du darauf, dass ich deine Songs nicht kenne? Du weißt doch, dass ich mir deine Show jeden Abend ansehe.« Eden starrte erneut Annas nackte Schulter an. Ihr Herz klopfte viel zu schnell. Sie wollte sich aufsetzen, doch Anna bewegte sich zur selben Zeit. Sie stießen zusammen, und irgendwie kam Eden am Ende ausgestreckt auf Anna zu liegen.

Ihre Lippen lagen auf Annas, und sie wusste nicht mal, wie sie dort gelandet waren, wer den Anstoß gegeben hatte, aber sie küssten sich, und Eden war Feuer und Flamme. Annas Lippen waren so weich, so warm, und sie fühlten sich besser an als alles, was Eden bisher gekannt hatte. Ihr Puls hämmerte in ihren Ohren und auch zwischen ihren Schenkeln, wo sie ein übermächtiges pulsierendes Verlangen spürte.

»O mein Gott!«, raunte Anna, als sie ihre Arme um Eden legte und sie an sich drückte.

Eden seufzte, klammerte sich an Anna und küsste sie mit einer Verzweiflung, die sie noch nie empfunden hatte. Eine Hand lag auf Annas nackter Schulter, die andere hielt zur Faust geballt Annas T-Shirt fest. Die Knie hatte sie links und rechts neben Annas Hüften abgestützt. *Ach, du Scheiße!* Dieses … Verlangen, diese Lust. Das war wundervoll. Das war so wundervoll! Warum hatte sie nicht gewusst, dass sich ein Kuss so anfühlen konnte? Warum hatte sie nicht …

Ihr war schwindelig, fast als wäre sie betrunken. Außer Rand und Band. O Gott, was machte sie hier? Sie löste sich aus dem Kuss, blinzelte Anna benommen an. Ihr Körper fühlte sich nicht wie ihr eigener an. Jeder Quadratzentimeter ihrer Haut war hyperempfindsam. Sie schnappte nach Luft. Ihre

Brustwarzen waren hart und – *oh!* – das Verlangen, das in ihrer Mitte pulsierte ...

Das war das Feuer, das sie ihr ganzes Leben lang vermisst hatte. So sollte es sich also anfühlen. Sie hatte keine Ahnung gehabt, was sie verpasst hatte, und jetzt ... jetzt war ihre Welt aus den Angeln gehoben.

Anna starrte sie gleichermaßen benommen an. Eden hatte sie geküsst. Oder vielleicht hatte Anna sie zuerst geküsst. Eden war sich nicht sicher, aber sie hatte eine Frau geküsst, und es war der heißeste Kuss ihres Lebens gewesen. Jetzt stand alles kopf, und sie wusste nicht, was sie tun sollte.

Eden zog sich nach hinten zurück, und als sie auf ihren Fersen saß, kamen ihr die Tränen. Sie atmete zu hektisch. Viel zu schnell. O Gott! Sie hatte Anna geküsst!

»Oh, hey, ist alles okay?« Anna hockte sich mit besorgtem Blick vor sie.

Eden schüttelte den Kopf. Tränen liefen ihr über die Wangen. Sie wischte sie fort, doch im nächsten Augenblick schluchzte sie hemmungslos mitten auf Annas Bett. Anna, die sie eben geküsst hatte. Eden verlor die Kontrolle, und das war das Einzige, womit sie in ihrem Leben noch nie klargekommen war. »Tut mir leid«, flüsterte sie. »Ich ... ich muss einfach gehen.«

Sie krabbelte rückwärts vom Bett und lief zur Tür, als Anna ihr hinterherrief. Eden konnte sie kaum hören, so sehr toste es ihr in den Ohren. Sie hatte vergessen, Taylor anzurufen, und nun stand sie allein im Korridor, vollkommen schutzlos, und sah furchtbar aus.

In ihrer Verzweiflung schaute sie sich im Korridor um. Zumindest war da niemand, der sie so sehen konnte. Sie konnte es nicht riskieren, mit dem Aufzug zu fahren, aber Anna gegenübertreten konnte sie auch nicht. Also lief Eden zum Treppenhaus und war bereits außer Atem, noch bevor sie die fünf Etagen in die Sicherheit ihres Zimmers lief.

Kapitel 16

Anna starrte die Tür an, durch die Eden eben geflüchtet war. Sie presste einen Finger an die Lippen, die von Edens Küssen geschwollen waren. Eden hatte sie geküsst und damit völlig verblüfft. Sie hatte Anna auch nicht wie eine Heterofrau geküsst, die nur ihre Neugier befriedigen wollte. Sie hatte sie geküsst, als wäre sie am Ertrinken gewesen, und Anna ihre einzige Luftquelle, so als wäre es ihr unmöglich gewesen, sie *nicht* zu küssen.

Und dann war sie in Tränen ausgebrochen und davongelaufen, bevor Anna überhaupt hatte begreifen können, was geschehen war. Sie drehte sich um und starrte mit leerem Blick aufs Bett. Das Bett, auf dem sie sich geküsst hatten. Das Bett, auf dem noch Edens Handy lag, das sie bei ihrer kopflosen Flucht aus dem Zimmer vergessen hatte, gleich neben dem lilafarbenen Hoodie, der mal Annas gewesen war und den sie jetzt aber als Edens ansah.

Eden hatte Taylor nicht angerufen. Ohne Taylor ging sie nirgendwohin, außer das eine wundervolle Mal, als Anna sie auf dem Motorrad mitgenommen hatte.

Eden hat mich geküsst.

Anna wollte es von den Dächern rufen. Sie wollte tanzen und singen und feiern und … weinen, denn Eden war bestürzt davongelaufen. Anna musste ihr nach. Sie musste sichergehen, dass Eden okay war. Sie musste sich vergewissern, dass Eden sicher in ihrem Zimmer angekommen war und ihr zumindest ihr Handy zurückbringen.

Was sollte sie sagen, wenn sie zu Edens Zimmer kam? Anna drehte sich der Kopf. Sie konnte nur hoffen, dass ihr die richtigen Worte einfielen, wenn sie erst mal dort war.

Anna nahm Edens Handy und den Hoodie und steckte sich den Zimmerschlüssel in die Tasche ihrer Leggings. Zur Beruhigung atmete sie einmal tief durch und verließ ihr Zimmer. Sie war zu nervös, um auf den Aufzug zu warten, und wollte außerdem nicht erkannt werden. Als sie zuvor zur Lobby runtergefahren war, um Snacks zu kaufen, hatte sie am Ende mit mehreren Leuten Selfies gemacht. Zu dem Zeitpunkt hatte sich das super angefühlt, aber jetzt war sie nicht in der Stimmung für Fans. Sie musste zu Eden.

Anna ging nach rechts in Richtung Treppenhaus los. Hatte Eden den Aufzug genommen? Sie war wirklich paranoid, wenn's darum ging, erkannt zu werden. Anna hoffte, dass sie niemandem über den Weg gelaufen war, vor allem nicht in dem Zustand, in dem sie Annas Zimmer verlassen hatte. Das wäre extrem traumatisch für sie gewesen. Anna joggte die ersten beiden Etagen hinauf und ging die letzten drei. Sie war außer Atem, als sie das Treppenhaus auf der vierundvierzigsten Etage verließ.

Sie näherte sich Edens Tür, und dort fiel ihr das Atmen noch schwerer. Wieso hatte Eden sie geküsst? Und weshalb war sie danach derart verstört gewesen? Stellte sie etwa ihre sexuelle Orientierung infrage?

Es gab nur einen Weg, das herauszufinden. Anna klopfte. Von der anderen Seite der Tür schlug ihr nichts als Stille entgegen. Aber irgendwie wusste sie, dass Eden dort stand und sie durch den Spion beobachtete. Oder vielleicht hoffte Anna, dass sie es tat.

»Ich habe dein Handy«, sagte Anna laut genug, dass man sie durch die Tür hören konnte. Sie wollte nichts weiter sagen, solange sie im Korridor stand. Wer konnte schon wissen, wer sonst noch so zuhörte? Und sie hatte gedacht, Eden sei paranoid …

Die Tür ging auf, und Eden winkte sie hinein. Anna trat ein, und Eden schloss die Tür fest hinter ihr. Sie standen sich in angespannter Stille gegenüber. Edens Augen waren verquollen, aber trocken. Sie trug nach wie vor das Tanktop und die Leggings, wie zuvor bei Anna, und ihr Dekolleté war mit roten Flecken gesprenkelt. Scham? Nervosität? Anstrengung vom Treppensteigen über fünf Etagen?

Anna reichte ihr das Handy und den Hoodie. »Eden …«

Eden nahm ihr Handy mit sichtlich zitternder Hand entgegen. »Danke. Der Hoodie gehört eigentlich dir.«

»Für mich gehört er dir. Behalt ihn. Ich habe eh viel zu viele.«

Eden nahm ihn, drehte sich um und ging in ihre Suite hinein, um ihn auf die Couch zu legen.

»Wir müssen über den Kuss reden«, stieß Anna hervor, bevor sie der Mut verließ.

Eden erstarrte mit dem Rücken zu Anna. »Können wir … das nicht tun? Zumindest nicht jetzt? Wir müssen uns gleich aufs Konzert vorbereiten, und ich …« Sie atmete zittrig aus, und wow, Anna hatte sie noch nie auch nur annähernd so erschüttert erlebt, nicht einmal, nachdem ihre furchtbaren Eltern am Premierenabend in ihre Garderobe gestürmt waren.

»Ich glaube, das müssen wir, zumindest ein bisschen.« Anna sprach jetzt sanfter. »Ich könnte es nicht ertragen, wenn unser Umgang miteinander jetzt steif wird, und ich glaube, keine von uns hat diesen Kuss geplant. Bitte, ich möchte nichts ruinieren. Du bist mir zu wichtig.«

In diesem Moment drehte sich Eden zu ihr um, und in ihren Augen glänzten neue Tränen. »Ich auch nicht. Du bist …

das klingt vielleicht jämmerlich, weil wir uns noch nicht sehr lange kennen, aber ich glaube, du bist meine beste Freundin.«

Anna war, als füllte sich ihr Brustkorb mit Helium, und als könnte sie durch die Decke der schicken Penthouse-Suite fliegen und davonschweben. »Das wäre nur jämmerlich, wenn *ich* jämmerlich wäre, und ich glaube, ich bin ziemlich genial, also ...«

Das hatte den gewünschten Effekt: Eden lächelte. »Wir wissen beide, dass du alles andere als jämmerlich bist. Seit wir uns kennen, hältst du mich auf Trab, und das im bestmöglichen Sinn.«

»Dann sind wir also beide genial«, schlussfolgerte Anna lächelnd. »Dieses Thema wäre somit abgehakt. Möchtest du jetzt über den Kuss reden?«

Tränen liefen Eden über die Wangen. Ihre Unterlippe bebte, und Anna musste sich zusammenreißen, sie nicht in die Arme zu nehmen. Vor einer Stunde hätte sie genau das getan, aber nach diesem Kuss ... na ja. Anna versuchte verzweifelt, zurück in unverfängliche Gefilde zu navigieren.

In Wahrheit wollte sie sich Eden in die Arme werfen und sie wieder küssen, so lange, bis ihre Tränen fort waren und Eden unter ihr stöhnte, während Anna ihr ganz genau zeigte, wie wundervoll es war, mit einer Frau zusammen zu sein. Aber nichts davon würde passieren, zumindest nicht heute.

»Ich weiß, dass wir darüber reden müssen«, sagte Eden kaum lauter als ein Flüstern. »Aber kann das warten? Ich bin einfach ...« Sie strich sich mit beiden Händen die Haare aus dem Gesicht. »Ich bin gerade total durch den Wind, und ich muss mich aufs Konzert konzentrieren.«

»Ja, das ist okay, solange du okay bist«, sagte Anna. »Mehr muss ich nicht wissen, bevor ich gehe. Geht's dir gut, Eden?«

»Ganz ehrlich? Nein«, antwortete Eden, und der gehetzte Ausdruck in ihren Augen bestätigte ihre Worte. »Mir geht's nicht gut. Ich glaube, mir ging's schon sehr lange nicht gut.«

»Wow!« Anna blinzelte sie an und wollte unbedingt wissen, was sie damit meinte. War Eden klar geworden, dass sie am Ende doch nicht hetero war? Oder hatte sie das bereits gewusst, als sie Anna gesagt hatte, sie sei es? Hatte sie das gesagt, um Anna auf Abstand zu halten? Oder war das nur ein Experiment gewesen, das Eden bestätigt hatte, dass sie *tatsächlich* hetero war? So viele Fragen, und offensichtlich war das nicht der Moment, sie zu stellen.

Trotz allem erinnerte sich Anna daran, wie verzweifelt Eden sie geküsst hatte, wie sie sich an sie gepresst hatte, als könnte sie nicht genug bekommen, das leise Wimmern, das ihr entwichen war, als wäre sie kein bisschen weniger angeturnt gewesen als Anna. Das bedeutete doch sicher …

»Ich brauche Zeit, um mir über alles klar zu werden«, sagte Eden. »Aber ist zwischen uns alles okay? Unsere Freundschaft, meine ich, wir sind okay, oder?« Am Ende schlichen sich Zweifel in Edens Stimme, Verletzlichkeit, und Anna brach fast das Herz.

»Selbstverständlich sind wir das.« Anna machte einen Schritt, schlang die Arme um Eden und war erleichtert, als Eden sie auch drückte, sie förmlich umklammerte, als brauchte sie diese Umarmung ebenso dringend wie Anna. »Und wenn du etwas besprechen möchtest, bin ich für dich da. Ich kann nicht versprechen, völlig unparteiisch zu sein, da ich ja auch in den Kuss verwickelt war, aber ich bin für dich da, egal, was du brauchst, und ganz ohne Wertung, egal, was du empfindest.«

»Danke«, flüsterte Eden, und ihr Atem drang warm an Annas Hals. »Das weiß ich zu schätzen.«

Anna drückte sie noch mal fest und ließ sie dann los, denn ihr wurde immer heißer, je länger sie in Edens Armen lag. Erinnerungen an diesen Kuss überfluteten ihre Sinne. Und egal, wie sehr sie ihn genossen hatte, sie konnte ihn nicht wiederholen, zumindest nicht, solange Eden sich nicht über das klar geworden war, worüber sie sich klar werden musste.

Denn aus Annas Schwärmerei war inzwischen so viel mehr geworden. Echte Gefühle waren im Spiel. Sie hätte sich so leicht in Eden verlieben können, wenn das nicht schon passiert war. Nach Camille hatte Eden wie keine andere die Macht, ihr das Herz zu brechen. Eden konnte sie aus der Konzerttour werfen, wenn die Dinge zwischen ihnen gegen die Wand fuhren. Eden hatte die Macht, sie zu vernichten, auch wenn sie im Moment wie am Boden zerstört schien, so wie sie Anna mit tränenfeuchten Augen zugleich liebevoll und panisch anstarrte.

Wenn sie nicht aufpassten, konnten sie sich gegenseitig vernichten.

Anna machte einen Schritt Richtung Tür und wollte plötzlich genauso dringend flüchten wie Eden zuvor. Wie sollte es jetzt mit ihnen weitergehen? Konnten sie nach diesem Kuss wirklich noch Freunde bleiben? Anna konnte sich nicht vorstellen, je wieder im Bett mit ihr fernzusehen, ohne sich an den Kuss zu erinnern. Aber mit ihr zusammen zu sein, konnte sie sich auch nicht so recht vorstellen. In ihrem Kopf hatte sie Eden unter »hetero« und »anfassen verboten« abgelegt, und nun wusste sie nicht weiter. »Ich verschwinde jetzt einfach …«

Eden nickte. »Bis gleich beim Konzert.«

»Jepp.« Annas Stimme war zu schrill. Konnte Eden ihre außer Rand und Band geratenen Gefühle erraten? »Also dann … Tschüss.«

»Tschüss.«

Anna schaffte es, zur Tür zu gehen, obwohl ihre Füße rennen wollten. Diesmal war sie dran mit Fliehen.

* * *

Eden wünschte, sie wäre nicht so ein Gewohnheitstier gewesen, aber das war sie nun mal. Ihr Team würde garantiert Fragen stellen, wenn sie von ihrer üblichen Routine vor dem Konzert abwich. Also saß sie kaum eine Stunde, nachdem der Kuss ihre Welt auf den Kopf gestellt hatte, neben Paris im Wagen Richtung Stadion, und Anna saß auf dem Sitz hinter ihr. Beide versuchten, so zu tun, als wäre alles in Ordnung, als hätten sie nicht eben den überraschendsten Kuss der Welt an einem profanen Donnerstagnachmittag erlebt.

Am Stadion angekommen, wurde Eden für ihren Soundcheck zur Bühne gebracht. Sie kam sich vor wie auf Autopilot, erledigte alles mechanisch und starrte ausdruckslos ins leere Stadion. Danach ging sie für ein leichtes Abendessen in ihre Garderobe. Heute hatte Paris ihr einen proteinreichen Salat besorgt, mit Eiern und Hühnchen, um sie mit Energie fürs Konzert zu versorgen. Ihr Magen war wie zugeschnürt, und sie bekam kaum etwas herunter, aber sie wusste, dass sie es später bereuen würde, wenn sie sich nicht zumindest etwas davon hinunterzwang.

Dringend auf der Suche nach einer Ablenkung von ihren chaotischen Gedanken, schaltete sie den Fernseher ein und schaute sich eine Makeover-Show für Geschäfte an, bei der der Moderator eine erfolglose Bar aufhübschte. Die Barbesitzerin war eine hübsche Blondine, die sie an Anna erinnerte, und – *mein Gott!* – Eden war wirklich durch den Wind.

Punkt 19.30 Uhr klopfte Paris an der Tür. Eden schaute sich immer die ersten dreißig Minuten von Annas Auftritt an, bevor sie sich für ihren eigenen bereitmachte. Warum war Anna an all ihren Routinen für diese Tour beteiligt? Sie konnte Kopfschmerzen vorgeben, aber in Wahrheit war es jetzt wahrscheinlich am besten, sich einfach an den gewohnten Ablauf zu halten.

Der schnellste Weg, die Kontrolle zurückzubekommen, war, so zu tun, als wäre dies ein Abend wie jeder andere. Also ließ sie sich von Paris zum abgedunkelten Bereich neben der Bühne führen, von wo aus sie zusehen konnte, ohne gesehen zu werden.

Tief im Schatten schaute sie zu, wie Anna die Bühne in silberfarben glitzernden Hosen und einem Regenbogen-Tanktop betrat. Der Regenbogen war mit Pailletten aufgestickt, und Anna funkelte im Scheinwerferlicht von Kopf bis Fuß. Die Haare trug sie offen, und sie fielen ihr in unregelmäßigen Wellen über die Schultern.

Der hohe Pferdeschwanz und die Sportklamotten waren verschwunden. Anna hatte ihr Aussehen für die Tour verändert, um das Teeniestar-Image loszuwerden, und es funktionierte, zumindest Edens Meinung nach. Anna wirkte tatsächlich reifer, und Himmel, sie war wunderschön.

Bei ihrem Anblick beschleunigte sich Edens Puls. Das Tanktop spannte sich über Annas Brüsten, zeichnete ihre Form nach. Wie hätten sie sich wohl in Edens Händen angefühlt? Ihr Blick fiel auf die Rundung von Annas Hüften, als sie sie zum Takt des Songs schwang. Eden erinnerte sich, wie Anna sich unter ihr angefühlt hatte, als diese sanften Kurven fest an ihren Körper gepresst gewesen waren.

Nur daran zu denken, durchflutete sie mit Hitze. Was bedeutete das? Eden stockte der Atem. Endlich empfand sie zum ersten Mal im Leben komplett vereinnahmende Leidenschaft, und das für eine Frau. Was konnte es denn sonst bedeuten? Aber sie konnte nicht ... sie bekam es einfach noch nicht in den Kopf.

Anna tanzte wie ein glitzernder Regenbogen. Sie verkörperte LGBTQ. Sie kannte alle Begriffe, und ihre Fans repräsentierten jede Farbe dieses Regenbogens. Sie war sich ihrer Identität sicher, selbstbewusst darüber, wer sie war.

Eden war allein schon der Gedanke unangenehm, sie könnte nicht hetero sein. Und das nicht, weil sie homophob war, nein, das Unbehagen hatte andere Gründe, und obwohl sie noch nicht bereit dazu war, einen prüfenden Blick auf sich selbst zu werfen, verdächtigte sie das gute alte Hochstaplersyndrom.

Beim Gedanken daran, sich einer Richtung zuzuordnen oder eine Regenbogenflagge an ihrer Kleidung zu tragen, fühlte sie sich absolut unwohl. Sie passte nicht so zur queeren Community wie Anna. Eden war es sogar unangenehm, das Wort »queer« zu benutzen, egal, wie oft Anna es gesagt hatte.

Sie war ja dermaßen ahnungslos, dass sie anscheinend mit ihren sechsunddreißig Jahren nicht ein einziges Mal die Art Leidenschaft erlebt hatte, die andere ständig genossen. Man hatte Bücher und Songs darüber geschrieben, Filme gedreht, und Eden hatte versucht, sie zu imitieren, ohne zu ahnen, dass sie da tatsächlich etwas verpasste.

Wie konnte es nur sein, dass sie sich selbst dermaßen falsch verstanden hatte? Erneut stieg Hitze in ihr auf, und diesmal aus Scham. Unbehagen. Sie wollte aus der Haut fahren. Sie wollte sich in ihrem Bett verkriechen und dort bleiben, bis sie sich selbst verstand. Das Letzte, was sie wollte, war gleich auf die Bühne rauszugehen und vor zwanzigtausend Menschen aufzutreten.

Auf der Bühne sang Anna »Love Me, Love You«, eine starke Ballade über Selbstliebe. In Edens Ohren dröhnten die Tausenden Stimmen, die mit ihr sangen, ihre Fans reagierten auf Annas Musik. Eden hatte noch nie eine Vorband gehabt, die dermaßen beliebt war, dass ihre Fans Punkt 19.30 Uhr auf ihren Sitzen saßen, um sie zu sehen. Hier wurde ein Star geboren, daran hatte sie keinerlei Zweifel.

Hatte Anna Eden auch küssen wollen? Fühlte sie sich zu ihr hingezogen oder hatte sie einfach spontan reagiert? Eden wusste, dass Anna sie trotz ihrer Freundschaft nach wie vor idealisierte, zumindest zu einem gewissen Grad. Aber war da mehr als das? Hatten die Fans mit #Edanna den richtigen Riecher?

Eden wünschte, sie hätte jemanden gehabt, mit dem sie darüber reden konnte. Doch obwohl sie mit Paris und dem Rest des Teams freundschaftlich verbunden war, konnte sie sich ihnen nicht mit so etwas anvertrauen. Immerhin waren sie ihre Angestellten. Stella sah sie als ihre Freundin an, doch sie war hetero und glücklich verheiratet, und auch wenn sie nicht Edens Angestellte war, so war sie doch ihre Managerin, was sich nach wie vor komisch anfühlte. Zach anzurufen, fühlte sich noch blöder an.

Im Moment hatte Eden nur eine echte Freundin, und das war Anna. Allerdings konnte Eden nicht mit ihr darüber reden, egal, was Anna zuvor gesagt hatte. Sie konnte über diesen Kuss unmöglich mit der Frau sprechen, die sie geküsst hatte, der Frau, die sie so unbedingt haben wollte – nie hätte sie gedacht, dass man ein derart heftiges Verlangen nach jemandem empfinden könnte. Nein, ob es ihr gefiel oder nicht, Eden würde das allein verarbeiten müssen.

Sie kniff die Augen zusammen und atmete aus. Gleich würde Paris kommen, um sie hinter die Bühne zu bringen, und sie musste sich zusammenreißen. Sie war früher schon an schwierigen Tagen aufgetreten – wenn sie Kopf- oder Regelschmerzen gehabt hatte, wenn sie sich furchtbar mit ihren Eltern gestritten oder online etwas Schlimmes über sich gelesen hatte. Das war nichts anderes.

»Bereit?«, fragte Paris und berührte Edens Arm, um sich bemerkbar zu machen.

Eden straffte die Schultern und nickte. »Ja.«

* * *

Als sie an diesem Abend die Bühne betrat, fühlte Eden zum ersten Mal seit dem Kuss, wie ihre Welt wieder ins Gleichgewicht kam. Die Musik durchdrang sie und gab ihr Halt. Auf der Bühne hatte sie wie immer die Kontrolle. Hier gehörte sie hin. Eden arbeitete sich durch die Choreografie der Eröffnungsnummer und hatte das Gefühl, super energisch zu sein, als hätte die emotionale Energie, die sie seit dem Nachmittag unterdrückt hatte, endlich ein Ventil gefunden.

Das Publikum stand, tanzte und sang. Eden lächelte zum ersten Mal seit Stunden und entspannte sich in der vertrauten Geborgenheit der Bühne. Hier war sie glücklich, umgeben von Tausenden Menschen, die sie liebten. Es gab nichts Besseres auf der Welt.

Aber als sie blinzelte, blitzten auch andere glückliche Momente auf: Ausflüge mit Anna. Zusammen im Bett fernsehen an ruhigen Nachmittagen. Anna machte sie glücklich. Eden blinzelte noch einmal, wischte die Erinnerungen weg.

Der Song ging zu Ende, und sie winkte der Menge zu. »Guten Abend, Denver! Ich hoffe, ihr seid bereit zu tanzen, wir haben nämlich einen tollen Abend vor uns! Ich glaube, den nächsten Song kennt ihr vielleicht …« Sie zwinkerte bei den ersten Takten von »Daydreamer«.

Die Menge kreischte, lächelnde Gesichter, so weit das Auge reichte. Manchmal nervte es sie, diesen Song Abend für Abend singen zu müssen. Sie hatte ihn mit sechzehn aufgenommen, als sie bei ihrer Musik noch wenig Mitspracherecht gehabt hatte. Inzwischen sang sie ihn seit zwanzig Jahren, und vor mindestens zehn Jahren hatte sie ihn schon sattgehabt, aber wenn sie die Freude in den Gesichtern ihrer Fans sah, würde sie ihn problemlos noch weitere zwanzig Jahre singen.

Sie würde den Song jeden Abend für den Rest ihres Lebens singen, wenn das hieß, dass sie *das hier* machen konnte.

»Ich liebe dich, Eden!«, schrie jemand.

Sie lächelte breit. »Ich dich auch.«

Das Konzert rauschte in einem Wechsel aus Choreografien und Kostümen vorbei, und schon kam Anna zu ihr auf die Bühne für das »After Midnight«-Duett. Anna trug heute das lilafarbene Kleid, was Eden daran erinnerte, wie sie den Fans im Aufzug davon erzählt hatte.

War das tatsächlich erst vor ein paar Stunden gewesen? Es kam ihr wie Ewigkeiten vor. Alles in Eden schien hell zu funkeln, als sie Anna gegenüberstand, als hätten sich ihre Gefühle von den Pailletten an ihrem Kostüm inspirieren lassen. Ihr Gehirn erlitt einen Kurzschluss, als Annas Arm an ihrem vorbeistrich, und einen Augenblick lang befürchtete sie, einen Aussetzer zu haben wie damals in Vegas.

Schlimmer noch, sie befürchtete, dass sie mit diesem Kuss ihre Freundschaft ruiniert hatte. Doch dann lächelte Anna sie an, und der Aufruhr in Eden beruhigte sich. Sie würden sich schon zusammenraufen. Es gab keine andere Möglichkeit.

Die Verbindung zwischen ihnen – platonisch oder nicht – war zu wichtig, um sie zu verlieren.

Sie umtanzten einander, während die Menge jubelte und mitsang, während #EDANNA-Schilder hochgehalten wurden und Handys Fotos schossen, die innerhalb von Minuten überall im Netz zu sehen sein würden. Wenn sie nur gewusst hätten, dass sie sich tatsächlich geküsst hatten …

Anna ging, und während Eden das Konzert beendete, fühlte sie sich mit jedem Song mehr wie sie selbst. Als sie an diesem Abend die Bühne verließ, hatte sie eine super Laune. Wie gewöhnlich begrüßte Anna sie im Korridor hinter der Bühne mit einer Umarmung und aufgeregtem Geschnatter darüber, was sie an diesem Abend am besten gefunden hatte. Das war vertraut, ungezwungen, gut.

»Du hast heute nur so gesprüht vor Energie, Eden«, lobte Paris auf der Rückfahrt ins Hotel. »Ich weiß gar nicht mehr, wann du das letzte Mal beim Auftritt so viel gegeben hast.«

»Wirklich?«, fragte Eden, sich extrem der Tatsache bewusst, dass Anna hinter ihr saß, jedes Wort hörte und ganz genau wusste, woher Edens Energie gekommen war.

Paris nickte. »Letztes Jahr hast du mit der Scheidung und all dem ein bisschen von deinem inneren Feuer verloren, aber seit deinem Grammy-Auftritt habe ich das Gefühl, dass du mit jedem Abend ein wenig mehr aus dir herauskommst.«

Der Grammy-Auftritt. Der Abend, an dem sie zum ersten Mal mit Anna aufgetreten war. Bei Paris' Feststellung prickelte Edens Haut unangenehm, aber sie zwang sich zu einem freundlichen Lächeln. »Danke schön.«

In dieser Nacht schlief Eden sehr unruhig. Sie hatte fiebrige Träume, eine sich wiederholende Sequenz, in der sie versuchte, zum Stadion zu gelangen, es aber einfach nicht schaffte. Sie eilte durch ein labyrinthartiges Gebäude und konnte die Bühne nicht finden. Sie erwachte mit klopfendem Herzen und prickelnder Angst im ganzen Körper.

Solche Träume hatte sie früher schon gehabt. Als sie die Bedeutung gegoogelt hatte, war herausgekommen, dass diese Träume allgemein dafür standen, dass man sich, na ja … verloren fühlte. Sie blinzelte in ihrem abgedunkelten Zimmer, die Hände ins Bettlaken gekrallt, und es fühlte sich mehr denn je wie die Wahrheit an.

KAPITEL 17

Anna zog Eden an der Hand, weiter den Fußweg entlang. Eine Woche lang hatte Eden Annas Vorschläge, gemeinsam etwas zu unternehmen, verworfen. Ganz offensichtlich hatte sie sich bemüht, etwas Abstand zwischen sie zu bringen, aber schließlich hatte Anna sie doch überredet. Sie waren in Chicago. Anna war zum ersten Mal in der »Windy City« und wild entschlossen, sich ein wenig umzusehen.

Da waren sie also und spazierten wie ein paar Touristen durch den Millennium Park. Seit ihrem Gespräch kurz nach dem Kuss hatte ihn keine von beiden wieder erwähnt. Eden schien nach wie vor ihre Gefühle zu verarbeiten – oder sie vielmehr zu *ignorieren* –, und vielleicht war das auch besser so.

Mit einer Mentorin zusammen sein? Das hatte Anna schon einmal gemacht, inklusive der verbliebenen emotionalen Narben, die es bewiesen. Sie musste ihr Herz schützen. Wenn sie doch nur ihren Körper davon hätte überzeugen können, nicht gleich anzuspringen, sobald sie in Edens Nähe war oder an sie dachte oder an die alles verschlingende Hitze dieses Kusses. Mein Gott, ein unbedachter Kuss hatte kein Recht, dermaßen *heiß* zu sein.

»Echt heiß, oder?«, fragte Eden.

Anna zuckte zusammen – als hätte Eden ihre Gedanken erraten! Aber natürlich meinte sie das Wetter. Und ja, sie hatte nicht ganz unrecht. Chicago war im Juni wesentlich heißer, als Anna gedacht hätte. »Anscheinend haben wir das Wetter aus San Antonio mitgebracht.«

»Nicht ganz so feucht«, meinte Eden.

»Warst du schon mal hier?«, fragte Anna. »Und damit meine ich, hast du dabei dein Hotelzimmer verlassen und dir die Stadt angesehen?«

Eden feixte. »Ja, ich war schon mal hier *und* habe mir die Stadt angesehen. Ich bin keine komplette Einsiedlerin.«

»Dann also eine Teilzeit-Einsiedlerin?«

Eden hob das Kinn und schaute den Weg entlang, wo die berüchtigte Skulptur namens »Bohne« in Sichtweite kam und silbern in der Mittagssonne glänzte. »Ich habe einen Monat hier verbracht, als Zach einen Film gedreht hat, und wir waren sehr oft unterwegs.«

»Oh.« Anna stellten sich die Härchen auf. Über Edens Ex-Ehemann wollte sie jetzt am allerwenigsten reden. »Also hast du kein Problem damit, unter Leute zu gehen, solange dich ein großer starker Mann beschützt?«

»Du weißt ganz genau, dass das nicht stimmt.« Eden klang leicht getroffen. »Immerhin wird mein Sicherheitsteam von einer Frau geleitet.«

»Ja, richtig, tut mir leid.« Anna wusste nicht, warum sie das überhaupt gesagt hatte. Fehlplatzierte Eifersucht, wenn sie hätte raten müssen.

»Davon abgesehen, gibt es Zach einen Kick, wenn er erkannt wird, also fand er die Aufmerksamkeit super, die wir bekommen haben, wenn wir ausgegangen sind.«

»Und es hat ihm nichts ausgemacht, dass dir diese Art der Aufmerksamkeit unangenehm war?«

Eden seufzte. »So war das nicht. Er hat mich nicht gegen meinen Willen rausgezerrt. Das war einfach unser Lebensstil. Anfangs war es mir egal, aber irgendwann hatte ich es satt, überall fotografiert zu werden. Dann graute es mir nur noch davor, und deshalb habe ich nach der Scheidung alles unternommen, um in der Öffentlichkeit weniger sichtbar zu sein. Bei Events oder einem offiziellen Anlass sind Fotos total okay, aber nicht, wenn ich einfach nur mein Leben leben will.«

»Das ist nur fair, und ich freue mich für dich, dass du diese Grenzen für dich gesetzt hast.«

»Und ich freue mich, dass du mir einen Weg gezeigt hast, wie ich quasi beides haben kann«, sagte Eden. »Mit Zach haben wir es fast schon darauf angelegt, einen Tumult zu verursachen, wenn wir ausgingen. Ich habe nicht wirklich versucht, inkognito zu bleiben. Ich schätze, ich bin davon ausgegangen, das wäre sowieso unmöglich. Um ehrlich zu sein, bin ich immer noch leicht nervös, in einem großen Park mit so vielen Menschen wie dem hier zu sein. Was, wenn mich jemand erkennt und uns dann alle bedrängen? Wir sind zahlenmäßig total unterlegen.«

Anna schaute sich um und sah den Park mit neuen Augen. Sie hatte recht, wenn man Eden erkannte, konnte sich ein großer Mob bilden. So etwas hatte Anna nie erlebt. Ihr gab es nach wie vor einen Kick, wenn sie erkannt wurde, aber sie wollte, dass Eden sich wohlfühlte. »Lass uns ein Foto mit der Bohne machen, und dann suchen wir uns ein ruhiges Plätzchen im Park.«

Eden nickte. »Es heißt ›Wolkentor‹, weißt du?«

»Was?«

Eden zeigte auf die bohnenförmige Skulptur vor ihnen, die Anna schon auf Tausenden Fotos, aber noch nie persönlich gesehen hatte. »Dieses Ding heißt Wolkentor.«

»Du verarschst mich jetzt, oder?«

»Nein, ganz im Ernst.« Eden ging auf die Bohne zu, die von unzähligen Touristen umringt war. »Du kannst es googeln.«

Anna holte ihr Handy heraus und tat genau das. »Verdammt! Du hast recht!«

Eden hob eine Augenbraue, als wollte sie sagen: »Na für gewöhnlich schon, oder?«

»Woher wusstest du das?«

»Als ich mit Zach hier war, habe ich ein paar Interviews gegeben. Einer der Radiomoderatoren hat mich korrigiert, als ich es die Bohne genannt habe. Er war ein Klugscheißer, aber er hatte recht.«

»Hm.« Anna schaute die Skulptur mit zusammengekniffenen Augen an. »Das kapier ich nicht. Wolkentor?«

»Ich glaube, das bezieht sich darauf, dass sich die Wolken darin spiegeln.« Eden zuckte mit den Schultern.

»A-ha. Na gut, mir scheint, wir sollten nicht näher rangehen, wenn wir nicht in der Menge feststecken bleiben wollen. Selfie?«

Eden nickte. Sie hob den rechten Arm, als wollte sie ihn Anna um die Schultern legen, erstarrte dann jedoch und ließ ihn wieder fallen, und mit einem Schlag scheiterte ihr zaghafter Versuch, in die Freundschaftszone zurückzukehren. Jetzt dachten sie beide an den Kuss und beäugten einander vorsichtig. Annas Herz schlug schneller, und sie fragte sich, ob es Eden auch so ging.

Anna wollte vor Frust aufstöhnen. Sie hasste es, wenn es peinlich wurde. Es sah ihr überhaupt nicht ähnlich, mit jemandem auf diese Weise herumzueiern und das Offensichtliche nicht anzusprechen. So machtlos hatte sie sich seit Camille nicht mehr gefühlt. Bei diesem Gedanken schlang sie Eden den Arm um die Schultern und brachte damit die Mauer zum Einsturz, die Eden eben zwischen ihnen errichtet hatte.

»Nur gute Freunde, die ein Foto zusammen machen«, sagte Anna überflüssigerweise und hob die Hand mit dem Handy hoch.

Eden lächelte in die Kamera und sah so locker-flockig aus wie immer, als hätte sie mit ihrer Weigerung, Anna zu berühren, nicht eben eine verlegene Atmosphäre verursacht.

Anna schoss ein paar Fotos, steckte ihr Handy weg und schlug den Weg in Richtung Ausgang ein, zumindest hoffte sie, dass es einer war. »Der See ist auch irgendwo hier, oder? Der Michigansee?«

Eden nickte. »Ja. Es gibt ein paar schöne Wege am Ufer entlang. Hast du Lust?«

»Ja.« Das klang wunderbar.

Sie liefen durch den Park bis hinüber zum gepflasterten Uferweg. Vor ihnen breitete sich der Michigansee aus. Er war derart riesig, dass es genauso gut der Atlantik hätte sein können, es fehlte nur noch die salzige Luft. Anna starrte hinaus aufs Wasser, und ihre Haare flogen ihr ums Gesicht.

»Schön, was?«, fragte Eden.

»M-hm.« Anna warf ihr einen Blick zu. Sie gaben sich beide extrem große Mühe, den Anschein aufrechtzuerhalten, dass zwischen ihnen alles normal war. Aber das war es nicht. Nach diesem Kuss würde es vielleicht nie wieder normal sein. Wie auch? Anna wollte unbedingt wissen, was Eden dachte, was sie empfand. War alles nur Zufall gewesen oder war da mehr? Zu Annas Pech war Edens Gesichtsausdruck so kryptisch wie eh und je.

Schweigend spazierten sie los. Auf dem Uferweg war viel los, Leute spazierten und joggten hin und her. Eden wirkte angespannt und starrte fast nur noch zu Boden, um mit niemandem Blickkontakt herzustellen, sodass Anna sich fragte, ob sie die Landschaft überhaupt noch wahrnahm. Vielleicht war es ein Fehler gewesen herzukommen.

»Wollen wir's für heute gut sein lassen?«, fragte Anna.

»Ja.« Edens Erleichterung war fast greifbar. »Tut mir leid. Das sind mir einfach zu viele Menschen, und ich könnte schwören, dass uns die Gruppe dort beobachtet.«

Anna schaute in die Richtung, in die sie zeigte und entdeckte eine Gruppe junger Leute, die tatsächlich sehr aufmerksam zu sein schienen. Eine Frau hielt ihr Handy hoch, als würde sie ein Video von ihnen machen. Hatte man sie erkannt? »Du hast recht. Verschwinden wir von hier.«

Anna lenkte Eden schnell in die entgegengesetzte Richtung. Eden holte ihr Handy heraus und schrieb vermutlich Taylor eine Nachricht. Anna warf einen Blick zurück, und die Gruppe folgte ihnen. Einer trug ein T-Shirt mit Annas Gesicht. Definitiv Fans. Sie schürzte die Lippen. Warum lief sie vor ihren Fans weg? Sie *liebte* ihre Fans.

Aber sie hatte Eden versprochen, alles dafür zu tun, dass diese Ausflüge inkognito blieben. Eden hatte Angst davor, bedrängt zu werden, außerdem schien es ihr ein Bedürfnis zu sein, ihre Lage stets im Griff zu haben, und hier hatten sie das ganz sicher nicht.

»Das Auto ist unterwegs, um uns zu holen, und Taylor kommt gleich, nur für alle Fälle.« Eden klang etwas außer Atem. So schnell gingen sie gar nicht. Ihre Angst musste größer sein, als Anna gedacht hatte.

»Okay, im schlimmsten Fall müssen wir eben für ein paar Fotos posieren.« Dieser Satz fühlte sich nicht richtig an. Für Fotos zu posieren war etwas, das ihr Spaß machte. Wenn sie Eden erst mal sicher ins Auto gesetzt hatte, würde sie vielleicht zurückkommen und ihren Fans allein Hallo sagen.

Nach Camille hatte Anna sich geschworen, dass sie nie wieder für jemand anderen Zugeständnisse auf ihre eigenen Kosten machen würde. Sie würde nicht ihrem Bauchgefühl zuwiderhandeln. Und jetzt war sie hier und vermied ein schwieriges, aber notwendiges Gespräch über diesen Kuss und beeilte sich, einen Park zu verlassen, um ihren Fans aus dem Weg zu gehen. Weder das eine noch das andere fühlte sich für Anna gut an.

Sie liefen weiter. Die Gruppe Fans folgte ihnen nach wie vor, und obwohl Anna nicht zu offensichtlich sein und ständig über die Schulter schauen wollte, war sie sich ziemlich sicher, dass die Gruppe inzwischen größer geworden war. Die Frau vorneweg filmte sie ganz sicher mit ihrem Handy. Jetzt versuchte sie nicht einmal mehr, es unauffällig zu tun.

»Ich hab ein ganz schlechtes Gefühl«, murmelte Eden.

»Alles ist gut«, sagte Anna zunehmend verärgert, weil sie sich nicht einfach umdrehen und ihren Fans Hallo sagen konnte. »Taylor ist gleich hier.«

Eden erwiderte nichts. Kurz gingen sie in angespannter Stille weiter, und dann brach die Hölle los. Kreischend rannten mehrere Leute auf dem Weg vor ihnen auf sie los. Eden erstarrte, und als Anna sie ansah, hatte sie ihr Bühnenlächeln aufgesetzt, aber es wirkte angespannt. Die Gruppe hinter ihnen holte sie ein, und alle redeten auf einmal, mit Handys über den Köpfen.

»O Gott!«, schrie jemand.

»Eden! Eden, hier drüben!«

»Anna! Ich liebe dich! Kann ich …«

Anna hörte den Rest nicht, denn jemand griff ihren Arm und drehte sie zur Seite.

»Sag Hallo, Anna.« Die Frau, die sie gefilmt hatte, hielt Anna ihr Handy ins Gesicht. »Du bist live auf Instagram!«

»Hallo, alle zusammen«, sagte Anna fröhlich. Sie winkte in die Kamera und drehte sich dann auf der Suche nach Eden um, die mehrere Schritte entfernt komplett von Fans umringt dastand. Alle wedelten ihr mit Handys vor dem Gesicht herum und rangen um ihre Aufmerksamkeit.

»Kann ich ein Selfie haben?«, fragte jemand.

»Klar«, sagte Anna und beugte sich für ein schnelles Foto vor.

»Du warst mein Vorbild bei meinem Coming-out«, sagte ein Mädchen, das nicht viel älter als sechzehn aussah. »Ich kann nicht glauben, dass ich dich hier treffe. Das ist total abgefahren!«

Gerührt von den Worten des Mädchens, umarmte Anna sie. Solche Momente waren der Grund, weshalb sie immer so offen mit ihrer sexuellen Orientierung umgegangen war. Ihre Familie hatte stets hinter ihr gestanden, aber dieses Glück hatte nicht jeder. Wenn sie es also ihren queeren Fans ein klitzekleines bisschen leichter machen konnte, war ihr das eine Ehre. »Danke. Das bedeutet mir viel.«

Mehr Handys wurden ihr vors Gesicht gehalten, zusammen mit verschiedenen Fotos und anderen Dingen, die sie signieren sollte. Jemand krallte sich hinten in ihr T-Shirt, und am Pferdeschwanz wurde sie auch gezogen. Das war nicht cool. Inzwischen hatte sie Eden fast aus den Augen verloren, und mal ehrlich, wo kamen all diese Leute plötzlich her?

Anna posierte für Selfies und signierte Shirts, Fotos und Handys. Dabei versuchte sie, sich an Eden heranzuarbeiten, die aber immer weiter abdriftete. Egal, wie sehr sich Anna bemühte, Eden entschwand immer weiter.

Annas Magen verkrampfte sich unangenehm. Ihre Fans bedrängten sie jetzt von allen Seiten. Sie wurde angefasst und angerempelt, man schrie ihr ins Gesicht. Das war außer Kontrolle geraten, sogar etwas beängstigend. Mit bangem Gefühl wurde ihr klar, dass Eden von Anfang an recht gehabt hatte.

»Ihr zwei saht so süß aus, wie ihr durch den Park spaziert seid«, rief jemand. »Seht ihr euch vor einem Konzert immer zusammen die Stadt an?«

»Ähm, nicht so oft, aber in Chicago bin ich noch nie gewesen.« Anna schaffte es, nicht zusammenzuzucken, als ihr jemand auf den Fuß trampelte.

»Stimmt es, dass ihr zusammen seid?«, fragte jemand.

»Ja! Wir wollen wissen, was mit Edanna ist!«, rief ein anderer.

»Mein Privatleben heißt nicht ohne Grund privat«, antwortete Anna. »Aber im Moment bin ich solo, tut mir leid, euch zu enttäuschen.«

»Ach, komm schon …«

»Sag uns die Wahrheit, Anna!«

Die Rufe wurden lauter, und sie bekam wirklich kaum noch Luft, so viele Körper pressten sich an sie. *Wo ist Eden?* Anna konnte sie nicht sehen. Panik stieg in ihr auf. Während sie die Menge verzweifelt nach Eden absuchte, fühlte sie sich wie ein naives Arschloch, weil sie Edens Bedenken nicht ernst genommen hatte.

Edens Namen zu rufen schien ihr eine schlechte Idee zu sein. Aus irgendeinem Grund war sie der Meinung, es sei besser, wenn die Menge nicht mitbekam, dass sie Angst hatte. Sie musste einen auf cool machen, bis Taylor da war. Wieso brauchte sie eigentlich so lange?

»Anna! O mein Gott, Anna …«, kreischte ihr jemand ins Ohr, und sie wurde für ein weiteres Foto zur Seite gezerrt.

Als sie sich umsah, konnte sie nichts weiter als Arme und Handys erkennen. Mehrere Leute hatten etwas von Livestream gesagt, was der Grund dafür sein konnte, dass sich die Zahl der Fans exponentiell erhöhte.

»In Ordnung, Leute. Ich muss euch bitten, alle drei große Schritte zurückzumachen.« Taylors Stimme dröhnte über den Lärm hinweg, und Anna atmete erleichtert auf.

Der Druck der sie umgebenden Körper lockerte sich ein wenig, doch Taylor kam nicht, um sie zu retten. Sie ging in die andere Richtung, hoffentlich, um Eden zu finden und sie hier herauszuholen. Anna lächelte tapfer weiter und posierte für Fotos, während sie sich verzweifelt fragte, ob Taylor sie hier zurücklassen würde. Schließlich trug sie ja keine Verantwortung für Anna.

Vielleicht war es an der Zeit, dass Anna ihre eigene Leibwache engagieren sollte. Dann spürte sie eine feste Hand auf der Schulter. »Kommen Sie bitte mit.«

Sie drehte sich um und erkannte Edens Fahrer. Noch nie war sie so dankbar gewesen, jemanden zu sehen wie jetzt, und sie ließ sich von ihm durch den Pulk an Fans führen. Vorneweg sah sie Taylor mit Eden, und erneut war sie enorm erleichtert. Anna schwieg auf dem Weg. Eden hielt den Kopf hoch und war der Inbegriff von Nonchalance, wogegen Anna wusste, dass sie wie das komplette Gegenteil aussehen musste.

Taylor bugsierte sie durch den Park und in das bereitstehende Auto. Anna ließ sich in den Sitz fallen und atmete schwer. Sie war verschwitzt und aufgewühlt, und plötzlich wollte sie dringend duschen, nachdem so viele Hände und Körper sie berührt hatten.

Sie schaute zu Eden. »Du kannst es ruhig sagen.«

Edens Haare waren leicht zerzaust und ihr Hals mit roten Flecken bedeckt, aber insgesamt wirkte sie gefasster, als Anna es erwartet hätte. Andererseits war sie eben Eden. Sie verlor nie die Fassung. Deshalb hatte es Anna so krass verwirrt, als sie nach ihrem Kuss in Tränen ausgebrochen war. Sie sah Anna an. »Was soll ich sagen?«

»Ich hab's dir ja gesagt«, antwortete Anna. »Das hast du nämlich. *Überdeutlich*.«

Eden nickte und wandte sich ab, starrte aus dem Fenster, als das Auto losfuhr. Und es ging ihr nicht gut. Das konnte Anna jetzt erkennen. Ihre Hände, die sie fest verschränkt auf dem Schoß hielt, zitterten, und sie atmete merkwürdig, als versuchte sie, nicht zu hyperventilieren. Natürlich würde Eden nur still und leise in Panik ausbrechen, solange sie in der Öffentlichkeit war. Sie musste eben entsetzliche Angst gehabt haben, und das war Annas Schuld.

»Das tut mir unheimlich leid«, flüsterte sie.

Eden erwiderte nichts. Sie schluckte, und Anna konnte es hören. Sie holte eine Flasche Wasser aus der Konsole in der Mitte und reichte sie Eden.

»Ein paar Fans haben euch entdeckt, als ihr Selfies vor der Bohne gemacht habt«, berichtete Taylor vom Beifahrersitz aus. »Sie sind euch dann gefolgt und haben live auf Instagram gestreamt, wodurch jeder Fan im Gebiet – und aufgrund des Konzerts heute Abend sind das sehr viele – in den Park geströmt ist, um euch zu finden. Bitte entschuldige, ich hätte näher bei euch bleiben sollen.«

»Ist schon okay.« Eden klang heiser. Sie räusperte sich und trank dann einen Schluck aus der Flasche, die Anna ihr gegeben hatte. »Ich schätze, das musste früher oder später passieren.«

»Ich hatte keine Ahnung.« Anna umklammerte den Sicherheitsgurt. »So was habe ich noch nie erlebt … ich meine, das waren so viele, und sie waren unglaublich fordernd …«

Eden nickte nur und schwieg für den Rest der Fahrt.

* * *

Das war das Ende ihrer Ausflüge. Abgesehen vom Konzert, bekam Anna Eden in den nächsten paar Tagen kaum zu Gesicht. Und sie vermisste sie. Sie vermisste es, mit ihr abzuhängen, auch wenn das hieß, dass sie im Hotel blieben. Sie hatten sich die Hälfte der ersten Staffel von »How to Get Away With Murder« angeschaut, bevor alles so unentspannt geworden war, also schrieb sie Eden am Freitagmorgen eine Nachricht.

> **Anna:** Wir müssen schauen, wie's mit
> unseren Lieblingsmördern weitergeht!

> **Eden:** Ja, stimmt.

> **Anna:** Heute Nachmittag?

> **Eden:** Klar. Nach dem
> Mittagessen bei mir.

Alles war superhöflich, doch Annas Puls raste bereits. Freilich war es schön, sich mit Eden ein paar Folgen der Serie anzuschauen, aber in Wahrheit freute sie sich total darauf, einfach nur bei ihr zu sein. Es war an der Zeit, den Kuss hinter sich zu lassen.

Ganz offensichtlich wollte Eden nicht darüber reden. Anna konnte sich vorstellen, dass es für einen Kontrollfreak wie Eden ein Schock gewesen war festzustellen, dass sie sich zu einer Frau hingezogen fühlte, nachdem das bisher nur für Männer gegolten hatte – das hieß, wenn es denn auch das war, was Eden empfand, denn Anna hatte, ehrlich gesagt, keine Ahnung, was inzwischen in Edens Kopf vorging.

Aber wenn Eden ständig neue Mauern errichten wollte, würde Anna sie damit überbrücken, dass sie alles ihr Mögliche unternahm, um ihre Freundschaft zu reparieren. Das schien ihr die sicherste Option, um ihrer beider willen.

Anna beschäftigte sich in ihrem Zimmer, bestellte etwas beim Zimmerservice und genoss ein köstliches Nudelgericht, von dem sie noch nie gehört hatte: Bucatini. Wer hätte das gedacht? Das waren quasi etwas dünnere Makkaroni, deren Loch zudem noch kleiner war, angerichtet in einer leckeren Gemüsesoße.

Dann machte sie sich auf den Weg zu Edens Zimmer und überlegte kurz, ob sie nach den Vorfällen in Chicago noch allein durch die Korridore gehen sollte. Vielleicht hatte sie es sich in ihrer Anonymität zu bequem gemacht, denn seit Beginn der Tour war sie definitiv bekannter geworden. David hatte erzählt, dass sich ihre Streamingzahlen erhöht hatten – also so *richtig*.

#Edanna-Erwähnungen waren ebenfalls gestiegen. Das Video von Anna und Eden im Millennium Park war viral gegangen, genau wie die Spekulationen der Fans über ihren Beziehungsstatus. Waren sie Freunde oder mehr als das? Ihre Fans konnten nicht aufhören, darüber zu spekulieren.

Einige ihrer größten Fans klapperten nun in der Hoffnung, ihnen über den Weg zu laufen, an Konzerttagen die beliebtesten Touristenorte der jeweiligen Stadt ab. Zu ihrem Pech waren Annas und Edens Erkundungsnachmittage vorbei.

Sie schaffte es ungesehen bis zu Edens Zimmer und klopfte mit Schmetterlingen im Bauch an. Sie waren nicht mehr allein in einem Hotelzimmer gewesen seit … na ja, seit dem Tag, an dem sie sich geküsst hatten.

Die Tür ging auf, und Eden stand im lilafarbenen Hoodie und schwarzen Leggings da. Sie winkte Anna hinein. »Soll ich Popcorn bestellen?«

»Ich hatte eben ein Riesenmittagessen, ich brauche also keins, aber bestell ruhig, wenn du welches willst.«

Eden zuckte mit den Schultern. »Ich bin auch ziemlich voll. Und müde. Bin jetzt definitiv bei dem Teil der Tour angelangt, wo die Erschöpfung einsetzt.«

»Ja, kann ich verstehen.« Anna folgte ihr ins Schlafzimmer.

Eden umrundete das Bett und hockte sich auf die Kante. »Gott sei Dank kommt bald die Pause.«

Anna setzte sich und trat sich die Schuhe von den Füßen, bevor sie sich im Schneidersitz zu Eden umdrehte. Es war ein großes Doppelbett, also jede Menge Platz zwischen ihnen. Früher hatten sie sich einfach total sorglos rückwärts aufs Bett fallen lassen. Jetzt machten sie sich eindeutig viel zu viele Gedanken. »Die in die Tour einzubauen war schlau von dir.«

»Das habe ich aus Erfahrung gelernt. Nach zwei Monaten fast täglicher Konzerte bin ich immer reif für eine Woche Urlaub, eine Gelegenheit, mich auszuruhen und mal länger als einen Tag oder zwei an einem Ort zu bleiben. Ich hab's unglaublich satt, jeden Morgen aufs Neue zu packen.«

»Das hast du also vor in deiner Pause?«, fragte Anna und versuchte zu ignorieren, wie seltsam es war, dass sie beide am jeweils anderen Rand des Bettes saßen. »Einfach nur ausruhen?«

»So ziemlich. Ich fahre in mein Haus in Vermont, also gehe ich auch wandern.«

»Oh, da bin ich aber neidisch«, sagte Anna. »Das klingt super.«

»Was hast du vor?«, fragte Eden.

Anna zuckte mit den Schultern. »Nach Hause fahren, denke ich. Ich bin mir sicher, Nelle braucht dringend wieder ein paar Streicheleinheiten.«

Eden lächelte. »Wer passt auf sie auf während der Tour?«

»Zoe. Mit ihr nebenan habe ich einen eingebauten Katzensitter. Es ist so einfach für sie, vorbeizuschauen und Nelle zu versorgen.«

»Ist logisch.« Eden griff nach der Fernbedienung. »Du hattest recht mit dieser Serie. Ich kann's kaum erwarten, weiterzuschauen und herauszufinden, wer Lila ermordet hat.«

»Na, dann los.« Anna löste ihre Beine aus dem Schneidersitz und krabbelte zum Kopfende auf ihrer Bettseite, um sich dort anzulehnen.

Eden drückte auf Play und machte es sich gemütlich. Zwischen ihnen blieb weit mehr Platz als früher, aber einfach nur hier zu sein und zusammen fernzusehen, fühlte sich wie ein wichtiger Schritt zurück zur Normalität an.

Die Folge begann, und Anna lehnte sich entspannt ans Bettende. Sie hatte bereits alle Staffeln der Serie gesehen, aber die Handlung war dermaßen vollgepackt, dass ihr nun viele Dinge auffielen, die ihr beim ersten Mal entgangen waren. Auf der anderen Seite des Bettes saß Eden vorgebeugt da und verfolgte die Handlung mit hoch konzentrierter Miene.

Zu sehen, wie sie sich die Serie anschaute, lenkte Anna ab.

»O mein Gott!«, rief Eden bei einem spannenden Moment aus. »Ich kann nicht glauben, dass er …« Sie verstummte, als die Handlung eine weitere drastische Wendung nahm. »Ach, du Scheiße!«

Anna fand ihre Reaktionen herrlich. Als sie das zum ersten Mal gesehen hatte, war sie genauso schockiert gewesen. Irgendwann hörte Anna auf, Eden zu beobachten, und widmete sich ganz der Serie. Sie legte sich auf den Bauch, mit dem Gesicht näher zum Fernseher. Eden wollte sich auch so hinlegen, stieß dabei jedoch Anna an. Anna hatte kaum die Wärme ihres Körpers registriert, da sprang Eden wie von der Tarantel gestochen ans andere Ende des Bettes. Die Reaktion war dermaßen überzogen, dass Anna vor Frust aufschreien wollte.

Im Fernsehen schrie tatsächlich jemand höllisch laut, und beide erschraken. Anna schaute Eden an, die sie mit aufgerissenen Augen verunsichert anstarrte.

»Nicht drüber zu reden funktioniert nicht«, sprudelte es aus Anna heraus. »Zumindest nicht, wenn du dich weiter so verhältst. Also echt, Eden. Das ist absurd.«

»Ich …« Eden schaute gehetzt zum Fernseher und dann zurück zu Anna.

»Vielleicht gehe ich besser einfach.« Anna rutschte vom Bett und stand auf. Ein Wust aus widerstreitenden Gefühlen wallte in ihr auf. Sie wollte, dass zwischen ihnen alles wieder normal wurde, aber das klappte einfach nicht. Der Kuss war nun über eine Woche her, und sie konnten immer noch nicht ganz unbefangen miteinander umgehen.

»Geh nicht.« Eden krabbelte übers Bett und griff nach Annas Hand. Sie zog sacht daran, doch gleichzeitig wollte Anna ihre Hand befreien, wodurch beide das Gleichgewicht verloren und aufeinander stürzten, fest aneinandergepresst, Brust an Brust. Eden atmete aus, aber es klang eher wie ein Wimmern.

Anna stockte der Atem. Erregung überflutete ihre Sinne und überrumpelte ihr Gehirn. Anstatt also zur Tür zu rennen, beugte sie sich vor, um den Rosenduft auf Edens Haut einzuatmen, nah genug, um die Wärme von Edens Atem an ihrer Wange zu spüren, und dann …

Edens Lippen trafen auf ihre und küssten sie verzweifelt, ein Kuss, bei dem Anna nicht anders konnte, als sich in Edens Hoodie festzukrallen und sie näher an sich zu ziehen. Eden hielt die Augen fest zugekniffen, als könnte sie nicht mit ansehen, was sie da tat, und das … das war nicht richtig.

Anna riss sich rückwärts aus Edens Armen. Vor Wut stiegen ihr heiße Tränen in die Augen. »Ich kann das nicht. Wir können so nicht weitermachen!«

Eden blinzelte sie mit geröteten Wangen und schwer atmend an.

Anna ging noch einen Schritt zurück. »Das ist unfair, Eden. Erst sagst du, du bist hetero und dann … dann küsst du mich … *zweimal.* Ich glaube, inzwischen ist es ziemlich offensichtlich, dass ich mich zu dir hingezogen fühle, aber du kannst mich nicht einfach so hin- und herzerren.«

Edens Augen wurden groß und glänzten vor Tränen. »Ich bin nicht … das ist nicht …« Sie schluckte schwer. »Das wollte ich nicht, Anna.« Ihre Stimme war nur noch ein Flüstern. Tränen liefen ihr über die Wangen, und als sie sich mit der Hand durch die Haare strich, zitterte sie. »Ich hatte nie die Absicht … auch nur eins von dem zu tun, was du eben gesagt hast.«

Anna atmete frustriert aus. »Okay. Es ist Zeit. Das ist längst überfällig. Wir müssen reden.«

KAPITEL 18

Eden saß mit an die Brust gezogenen Knien, die Arme fest darum geschlungen, mitten auf dem Bett. Sie konnte Anna unmöglich in die Augen sehen, also schaute sie stattdessen an sich hinunter. Sie trug den lilafarbenen Hoodie. Annas Hoodie. War ja klar.

Anna hatte den Fernseher ausgeschaltet, und jetzt war es so still im Zimmer, dass es Eden in den Ohren rauschte.

»Sag mir, was los ist.« Anna klang so sanft, in ihrer Stimme schwang nichts von der Verletzung oder der Wut mit, die sie nach ihrem Kuss vor ein paar Minuten ausgedrückt hatte.

Eden fühlte sich wie in einem Scherzhaus, wo die Möbel an der Decke angebracht waren und einem das Gefühl vermittelten, man selbst stünde kopf. Sie hatte jegliches Gleichgewicht verloren. Ihr war, als könnte sie jederzeit umkippen, als wüsste sie nicht mehr, wo oben und unten war.

Anna bestand zu Recht darauf, dass sie redeten, und doch … Eden hatte sich noch nie so verletzlich gefühlt. Die Worte zu sagen machte ihr höllisch Angst. Waren sie erst einmal laut ausgesprochen, gab es kein Zurück mehr, und sie war sich noch immer nicht sicher, ob sie ihren Gefühlen trauen konnte.

»Ich weiß nicht, wo ich anfangen soll«, flüsterte sie.

»Mit dem, was sich am leichtesten anfühlt«, antwortete Anna. »Sag einfach was – egal was –, und dann sehen wir weiter.«

»Ich hab dich nicht angelogen … als ich gesagt habe, dass ich hetero bin, oder war, oder … ich dachte, ich wäre es.« Sie hatte kaum angefangen und klang schon total wirr.

»Okay.« Dieses Geständnis schien Anna nicht sonderlich zu beeindrucken.

Dagegen fing Eden an zu hyperventilieren. Alles drehte sich im Kopf, und sie bekam nicht richtig Luft. »Ich weiß nicht …«

»Ist schon okay.« Anna rutschte näher zu ihr, sodass ihre Schulter an Edens stieß. »Du brauchst dir kein Etikett umzuhängen, bevor du dazu bereit bist … oder überhaupt, wenn du das nicht willst. Wie man sich selbst einschätzt, ist absolute Privatsache, und es gibt keine Verpflichtung, das mit jemandem zu teilen.«

»Mir ist, als … als wüsste ich nicht mehr, wer ich bin«, flüsterte Eden. Darüber zu reden verlieh dem Ganzen mehr Realität, als würde es Eden aus ihrer Selbstverleugnung herausreißen. Trotz des dicken Hoodies fühlte sie sich nackt. Entblößt.

»Weißt du, es ist gar nicht so ungewöhnlich, dass Leute erst später ihr Coming-out haben. Es gibt echt viele, die mit dreißig oder vierzig – oder sogar noch älter – feststellen, dass sie bi oder schwul oder trans oder nicht-binär oder sonst was sind. Gender und Sexualität können veränderlich sein, und je älter man ist, desto besser versteht man sich doch sowieso. Also wenn du jetzt so etwas in der Art durchmachst, solltest du wissen, dass das buchstäblich andauernd passiert.«

»Wirklich?« Eden blinzelte Anna über die Knie hinweg an. Sie hatte angenommen, man wisse es einfach, ob man auf seine Geschlechtsgenossen stand, dass sie das schon als Teenager hätte wissen müssen. War das nicht bei den meisten so?

»Absolut«, bestätigte Anna. »Und wenn man es so nimmt, bist du extrem behütet aufgewachsen. Du bist als Teenager zum

Superstar aufgestiegen. Du hast mir erzählt, dass du zwar einen Plattenvertrag, aber noch nie jemanden geküsst hattest, und dass andere über jeden Aspekt deines Lebens bestimmt haben. Also hattest du wahrscheinlich gar keine Gelegenheit, dich auszuprobieren. Dass du dachtest, du wärst hetero und jetzt merkst, dass du es nicht bist ... na ja, das ist wirklich nicht so überraschend, wenn man mal darüber nachdenkt.«

»Wow.« Eden sah wieder ihre Knie an und blinzelte schnell. Alles, was Anna eben gesagt hatte, hörte sich so wahr an ... erschreckend wahr.

Anna legte ihr den Arm um die Schultern und drückte sie. »Hier gibt's kein Richtig oder Falsch, nur das, was sich für dich richtig anfühlt. Und das kann sich mit der Zeit ändern. Das ist auch okay.«

Eden tat die Lunge weh. Sie atmete zu schnell, und ihr Brustkorb war unglaublich angespannt. Warum war das so schwer? Anna war so freundlich und geduldig, und trotzdem wollte Eden aus der Haut fahren.

Ich glaube, inzwischen ist es ziemlich offensichtlich, dass ich mich zu dir hingezogen fühle.

Annas Worte kamen ihr wieder in den Sinn, und bei der Erinnerung rückte etwas in Eden an seinen Platz. Anna fühlte sich zu ihr hingezogen. Eden fühlte sich zu Anna hingezogen. Vielleicht ... vielleicht war das tatsächlich nur so einfach.

»Ich glaube, ich bin nicht hetero«, flüsterte sie, und ganz plötzlich fiel der Druck in ihrer Brust weg. Sie atmete tief ein und sah Anna in die Augen. »Genau genommen, weiß ich, dass ich's nicht bin.«

»Herzlichen Glückwunsch.« Anna lächelte sie strahlend an, aber diese Worte hätte sie überhaupt nicht von ihr erwartet. »Ich freue mich total für dich, dass du das über dich selbst erfahren hast, und ich fühle mich geehrt, dass du dich bei mir sicher genug gefühlt hast, um es mir zu sagen.«

»Na ja, dich zu küssen war wahrscheinlich ein Hinweis.«
Edens Wangen brannten heiß.

Anna lachte und drückte erneut Edens Schultern. »Nicht unbedingt. Es gibt viele Heterofrauen, die mal eine Frau küssen wollen, um zu sehen, wie das ist, oder wegen einer Wette und so. Aber wenn ich ehrlich bin, küsst du nicht wie eine Frau, die hetero ist.«

»O Gott!« Eden kniff die Augen zu, hin- und hergerissen zwischen Peinlichkeit und Neugier. Am Ende gewann die Neugier. »Und was heißt das?«

»Das heißt, du hast mich geküsst, als hättest du es genossen, als hättest du versucht, es nicht zu tun, dich aber nicht zurückhalten können.«

»Oh«, brachte sie noch heraus. Das war absolut zutreffend, aber sie fühlte sich seltsam bloßgestellt vor Anna, weil sie sie so leicht hatte durchschauen können.

»Hey.« Anna stieß sie mit der Schulter an. »Sieh mich an.«
Eden öffnete die Augen und erwiderte Annas ruhigen Blick.

»Ich hab dir schon nach dem ersten Kuss gesagt, dass ich für dich da bin, und das war auch so gemeint. Ich würde dir echt gern dabei helfen, das zu erkunden, aber wenn du jetzt erst mal genug vom Reden hast, dann ist das auch okay.«

»Danke«, sagte Eden. »Und es tut mir ehrlich leid … dass ich dich geküsst und in eine unangenehme Lage gebracht habe. Das war wirklich keine Absicht.«

»Hey, ist schon okay. Keiner der Küsse war einseitig. Ich habe auch meinen Teil dazu beigetragen. Es war mir nur wichtig, mit dir darüber zu reden, bevor etwas anderes passiert.« Anna hielt inne. »Ich habe selbst Bedenken, mich mit dir einzulassen, weil … tja, Camille hat mich echt fertiggemacht, aber darüber sprechen wir vielleicht ein anderes Mal.«

Eden nickte. Sie fühlte sich überfordert und war einfach nur erledigt. Dieses Gespräch hatte nach ein paar aufreibenden

Monaten stattgefunden. »Meinst du, wir können einfach noch ein Weilchen zusammen fernsehen, aber diesmal ohne uns am jeweils anderen Bettrand zu verstecken?«

»Klar«, antwortete Anna sanft lächelnd. »Das wäre schön.«

Sie starteten die Folge von vorn, da sie beide abgelenkt gewesen waren und dadurch ziemlich viel davon verpasst hatten. Diesmal kuschelten sie sich mitten auf dem Bett aneinander, und Eden spürte, wie sich ihre Welt wieder einrenkte. In Annas Armen kehrte ihr Gleichgewicht zurück. Ihr Herz schlug noch ein wenig schneller, als es sollte, aber sie glaubte nicht, dass das etwas mit Angst oder Stress zu tun hatte. Es war ihre Reaktion auf Anna – die sie sich nun endlich entspannt zugestehen konnte.

Sie legte ihren Kopf an Annas Brust. Das fühlte sich unheimlich gemütlich an. Und obwohl Eden das Gefühl hatte, dass sie quasi durch das Gespräch gestolpert war und kaum etwas von dem gesagt hatte, was sie eigentlich hatte sagen wollen, fühlte sie sich Anna näher als je zuvor.

Als der Abspann kam, griff Anna zur Fernbedienung und schaltete aus, bevor die nächste Folge startete. Dafür hatten sie nicht genug Zeit, bevor sie zum Konzert losfahren mussten. Eden war im Augenblick dermaßen entspannt, so müde, dass sie keine Ahnung hatte, woher sie die Energie für ihren Auftritt nehmen sollte.

Anna wandte sich ihr zu und strich ihr mit der Hand durchs Haar. »Okay?«

Eden nickte, und eine zittrige Erregung blitzte in ihr auf. Sie rutschte näher zu Anna und legte ihr die Hand auf die Hüfte. Es war ungewohnt, eine Frau auf diese Weise zu berühren, auch wenn es sich gleichzeitig wie das Natürlichste auf der Welt anfühlte. Sie lächelten sich an, und Eden spürte, wie die letzten Reste ihrer Anspannung von ihr abfielen.

»Darf ich dich küssen?«, flüsterte sie. »Diesmal mit Absicht?«

»Ja«, raunte Anna, und ihr Blick fiel auf Edens Lippen.

Eden beugte sich vor und strich mit ihren Lippen über Annas. Verglichen mit seinen Vorgängern war dieser Kuss komplett anders. Die Küsse waren unbeholfen gewesen, ungeplant und fieberhaft. Dieser hier war so … zart. Er war warm und sinnlich, und ein Genuss bis in die Zehenspitzen. Sie hatte immer geglaubt, dass das auch nur ein Mythos sei, noch etwas, was man nur so dahinsagte, ohne es zu meinen.

Anna strich mit ihrer Hand über die nackte Haut an Edens unterem Rücken. Ihr Hoodie musste nach oben gerutscht sein, und Annas Finger an ihrer Haut fühlten sich himmlisch an. Und sie entfachten ein Feuer in ihr. Eden seufzte und drängte sich enger an Anna. Ihr Herz raste, und eine herrliche Sehnsucht erwachte in ihrer Mitte. Derart intensiv, dass sie in Annas Armen erbebte.

»Hm«, raunte Anna, während sie mit ihren Fingern Muster auf Edens unterem Rücken nachzog. »So ist es doch viel besser.«

»Anna …« Eden vernahm das Stocken in ihrer Stimme, beinahe erkannte sie sich nicht wieder. Sie klang atemlos und sehnsüchtig, überhaupt nicht wie sie selbst.

»M-hm?« Annas Finger fuhren am Bund ihrer Leggings entlang, und Eden verlor fast den Verstand. Sie sehnte sich danach, diese Finger an anderen Stellen zu spüren, obwohl sie wusste, dass sie dafür nicht bereit war. Aber lieber Himmel, ihr Körper *flehte* danach, berührt zu werden.

»Ich hatte keine Ahnung«, flüsterte sie. »Ich wusste nicht, dass es so sein kann.«

Anna löste sich von ihr und lächelte sie schelmisch an. »Jetzt weißt du's.«

* * *

Anna schwebte auf Wolke sieben, als sie Edens Suite verließ. Doch als sie spätabends ins Bett ging, hatten sich Zweifel eingeschlichen. Eden war in der Arena die ganze Zeit über strikt professionell gewesen, ihre Maske so undurchdringlich wie immer. Hatte sie ihre Meinung zu den Dingen, die sie mit Anna geteilt hatte, geändert? Oder war sie einfach so reserviert wie sonst auch, solange sie von anderen Menschen umgeben waren?

Anna wollte eben das Licht ausschalten, als ihr Handy »ding« machte, weil eine Nachricht eintraf.

Eden: Danke für heute Nachmittag 💜

Anna: War mir ein Vergnügen xx

Anna drückte ihr Handy ans Herz. Diese vier Worte – und das Herzemoji – zerstreuten all ihre Zweifel. Sie war unheimlich glücklich, dass Eden ihr geschrieben hatte, dass ihr mit den aktuellen Veränderungen in ihrer Beziehung nicht unwohl war. Sie hatte sich heute Anna gegenüber geoutet, und das war eine extrem große Sache. Es war ein enormer Schritt für Eden.

Diese bekanntermaßen zurückhaltende Person hatte Anna in einem für sie sehr verletzlichen Moment vertraut, und Anna konnte gar nicht ausdrücken, wie viel ihr das bedeutete. Zwar hatte Eden es nicht ausdrücklich gesagt, aber Anna nahm an, dass sie die Erste gewesen war, der Eden es erzählt hatte, und das war eine ungeheure Ehre.

Anna schlief mit einem Lächeln im Gesicht ein.

Der nächste Tag war ein Reisetag, das hieß, sie flogen mit einem gemieteten Privatjet, was Anna schon in Filmen gesehen, aber bis zum Start der Tour noch nie selbst gemacht hatte. Dieses Flugzeug hatte auf jeder Seite einzelne Sitze, die einander gegenüberstanden. Eden setzte sich auf einer Seite Paris gegenüber hin und Anna mit Kyrie auf der anderen Seite. Auf dem Flug nach Toronto las Eden in ihrem Kindle, während Anna gedankenverloren aus dem Fenster schaute.

»Ich habe uns einen Flug am Samstag gebucht«, erzählte Kyrie. »Leider gab's tagsüber keinen Nonstop-Flug, und da ich weiß, wie sehr du Nachtflüge hasst, habe ich uns am Vormittag einen Flug mit Umstieg in Dallas gebucht.«

»Ich steige tausendmal lieber um, als nachts zu fliegen«, sagte Anna. »Danke.«

»Gern«, antwortete Kyrie. »Keine Ahnung, wie's dir geht, aber ich freue mich schon darauf, ein paar Nächte in meinem eigenen Bett zu schlafen.«

»Ja, ich auch.« Anna konnte eine Woche zu Hause vertragen, um wieder zu Atem zu kommen. Andererseits hatte sie aber auch so viel Spaß auf der Tour, dass sie nicht wollte, dass es aufhörte. Und sie war ein wenig besorgt, wie es mit Eden und ihr nach der Pause weitergehen würde. Konnte eine Woche allein in Vermont bewirken, dass Eden zu viel über alles nachdachte und sich von Anna entfernen würde, gerade als sie anfingen, die Möglichkeit zu erkunden, mehr als nur Freunde zu sein?

Ausgerechnet jetzt eine Woche getrennt durch einen ganzen Kontinent zu verbringen schien ihr der schlimmste Zeitpunkt überhaupt zu sein. Okay, vielleicht nicht ganz so schlimm wie eine Pause direkt nach dem ersten Kuss. Zumindest hatten sie angefangen, miteinander zu reden, und trotzdem … Anna machte sich Sorgen.

Sie landeten in Toronto und absolvierten eine VIP-Version von Zollabfertigung, von der Anna zuvor noch nie etwas gehört hatte. Kaum hatten sie im Hotel eingecheckt, wurden Eden und Anna für ein Interview zu einem lokalen TV-Sender gebracht. An diesem Abend gab es kein Konzert, da die Bühnenausstattung noch auf dem Weg von Detroit hierher war.

Beim Sender wurden sie in getrennte Garderoben gesteckt, und Anna lief ungeduldig in ihrer auf und ab, während sie auf Frisur und Make-up wartete. Gestern war ein ziemlich lebensverändernder Tag für Eden gewesen, sich erst vor Anna zu outen und dann, Annas Vermutung nach, zum ersten Mal wirklich mit einer Frau herumzumachen. Wie ging es ihr heute damit?

Seit dem Kuss hatten sie sich quasi ununterbrochen gesehen, aber keinen Moment für sich allein gehabt, was hieß, alle ihre Interaktionen waren … höflich gewesen. Von der Nachricht am Abend zuvor abgesehen, hatte Anna keine Ahnung, was Eden so dachte.

Bevor sie es sich anders überlegen konnte, schlüpfte Anna aus ihrer Garderobe. Im Sender brummte es nur so vor Geschäftigkeit, Leute mit Tablets in der Hand und Headsets auf dem Kopf huschten vorbei, und Nervosität machte sich in ihrem Bauch breit. Liveinterviews fand sie beängstigend. Sich in Edens Garderobe zu schleichen auch.

Sie lief den Korridor entlang, bis sie die Tür mit Edens Namen darauf fand. Ganz außer Atem klopfte sie an. Die Tür ging auf, und Eden lächelte sie auf eine Art an, die Annas Nervosität sofort überdeckte. Eden wirkte entspannt, wenn nicht gar zufrieden. Nicht wie eine Frau mit Reuegefühlen.

»Hi«, sagte Anna. »Ähm, ich wollte mir nur ein paar Minuten mit dir stehlen, bevor es hektisch wird.«

»Super Idee.« Eden schloss die Tür hinter Anna und trat nah an sie heran. »Darf ich?«, fragte sie und ließ den Blick auf Annas Lippen fallen.

»Ja«, brachte Anna noch heraus, so sehr hüpfte ihr Herz vor Freude. Daraus wurde wirklich was. Aus *ihnen* wurde wirklich was.

Edens Lippen strichen über Annas, und Anna spürte, wie sie lächelte, noch bevor sie sich von ihr gelöst hatte. »Anscheinend kann ich damit nicht aufhören.«

»Ich auch nicht.« Anna griff nach Eden und riss sie für noch einen Kuss an sich.

Eden keuchte, bog den Rücken durch, sodass sich ihre Brüste fester an Annas pressten. Sie trug wieder diesen Hoodie.

Trug sie ihn jeden Tag? Sosehr Anna es auch liebte, ihn an ihr zu sehen, so konnte sie auch nicht anders, als sich zu wünschen, sie hätte weniger an.

Anna senkte den Kopf und drückte ihre Lippen an Edens Hals, wo sie ihren Puls heftig und schnell unter ihrer nackten Haut schlagen spürte. »Du duftest immer nach Rosen«, raunte Anna an Edens Hals. »Das macht mich wahnsinnig.«

»Ist meine Lotion.« Eden klang heiser. Annas Lippen ertasteten Gänsehaut, und es war ausgeschlossen, dass Eden in diesem Hoodie fror. »Anna …«

»Ja?« Anna wirbelte mit der Zunge über eine Stelle unter Edens Ohr, an der Anna selbst mit am liebsten geküsst wurde, und Edens Keuchen hieß dann wohl, dass es ihr genauso sehr gefiel.

»Ich kann mich … nicht mal dran erinnern, was ich sagen wollte.« Eden umfasste Annas Hüften und zog sie fester an sich.

Anna war dermaßen angeturnt, dass sie nicht mehr klar denken konnte, und … es war Zeit, wieder runterzuschalten, bevor sie sich noch hinreißen ließen. Sie hob den Kopf und grinste Eden an. »Hi.«

Eden blinzelte bedächtig, so wie immer, wenn Anna sie überraschte. Ihre Pupillen verdrängten beinahe das Blau ihrer Augen, und ihre Wangen waren zart gerötet. »Du erwartest, dass ich noch zusammenhängend reden kann, nachdem du mich so geküsst hast?«

»Du bist süß.« Anna tippte mit dem Finger auf Edens Wange, und schlenderte dann amüsiert durch Edens Garderobe, denn sie war viel größer und schicker als die, die man Anna zugewiesen hatte. »Aber uns bleiben nur ein paar Minuten, bis jemand kommt und was von uns will.«

»Vielleicht kannst du ja später in mein Zimmer kommen, und dann küssen wir noch ein bisschen mehr?« Eden stand mit einem leicht unsicheren Gesichtsausdruck mitten in der Garderobe.

»Ich würde nachher super gern mit dir fernsehen und ein bisschen herummachen.« Anna ging zu ihr und drückte Eden einen Kuss auf die Lippen. »Aber ich will auch nicht zu schnell vorgehen, während du dir noch über ein paar Dinge klar werden willst.«

»Danke«, flüsterte Eden. »Ich arbeite dran.«

»Ach ja?« Anna ging zur Couch.

Eden nickte. »Ich schätze, ich bin noch am … Sortieren.«

»Und wie ich dir schon gesagt habe, bin ich für dich da, wenn du irgendetwas durchsprechen möchtest.« Anna hielt inne und zog dann Eden in eine Umarmung. »Außerdem wollte ich dir noch mal gratulieren, dass du dich vor dir selbst und mir geoutet hast. Das ist so ein enormer Schritt, und ich hoffe, es hilft dir, dein wahres Ich anzunehmen.«

»So habe ich das nie gesehen«, murmelte Eden. »Also, mich vor mir selbst zu outen, aber dieser Teil war wirklich schwer.«

»Das ist eine große Sache, und ich bin extrem stolz auf dich.«

Draußen im Korridor ertönten Schritte, und Eden löste sich von Anna, warf besorgte Blicke zur Tür. Beide atmeten erleichtert auf, als die Person weiterging, aber jetzt hatte sich eine schwelende Anspannung in Eden festgesetzt: die Angst, erwischt zu werden.

Hätten sie sich doch nur etwas Zeit nehmen können, weit weg von der fieberhaften Hektik der Tour. Zeit, um zu erkunden, was mit ihnen geschah – Zeit, die sie leider nicht hatten.

Anna wollte das Thema wechseln, etwas, um die Stimmung aufzulockern. »Ich muss dir eine wichtige Frage stellen, bevor wir uns die nächste Folge von ›How to Get Away With Murder‹ ansehen.«

Eden schaute sie fragend an.

»Findest du jemanden in der Serie heiß? Also, schwärmst du für die Ladys in deiner Lieblingsserie so wie ich?«

Edens Wangen wurden augenblicklich rot, was an sich schon eine Antwort war. Sie senkte den Kopf. »Ich, ähm, ich mag die Frauenfiguren immer lieber. Ich wusste nur nicht, wieso.«

Anna lächelte breit. »Und wen? Annalise? Laurel? Eve? Warte nur, bis du Tegan kennenlernst …«

»Annalise auf jeden Fall«, antwortete Eden. »Ich meine, es ist unmöglich, den Blick von Viola Davis abzuwenden, wenn sie auf dem Bildschirm auftaucht.«

»Stimmt«, sagte Anna.

»Aber dann auch … Bonnie.« Eden wirkte etwas verlegen, aber auch begeistert darüber, ihre TV-Schwärmereien mit Anna auszutauschen.

»Oh, Bonnie!«, echote Anna. »Interessante Wahl. Wenn du mich fragst, wird sie in späteren Staffeln sogar noch heißer … und auch komplizierter.«

»Dann sollte ich wohl besser weitergucken.« Eden wandte sich Anna zu und betrachtete aufmerksam ihr Gesicht. »Bald kommt die Pause.«

»Ja.« Anna schluckte bei der Erinnerung daran, dass sie bald eine ganze Woche getrennt voneinander verbringen würden. »Ich werde das wirklich vermissen … dich … uns.«

»Komm mit mir nach Vermont«, schlug Eden schnell vor.

»Was?«

»Komm mit zu mir während der Pause.« Edens Hand umschloss Annas und drückte sie fest. »In meinem Haus sind zwei Gästezimmer, außer … na ja, das können wir uns überlegen, wenn wir dort sind, oder? Aber dort hätten wir abseits vom Chaos der Tour Zeit, uns zu entspannen und über alles klar zu werden.«

Anna konnte nicht mehr aufhören zu lächeln, denn das war die Antwort auf alles, und sie hatte nicht einmal gewusst, wie sie darum hätte bitten sollen. »Ja, Gott, ja!«

KAPITEL 19

»Ich find's immer noch seltsam, dich hinterm Lenkrad zu sehen.«

Eden grinste. »Du wirst sehen, dass ich eine Menge ungewohnter Dinge tue, solange wir in Vermont sind.«

Anna gab einen erstickten Laut vom Beifahrersitz ihres Mietwagens von sich, und Eden wurde zu spät klar, wie sich das angehört hatte. Hitze breitete sich auf ihrem Brustkorb und ihren Wangen aus. Sie verpasste Anna einen Klaps. »Hör auf, an versautes Zeug zu denken! Ich meinte Wandern und Kochen und Sachen, die normale Menschen sonst machen.«

»Darauf freue ich mich auch«, erwiderte Anna verschmitzt lächelnd. »Wollen wir noch irgendwo anhalten und was zu essen kaufen, bevor wir zum Haus fahren?«

Eden warf ihr einen entnervten Blick zu. »Schon vergessen, wer ich bin? Paris hat vorgesorgt, dass alles Nötige vorrätig ist, aber wir können noch eine Liste machen mit allem, was wir sonst noch brauchen, und lassen uns das liefern.«

»Lebensmittel werden geliefert«, sagte Anna lachend. »Verstanden.«

»Gut.«

Anna schwieg kurz und fragte dann: »Also gehst du nicht mal hier unter Leute?«

»Das überrascht dich doch nicht wirklich, oder? Nach dem, was in Chicago passiert ist?«

»Na ja … nein, aber wir sind hier weit weg von Chicago.« Anna zeigte auf die Felder, an denen sie vorbeifuhren.

Damit hatte sie nicht ganz unrecht. Dieser Teil Vermonts war Welten getrennt vom Trubel einer Großstadt. Genau deshalb hatte Eden hier ein Haus gekauft. Sie liebte die altmodischen Farmhäuser, die Straßenstände mit Erntegut und die endlosen waldbedeckten Hügel.

Hier konnte Eden selbst Autofahren. Sie konnte morgens mit einem Kaffee auf ihrer Veranda sitzen und dem Vogelgezwitscher lauschen. Sie musste sich an niemandes Zeitplan oder Erwartungen halten. Niemand wollte Fotos von ihr schießen. Sie konnte einfach nur … sein.

Eine fröhliche Pop-Playliste spielte. Anna hatte bei der Zusammenstellung darauf geachtet, keinen von Edens oder Annas Songs hinzuzufügen. In Vermont wollte Eden nicht ihre eigene Stimme hören. Sie wollte bei anderen mitsingen.

Eine Stunde später sangen sie lauthals bei einem Song von Sasha Sol mit, als Eden auf ihre Zufahrt bog. Sie hielt vor dem Tor, um den Sicherheitscode einzugeben. Dahinter machte die Straße einen Bogen und verschwand zwischen den Bäumen. Edens Haus lag komplett vor der Straße verborgen, genau wie sie es wollte.

»Gib mir einen Tipp«, sagte Anna. »Lebst du hier draußen in einer Villa?«

»Du wirst schon sehen«, antwortete Eden. Anna sollte noch etwas länger gespannt warten. Insgeheim hoffte sie natürlich, dass Anna ihr Ferienhaus gefallen würde. Sie hatte es nach ihren Wünschen bauen lassen und liebte jeden Quadratzentimeter davon. Dieses Haus war ihr das Allerheiligste.

Sie fuhren durchs Tor, das sich hinter ihnen wieder schloss. Jetzt konnte sie sich ehrlich entspannen. Innerhalb dieses Zauns befanden sich nur zwei Menschen: Anna und sie. In Eden prickelte die Vorfreude darauf, die Woche hier allein mit ihr zu verbringen. Selbst wenn sie in getrennten Zimmern schlafen sollten, war Eden doch froh, dass sie hier war.

Kies knirschte unter den Rädern, als sie die Auffahrt entlangfuhren und ihr Haus sichtbar wurde. Es war zweigeschossig und im Blockhausstil gebaut, mit jeder Menge moderner Ausstattung und Akzenten.

»Oh«, hauchte Anna staunend. »Das hab ich nicht erwartet.«

»Hundertfünfundachtzig Quadratmeter«, sagte Eden. »Keine Villa.«

»Eine Hütte.« Anna klatschte in die Hände. »Eine echte Blockhütte. Das ist ja genial!«

»Das freut mich.« Eden parkte das Auto in einem Carport neben dem Haus. Sie hatte keine Garage und brauchte auch keine. Im Winter kam sie nur selten her, und wenn doch, dann bestellte sie sich einen Fahrdienst, der sie zu ihrem Haus brachte, wo sie dann die ganze Zeit bei einem knisternden Feuer die Aussicht genoss.

»Komm«, sagte Eden, als sie das Auto abschloss. »Ich zeige dir alles.«

»Ja, bitte.«

Sie schnappten sich ihr Gepäck und schleppten es zum seitlichen Hauseingang. Eden schloss auf, und sie betraten den Vorraum, in dem sie Stiefel, Jacken und all das Zubehör verwahrte, das sie übers Jahr hinweg zum Wandern auf ihrem Grundstück brauchte.

»Das ist wundervoll!«, schwärmte Anna, als sie ihren Koffer ins Wohnzimmer rollte. Die Wände waren mit Holzpaneelen verkleidet, frei liegende Holzbalken waren über ihren Köpfen. Ein Holzofen zierte als zentrales Element die hintere Wand, und ihm gegenüber stand eine Couch. Die Wände hatte Eden mit Gemälden von Künstlern aus der Gegend geschmückt. Landschaftsbilder hatte sie schon immer geliebt und fand es großartig, etwas von der Umgebung in ihr Zuhause zu holen.

Die untere Etage war offen konzipiert, Wohnzimmer, Essbereich und Küche teilten sich also den Raum. »Oben sind drei Schlafzimmer«, erklärte Eden. »Und das war's. Der eigentliche Star des Hauses ist die Aussicht.«

»Ach so?« Anna sah sie glücklich lächelnd an.

»M-hm. Wir gehen nachher auf den Balkon raus. Stell zuerst deinen Koffer in einem der Gästezimmer ab … zumindest vorerst.«

»Mir gefällt ›zumindest vorerst‹.« Anna beugte sich vor und gab Eden einen kleinen Kuss.

Eden wurde es augenblicklich heiß, und sie griff nach Annas Hüften, zog sie an sich. Nie zuvor hatte sie diesen unbeherrschbaren Drang verspürt, jemand zu küssen, dieses Bedürfnis, ihn zu berühren und jede Sekunde des Tages bei ihm zu sein. Und deshalb hatte sie Anna nach Vermont mitgenommen … um ihr all das zu sagen, und hoffentlich für mehr. Hoffentlich für wesentlich mehr.

Sie war begeistert, hatte Angst und konnte es vor Vorfreude kaum erwarten. Ein verwirrender Cocktail an Gefühlen, der sie tierisch nervös machte. Hoffentlich war das bis zum Ende der Woche abgeklungen, denn viel länger würde sie diese emotionale Achterbahnfahrt nicht aushalten können.

Widerstrebend löste sich Eden aus dem Kuss. Jetzt schon spürte sie das ziehende Begehren in sich brennen. Jetzt verstand sie, warum andere von der Person, mit der sie zusammen waren, derart besessen waren. Sie begriff es nun. O Mann, und wie sehr! Sie zog kurz an Annas Hand. »Komm, ich zeige dir die Zimmer oben.«

***

243

Anna saß mit angewinkelten Beinen und einem Glas Wein in der Hand auf der Couch in Edens Wohnzimmer. Sie trank nur selten Wein, aber jetzt schien es ihr zur Atmosphäre dieser romantischen Blockhütte in Vermont zu passen. Zuvor hatten sie eine große Lieferung mit Lebensmitteln bestellt, und Anna war begeistert über die Chance, diese Woche für Eden kochen zu können.

Aber zuerst mussten sie sich ausruhen ... und sich unterhalten. Sie waren frühmorgens in Toronto losgeflogen, und nach zwei Monaten auf Tour waren sie beide erschöpft. Anna trank noch einen Schluck Wein. Eden saß neben ihr, den Kopf mit geschlossenen Augen zurückgelehnt und einen friedlichen Ausdruck im Gesicht.

Anna konnte der Gelegenheit nicht widerstehen, beugte sich vor und gab ihr einen Kuss auf die Wange. »Ich finde es toll, hier bei dir zu sein.«

Edens Wange hob sich unter Annas Lippen, als sie lächelte. Dann streckte sie die Hände aus und zog Anna zu sich. Anna kuschelte sich an sie und legte den Kopf auf Edens Schulter. Sie überlegte, ob sie das Weinglas abstellen und ein Nickerchen mit Eden als Kopfkissen machen sollte. Da bemerkte sie, dass Eden sie musterte und ziemlich ernst aussah.

»Ist das okay?«, fragte Anna.

Eden nickte. »Es ist nur ... ich kann kaum glauben, dass du hier bist, oder vielmehr ... *warum* du hier bist.«

»Das ›warum‹ ist gar nicht so wichtig«, erwiderte Anna und drehte sich zu Eden, damit sie ihr in die Augen sehen konnte. »Das hat keine Eile, versprochen.«

»Es ist *mir* wichtig.« Eden schloss die Augen, atmete lange aus, und starrte ihr dann direkt in die Augen. »Ich muss es aussprechen. Du musst wissen, was in meinem Kopf vorgeht, weil es nämlich in den letzten paar Wochen ziemlich chaotisch da drin zuging.« Eden tippte sich auf die Stirn.

»Okay.« Anna stellte ihr Weinglas ab und nahm Edens Hand.

»Weißt du noch, als wir uns in L.A. geschrieben haben und ich dir verraten habe, dass ich Romantik in Büchern und Filmen nicht mag, weil sie so unrealistisch ist?«

»Ja.« Sie hatte nicht mal annähernd erwartet, dass Eden dieses Gespräch damit beginnen würde.

»Davon war ich überzeugt«, sagte Eden leise. »Weil ich … ich hatte das selbst noch nie erlebt.«

»Oh.« Anna wusste immer noch nicht so recht, worauf sie hinauswollte.

»Mit zwanzig hatte ich meinen ersten Kuss«, erzählte Eden. »Und der war … gut. Alle folgenden Küsse waren okay, aber ich habe nie wirklich verstanden, warum alle so begeistert waren vom Küssen. Oder von Sex.« Sie zuckte etwas steif mit den Schultern.

Langsam ahnte Anna etwas, und wenn Eden damit das sagen wollte, was sie dachte … *o wow*! Das hatte Anna nicht kommen sehen. Sie hatte angenommen, Eden sei bi oder pan, und dass ihr bisher einfach nie klar geworden war, dass sie auch auf Frauen stand.

»Ich habe die ganze Aufregung nie verstanden«, sprach Eden weiter. »Sex war nicht schlecht, aber großartig war er auch nicht. Ich dachte, die Art, wie Sex in Liebesromanen dargestellt wird, wäre komplett erfunden. Kein Mensch empfindet so einen unbeherrschbaren Drang, dass man dem anderen die Klamotten vom Leib reißen will. Niemand glaubt, er muss *sterben*, wenn er den anderen nicht sofort küsst.«

»Oh, Eden …«

Eden strich mit dem Finger über Annas Arm. »Eine simple Berührung kann einen unmöglich in Feuer und Flamme versetzen.«

Anna stockte der Atem.

Als Eden den Kopf hob und Anna in die Augen sah, waren ihre Pupillen stark geweitet. Sie atmete schwer, und – *Himmel!* – ihre Brustwarzen zeichneten sich hart unter ihrem Top ab. »Ich hatte unrecht.« Ihre Stimme klang rau. »Anna, ich lag unglaublich falsch.«

Anna legte Eden die Hand aufs Knie und beugte sich etwas zu ihr, jedoch ohne sie zu küssen, sondern nur, um ihr Unterstützung zu bieten.

»Und dann kamst du«, fuhr Eden fort. »Du hast mein Leben auf den Kopf gestellt, und ich habe nicht verstanden, was da passiert ist. Immer, wenn ich in deiner Nähe war, hatte ich das Gefühl, aus der Bahn geschleudert zu werden, und wenn du inzwischen eins von mir weißt, dann, dass ich es hasse, die Kontrolle zu verlieren.«

»Das weiß ich wirklich«, hauchte Anna.

»Anfangs dachte ich, wir wären einfach nur wirklich gute Freunde. Es ist schon eine Weile her, dass ich eine echte Freundin gehabt hatte, jemand, mit dem ich so gern Zeit verbracht habe. Aber … es war mehr als das. Offensichtlich.« Eden lachte frustriert auf. »Letzten Endes habe ich es doch gespürt … der Drang, jemanden zu küssen, war stärker als der zu atmen. Das habe ich empfunden. Für dich.«

Anna schluckte schwer. »Ich auch. Das habe ich auch für dich empfunden.«

»Aber du hast es gewusst.« Edens Ton war gequält. »Du wusstest, dass du auf Frauen stehst. Ich wusste nicht mal, dass ich mich überhaupt zu *irgendjemandem* derart hingezogen fühlen könnte, nicht auf diese Art.«

Anna hielt die Luft an. »Was willst du damit sagen?«

»Was ich sagen will, ist … ich will sagen …« Eden blinzelte, und Tränen liefen ihr über die Wangen. »Ich glaube nicht, dass ich bi bin oder pan wie du. Ich glaube, ich stehe *nur* auf Frauen.«

»Oh, Eden!« Anna beugte sich vor und küsste sie. »Mein Gott, ich kann mir gar nicht vorstellen, wie du dich jetzt fühlen musst, weil du dich endlich so gut selbst verstehst.«

Eden gab einen frustrierten Laut von sich. »Ich bin wütend, auf gewisse Weise.«

»Wieso?« Anna rutschte auf ihren Schoß, setzte sich rittlings auf Edens Beine, damit sie sich ansehen konnten.

Edens Hand strich über Annas Rücken bis zur Taille. »Mir ist, als hätte man mich angelogen oder als hätte ich mich selbst belogen, um ehrlich zu sein. Ich habe so viele Jahre verschwendet, weil ich … mich selbst nicht verstanden habe, nicht wusste, was ich verpasste, und das ist unerträglich.«

»Nein, nein, nein. Du hast gar nichts verschwendet. Ach, Eden. Nein.«

»Was, wenn wir uns nie begegnet wären?«, fragte Eden. Erneut liefen ihr Tränen über die Wangen. »Was, wenn ich mein ganzes Leben mit diesen Scheuklappen verbracht hätte?«

»Wenn ich es nicht gewesen wäre, dann hättest du jemand anderen getroffen. Du fängst gerade erst an, dich besser kennenzulernen, und das ist okay. Beim Coming-out gibt's keinen Zeitplan, und Eden, auch wenn du *nie* gemerkt hättest, dass du nicht hetero bist … du bist doch mehr als deine sexuelle Orientierung. So viel mehr.« Sie wischte Eden die Tränen aus dem Gesicht und spürte dabei, wie sie unter Annas Berührung erzitterte. »Und jetzt erzähl mir mehr über dieses ›Ich sterbe, wenn ich dich nicht küssen kann‹-Gefühl.«

Zur Antwort krallte sich Eden in Annas Leggings fest und zog sie enger an sich. »Das hab ich immer, wenn ich dich sehe«, flüsterte sie, als sich ihre Lippen auf Annas legten, und sie küsste sie mit der Verzweiflung, die sie beschrieben hatte.

»Kann ich dir jetzt ein Geheimnis verraten?«, fragte Anna zwischen den Küssen. Ihre Hüften lagen fest an Edens gepresst, und Anna musste sich jetzt schon heftig zusammenreißen, um stillzuhalten und sich nicht an ihr zu reiben. Aber sie hätte Eden niemals zu etwas gedrängt, bevor sie bereit dafür war.

»Unbedingt.« Eden wand sich unter ihr, als fiele es ihr genauso schwer, sich zurückzuhalten, wie Anna.

»Ich glaube, mir ist wahrscheinlich bei deinem Video für ›Smash‹ klar geworden, dass ich auf Mädchen stehe.«

Edens Augen wurden groß. »O mein Gott, wirklich?«

Anna nickte. »Da wir uns heute unsere größten Geheimnisse anvertrauen: Du bist mein Schwarm, seit ich etwa sechzehn bin.«

»Das ist … das ist …« Eden blinzelte sie an. »Ich weiß nicht so recht, was das ist.«

»Schmeichelhaft?«, schlug Anna hoffnungsvoll vor.

Eden lachte. »Ja, ich schätze, das ist es. Moment, wusste Camille das? Als wir uns draußen vor den Grammys getroffen haben?«

»Nein! O Gott, als ich mit ihr zusammen war, habe ich nicht mal im Scherz über Schwärmereien für Promis geredet.«

»Wieso nicht?«

»Weil …« Anna rutschte von Edens Schoß neben sie. »Sie war unheimlich eifersüchtig und wäre komplett ausgerastet.«

»Wie war es mit Camille?«, fragte Eden und drehte sich seitwärts, sodass sie ihre Beine über Annas legen konnte. »Da wir uns schon private Dinge erzählen – das heißt, wenn es dir nicht zu schwerfällt, darüber zu reden.«

»Es fällt mir schon schwer, aber … ich habe kein Problem, dir von ihr zu erzählen. Genau genommen glaube ich, dass ich dir von ihr erzählen *muss,* damit du verstehst, wo es herkommt, wenn ich Angst habe, Fehler aus der Vergangenheit zu wiederholen.« Anna atmete tief aus. »Ich hatte mich quasi sofort, nachdem ich das Gesangstraining bei ihr angefangen hatte, in sie verknallt. Aber ich hätte nicht mal im Traum daran gedacht, dass sie genauso empfinden könnte. Sie ist älter als ich und so kultiviert. In meinen Augen hätte sie jede haben können, die sie wollte.«

»In meinen Augen fragt sich: Wieso sollte dich jemand *nicht* haben wollen?«, warf Eden ein.

Anna legte ihr kichernd die Hand an die Brust. »Hör auf! Sonst hebe ich noch ab. Wie auch immer, eines Abends küsste sie mich nach meiner Stunde, und bevor ich wusste, was los war, waren wir ein Paar. Sie nahm mich an all diese schicken Orte mit, und ich konnte es immerzu nicht fassen, dass ich mit ihr zusammen war. Aber im Nachhinein war das Teil des Problems.«

»Ein unausgeglichenes Machtverhältnis?«, fragte Eden. »Weil sie deine Lehrerin war?«

»Ja, und weil ich sie angehimmelt habe. Ich fühlte mich ihr gegenüber nie ebenbürtig, und das hat sie ausgenutzt. Sie schrieb mir vor, was ich anziehen sollte und entschied, wohin wir ausgingen. Das fand ich alles total beeindruckend … bis es das nicht mehr war.«

Eden nahm ihre Hand und drückte sie.

»Sie war kontrollsüchtig«, fuhr Anna fort. »Und unglaublich eifersüchtig. Sie hatte ein Problem damit, dass ich pansexuell war. Ich glaube, sie hatte Angst, dass ich sie für einen Mann verlassen würde oder irgend so einen Quatsch. Immer, wenn sie mich mit jemand anderem reden sah, war sie überzeugt, ich hätte geflirtet, und dann wurde sie unheimlich wütend.«

»Oh, Anna …« Edens Augenbrauen waren vor Sorge zusammengezogen.

»Wenn wir zu einer Party gingen, verlangte sie, dass ich an ihrer Seite blieb, und eine Weile lang habe ich einfach mitgemacht. Es war echt schwer, ihr etwas abzuschlagen.«

»Das tut mir leid.«

»Irgendwann fiel meine rosarote Brille ab, und mir wurde langsam klar, dass ich nicht glücklich war, dass das keine gesunde

Beziehung war. Zoe half mir zu erkennen, dass sie mich emotional missbrauchte, dass unsere Beziehung reines Gift für mich war. Also machte ich Schluss.«

»Gut gemacht!«, lobte Eden. »Das muss dir unheimlich schwergefallen sein.«

Anna zuckte bei der Erinnerung daran zusammen. »Camille hat das nicht gut aufgenommen. Sie wurde richtig fies und tat so, als wäre sie nur aus Gefallen für mich mit mir zusammen gewesen, als hätte ich ihr überhaupt nichts bedeutet. Das ist jetzt etwa zwei Jahre her. Aber danach sahen wir uns hier und da bei Events und so weiter, und o Mann, da war immer noch diese Chemie zwischen uns. Sie hatte nach wie vor diese Macht über mich, wenn sie einen Raum betrat. Ich bin mehrmals mit zu ihr nach Hause gegangen, und zweimal hielt es länger als nur eine Nacht. Ich habe echt lange gebraucht, um wirklich von ihr loszukommen. Ich schäme mich total, wenn ich daran denke, wie oft ich zu ihr zurückgegangen bin.«

Eden blickte sie voller Mitgefühl an. »Ich kann das nicht nachvollziehen, weil ich gerade erst herausfinde, weshalb ich diese körperliche Anziehungskraft noch nie zuvor erlebt habe, aber ich glaube, du bist dir selbst etwas Verständnis schuldig. Du hast dein Bestes gegeben, so wie es dir zu dem Zeitpunkt möglich war. Wann war es dann endgültig aus?«

»Vor etwa einem Jahr. Wir hatten einen üblen Streit. Ich glaube, ich war in meinem ganzen Leben noch nie so wütend gewesen. Es war, als hätte mir jemand das Licht eingeschaltet, und ich konnte endlich sehen, wie sie wirklich ist. Und das war's. Wir sehen uns noch hier und da – wie bei den Grammys –, aber bei mir rührt sich da gar nichts mehr. Ich versuche einfach nur, höflich zu sein.«

»Höflichkeit ist wahrscheinlich mehr, als sie verdient«, meinte Eden.

»Kann sein, aber sich mit ihr zu streiten, ist es einfach nicht wert.« Anna schaute Eden an und überlegte, ob sie weiterreden sollte. Aber tief in ihr drin wusste sie, dass es ausgesprochen werden musste. »Deshalb war ich so wechselhaft, was eine engere Beziehung mit dir angeht. Es gab einfach zu viele Parallelen zu meiner Beziehung mit Camille. Die unausgeglichenen Machtverhältnisse. Du bist älter. Ich habe dich angehimmelt. Du hast meine Karriere beflügelt, indem du mich für deine Tour an Bord geholt hast, und das könntest du mir alles wieder wegnehmen. Du könntest mich aus der Tour werfen, wenn die Sache mit uns blöd ausgeht.«

Eden öffnete den Mund und schloss ihn dann schnell wieder. Sie nahm ihre Beine von Annas und zog die Knie an die Brust. »Ich …, also, um ehrlich zu sein, darüber habe ich noch gar nicht nachgedacht, vom Altersunterschied einmal abgesehen. Ich schätze, ich war zu sehr mit meinen eigenen Problemen beschäftigt. Aber was die Karriere angeht, sehe ich uns als ebenbürtig, Anna.«

»Ja, inzwischen empfinde ich das in deiner Anwesenheit auch so. Es ist nur … ich will nach Camille keine Fehler machen.«

»Okay, mal sehen, ob ich deine Sorgen vertreiben kann.« Eden ließ ihre Beine los, setzte sich aufrecht hin und nahm Annas Hände in ihre. »Ich habe extrem kontrollsüchtige Eltern, und weil ich das durchgemacht habe, würde ich das nie jemand anderem antun wollen. Und außerdem bin ich kein manipulativer Mensch.« Eden blickte sie ruhig und entschlossen an. »Ich bin reserviert. Ich neige dazu, lieber auf Nummer sicher zu gehen, und das manchmal zu meinem eigenen Nachteil. Ich habe gern das Sagen, was mein eigenes Leben betrifft, aber ich habe immer versucht, anderen Frauen unter die Arme zu greifen und nicht, sie zu Fall zu bringen. Ich würde dir nie absichtlich wehtun oder meinen Einfluss gegen dich missbrauchen, und wenn du je das Gefühl haben solltest, dass ich es doch tue, dann *bitte* sag es mir.«

In Annas Brust breitete sich ein warmes, kuschliges Gefühl aus, und Tränen traten ihr in die Augen. »Danke.«

»Weil wir schon mal bei der absolut brutalen Wahrheit sind, solltest du wissen, dass Stella vorgeschlagen hat, dich an Bord zu holen, weil *ich dich* brauchte, um die Tour auszuverkaufen. Dein Jahr lief großartig und meins … nicht so sehr. Und darüber war ich auch nicht eben glücklich.«

»Ich … du … was?«

Edens Augen funkelten amüsiert. »Ich habe es dir übel genommen, dass ich dich brauchte, um die Tour auszuverkaufen.«

»Das hast du dir jedenfalls nicht anmerken lassen.«

»Natürlich nicht.« Eden winkte ab, als wäre allein die Vorstellung lächerlich. »Ich bin Profi. Und? Konnte ich deine Sorgen etwas zerstreuen?« Sie biss sich auf die Unterlippe. »Und falls nicht … das ist absolut okay. Du hast recht, dass es schwierig sein kann, eine Beziehung einzugehen, während wir zusammen auf Tour sind. Ich bin auch nicht sauer, wenn du einfach nur befreundet sein willst, versprochen.«

Anna blieb immer wieder an den Worten »eine Beziehung einzugehen« hängen, denn sie hatte nicht gewusst, was sie erwarten sollte, wenn sie mit Eden nach Vermont fuhr, aber eine Beziehung mit ihr war ihr beinahe schon wie ein utopischer Wunsch vorgekommen. »Bist du sicher, dass du schon so weit bist, also … mit einer Frau zusammen zu sein?«

»Meinst du damit, mich zu outen?« Eden zuckte zusammen. »Tut mir leid, das auszusprechen ist immer noch komisch. Und, um ehrlich zu sein, hab ich keine Ahnung, was ich davon halte. Offensichtlich bin ich noch nicht bereit, öffentlich darüber zu reden, erst muss ich mich dabei gut fühlen, wenn ich die Worte ausspreche. Aber ich werde mich damit anfreunden, schon um meinetwillen. Also nein, perspektivisch habe ich kein Problem mit meinem Coming-out. Unsere Fans sind jetzt schon von der Idee begeistert, dass wir zusammen sein könnten. Als größte Hürde empfand ich einfach … es mir selbst einzugestehen.« Ihr Ton veränderte sich zum letzten Satz hin, wurde leiser, zögerlicher.

Anna schlang die Arme um sie. Sie hätte nie gedacht, dass Eden schon so früh über ein öffentliches Coming-out sprechen würde. Das war einfach … wow! Eden versetzte sie immer wieder in Erstaunen. »Und deswegen bin ich unheimlich stolz auf dich.«

Eden legte auch die Arme um sie, und ihr Herz schlug an Annas Brust. »Ich habe nie öffentlich behauptet, ich wäre hetero, also schätze ich, dann brauche ich auch nicht zu verkünden, dass ich es nicht bin. Ich glaube, wenn wir so weit sind, gebe ich einfach unsere Beziehung bekannt und lass das für sich selbst sprechen.«

»Tolle Methode!« Anna fand einfach alles an diesem Gespräch toll, und zum ersten Mal konnte sie eine echte Zukunft für sie beide sehen … eine Zukunft von der Art, wo man glücklich und zufrieden bis ans Lebensende zusammenblieb. Anna wusste, dass sie den Faden *viel* zu weit spann, andererseits hatte sie sich noch nie davor gefürchtet, sich große Dinge zu erträumen.

»O mein Gott!« Eden setzte sich aufrecht und starrte Anna mit großen Augen an.

»Was denn?«

»Mir ist gerade was klar geworden … eben hast du mir erzählt, dass du mich im Fernsehen gesehen und dabei gemerkt hast, dass du auf Frauen stehst. Und ich … ich habe dasselbe aufgrund meiner Reaktion auf dich festgestellt. Das heißt …«

»Das heißt, wir waren gegenseitig der Anstoß für unser sexuelles Erwachen.« Anna presste eine Hand aufs Herz. Irgendwie fühlte sich das ungeheuer bedeutsam an. Es kam ihr vor wie Schicksal, wie ein Moment aus einem Liebesroman.

»Das ist …« Eden fehlten anscheinend ganz untypisch für sie die Worte.

»Es ist, als wären wir füreinander bestimmt.«

KAPITEL 20

Eden lehnte sich angenehm satt und entspannt auf ihrem Stuhl zurück. Anna hatte gefüllte Paprika zum Abendessen gemacht, und es war köstlich gewesen, fast so wundervoll, wie diesen ruhigen Abend gemeinsam zu Hause zu verbringen. »Ich freue mich echt, dass du hier bist.«

Anna lächelte. »Ich mich auch. Kommst du sonst immer allein nach Vermont?«

»Ja, schon. Manchmal kam Zach mit, aber er ist eher ein Stadtmensch und nicht so gern draußen in den Bergen, also bin ich fast immer allein hergekommen, selbst als wir verheiratet waren.«

»Und Hauspersonal?«

Eden schüttelte den Kopf. »Paris sorgt dafür, dass alles bereit ist, wenn ich komme. Und falls ich länger als eine Woche bleibe, kommt jemand zum Saubermachen, aber davon abgesehen, nein. Ich komme ja vor allem her, um dem ganzen Hollywoodleben zu entfliehen. Hier finde ich Ruhe und Entspannung.«

»Ich find's toll, dass du dieses Haus hast«, sagte Anna. »Dich eingesperrt in deiner Wohnung in L.A. zu sehen, hat mich ein wenig traurig gemacht. Du kannst dort ja nicht mal für einen Spaziergang am Strand rausgehen.«

»Ich liebe es hier wirklich, und danke fürs Abendessen. Es war köstlich«, sagte Eden. »Kochst du gerne?«

»Ja«, antwortete Anna. »Als ich klein war, habe ich immer zusammen mit meiner Mom gekocht. Ich habe unheimlich viele schöne Erinnerungen mit ihr in der Küche.«

»Was ist dein Dad von Beruf?«

Anna grinste. »Er hat John und mich großgezogen.«

»Im Ernst? Ein Hausmann?«

»Jepp. Meine Mom musste oft abends und am Wochenende arbeiten, also war er mehr oder weniger Vollzeit-Dad, als wir aufgewachsen sind. Und noch dazu der coolste Dad überhaupt.« Anna lächelte warm. »Er hat uns zu unseren Freizeitaktivitäten gefahren und kam zu allen Spielen oder Wettbewerben. Meine Freunde liebten ihn, weil er immer Eiscreme und Saftboxen fürs ganze Team mitbrachte.«

»Och, das ist ja toll.« Eden versuchte, sich vorzustellen, wie ihr eigener Vater etwas Ähnliches tat, allerdings wollte sich einfach kein glaubhaftes inneres Bild davon einstellen. Dachte sie allerdings an Annas Vater, hatte sie keinerlei Probleme damit.

»Als wir aus dem Haus waren, hat er hier und da was gearbeitet, aber da das Restaurant meiner Mom zwischenzeitlich mehr als genug Geld abwarf, erklärte er sich einfach als im Ruhestand und fing an, Modellschiffe zu bauen.«

»Deine Familie ist wirklich toll.« Eden schaute zum Fenster links von ihr hinaus, wo die tief stehende Sonne die Baumwipfel in goldenes Licht tauchte. »Komm, lass uns die Küche aufräumen, und dann will ich dir was zeigen.«

»Okay«, stimmte Anna unbeschwert zu.

Sie räumten den Tisch ab und die Geschirrspülmaschine ein. Eden genoss diese gewöhnlichen Arbeiten, wenn sie hier in Vermont war. Als jemand, der die meiste Zeit ein verwöhntes Leben führte, fand sie es immer irgendwie beruhigend, sich daran zu erinnern, dass sie sich zur Not auch gut selbst versorgen konnte.

»Das ist echt schön, weißt du?«, sagte sie. »Du und ich, und wie wir zusammen in der Küche arbeiten.«

Sie stießen zusammen, als Anna nach dem Schneidebrett griff, das sie zuvor benutzt hatte. Eden ließ ihr Küchentuch fallen, drehte sich um und legte die Arme um Anna. Es war unglaublich, wie natürlich es sich jetzt anfühlte, eine Frau in den Armen zu halten und sie zu küssen. Die Hitze, die sie empfand, beängstigte sie nicht mehr, allerdings fand sie sie langsam überwältigend, nachdem Anna und sie sich den ganzen Tag so viel geküsst hatten. Wenn ein einfacher Kuss sie schon derart erregen konnte, wollte sich Eden gar nicht vorstellen, wie es wohl war, wenn sie gemeinsam den nächsten Schritt gingen.

Gleichzeitig konnte sie sich überhaupt nicht vorstellen, den nächsten Schritt *nicht* zu gehen. Sie wollte Anna. Sie wollte mit jemandem Sex erleben, zu dem sie sich auch wirklich hingezogen fühlte, selbst wenn sie gleichzeitig ungeheure Angst davor hatte, weil sie gern die Kontrolle behielt – und wenn sie Anna küsste, hatte sie zunehmend das Gefühl, die Kontrolle zu verlieren. Sie hatte keine Ahnung, was sie erwartete, wenn die Klamotten erst einmal fielen, aber dieses Risiko wollte sie wirklich, *wirklich* gern eingehen.

»Komm mit hoch in mein Zimmer«, raunte sie an Annas Lippen.

»Ähm … wirklich?« Annas Augen wurden groß.

Eden lachte leise. »Das heißt, ja, ich habe eben tatsächlich an Sex gedacht, aber erst möchte ich dir den Ausblick von meinem Balkon zeigen. Dort kann man sich perfekt den Sonnenuntergang ansehen.«

»Oh.« Anna lachte und drückte Eden, bevor sie sie losließ. »Sonnenuntergang, da sag ich doch nicht Nein … und zu was auch immer danach passiert auch nicht.«

Eden schluckte, ihr Mund schien plötzlich ganz trocken. »Fangen wir mit dem Sonnenuntergang an, und dann schauen wir weiter.«

* * *

»Okay, jetzt ist es offiziell: Ich liebe es hier.« Anna nippte an ihrem Wein und sah zu, wie die Sonne hinter den Baumwipfeln unterging. Zugleich hielt sie locker mit Eden Händchen. Obwohl es Ende Juni war, war es angenehm warm und frisch, nicht übermäßig heiß. Das erinnerte sie an L.A.

»M-hm«, raunte Eden zustimmend.

Anna riss den Blick vom Sonnenuntergang los und schaute zu Eden, die ein saphirblaues ärmelloses Top mit schwarzen Skinny Jeans anhatte. Die Haare trug sie offen und kaum Makeup. Sie wirkte … Nun, »friedvoll« beschrieb den Ausdruck in Edens Gesicht wohl am besten. Der Sonnenuntergang verlieh ihrer Haut einen goldenen Schimmer.

Im nahen Wald zwitscherten Vögel. Wenn Nelle hier gewesen wäre, hätte sie liebend gern bei ihnen hier draußen gesessen. Zu Hause liebte sie es, vom Fenster aus Vögel zu beobachten. Anna vermisste sie. Bisher war sie noch nie so lange von ihrer Katze getrennt gewesen, aber sosehr sie sich auch darauf gefreut hatte, Nelle diese Woche wiederzusehen, so freute sie sich mehr darüber, mit Eden hier zu sein.

»Gibt's da draußen Wanderwege?« Anna zeigte auf den Wald hinter dem Haus.

»Ja, einer führt den Berg dort hinauf.« Eden deutete in die angesprochene Richtung. »Dort fließt ein Bach übers Grundstück, und der Weg folgt dem Verlauf. Ich habe mir einen kleinen Pavillon da oben hinbauen lassen, damit ich dort sitzen und lesen und dem Plätschern zuhören kann. Das ist einfach *himmlisch*.«

»Wow, du weißt ja genau, wie man sich so richtig entspannt. Das will ich unbedingt sehen.«

»Gut, denn ich wollte dich gern morgen nach dem Frühstück dorthin mitnehmen.« Eden warf ihr zufrieden lächelnd einen Blick zu.

Anna lehnte sich spontan zu ihr hin und küsste sie. Augenblicklich verlor sie sich in der Wärme von Edens Lippen. Heute hatten sie sich so oft geküsst wie nie zuvor, und Anna hatte den Tag quasi durchgängig leicht angeturnt verbracht. Gemessen an Edens benommenem Ausdruck ging es ihr wohl ähnlich. Sie schmeckte vollmundig und würzig, wie der Wein, den sie tranken, und ihre Lippen bewegten sich hungrig an Annas.

Es war fast schwer zu glauben, dass das alles echt war, dass Anna mit Eden hier in Vermont war und sie küsste, als könnte sie nie genug bekommen – sie *fühlte* sich, als könnte sie nie genug bekommen. Eden hatte sich ihre sexuelle Orientierung eingestanden und ihr Interesse an einer Beziehung ausgedrückt. Sie hatten über alle eventuellen Hürden gesprochen. Nichts hielt sie mehr davon ab, ins Schlafzimmer zu gehen und sich einander ganz hinzugeben … wenn Eden dafür bereit war.

»Oh!«, rief Anna aus, als sie aufblickte und das orangefarbene Glühen auf den Bergspitzen in der Ferne erblickte. »Oh, wow … das hätte ich beinahe verpasst.«

»Wundervoll, stimmt's?« Eden klang atemlos, und als Anna zu ihr schaute, lag deren Blick auf Anna, und nicht auf dem Sonnenuntergang.

»Wirklich schön«, stimmte Anna zu und schaute auch nicht mehr hin. Sie sah ihn als Reflexion in Edens Augen, wie Flammen in ihren Pupillen. Anna spürte dieselben Flammen in sich lodern, während sie sich in die Augen blickten, und sie war sich ziemlich sicher, dass das Lodern in Edens Augen nicht ausschließlich eine vom Sonnenuntergang verursachte optische Illusion war.

»Komm her«, bat Eden.

Anna stellte ihr fast leeres Weinglas ab und schenkte dem Sonnenuntergang einen letzten Blick, denn er war wirklich beeindruckend. Morgen würde sie genauer hinsehen … wahrscheinlich. Dann setzte sie sich rittlings auf Edens Beine, damit sie sie voller Hingabe küssen konnte. Sie hörte, wie Eden ihr Weinglas mit einem Klirren auf den Glastisch stellte, und dann lagen Edens Hände an ihrem Hintern und zogen sie enger an sie.

Sie küssten sich, bis das orangefarbene Glühen in Edens Augen verblasst war und der Abendhimmel langsam dunkler wurde, bis es Anna ganz heiß wurde und ihr Puls unkontrolliert raste. Als sie den Kopf für dringend nötigen Sauerstoff hob, sah sie, dass Edens Lippen angeschwollen und ihr Blick benommen war, sie atmete schwer.

»Anna …« Eden blickte sie mit einer verzweifelten Begierde an, die die Erregung widerspiegelte, die in Anna tobte.

»Ja?«

»Wollen wir das hier ins Schlafzimmer verlegen?« Ein Ausdruck huschte Eden übers Gesicht, als sie das sagte. Kein Zögern in dem Sinne, sondern eine vage Verunsicherung. Das war eine große Sache für sie – nicht nur ihr erstes Mal mit einer Frau, sondern ihr erstes Mal, seit ihr bewusst war, dass sie lesbisch war. Das erste Mal, dass sie mit jemandem Sex hatte, den sie auch körperlich anziehend fand. Anna konnte sich nicht einmal vorstellen, wie sich das anfühlen musste.

»Bist du sicher?«, fragte Anna. »Ich will nämlich nichts tun, wozu du nicht bereit bist.«

»Ich bin mir sicher«, antwortete Eden. »Außerdem hab ich noch Riesenangst und bin aufgeregt und kann's kaum erwarten. Für mich ist es all das, und wahrscheinlich kommt noch eine Menge mehr, woran ich jetzt noch gar nicht gedacht habe.«

Anna lächelte sie breit an. »Wir überstürzen nichts, okay?«

Eden nickte. »M-hm.«

»Denk dran, wenn du willst, können wir jederzeit aufhören, und sag mir, was du empfindest, damit ich helfen kann.« Anna rutschte rückwärts von Edens Schoß und streckte ihr die Hand aus, um sie hochzuziehen.

»Ich werd's probieren.« Eden verschränkte ihre Finger mit Annas, als sie durch die Tür ins Schlafzimmer gingen.

Annas Blick fiel auf das große Doppelbett. Es sah gemütlich aus, nicht übermäßig schick oder rausgeputzt, darauf lag eine dunkelbraune Steppdecke. Anna setzte sich auf die Bettkante und zog Eden neben sich. Es war schon lange her, dass sie für jemanden »die Erste« gewesen war, und die Vorstellung, das für Eden zu sein, erfüllte sie mit einer berauschenden Mischung aus Erregung und Klarheit, dem Wissen, dass sie diese Nacht Edens Führung folgen und sie zugleich anleiten musste, wenn nötig.

Anna musste geduldig und gründlich sein, musste sicherstellen, dass jeglicher Zweifel daran, wie überwältigend sapphischer Sex sein konnte, ausgeräumt wurde. Sie wollte Eden zeigen, wie es war, wenn sie mit jemandem zusammen war, der ihren Körper verstand, mit jemandem, der sie verwöhnen wollte, und oh, wie sehr Anna sie verwöhnen wollte. Sie wollte, dass diese Nacht perfekt wurde.

»Nur, damit du Bescheid weißt, ich habe mich irgendwann Anfang des Jahres testen lassen und habe seitdem mit niemandem geschlafen«, sagte sie.

Eden setzte sich etwas aufrechter hin. »Ja, genau, ähm, das Gespräch zum geschützten Sex läuft mit einer Frau ein bisschen anders ab, was?«

Anna lächelte breit. »Kein Bedarf an Kondomen.«

»Ich nehme sowieso die Pille, damit mein Zyklus berechenbar bleibt, aber ...« Eden wirkte einen Moment lang ungewohnt verlegen. »Das tut eh nichts zur Sache, was?«

»Ich kann dich nicht schwängern.« Annas Lächeln wurde noch breiter, als Eden rot wurde.

»Ich habe mich nach meiner Scheidung auch testen lassen, und da war niemand mehr seit Zach.«

»Na, das klingt, als hätten wir grünes Licht.« Sie schenkte Eden ein bestärkendes Lächeln.

Eden erwiderte es, und sie grinsten einander einfach nur wie zwei von Lust überwältigte Esel an. Es fühlte sich warm und angenehm und so verdammt wundervoll an.

Eden legte ihre Hand auf Annas unteren Rücken und hielt kurz unterm Saum ihres Tops inne. »Darf ich?« Ihre Blicke fanden sich, als sie um Erlaubnis bat, und in ihren tiefblauen Augen loderte nur so das Verlangen – und etwas anderes, das Anna als Ungeduld auslegte, endlich herauszufinden, wie es sich anfühlte, eine Frau zu berühren.

»Ja«, antwortete Anna, denn *ja*, sie wollte von Eden berührt werden.

Edens Hand glitt ihren Rücken hinauf, bis zu Annas BH. Dort hielt sie einen Moment inne, und ihr Blick glitt hinab zu Annas Brüsten. Dann öffnete sie den Verschluss wie ein Profi und atmete keuchend ein, als sie mit der Hand nach vorn glitt und eine von Annas Brüsten umschloss. »Oh«, flüsterte sie.

»Oh«, tat Anna es ihr gleich und stöhnte, als Edens warme Finger ihre Brüste erkundeten. Im nächsten Augenblick lag sie schon auf dem Rücken, mit Eden rittlings auf ihren Oberschenkeln sitzend. Sie schob Annas Top samt BH hoch und legte ihre Brüste frei.

»Du bist so wunderschön.« Eden klang tief beeindruckt, als sie den Anblick von Annas nackten Brüsten in sich aufnahm. Sie rieb sich ganz sacht an ihr, als wäre sie dermaßen angeturnt, dass sie im Moment gar nicht anders *konnte*, auch wenn sie gewollt hätte, und – *oh!* – Anna wusste genau, wie es ihr ging. Dann hielt Eden inne und starrte Anna mit ungestümem Blick an.

»Alles okay?«, fragte Anna.

»Ich weiß nicht, was … wie's weitergeht.« Bei diesem Geständnis schloss Eden die Augen und lief feuerrot an. Sie hasste es, die Lage nicht im Griff zu haben, fiel Anna verspätet ein. Heute Nacht brauchte sie Anna, damit die den Kurs vorgab.

»Da gibt's keine Regeln«, sagte Anna, legte ihr die Hände auf die Schultern und bewegte sie sanft, sich neben sie zu legen. »Aber ich würde gern selbst ein wenig erkunden, wenn das okay für dich ist.«

»Mehr als okay«, antwortete Eden mit tiefer, rauer Stimme.

»Super«, erwiderte Anna, als sie dem Wunsch nachgab, den sie schon den ganzen Tag gehabt hatte, und mit ihren Händen unter Edens Top glitt.

* * *

Eden hatte nicht gewusst, dass es sich so anfühlen konnte. Annas Hände lagen auf ihren Brüsten, und – *o Gott!* – sie musste sich mit aller Macht davon abhalten, sich nicht an Annas Bein zu reiben, um das beinahe überwältigende Verlangen zwischen ihren Schenkeln zu befriedigen. Es war noch kein einziges Kleidungsstück gefallen, und trotzdem war Eden bereits dermaßen angeturnt, dass sie es kaum noch aushalten konnte.

Wie hatte sie so viele Jahre ohne diese Art von Genuss gelebt?

Anna schob Edens Top hoch und senkte dann den Kopf, ließ ihre Zunge über eine von Edens Brustwarzen kreisen. Lust wallte so heftig in ihr auf, dass es ihren ganzen Körper durchzuckte. Ein erschrockenes Wimmern entwich ihrem Mund. Anna hob den Kopf und sah sie an. »Okay?«

Tränen stiegen Eden in die Augen, und sie wusste nicht einmal, warum. »Ja«, brachte sie heraus und drängte ihre Hüften an Annas. Jeder einzelne Nerv unter der Haut kribbelte, als bettelte ihr Körper geradezu darum, berührt zu werden. *Das* war das

Gefühl, bei dem sie die Augen verdreht hatte, wenn sie in einem Buch darüber gelesen hatte. Sie hatte ja keine Ahnung gehabt …

Anna schien Edens Lust zu registrieren, und ein verschmitzter Ausdruck legte sich auf ihr Gesicht. »Das gefällt dir, hm?« Und dann senkte sie erneut den Mund auf Edens Brust und knabberte sanft daran. Gleichzeitig drängte sie ein Bein zwischen Edens Schenkel, sodass sich Eden endlich dort reiben konnte, wo sie es brauchte.

»O Gott!«, raunte sie stöhnend, als ihre Hüften anfingen, sich zu bewegen. »Anna …«

»Ich hab dich.« Anna strich mit den Händen über Edens Taille und kratzte dabei ganz leicht über ihre Haut.

Eden stöhnte erneut. Anscheinend konnte sie gar nicht aufhören, Laute von sich zu geben. Ganz dunkel erinnerte sie sich daran, wie sie mit Zach im Bett gelegen und versucht hatte, enthusiastisch genug zu klingen, damit er zufrieden war, dass er es ihr besorgt hatte. Sie hatte sich dazu ermahnen müssen, um seinetwillen zu stöhnen. Dieses Problem hatte sie heute Nacht nicht …

Annas Mund hinterließ eine feurig-feuchte Spur, als sie sich zum Bund von Edens Jeans hinabarbeitete. Ihre Zunge kreiste um Edens Bauchnabel, und sie keuchte auf, drückte den Rücken durch, um sich Annas Zunge entgegenzuschieben.

»Ist das gut?«, fragte Anna, und Eden spürte ihren Atem auf ihrer Haut.

»Gut drückt nicht stark genug aus, was ich empfinde.« Eden wand sich. Annas Hüften lagen nicht mehr an ihren, da sie an Eden hinabgerutscht war, und sie vermisste den Kontakt ungeheuer.

Anna nahm den Knopf von Edens Jeans zwischen die Finger und schaute dann hinauf zu ihr. »Okay?«

»Ja. *Bitte.*« Ihre Erregung wuchs in Erwartung von Annas Berührung.

Anna öffnete den Knopf, und Eden stöhnte bei dem Geräusch auf, und dann noch einmal, als Anna langsam den Reißverschluss öffnete. Ihre Fingerknöchel strichen über Edens Haut und hinterließen Hitze. Eden spürte den seidigen Hauch von Annas Haaren auf der nackten Haut, und – *oh!* – war das schön.

Anna setzte einen Kuss auf Edens Slip, und ein weiteres Wimmern entwich ihr. Mein Gott, würde sie es überhaupt so lange aushalten, bis Anna sie ganz ausgezogen hatte? Die Lust in ihrer Mitte war fast unerträglich.

So sollte es sich eigentlich anfühlen.

Tränen traten aus ihren Augenwinkeln und fielen ihr ins Haar, und sie war froh, dass Anna ihr nicht ins Gesicht schaute. Sie zog sanft Edens Jeans über ihre Hüften, und Eden half, indem sie sie anhob. Es war unmöglich, Skinny Jeans irgendwie elegant auszuziehen, aber das war Eden inzwischen völlig egal. Sie strampelte und kickte, bis sie sich von ihnen befreit hatte.

Als Luft auf ihre nackten Beine traf, wurde Eden bewusst, dass sie feucht war. Sie war förmlich nass vor Verlangen und verspannte sich, weil es ihr vor Anna peinlich war. Sie riss die Augen auf und stellte fest, dass Anna sie mit einem sanften Lächeln anschaute.

»Immer noch okay?«, fragte Anna.

Eden konnte nur nicken, glaubte nicht, ein Wort herausbringen zu können.

Anna beugte sich zu ihr und griff nach Edens Top und BH. Sie half Eden, alles über den Kopf zu ziehen. Jetzt hatte sie nur noch ihren Slip an. Anna war noch komplett bekleidet.

»Du bist dran«, brachte Eden heraus und zupfte an Annas Top.

Anna zog ihr Top samt BH mit einer eleganten Bewegung über den Kopf, was nicht zuletzt der Tatsache geschuldet war, dass Eden ihr zuvor den BH bereits geöffnet hatte. Dann entledigte sie sich ihrer Leggings, unter denen ein gelber Slip zum Vorschein kam.

Edens Blick fiel auf den pinkfarbenen Glitzerstein, der an Annas Bauchknöpfchen funkelte. Diesmal konnte Eden ihn geradeheraus anstarren. Sie musste ihre Neugier nicht mehr verbergen. Diesmal konnte sie ihn anfassen. Sie streckte die Hand aus, und strich mit dem Daumen über Annas Bauch bis zu ihrem Bauchnabelpiercing, und genoss, wie sich Annas Bauchmuskeln dabei anspannten und das Verlangen in ihren Augen aufflammte, als sie zu ihr aufblickte.

»Das ist unglaublich sexy«, raunte Eden.

»Ich freue mich, dass es dir gefällt.« Anna rieb sich an Edens Hüfte, und als Eden stöhnte, tat sie es diesmal nicht allein. Anna warf den Kopf in den Nacken und stieß ein genussvolles Stöhnen aus. Ihre Brustwarzen waren hart wie kleine Knospen geworden, ihre Brüste bewegten sich, während sie sich an Eden rieb. Annas Brüste waren größer als ihre, runder, voller, und bevor Eden merkte, was sie tat, lagen ihre Hände auf ihnen, umfassten sie, entlockten Anna ein weiteres Stöhnen.

»Hast du überhaupt eine Ahnung, wie wunderschön du gerade bist?«, fragte Anna atemlos. Sie hielt einen Moment inne und ließ den Blick auf das Dreieck zwischen ihren Schenkeln wandern, und Eden verspürte dort ein Aufflammen der Hitze. »Du bist unglaublich feucht für mich, Eden. Wie *wundervoll!*«

»Wirklich?« Eden klang ebenso atemlos. Sie widerstand dem Impuls, die Beine zusammenzupressen, und war schockiert, als sie feststellte, dass es ihr gefiel, wenn Anna sie so sah. Annas flammender Blick befeuerte nur Edens eigene Lust.

So sollte es sich eigentlich anfühlen.

Diesmal kamen ihr bei der Erkenntnis keine Tränen. Nur mehr Lust.

»Ja.« Anna streckte die Hand aus und umfasste Edens Mitte. Bei der Berührung zuckte Eden zusammen und stieß einen weiteren lüsternen Laut aus, den sie nicht einmal als ihre eigene Stimme wiedererkannte. Annas Handfläche drückte fest gegen Edens Kitzler, und da wäre es ihr beinahe gekommen. »Ich bin genauso feucht«, flüsterte Anna.

»Zeig es mir«, erwiderte Eden. *Zeig es mir?* Inzwischen wusste sie überhaupt nicht mehr, wer sie eigentlich war. Ihr Körper kam ihr komplett neu vor, jede Empfindung, jeder Drang war eine Überraschung.

Anna schob einen Finger unter den Bund ihres Slips, zog diesen über die Hüfte hinunter und trat ihn dann von den Füßen zu Boden. Beim Anblick der fein getrimmten Haare zwischen Annas Schenkeln, der Nässe, die dort glänzte, durchflutete Eden eine Welle des Verlangens, und dann nahm Anna sich ihre Hand und legte sie fest auf den Beweis ihres Verlangens.

»Oh …!« Eden keuchte, als ihre Finger auf Annas heiße nasse Haut trafen, und es durchzuckte sie dermaßen stark bis hinab in den Kitzler, dass sie auch ohne jede Berührung hätte kommen können.

»Und jetzt du«, sagte Anna und strich über Edens Slip.

»Ja.« Eden fummelte an ihm herum, die Hände ungeschickt und zittrig.

Dann war sie ihre Unterwäsche los, und Annas Finger waren auf ihr, glitten durch ihre feuchte Mitte, und Eden stockte der Atem. Sie gab einen keuchenden Laut von sich, stemmte sich hilflos gegen Annas Hand.

»Sch«, raunte Anna, ließ die Finger ruhen und gab Eden kurz Gelegenheit, sich zu sammeln. »Tief durchatmen, Eden. Wir haben noch die ganze Nacht.«

»Nein«, widersprach Eden keuchend, und ihre Hüften bewegten sich ohne ihre Erlaubnis. »So lange kann ich nicht warten.«

»Nur noch eine Minute, Schatz«, schnurrte Anna, als sie ihre Hand wegnahm. »Ich will, dass es unheimlich schön für dich wird. Vertraust du mir?«

»Ja«, flüsterte Eden. Noch nie hatte sie jemandem in ihrem Bett so sehr vertraut wie Anna. Sie sog die Luft tief in ihre Lunge ein, atmete durch die in ihr lodernde Erregung hindurch. Anna hatte recht. Eden wollte nichts übereilen. Sie wollte jeden Moment auskosten. Annas Finger strichen erneut über sie, und sie versteifte sich. »Warte …«

Anna erstarrte. »Ja?«

»Ich bin so nah dran und …« Sie schluckte. »Du hast recht. Ich will nicht, dass es zu schnell vorbei ist.«

Anna beugte sich zu ihr, und ihr Atem strich warm über Edens Ohr, als sie sagte: »Soll ich dir ein Geheimnis verraten?« Ihre Finger pressten sich auf Edens Kitzler, bedeckten sie, hielten sie in ihrer Erregung.

Eden nickte verzweifelt, krallte sich an den Resten ihrer Selbstbeherrschung fest, um sich nicht an diesen Fingern zu reiben und es jetzt an Ort und Stelle zu Ende zu bringen.

»Sapphischer Sex ist unter anderem so wundervoll, weil wir immer wieder von vorn anfangen können, so oft wir wollen, bis wir zufrieden sind. Okay?« Annas Finger setzten sich in Bewegung. Bevor sie etwas erwidern konnte, rieben sie sie fest und schnell.

»O Gott!«, schrie Eden praktisch. Sie keuchte, als Annas Finger kurz in sie eindrangen und nun nass von Edens Erregung ihren Kitzler umkreisten. Tief in ihr baute sich eine Spannung auf. Sie zitterte. Bettelte. Wand sich.

Und dann kam sie. »Anna!«, rief sie und rieb sich an Annas Hand. »O ja! Oh!«

Ihr gesamter Körper bebte, erfüllte sie mehrere Sekunden lang mit dem wundervollsten Gefühl der Welt, und dann sackte sie auf der Steppdecke zusammen, zitternd von den Nachbeben dessen, was wohl der intensivste Orgasmus ihres Lebens gewesen sein musste. Annas Finger massierten sie noch, und Eden zuckte, stieß ein langes, tiefes Stöhnen aus.

»Ach du Scheiße!«, stieß sie keuchend aus, die Stimme rau.

Sie zitterte am ganzen Körper, war schweißbedeckt und dermaßen nass unter Annas Fingern, dass sie befürchtete, auf die Steppdecke getropft zu haben. »Ach du Scheiße!« – in der Tat. Zum ersten Mal in ihrem Leben fühlte sich Eden gänzlich und regelrecht durchgevögelt.

Kapitel 21

Eden kam einfach nicht zu Atem. Nicht, solange Anna fest an sie gepresst lag, nicht mit ihrer Zunge in ihrem Mund, Annas Fingern, die sich in ihre Hüften gruben, mit denen sie sich im Gleichklang aneinander rieben. Eden hatte sich kaum von ihrem ersten Orgasmus erholt und war schon wieder voll entflammt.

In dieser Nacht hatte Anna etwas in ihr entfesselt. Sie hatte Eden gezeigt, wie es sich anfühlte, wenn man so angeturnt war, dermaßen geil, so *getrieben*, dass man an nichts anderes mehr denken konnte als an Lust.

Eden war beim Sex irgendwie immer ganz bei sich gewesen. Sie hatte gewusst, wo ihre Hände waren und welchen Gesichtsausdruck sie machte. In der Regel hatte sie sich gefragt, ob sie wohl zum Höhepunkt kommen würde oder so tun musste als ob. Heute Nacht fühlte sie sich wie in einen Urzustand versetzt. Alles lief instinktiv, als hätte ihr Körper ein Leben lang auf genau diesen Moment gewartet.

Ihre Hände strichen über Annas Hüften und legten sich auf ihren Hintern, pressten sie fester an sich. »Endlich verstehe ich, warum alle so einen Wirbel darum machen.«

Annas Lächeln wurde leicht selbstzufrieden. »Du weißt ganz genau, wie man Mädels Komplimente macht.«

»Heute Nachmittag war ich mir vielleicht nur zu neunundneunzig Prozent sicher, aber ich bin hundertprozentig lesbisch.« Eden wusste nicht, ob sie dieses Wort überhaupt schon einmal laut ausgesprochen hatte, aber jetzt konnte sie sich nicht zurückhalten. Während ihre Hüften sich an Annas rieben und die Lust mit einer Macht in ihr brannte, die sie zu überwältigen drohte, konnte sie das Unbestreitbare nicht abstreiten. Sie war homosexuell. Eine Lesbe. Eine Frau, die Frauen liebte … und vielleicht ganz besonders eine bestimmte.

»Ich bin so unglaublich stolz auf dich, Schatz.« Anna küsste sie, tief und heiß und gierig. Ihr Oberschenkel lag fest zwischen Edens Beinen, bewegte sich gleichmäßig rhythmisch und heizte Eden an, obwohl es kaum zehn Minuten her sein konnte, als sie zum ersten Mal gekommen war. War es ihr beim Sex überhaupt schon mal zweimal gekommen? Sie bezweifelte es, allerdings befand sich ihr Gehirn momentan im Dunst der Erregung.

Ganz dunkel ging ihr auf, dass sie Anna bisher kaum verwöhnt hatte. Aber das wollte sie. Sie wollte ihren Körper erkunden und Anna genauso viel Genuss schenken wie sie ihr, auch wenn sie ein wenig davon eingeschüchtert war, dass sie nicht wusste, ob sie das konnte. Bevor sie sich im Lampenfieberland verirren konnte, gab Anna ihr einen nassen Kuss genau auf die Stelle unter ihrem Ohr, bei der Edens Gehirn fehlzündete.

Ihre Hüften zuckten, doch Annas Bein lag nicht mehr an sie gepresst. Sie stöhnte schockiert, als sie ihre eigenen Finger an ihrem Kitzler bemerkte, als ihr klar wurde, dass sie dermaßen erregt war, dass sie beim Sex selbst Hand an sich legte. Das hatte sie noch nie getan. Als sie merkte, dass Anna zuschaute, riss sie, die Wangen flammend rot, sofort ihre Hand fort.

»Das braucht dir nicht peinlich zu sein«, sagte Anna sanft. »Tu, was immer sich gut anfühlt, aber komm noch nicht, okay? Ich will, dass du diesmal in meinem Mund kommst.«

»Oh!«, keuchte Eden und presste die Beine zusammen, als ihr Innerstes sich in Vorfreude zusammenzog. Anna war so souverän beim Sex, so *selbstsicher*, und das war unglaublich sexy.

»Das heißt, wenn du das möchtest.« Anna legte den Kopf zur Seite und musterte Edens Gesicht.

»Ja. Bitte.« Den flehenden Unterton in ihrer Stimme kannte sie kaum, und trotz Annas Worten berührte sie sich nicht wieder selbst. Sie stand schon so kurz vorm Höhepunkt und wollte nicht gleich kommen, kaum dass Annas Mund sie berührte.

Stattdessen wand sie sich und bettelte beinahe überwältigt vor Lust, während Anna ihren Körper mit Küssen bedeckte. Sie fand so viele erogene Stellen, von denen Eden gar nichts gewusst hatte, während sie mit Zunge und Lippen erst Edens Hals erkundete und dann ihr Schlüsselbein, bevor sie zu ihren Brüsten weiterzog.

Sie schloss die Augen, genoss das Gefühl, so ungeheuer erregt zu sein. Das Ziehen in ihrer Mitte war beinahe überwältigend, pulsierte im Takt mit ihrem rasenden Herzschlag. Annas Haare kitzelten an ihren Brüsten, ihre Zunge wirbelte über ihre Brustwarzen, und Eden konnte nur über jeden neuen Sinneseindruck staunen.

Anna wagte sich tiefer, legte eine Spur aus Küssen Edens Bauch hinab. Sie hörte ihren schweren Atem und das schmatzende Geräusch von Annas Mund an ihrer Haut. Annas Zunge umspielte ihren Bauchnabel, und Eden drückte den Rücken durch, ihre Hüften suchten sich von allein einen Weg zu Annas Mund.

»Du bist so wahnsinnig sexy«, raunte Anna, bevor sie einen Kuss auf Annas Hüfte setzte.

Eden konnte nur mit einem Wimmern antworten.

»Ich kann's kaum erwarten, dich zu schmecken.« Annas Haare strichen an Edens Oberschenkeln vorbei, als sie sich zwischen sie legte. Sie führte Edens Beine über ihre Schultern, und wenn Eden vorher schon geglaubt hatte, vor Spannung gleich zu sterben, dann litt sie jetzt Todesqualen.

Anna strich mit den Lippen über die Innenseite von Edens Oberschenkel, und Eden erbebte. Ihre Hände krallten sich in die Steppdecke unter ihr, und kurz bereute sie es, sie nicht vom Bett genommen zu haben, bevor sie angefangen hatten, denn das Material war zu fest, um sich so richtig darin festzukrallen. Sie sehnte sich danach, ihre Finger in den kühlen Stoff ihres Lakens zu senken. Und da drückte Anna einen Kuss in die Hautfalte, wo Edens Oberschenkel auf ihre Mitte traf, und sie vergaß alles bis auf Annas Lippen.

»Anna, bitte ...«, flehte sie keuchend, und ihre Hüften wanden sich.

»Dich dermaßen angeturnt zu sehen ist so verdammt heiß.« Anna schaute auf, und ihre Blicke trafen sich. Sie wirkte ganz in ihrem Element, wie sie dort zwischen Edens Beinen auf dem Bauch lag, die Schenkel über die Schultern gelegt und die Augen leuchtend vor Begierde.

Eden brannte sich das Bild ins Gedächtnis ein, sie wollte es nie mehr vergessen. Anna grinste sie an und beugte sich dann vor, teilte Eden mit ihrer Zunge, und setzte mit einem langen, genüsslichen Lecken ihren Körper in Flammen.

»Oh«, stieß sie keuchend aus, während ihre Beine erbebten und ihr Kitzler pulsierte. »Oh ...«

Anna erkundete Eden ganz gemächlich und wirbelte mit der Zunge immer wieder über ihren Kitzler, verweilte dort jedoch nicht. Wahrscheinlich wusste sie, dass Eden kommen würde, sobald sie das tat. Und sosehr Eden auch kommen wollte, so war sie doch auch komplett davon eingenommen, was Anna tat. Unfähig stillzuhalten, bewegte sie ihre Hüften, drängte sich Annas Mund entgegen, und die Lust schoss ihr durch die Adern.

Anna umkreiste Edens Spalte mit einem Finger und fragte raunend: »Ist das okay?« Da wurde Eden siedend heiß bewusst, dass Anna bei allem, was sie bisher getan hatten, nicht in ihr gewesen war, und das unterschied sich so *extrem* von ihren bisherigen Erfahrungen. Noch überraschender war, dass sie es nicht im Geringsten vermisst hatte.

»Ja«, antwortete sie, und ein Finger glitt in sie hinein, gefolgt von einem zweiten. Eden hatte erwartet, dass nun in Anlehnung an einen Penis Stöße folgen würden, aber stattdessen beugte Anna die Finger und berührte eine Stelle, auf die Edens gesamter Körper reagierte, und ein ungeheuer lustvoller Schrei entwich ihren Lippen. O Gott! O *Gott* …

Sie keuchte und bebte, sah schwarze Punkte vor den Augen tanzen. Das fühlte sich absolut fantastisch an, sie konnte nicht …

»Hey«, sagte Anna und legte eine Hand auf Edens Oberschenkel. »Tief durchatmen.«

Eden merkte, dass sie keuchend nach Luft schnappte, und zwar so schnell, dass ihr davon schwindelig wurde. Sie atmete ein paarmal langsam durch, beruhigte sich und war froh, als das Summen in ihren Ohren verklang und sie wieder klar sehen konnte.

»Okay?«, fragte Anna.

Eden nickte. Sie grub ihre Hände in Annas Haare und musste sich zusammenreißen, sie nicht fester an sich zu ziehen, denn wenn sie nicht bald ihren Orgasmus bekam, würde sie tatsächlich den Verstand verlieren. Anscheinend wusste Anna das, denn sie beugte sich vor und richtete diesmal all ihre Aufmerksamkeit auf Edens Kitzler. Sie wirbelte mit der Zunge darüber hinweg und saugte dann daran.

Eden wand sich hilflos unter ihr und spürte, wie sie sich dem Höhepunkt näherte. Unter Annas Zunge entlud sich der Orgasmus und schoss mit solch einer Wucht durch Eden hindurch, dass sie vor Lust aufschrie. Sie war beim Sex noch nie so ungehemmt gewesen.

Sie war noch nie so *irgendwas* von dem gewesen.

* * *

Anna starrte Eden voller Bewunderung an. Sie lag ausgestreckt unter ihr und schaute sie mit glasigem Blick an – wie jemand, der soeben ordentlich vernascht worden war. Eden hatte gefleht und sich gewunden und gezittert und – *Gott!* –, als sie gekommen war, der Anblick ihrer Lust hatte beinahe gereicht, um Anna mitzureißen.

Sie streckte sich neben Eden aus, legte ihr einen Arm um die Taille und zog sie für einen Kuss an sich. Eden erwiderte ihn begierig, obwohl sie noch atemlos von ihrem Orgasmus war und ihre Hand klamm unter Annas Fingern lag.

»Das war so …« Mit ihrer zittrigen Hand machte sie eine explodierende Geste an ihrem Kopf.

»Du tust meinem Ego wirklich gut«, erwiderte Anna mit einem Lächeln neckend.

»Und du bist wirklich gut, na ja … beim Sex.« Eden strich mit der Hand Annas Rücken hinab, und sie erzitterte genüsslich.

»Ich wollte nicht, dass dein erstes Mal mit einer Frau eine Enttäuschung wird.«

Eden schnaubte. »Wenn du dich einfach nur hingelegt und mir erlaubt hättest, dich nur anzusehen, wäre das schon keine Enttäuschung gewesen. Aber das eben … das war der absolute Hammer.«

»Das freut mich.«

»Und kann ich jetzt …?« Mit zögerlichem Ausdruck glitt Edens Hand auf Annas Hüfte.

»Gott, ja.« Anna hatte versucht, ihre eigenen Bedürfnisse zu ignorieren, während sie sich auf Eden konzentrierte, aber inzwischen war sie dermaßen angeturnt, dass es nicht mehr viel brauchte.

Eden strich mit den Fingern über Annas Bauch. Sie spielte mit Annas Bauchnabelpiercing und ging dann tiefer, strich über Annas nasse Mitte. Jetzt war Anna mit Stöhnen an der Reihe, und ihre Hüften zuckten Eden entgegen.

»Wow!« Eden klang erstaunt. »Du bist so nass.«

»Was soll ich sagen? Dich zu verwöhnen turnt heftig an.«

Eden grinste. »Dreh dich auf den Rücken.«

Anna gehorchte und war ganz erregt vom Kommandoton in Edens Stimme. Es hatte ihr Spaß gemacht, bis jetzt das Sagen zu haben, aber nun war sie mehr als froh, wenn Eden übernahm. Eden setzte sich auf und hievte sich rittlings auf einen von Annas Oberschenkeln, während ihr Blick über Annas Körper strich.

»Darauf hab ich mich schon gefreut.« Eden beugte sich vor und küsste Anna auf den Mund, bevor sie sich ihren Brüsten widmete und ihre heißen, nassen Lippen auf Annas empfindsame Haut legte. Eine Hand glitt zwischen Annas Beine.

»O ja!«, stöhnte Anna und bewegte sich rhythmisch mit Edens Hand.

Sie spürte, wie Edens Lippen sich an ihrer Brustwarze zu einem Lächeln verzogen. Anfangs bewegten sich Edens Finger zögerlich. Als Anna hinabschaute, sah sie Edens Augenbrauen konzentriert zusammengezogen. Mit sanften Fingern erkundete Eden Annas Körper und wurde mit wachsender Selbstsicherheit immer fester im Griff.

Eden fand ihren Kitzler und schaute auf, als Anna vor Lust aufschrie. »Hier?«

»Genau da«, bestätigte Anna. »Du kannst dir später noch Zeit mit mir nehmen. Mach jetzt erst mal mit dem weiter, was du gerade machst.«

Edens Finger umkreisten Annas Kitzler, während sie an Annas Brustwarze knabberte, und sie drückte den Rücken durch und drängte sich fester an Edens Berührungen. Anna hob und senkte ihre Hüften im Takt von Edens Fingern, und es dauerte nicht lange, bis sie spürte, wie sie die Kontrolle verlor. Sie stöhnte laut, als Eden sie zum Höhepunkt brachte.

»Ja!«, rief Anna, als sie kam. Sie presste Eden an sich, während sie ihren Orgasmus genoss, und dann registrierte sie nur noch, wie Eden, sich an ihrem Oberschenkel reibend, ebenfalls kam.

»Mein Gott!«, sagte sie keuchend, als sie sich neben Anna aufs Bett fallen ließ. »Das war wirklich kein Witz, als du vorhin gesagt hast, Frauen können einfach immer weitermachen.«

Anna grinste und atmete tief ein, während sie sich erholte. »Multiple Orgasmen sind mit Sicherheit ein nettes Extra.«

»Ich liebe das hier«, murmelte Eden und kuschelte sich tiefer in Annas Halskuhle. »Ich liebe es, mit dir zusammen zu sein.«

Annas Herz zog sich glücklich zusammen, als sie das Wort mit L aus Annas Mund hörte. Natürlich war es noch viel zu früh, um es ernsthaft auszusprechen, aber Anna wusste, dass sie schon dabei war, sich in Eden zu verlieben, und sie hoffte, dass Eden vielleicht genauso empfand. Als sie so dalag, mit Eden in ihre Arme gekuschelt, die Nachbeben der Lust immer noch in ihrem Körper spürend, konnte sich Anna nichts Besseres vorstellen. »Ich liebe es auch, mit dir zusammen zu sein.«

Sie fuhr mit der Hand durch Edens Haare, und Eden seufzte, klang zufrieden mit sich und der Welt. Die Balkontür stand noch offen, und Anna konnte noch gerade so die Bäume in der zunehmenden Dunkelheit ausmachen. Über ihnen rotierte ein Deckenventilator, und das Zirpen der Grillen war bis ins Zimmer herein zu hören.

Es war wie im Traum. Doch nach einer Minute wurde ihr klar, dass die Feuchtigkeit an ihrem Hals kein Schweiß, sondern Edens Tränen waren. Ein leicht abgehacktes Atmen war das einzige weitere Warnsignal.

Anna legte den Arm fester um sie. »Hey. Alles okay?«

Eden nickte und hob den Kopf. »Das sind gute Tränen. Freudentränen. Vielleicht auch vor Erleichterung. Weil so viele Dinge jetzt endlich Sinn ergeben. Endlich verstehe ich, warum …« Ein kleines Schluchzen entwich ihr. »Aber gleichzeitig kann ich nicht anders und bin frustriert, weil ich *so* lange dafür gebraucht habe.«

»Schluss damit.« Anna zog Eden ganz sacht an den Haaren, die daraufhin keuchte. »Stell deinen Erfahrungsweg nicht infrage, Eden. Jetzt bist du zwar hier angelangt, aber deshalb hatte nichts an dir weniger Berechtigung, als du vor ein paar Monaten noch dachtest, du wärst hetero.«

Eden schaute trotz der Tränen auf ihren Wangen lächelnd zu ihr hoch. »Du hast recht. Keine Vorwürfe mehr für etwas, das ich nicht ändern kann.«

»Ganz genau.« Anna senkte den Kopf, um sie zu küssen, und schmeckte das Salz auf Edens Lippen.

»Anscheinend bekomme ich nicht genug von dir«, flüsterte Eden.

»Geht mir auch so.«

Sie küssten und berührten sich, und Eden setzte ihre neu erlernten Fähigkeiten ein, um Anna einen weiteren Orgasmus zu schenken, bevor sie sich eine dringend nötige Dusche gönnten und sich dann für etwas zu trinken hinunterwagten. Schließlich legten sie sich völlig ausgepowert schlafen … ins selbe Bett.

KAPITEL 22

»Gleich sind wir da«, erklärte Eden schnaufend und ging weiter voran, den Pfad hinauf. Über ihnen fiel das Sonnenlicht durchs Blätterdach der Bäume und besprenkelte den Boden mit tanzenden Flecken. Weiter vorne hörten sie das Plätschern und Spritzen von Wasser.

»Der Weg ist ein super Workout.« Anna war genauso außer Atem wie Eden. Nach einem leichten Frühstück mit Kaffee hatten sie sich zum Mittagessen ein Picknick eingepackt und waren zu Edens Lieblingsort auf ihrem Grundstück losgewandert. Sie konnte es kaum erwarten, ihn Anna zu zeigen.

»Das ist mein einziges Workout, wenn ich hier bin«, erwiderte Eden.

»Finde ich super«, sagte Anna. »Oh!«

Vor ihnen kam der Pavillon in Sicht, und seine weiße Farbe stand in starkem Kontrast zu den satten Braun- und Grüntönen des ihn umgebenden Waldes.

»Ist das nicht niedlich?«, fragte Eden.

»Total süß«, stimmte Anna zu.

Auf dem Weg zum Pavillon gesellte sich der Bach zu ihnen, der nun parallel zum Pfad weiterfloss. Das melodische Geräusch von Wasser, das über Steine rauschte, erzeugte zusammen mit

Vogelgezwitscher und der in den Bäumen flüsternden Brise den entspannendsten Soundtrack der Welt. Eden hatte versucht, ihn mit ihrem Handy einzufangen, doch die aufgenommene Version war nicht das Gleiche. Bisher hatte sie dieses Gefühl der Zufriedenheit nur verspürt, wenn sie persönlich hier war.

Sie betraten den Pavillon, der mit einer umlaufenden Holzbank ausgestattet war. Auf der einen Seite konnte man den vorbeiplätschernden Bach beobachten. Dort setzte sich Eden jetzt hin und stellte den Rucksack zu ihren Füßen ab.

»Das ist ein toller Ort zum Picknicken«, sagte Anna.

»Ich nehme mir oft mein Mittagessen mit hier hoch.«

»Das kann ich verstehen.« Anna rutschte zu ihr und ihre Lippen trafen sich.

»M-hm«, raunte Eden in den Kuss hinein und merkte erstaunt, wie ihr Körper allein durch den einfachen Druck von Annas Lippen auf ihren erwachte, und spürte bereits eine warme Welle der Erregung. Sie presste sie enger an sich, sodass ihre Hüften zueinander fanden, und stöhnte auf, als Anna anfing, sich an ihr zu reiben.

Anna legte die Hand an den Bund von Edens Leggings und hielt dann inne. »Wie wahrscheinlich ist es, dass hier jemand vorbeikommt und uns sieht?«

»Absolut unmöglich«, antwortete Eden, deren Hüften sich wie von selbst zu Annas Hand schoben. »Das Grundstück ist von einem über zwei Meter hohen Zaun umgeben, und der steht ewig weit weg von hier.«

Anna schnalzte mit der Zunge. »Immer noch in deinem Käfig, Eden, sogar hier. Noch bevor die Woche herum ist, werde ich dich aus deinem Käfig herausholen, aber zuerst …« Ihre Hand glitt vorn in Edens Hosen hinein.

Eden keuchte und erschrak darüber, wie feucht sie bereits war, als Annas Finger sie berührten. Dann massierte Anna kreisend ihren Kitzler, und Eden konnte nicht mehr klar denken.

Sie konnte nur noch fühlen, und pures Verlangen überwältigte ihre Sinne. Sie warf den Kopf in den Nacken, und ihr Wimmern und die keuchenden Atemzüge vermischten sich mit den Geräuschen der Natur.

Eden verschlug es erneut den Atem darüber, wie ihr Körper bei Tageslicht, nüchtern und ausgeruht, auf Anna reagierte. Stetig, heftig und fordernd baute sich die Lust in ihr auf. Ihre Hüften rieben sich an Annas Hand, und als sie kam, hallte ihr Schrei zwischen den Baumwipfeln wider.

»Wunderschön«, sagte Anna und schaute sie an. Dann hob sie ihre Finger zu den Lippen und steckte sie in den Mund. »Und köstlich.«

Eden stöhnte erneut, die Lust prickelte ihr noch in den Adern. »Keine Ahnung, warum das so heiß ist, aber das ist es.« Sie strich über die warme, feste Haut an Annas Bauch und konnte der Versuchung nicht widerstehen, mit Annas Nabelpiercing zu spielen. Sie drehte es zwischen den Fingern, bevor sie ihre Hand in Annas Hose steckte.

Es fiel ihr schwer zu begreifen, wie selbstverständlich sich das bereits für sie anfühlte. Voller Erstaunen bewunderte sie, wie Anna sich unter ihren Fingerspitzen anfühlte, so heiß, so nass. Annas haselnussbraune Augen leuchteten, als ihr ein Sonnenstrahl übers Gesicht strich. *Wunderschön.* In diesen Tiefen lag ein Song verborgen. Davon war Eden überzeugt.

Sie entdeckte bereits, was Anna gefiel, und sie konnte es kaum erwarten, den Rest der Woche damit zu verbringen, alle Geheimnisse ihres Körpers zu entschlüsseln. Dafür, dass sie sich früher nie sonderlich für Sex interessiert hatte, kam ihr jetzt so gut wie nichts anderes mehr in den Sinn.

Alleine Anna dabei zuzusehen, wie sie auf ihren Höhepunkt zusteuerte, turnte sie schon wieder an. Ein warmes Ziehen wuchs in Edens Mitte, während Anna sich an Edens Hand rieb. Sie strich mit dem Daumen über Annas Kitzler, und Anna keuchte, biss sich auf die Unterlippe. Als sie kam, spannten sich ihre innersten Muskeln fest um Edens Finger, und Eden verspürte zur Antwort dieselbe Spannung in sich.

»Mein Gott, du bist so wunderschön, wenn du kommst.« Sie hörte die Bewunderung in ihrer Stimme.

Anna grinste mit roten Wangen und schnappte nach Luft. »Nicht so schön wie du.«

Sie blieben noch ein Weilchen so sitzen, Anna rittlings auf Edens Schoß, küssten sich und schmusten. Irgendwann standen sie auf, um sich die Hände im Bach zu waschen. Anna zog die Schuhe aus und watete hinein. Die Kälte überraschte sie und sie quiekte. Eden konnte nicht widerstehen, zog auch die Schuhe aus und folgte ihr ins Wasser.

Sie lachten und tollten im Bach umher, passten jedoch auf, dass sie nicht nass wurden. Dieses Land war schon immer Edens Rückzugsort gewesen. Sie kam her, um sich zu entspannen und herunterzukommen. Spaß hatte sie hier nie gesucht, aber heute hatte sie welchen. Egal, wo sie waren, mit Anna hatte sie immer Spaß, also natürlich auch hier. Eden war ganz leicht ums Herz.

Als sie auf das Wasser hinabschaute, das ihre Füße umspülte, dachte sie an den Song, an dem sie seit ein paar Wochen arbeitete, den Song, dem sie bei den gurgelnden Stromschnellen in Colorado den Titel »Turbulent« gegeben hatte. Jetzt empfand sie, dass rauschendes Wasser auch Ruhe und Frieden bringen konnte.

Sie watete zum Pavillon, um den Gedanken niederzuschreiben, bevor er verschwand.

»Ist dir schon zu kalt?«, fragte Anna und schnipste Wasser in ihre Richtung.

»Nein. Mir ist nur was zu dem Song eingefallen, an dem ich arbeite, und ich muss es aufschreiben.«

Eden hielt sich an einem Ast fest und kletterte vorsichtig über die schlüpfrigen Steine am Bachufer. Ihre Zehen waren halb taub, aber das machte ihr nichts aus. Sie setzte sich auf die Bank im Pavillon und öffnete auf ihrem Handy die Datei mit dem Liedtext. Dann ergänzte sie ihn um ein paar neue Zeilen. Allerdings fehlte nach wie vor noch etwas.

»Singst du es mal für mich?«, bat Anna und setzte sich neben sie. Sie hatte ihre grünen Leggings bis über die Knie hochgekrempelt, und ihre nackten Unterschenkel glänzten nass.

»Okay.« Eden teilte eigentlich ungern unfertige Songs mit anderen, aber den hier wollte sie für Anna singen. »Der Titel ist ›Turbulent‹. Es geht darum, wie ich mich in den letzten paar Wochen gefühlt habe.«

»Spannend.« Anna schlang die Arme um die Beine und schaute Eden erwartungsvoll an.

Eden hielt ihr Handy vor sich und summte ein paar Töne, so wie sie sich die Anfangstakte des Songs vorstellte. Und dann fing sie an zu singen. Die erste Strophe handelte von ihren tobenden Gefühlen, davon, sich außer Rand und Band zu fühlen, und gipfelte im Refrain, in dem sie die Wassermetaphern mit dem Titel in Verbindung brachte.

Sie hörte auf zu singen und sah Anna an. »In der zweiten Strophe wird's darum gehen, die Kontrolle zurückzugewinnen. Dieser Gedanke kam mir gerade im Bach, dass Wasser nämlich ruhestiftend und sinnvoll sein kann, selbst wenn es turbulent ist.«

»Find ich super«, sagte Anna. »Ganz ehrlich. Die Botschaft ist so persönlich und vielsagend, und die Melodie ist so schön, klingt sogar irgendwie wie Wasser.«

»Danke.« Eden senkte lächelnd den Kopf.

»Ganz im Ernst.« Anna wurde ganz emotional. »Das ist ein Beispiel für die Songs, deretwegen ich mich damals in deine Musik verliebt habe. Du lässt so viel Leidenschaft in deine Musik einfließen. Wenn ich sie höre, weckt das Gefühle in mir.«

»Tatsächlich?« Eden schaute auf und stellte überrascht fest, dass in Annas Augen Tränen schimmerten.

Sie nickte und nahm Edens Hand. »Darf ich mal kurz brutal ehrlich sein?«

»Na klar.« Nicht ganz sicher, was Anna gleich sagen würde, setzte sich Eden etwas gerader hin.

»Abgesehen vom Titel ›Alone‹, habe ich diese Leidenschaft bei deinem letzten Album vermisst. Als ich den Song zum ersten Mal gehört habe, hat er mich zu Tränen gerührt, obwohl ich mich gefragt habe, wie sich jemand wie du überhaupt je einsam fühlen konnte.« Sie hob die Hand, bevor Eden reagieren konnte. »Da ich dich jetzt kenne, verstehe ich es total. Ganz ehrlich.«

Eden nickte. Ein unangenehmes Gefühl machte sich bei Annas Worten in ihrem Bauch breit.

»Ich schätze, was ich eigentlich sagen möchte, ist, dass das ›After Midnight‹-Album sich ein bisschen so anfühlte, als hättest du zu sehr versucht, einen Hit zu schreiben, statt mit dem Herzen. Zum Beispiel weiß doch jeder, dass man sich nach Mitternacht nicht wirklich in eine ungezügelte Frau verwandelt. Ich glaube, deshalb hat es sich auch nicht so gut verkauft wie deine anderen. Es hat nicht so richtig gefunkt wie sonst.«

»In meinem Leben hatte es auch nicht gefunkt.« Eden senkte den Blick auf ihr Handy.

»Ganz genau. Du warst in einer komischen Situation, und deine Musik kam ein wenig platt herüber, aber verdammt, ich sage dir, du bist wieder voll da …« Anna drückte ihre Hand. »Wenn ich mir deine Konzerte bei dieser Tour ansehe … ich habe dich noch nie so leidenschaftlich gesehen. Sogar die Songs, die sich für mich auf dem Album nicht ganz rund anhörten, erfüllst du jeden Abend mit Leben. Du bist zurück, Eden. Mit all dem will ich eigentlich sagen, ich glaube, genau darum geht's auch in deinem neuen Song ›Turbulent‹, und ich bin einfach total glücklich, dich so aufblühen zu sehen, und ich fühle mich so geehrt, deine neue Musik hören zu dürfen und einfach nur … puh, so viele Gefühle.«

Tränen liefen Anna über die Wangen, und einen Augenblick lang konnte Eden nur starren. Anna hatte noch nie vor ihr geweint, und jetzt ihre Tränen zu sehen, zu wissen, dass ihre Musik Anna derart berührte, trieb ihr auch die Tränen in die Augen.

»Danke«, sagte sie mit belegter Stimme.

»Ganz ehrlich«, kam es von Anna. »Dein Talent ist einfach so, so wundervoll.« Sie beugte sich vor und umarmte Eden.

Eden umarmte sie auch, und sie ließ ihren Tränen freien Lauf. »Sieh uns nur an, wie wir uns wegen ein paar hübschen Worten heulend in den Armen liegen.«

Anna lachte, löste sich von ihr und grinste Eden mit tränennassen Wangen an. »Aber Worte sind doch hübsch! Und mächtig. Sie können das Leben verändern. Weißt du was? Gestern habe ich an einem Song gearbeitet, in dem es darum geht, sich an den richtigen Stellen Bestätigung zu holen, dass man ernst genommen und nicht nur als albernes quirliges Mädchen wahrgenommen werden möchte.«

»Darf ich ihn sehen?«, fragte Eden und zog in Gedanken bereits Parallelen zwischen Annas Idee und dem Song, den sie ihr soeben vorgesungen hatte.

»Klar.« Anna nahm ihr Handy, tippte kurz darauf herum und hielt es ihr dann hin. »Ich habe noch keine Melodie oder so was dafür, nur ein paar gesammelte Gedanken.«

Eden las die Zeilen. Sie waren so ehrlich und hoffnungsvoll, genau wie Anna. »Was, wenn wir sie kombinieren? Meinen Song und deinen?«

Annas Lächeln wurde breiter. »Wie ein Duett?«

Eden hatte zwar an nichts weiter als eine Zusammenarbeit beim Schreiben gedacht, aber kaum hatte das Wort »Duett« Annas Lippen verlassen, nickte sie. »Ja. Das ist eine super Idee. Ein Duett über Frauenpower, darüber, sich in einer Welt selbst treu zu bleiben, die uns in eine vorgefertigte Form pressen will, oder in uns nicht mehr sieht als ein hübsches Gesicht.«

»O mein Gott, ja! Das machen wir!«

Die nächste Stunde verbrachten sie damit, Gedanken aufzuschreiben, ihre Liedtexte zusammenzuführen und dabei Melodien zu summen. Das war das fehlende Element, nach dem Eden gesucht hatte, die Sache, die diesem Song den Anstoß gab, nicht nur gut, sondern *großartig* zu werden.

Außerdem war es erstaunlich, wie schnell der Song Form annahm. Eden kam es vor, als hätten sie in Rekordzeit einen kompletten Durchlauf des fertigen Songs aufgenommen. Als sie ihn abspielte, beugten sie sich beide nah zum Handy, um ihn sich anzuhören.

»Wir klingen gut zusammen«, stellte Eden fest.

»Ja, stimmt.« Anna blickte auf, und da waren neue Tränen auf ihren Wangen. »Der Song haut wirklich rein, und ich weiß, dass ich nicht objektiv bin, weil ich mitsinge, aber er hat die Magie, die dich zum Superstar gemacht hat, Eden.«

»Die hast du auch, weißt du?«, erwiderte Eden. »Wegen dieser Magie rückst du mir schon nach zwei Jahren im Musikgeschäft auf die Pelle.«

»Mag sein, aber *wir* sind Teil der Magie.«

* * *

Anna stellte sich hinter Eden auf den Balkon des Schlafzimmers. Sie legte die Arme um sie und schaute über Edens Schulter in den Wald. »Lass mich kurz ausreden, okay?«

»Na immer«, sagte Eden und entspannte sich in Annas Umarmung.

Die vergangenen zwei Tage hatten sie auf Edens Land verbracht, waren täglich wandern gegangen und hatten im Pavillon

Mittag gegessen, gefolgt von gemütlichen Nachmittagen mit »How to Get Away With Murder« und noch mehr Songschreiben. Das war mit der beste Urlaub, den Anna je gemacht hatte, aber sie wollte auch die Gegend außerhalb dieses Refugiums, das Eden für sich erbaut hatte, erkunden.

»Lass uns irgendwo hinfahren«, schlug Anna vor. »Auf ein kleines Abenteuer hier in Vermont.«

»Gern.« Eden drehte sich in Annas Armen und schaute sie an. »Ich fahre total gern in der Gegend herum. Nicht weit vom Haus gibt's einen echt schönen Aussichtspunkt.«

»Und den will ich auch unbedingt sehen, aber ich will auch einkaufen gehen oder so was. Vielleicht sehen wir uns den süßen kleinen Ort an, durch den wir auf dem Weg hierhergefahren sind, was meinst du?«

Sofort versteifte sich Eden. »Ich denke nicht …«

Anna legte ihr die Finger auf die Lippen. »Erst ausreden lassen, weißt du noch?«

Eden nickte.

»Es ist kein Geheimnis, dass dieses Haus dir gehört, richtig? Das heißt, die Leute hier wissen, dass du hier bist.«

»Ja, da bin ich mir ziemlich sicher«, sagte Eden. »Allerdings habe ich noch nicht genügend von ihnen getroffen, um zu sagen, welche Vermutungen sie vielleicht über den einsiedlerischen Popstar haben, der hier wohnt.«

»Und stehen sie Schlange an deinem Tor, um einen Blick auf dich zu erhaschen?«

Eden schüttelte den Kopf. »Ich habe noch nie jemanden am Tor gesehen, außer wenn was geliefert wird. Das ist ein Grund, weshalb es mir hier so gut gefällt. Nicht annähernd so neugierig wie die Touristen in L.A., die sich diese Karten mit den Häusern der Stars kaufen.«

»Was meinst du, wie sie reagieren, wenn du einen Laden betrittst?«, fragte Anna.

»Keine Ahnung, es ist nur … du weißt, was ich davon halte, ohne Taylors Unterstützung unter Leute zu gehen.« Im Augenblick war Taylor zu Hause in L.A., Tausende Meilen weit weg. Eden war hier wirklich allein mit Anna, eine Tatsache, die in die Sorgenfalten ihres Gesichts eingraviert stand.

»Okay, also ich glaube, es wird folgendermaßen ablaufen«, begann Anna. »Ich glaube, die meisten werden dich gar nicht erst erkennen. Ein paar schon, vor allem, wenn ich auch dabei bin. Die Presse hat dieses Jahr jede Menge über uns beide berichtet, und zwei Promis erkennt man immer schneller als einen.«

»Immer«, unterstrich Eden.

»Aber selbst, falls doch ein paar Leute um ein Autogramm oder ein paar Fotos bitten, ist das kein großes Ding, oder?«

»Nein«, antwortete Eden, wirkte aber dennoch nicht gerade entspannt.

»Was in Chicago passiert ist, wird hier garantiert nicht passieren. Vor allem gibt's hier gar nicht so viele Menschen. Als man uns im Millennium Park belagert hat, waren wir an einem der beliebtesten Touristenplätze des Landes. Ich glaube, der Kramladen im Ort wird eine wesentlich ruhigere Erfahrung sein.«

»Wahrscheinlich hast du recht.«

»Machst du dir Sorgen, mit mir in der Öffentlichkeit gesehen zu werden?«, fragte Anna. »Dass man glaubt, wir sind ein Paar?«

Eden schüttelte den Kopf. »Nein. Paris sagt, dass die Hashtags zumeist unter unseren Fans auf Twitter zirkulieren. Die Mainstreampresse sieht uns als Kollegen, vielleicht Freunde.«

»Das sehe ich auch so. Wenn man uns zusammen sieht, füttert das vielleicht den #Edanna-Aufruhr auf Twitter, aber was macht das schon? Die Fans lieben es. Die werden begeistert sein. Und die Presse wird denken, dass es schön ist, dass wir so gut befreundet sind.«

Eden nickte, und war das etwa ein Lächeln, das an ihren Mundwinkeln zupfen wollte?

»Also, wenn es okay für dich ist, sehe ich nichts, was dagegenspricht, dass wir zusammen ein wenig die Gegend erkunden«, schloss Anna. »Vielleicht stellst du ja sogar fest, dass es die Leute hier völlig kalt lässt, eine Berühmtheit in ihrer Mitte zu haben. Vielleicht hast du dich ganz grundlos hier oben in deinem Schloss versteckt.«

»Blockhütte«, korrigierte Eden und beugte sich vor, um Anna einen Kuss auf die Wange zu geben. »Das ist kein Schloss, aber dafür meine Festung. Ich fühle mich hier sicher.«

»Wie wär's, wenn wir in der Nähe vom Auto bleiben, dann können wir abhauen, falls uns irgendwas nicht geheuer ist. Genau genommen können wir damit anfangen, zu dem Aussichtspunkt zu fahren, den du erwähnt hast, und dann sehen wir weiter.«

Und so kam es, dass Anna später an diesem Nachmittag durch einen kleinen Laden mit Produkten aus Ahornsirup spazierte. Eden stand vor ihr mit einem Korb voller Mitbringsel für ihre Crew und ließ sich vom Ladenbesitzer detailliert erklären, wie man die Bäume anzapfte, was er anscheinend auch direkt hier auf dem Grundstück tat.

Falls der Mann eine Ahnung hatte, wer Eden war, ließ er sich das nicht anmerken. »Sehen Sie, hier.« Er führte sie zum Fenster auf der Rückseite des Ladens. »Der große Baum gleich bei der Auffahrt? Das ist ein Zuckerahorn.«

»Also stammt der Sirup von diesem Baum?«, fragte Eden und hielt ihren Korb hoch.

»Das ist eher unwahrscheinlich«, antwortete er. »Manchmal zapfe ich diesen Baum bei Vorführungen an, aber der meiste Sirup stammt von den Bäumen da hinten im Wald. Ein ganzes Netzwerk an Rohren befördert den Sirup in diesen Schuppen dort.«

Er führte noch ein paar Minuten länger aus, wie das ablief, während Anna sich auch ein paar Produkte aussuchte. Sie liebte es, die Touristin zu spielen, und hatte tatsächlich noch nie Bonbons aus Ahornsirup probiert. Sie suchte sich ein schönes Geschenkset als Dankeschön für Zoe aus, weil sie auf Nelle aufpasste, und dazu noch ein paar kleinere Aufmerksamkeiten für ihr Team.

Der Ladenbesitzer war um die fünfzig, trug Jeans und trotz des warmen Wetters ein Flanellhemd, und Mannomann, liebte er es, über Ahornsirup zu reden. Als sie sich wieder auf den Weg zu ihrem Mietwagen machten, wussten sie beide unheimlich viel über die Produktion von Ahornsirup.

»Oh, schau mal, die Post ist gleich dort auf der anderen Straßenseite«, bemerkte Anna. »Hast du was dagegen, wenn ich kurz hingehe und diesen Geschenkkorb an Zoe schicke?«

»Nein, ist okay«, antwortete Eden. »Und danke, dass du nicht sagst ›Ich hab's dir ja gesagt‹.«

Anna grinste. »Würde ich nie tun, aber ich genieße es schon, dir zu helfen, auch mal rauszukommen und etwas mehr von der Welt zu erleben. Sag mir einfach nur Bescheid, wenn ich zu viel Druck ausübe.« Sie berührte Edens Arm.

»Mach ich«, erwiderte Eden. »Ich habe so lange in L.A. gewohnt, da habe ich wohl vergessen, dass es Orte gibt, an denen ich rausgehen kann, ohne bedrängt zu werden. Manchmal ist es schön, ganz gewöhnlich zu sein.«

»Superschön«, stimmte Anna zu. »Und für unsere Egos ist es auch gut.«

»Absolut.«

Sie betraten die Post, wo ein Angestellter Anna beim Kauf von Verpackungsmaterial für Zoes Geschenk half. Nachdem das Paket aufgegeben war, gingen sie wieder hinaus, gerade als zwei Teenie-Mädchen auf dem Fußweg vorbeigingen, und der Augenblick, in dem sie Eden und Anna erkannten, war komisch und offensichtlich.

»O mein Gott!«, kreischte eine von ihnen, während die andere nach ihrem Handy tastete, um diesen Moment sofort mit ihren Freunden zu teilen, statt persönlich mit ihnen zu interagieren.

Anna spürte, wie Eden sich versteifte, also trat sie eifrig vor, wollte die Kontrolle über die Situation gewinnen. Zwei Teenager, das war machbar. Auf so eine Situation hatte sie sich vorbereitet. »Hi«, grüßte sie die Teenies.

»Hi«, antwortete die größere der beiden und gaffte sie an. »Du bist Anna Moss.«

»Ja, bin ich«, bestätigte sie lächelnd.

Das Mädchen blickte an Anna vorbei. »Und du bist Eden Sands. O mein Gott, das kann doch einfach nicht wahr sein! Zwei von meinen Lieblingssängerinnen laufen hier in Bumfuck, Vermont, über die Straße!«

»Ich würde deine Stadt nicht eben ›Bumfuck‹ nennen«, witzelte Anna. »Wir machen hier Kurzurlaub, bevor die Konzerttour weitergeht, bisher finden wir die Gegend einfach super. Könnt ihr uns noch was empfehlen?«

»Ähm.« Die kleinere von beiden blinzelte sie überrascht an. »Gleich außerhalb der Stadt gibt's ein schönes Wanderziel. Da bin ich mit meiner Familie ein paarmal hingewandert. Ich glaube, es heißt White Rocks.«

»Cool. Wir wollten gern ein bisschen wandern, stimmt's, Eden?« Anna drehte sich zu ihr.

Eden hatte ihr seltsames Lächeln aufgesetzt, das nichts preisgab. »Ja, wollten wir.«

»Ja, White Rocks ist super«, sagte nun auch das andere Mädchen. »Und Rosa's ist das beste Restaurant zum Essen, also, für was Schickes.«

»Na, perfekt!« Anna verkniff sich ein Lächeln, da die Mädels offensichtlich versuchten, etwas zu empfehlen, das Erwachsenen gefallen würde, statt der Pizzabude, in der die Kids aus der Gegend abhingen.

»Können wir, ähm … können wir ein Selfie mit euch machen?«, bat das kleinere Mädchen mit erhobenem Handy. Die Hülle sah aus wie in Glitzerstaub getunkt und glitzerte in der Nachmittagssonne entsprechend.

»Na klar«, antwortete Anna und trat für ein Selfie zu ihnen. Sie posierte mit jedem Mädchen einzeln und dann mit beiden. Danach war Eden dran.

Nicht lange, und die Teenies gingen weiter, und Anna und Eden stiegen in ihr Mietauto.

»Alles okay?«, fragte Anna und stellte ihre Tasche mit den Ahorn-Souvenirs auf den Rücksitz.

»Ja«, antwortete Eden. »Das war okay, überhaupt kein Mob in Sicht.«

»Ich glaube, es ist unwahrscheinlich, dass wir hier in Bumfuck, Virginia, von einem Mob bedrängt werden«, scherzte Anna.

Eden verdrehte die Augen. »Wollen wir unser Glück herausfordern und uns an ein Abendessen bei Rosa's wagen? Soweit ich gehört habe, lag das Mädchen gar nicht so falsch. Meine Haushälterin hat es auch empfohlen.«

»Ich würde *liebend* gern bei Rosa's mit dir abendessen«, sprudelte es aus Anna hervor, und sie versuchte nicht einmal, ihre Freude zu verbergen. »Ich hätte es ja auch vorgeschlagen, aber ich wollte dich nicht zu weit aus deiner Komfortzone herausdrängen.«

»Na ja, ich habe schon oft mit einer Freundin zu Abend gegessen«, sagte Eden und wirkte plötzlich nicht mehr ganz so sicher. »Es muss ja nicht wie ein Date aussehen, oder?«

»Nein, muss es nicht, und da alle Welt dich generell als hetero wahrnimmt, lautet die Schlussfolgerung eh sofort ›Freunde unter sich‹, falls uns jemand beim Essen fotografieren sollte. Aber du solltest dir für alle Fälle sicher sein, dass du mit Schlagzeilen, die unsere Beziehung und deine sexuelle Ausrichtung infrage stellen, okay bist.«

Eden schwieg kurz und trommelte mit den Fingern aufs Lenkrad. Ihre Augen waren hinter ihrer Sonnenbrille verborgen, also wusste Anna nicht wirklich, was in ihr vorging. »Schlagzeilen, die meine sexuelle Ausrichtung infrage stellen, sind mir wirklich total egal«, sagte sie schließlich. »Ich zögere, weil ich meine Beziehungen normalerweise nur ungern öffentlich zeige, solange alles noch so frisch ist. Glaub mir, mit jemandem zusammen zu sein, während alle Welt zusieht, ist ein Druck, den du wirklich nicht haben willst.«

»Ich vertraue dir«, sagte Anna. »Mein Bauchgefühl sagt, wir können bei Rosa's essen gehen, und es wird nicht in den Klatschspalten landen, aber natürlich kann ich das nicht garantieren. Ich habe kaum Erfahrung damit, eine Beziehung öffentlich zu führen, da ich bei Camille nicht berühmt genug gewesen bin, als dass es jemanden interessiert hätte. Also verlasse ich mich hier auf deine Erfahrung. Womit auch immer du dich wohler fühlst.«

»Ich will mit dir essen gehen«, sagte Eden und nickte. »Stella würde sicher ausrasten, wenn ich das mit ihr abstimmen würde, aber ich will endlich auch mal spontan sein und mit meiner Freundin zum Abendessen ausgehen. Was meinst du?«

»Freundin.« Annas Herz tanzte vor Freude, dieses Wort aus Edens Mund zu hören. »Ich sage Ja … zum Abendessen und dazu, dass ich deine Freundin bin.«

Edens Augen wurden groß. »Oh, war das … war das anmaßend, dass ich dich meine Freundin genannt habe?«

»Nein.« Anna gab ihr einen Kuss auf die Wange. »Das heißt, genau genommen sind wir erst seit ein paar Tagen zusammen, aber davor sind wir bei der Tour wochenlang umeinander herumgetanzt. Außerdem wohnen wir diese Woche im selben Haus, was sich für mich definitiv wie ›Freundin‹ anfühlt.«

Eden atmete auf, dann griff sie nach Annas Hand. »Ich schätze, ich war so sehr mit meiner Krise aufgrund meiner sexuellen Ausrichtung beschäftigt, dass wir uns gar nicht über unsere Absichten unterhalten haben. Aber für mich ist das kein Urlaubsflirt oder so. Ich bin völlig hin und weg von dir, Anna, und ich möchte eine ernste Beziehung mit dir.«

»Das ist Musik in meinen Ohren, denn falls es dir noch nicht aufgefallen ist, bin ich auch total hin und weg von dir.«

KAPITEL 23

»Das ist nett.« Eden lächelte Anna über den Tisch hinweg an. Nach dem Gespräch im Auto hatte Anna beim Restaurant angerufen und einen privaten Tisch bestellt. Dementsprechend hatte man sie oben im Loftbereich platziert, von wo aus sie das Restaurant überblicken konnten. Da es nicht sehr voll war, saßen sie oben ganz allein.

»Wenn das Essen auch nur annähernd so gut ist wie die Atmosphäre, wird das ein voller Erfolg, aber ehrlich gesagt, habe ich allein schon, weil wir hier sind, das Gefühl, gewonnen zu haben.« Anna strahlte sie an. Ihre Haare waren nach den Abenteuern dieses Nachmittags ein wenig vom Wind zerzaust, aber Eden fand es herrlich, dass sie in Jeans und mit verwuschelten Haaren hier saßen und ein romantisches Abendessen genossen, so wie ein ganz normales Paar.

»Meine Damen, Ihr Wein.« Ihre Kellnerin tauchte am Tisch auf und hielt ihnen die bestellte Flasche Wein hin. Sie goss beiden einen Schluck zum Probieren ein und wartete auf ihre Zustimmung, bevor sie die Gläser ganz füllte. »Die Vorspeise kommt gleich.«

»Danke.« Eden hatte Erkennen in den Augen der Kellnerin aufflammen sehen, aber bisher hatte sie nichts gesagt und auch nicht versucht, Fotos zu machen – zumindest soweit Eden es hatte sehen können. Vielleicht konnte sie tatsächlich einfach … mit ihrer Freundin zum Abendessen ausgehen, hier im ländlichen Vermont. Die Vorstellung war schwindelerregend in ihrer Einfachheit.

»Auf den Neuanfang«, sagte Anna und hob ihr Glas. Heute schien sie vor Glück nur so zu strahlen, und vielleicht war es ansteckend, denn Eden war auch verdammt glücklich.

Sie stieß mit Anna an und trank einen Schluck. »Unsere Beziehung steht für mich symbolisch für viele Neuanfänge, und ich bin für jeden einzelnen dankbar.«

Wenn überhaupt möglich, strahlte Anna noch mehr. »Ich auch.«

Edens Blick fiel hinab ins Restaurant, wo die Teenies, denen sie zuvor begegnet waren, mit mehreren Freunden gerade zur Tür hereinkamen. »O-oh.«

Anna folgte ihrem Blick. »Verdammt! Tut mir leid. Ich hätte nicht gleich nach der Empfehlung vorschlagen sollen, dass wir hier essen. Ich hätte wissen sollen, dass sie herkommen, um nach uns zu sehen.«

»Ich habe vorgeschlagen, hier zu essen, nicht du.« Sie atmete tief durch. »Und … es ist okay. Vielleicht sehen sie uns hier oben ja gar nicht, und wenn doch – ein paar Fotos mehr werden wir schon überleben.«

»Ja, aber ich wollte, dass der Abend perfekt wird.« Annas Strahlen erlosch. »Ich hab das Gefühl, immer, wenn ich dich dazu ermutige, ein Risiko einzugehen, passiert so was, und es geht nach hinten los. Anscheinend unterschätze ich's immer noch, wie das Leben für jemanden ist, der so berühmt ist wie du.«

»Auch wenn's mal nach hinten losgegangen ist, ich bereue trotzdem nichts.«

»Nicht mal Chicago?«

Eden schüttelte den Kopf. »Das hatte mich so mitgenommen, weil ich unter anderem wegen meinen Gefühlen für dich total angespannt war. Dermaßen bedrängt zu werden, während ich mich emotional verletzlich gefühlt habe, das war … heftig. Aber ich bereue es nicht.«

»Ich schon«, gestand Anna. »Ich mache mir immer noch Vorwürfe, dass ich dich zu einem derart belebten Platz mitgenommen habe und weil mir nicht früher aufgefallen ist, dass diese Fans uns live gestreamt haben. Es hätte noch viel schlimmer kommen können, als es sowieso schon war.«

»Ja, hätte es, aber was ich eigentlich damit sagen wollte, ist, dass ich das Gefühl gehabt habe, wie eine Schlafwandlerin durch mein Leben zu gehen, bis ich dich getroffen habe, Anna. Ich habe, wie du es so schön ausgedrückt hast, in einem Käfig gelebt. Ich war vom Weg abgekommen, und mein Karriereknick hat das widergespiegelt. Jetzt … lebe ich wieder, ich lebe *wirklich*.«

»Also, du willst mich wohl im Restaurant zum Heulen bringen.« Anna wischte sich über die Augen, bevor sie nach Edens Händen griff.

»Ich bin einfach nur ehrlich. Du hast mir gezeigt, dass ich manchmal *das*« – sie nickte zu der Gruppe Teenager, die man unten an einem Tisch platziert hatte, und die sich nun eindeutig auf Promijagd mit Handys in den Händen im Restaurant umschauten – »riskieren muss, um glücklich zu sein.«

Die Kellnerin kam mit ihren Salaten und stellte die Teller vor sie hin.

»Kann ich noch irgendetwas für Sie tun?«, fragte sie.

Eden entschied, den Stier quasi bei den Hörnern zu packen. »Sie wissen, wer wir sind, oder?«

Die Augen der Frau wurden merkwürdig groß, dann nickte sie mit einem leicht belämmerten Ausdruck im Gesicht, als hätte man sie auf frischer Tat bei etwas Verbotenem ertappt. »Ja, Ma'am.«

»Sehen Sie die jungen Leute da unten?« Eden zeigte fast unmerklich auf sie. »Wir sind ihnen vorhin begegnet, und obwohl sie wirklich ganz lieb waren, suchen sie hier ganz offensichtlich nach uns, und wir wollen einfach nur unser Abendessen genießen. Meinen Sie, dass Sie sie davon abhalten können, hier raufzukommen?«

Die Kellnerin nickte erneut, diesmal bestimmter. »Ja, Ma'am. Ich kann die Treppe mit dem Seil absperren, das wir immer anbringen, wenn das Loft geschlossen ist. Und ich könnte Sie auch an den Tisch dort drüben setzen, dann kann man Sie von unten nicht sehen.«

»Das wäre wundervoll«, antwortete Eden. »Vielen herzlichen Dank.«

Also zogen sie zu einem anderen Tisch um. Eden hatte sich der Situation auf eine Weise angenommen, die ihr gestattete, im Restaurant zu bleiben. Sie atmete tief durch und ließ die Schultern sinken, während sie es sich gemütlich machte, um den Rest des Abendessens zu genießen.

* * *

»Morgen geht's nach Boston.« Anna fuhr mit der Hand durch Edens Haare. Nach mehreren superheißen Stunden lagen sie nackt und zufrieden beieinander im Bett. Sie hatten kaum darüber gesprochen, was passieren würde, sobald die Tour weiterging, und jetzt war es so weit. Die Woche war traumhaft gewesen, aber wie würde ihre Beziehung aussehen, wenn sie wieder unterwegs waren?

»Mm.« Eden kuschelte sich mit geschlossenen Augen fester an sie.

»Ich werde es vermissen, morgens neben dir aufzuwachen.« Anna verspürte bei dem Gedanken einen Stich im Herzen.

Eden lugte unter ihren Wimpern hervor. »Wer sagt denn, dass du das nicht mehr machen kannst?«

»Na ja, ich meine … wenn ich die Nacht in deinem Zimmer verbringe, würden unsere Teams das mitbekommen.«

Eden zuckte mit den Schultern. »Ich habe mich schon vor langer Zeit damit arrangiert, dass mein Team jedes intime Detail meines Lebens kennt. Sie sind alle diskret.«

»Du kommst mit dieser ganzen Coming-out-Sache viel besser klar, als ich gedacht hätte«, gab Anna zu. »Macht es dir nichts aus, wenn sie es wissen?«

»Wieso sollte es das? Sie vergöttern dich, und ich bin mir ziemlich sicher, dass sie sich riesig für uns freuen werden. Ich kann mir nicht vorstellen, wieso nicht.«

Anna setzte sich auf und schlang die Arme um die angezogenen Beine. Sie hatte zwar noch nicht wirklich darüber nachgedacht, aber mit Sicherheit war sie nicht davon ausgegangen, es ihrem Team sofort zu sagen.

»Ist das okay?« Eden setzte sich auch auf und sah Anna durchdringend an. »Wir brauchen es nämlich auch niemandem zu sagen, wenn du's erst mal lieber für dich behalten willst.«

»Ich …« Anna schüttelte kurz den Kopf. »Ich weiß nicht. Ich dachte einfach, du würdest es lieber nicht an die große Glocke hängen.«

»Will ich auch nicht, aber die Sache wird mit Paris' und Taylors Hilfe wesentlich einfacher sein. Sie hüten alle meine schmutzigen Geheimnisse.« Sie streckte Anna neckend die Zunge raus.

Welche anderen schmutzigen Geheimnisse hielten sie denn für Eden unter Verschluss? Anna wurde bei dem Gedanken mulmig. »Ähm … okay.«

»*Ist* das okay?«, hakte Eden nach. »Du siehst nämlich ein bisschen verschreckt aus.«

»Das kommt nur unerwartet. Das ist alles. Was glaubst du, wie deine Leute reagieren werden?«

»Wahrscheinlich geschockt«, antwortete Eden nachdenklich. »Also, *ich* hatte ja keine Ahnung, dass ich lesbisch bin, wie hätten sie es dann wissen können?«

Wie konnte es sein, dass sie so lässig damit umging? Anna zog die Beine fester an die Brust. »Machen sie das öfter für dich?«, sprudelte es aus ihr heraus, und ihr wurde die Quelle ihres Unmuts klar, als sie die Worte aussprach. »Das heißt … sind sie es gewöhnt, dich und deine Liebhaber zu decken? Helfen sie dir, sie in dein Zimmer zu schmuggeln?«

Eden sah sie zweifelnd an, bevor sie eine Miene aufsetzte, wie wenn sie mit der Presse sprach. »Fragst du mich das jetzt im Ernst?«

»Nein.« Anna schüttelte den Kopf. »Du hast recht. Das geht mich nichts an.«

»Das meinte ich nicht.« Eden schaute zum Fenster. »Eher … was glaubst du denn, wie viele Liebhaber ich hatte? Ganz ehrlich?«

Anna wedelte mit den Händen. »Das fühlt sich wie eine Fangfrage an.«

»Drei«, sagte Eden leise. »Vor dir gab es drei, und einer davon war mein Ehemann. Also nein, ich habe mein Team nicht gebeten, mir zu helfen, bei der Tour jemanden auf mein Zimmer zu schmuggeln, jedenfalls nicht mehr, seit ich vor fast zehn Jahren mit Zach zusammengekommen bin. Mit den schmutzigen Geheimnissen meinte ich, wie sie mich während der Scheidung abgeschirmt haben … und wie lange es davor her war, dass mein Mann das Bett mit mir geteilt hat.«

Anna wusste nicht, was sie darauf antworten sollte, und jetzt kam sie sich wegen ihrer eigenen Unsicherheit total blöd vor. »Entschuldige. Ich habe kurz mal am Rad gedreht. Ich weiß nicht mal, wo das jetzt herkam.«

Eden schnaubte. »Glaub mir, wenn's um unser Sexleben geht, brauchst du dir überhaupt keine Gedanken zu machen.

Ich dachte, ich hätte deutlich gemacht, auf wie vielen Ebenen du mich an dieser Front umgehauen hast.«

»Hast du.« Anna küsste sie.

Eden umfasste Annas Taille und sah ihr tief in die Augen. »Also, ist es okay für dich, wenn wir es unseren Teams sagen, damit sie uns helfen können, uns in unsere Zimmer zu schmuggeln?«

»Ja, ist es.«

* * *

Am Samstagmittag trafen sie in Boston ein, wo sie von ihrer jeweiligen Entourage in ihr jeweiliges Zimmer gebracht wurden. Da sie eine Woche lang fort gewesen waren, wurden sie beide am frühen Nachmittag für einen kompletten Showdurchlauf in der Arena erwartet, bevor die Türen erneut fürs Publikum geöffnet wurden.

Eden saß mit Paris im Wohnzimmer ihrer Suite und ging mit ihr den Plan für den Nachmittag durch. Alles fühlte sich genauso wie in den vergangenen beiden Monaten der Tour an – alles im gewohnten Trott –, allerdings war es nicht dasselbe. *Sie* war nicht dieselbe.

Normalerweise wäre jeder ihrer Gedanken um das bevorstehende Konzert gekreist. Sie hätte es kaum erwarten können, in die Arena zu kommen, sich auf den Kick gefreut, wenn sie die Bühne betrat. Dort hatte sie sich schon immer wohler gefühlt als sonst irgendwo. Doch obwohl nichts ihre Liebe an den Auftritten dämpfen konnte, hatte sie dasselbe Gefühl, nämlich dort hinzugehören, in Annas Armen gefunden.

War das Liebe? Ihr Herz antwortete Ja.

»… was meinst du?«, drang Paris' Stimme zu ihr durch.

Eden hatte sich völlig aus der Unterhaltung ausgeklinkt. Sie konzentrierte sich wieder auf ihre Assistentin. »Entschuldige, wie bitte?«

»Mittagessen vor deinem Interview mit dem *Boston Globe* morgen?« Paris warf ihr einen komischen Blick zu. »Der Reporter kommt um eins.«

Eden nickte. »Ja, Mittagessen davor klingt gut.«

»Okay.« Paris tippte rasch auf ihrem Tablet und lehnte sich dann in ihrem Sessel zurück. »Und, wie war's in Vermont?«

»Wunderbar.« Eden spürte das verträumte Lächeln auf ihrem Gesicht.

»Ich habe ein paar Fotos von dir und Anna inmitten von Leuten gesehen. Das hat mich überrascht.«

»Sie bringt mich dazu, jede Menge überraschender Dinge zu tun.«

»Seid ihr …«

»Ja!«, fiel Eden ihr ins Wort. Sie wusste nicht mal, was Paris sie eben hatte fragen wollen, aber sie konnte diese Neuigkeit keine Sekunde länger für sich behalten. »Wir sind zusammen.«

»Oh.« Paris starrte sie mit offenem Mund an. »Wow! Ich wusste nicht … das heißt, ich habe mich *schon* gefragt, aber …«

Eden merkte, dass sie rot wurde. Sich vor ihrer Assistentin zu outen war zugleich leichter und schwerer als gedacht. Sie hatte es unbedingt loswerden wollen, aber jetzt fühlte sie sich seltsam verletzlich. Sie räusperte sich und schaute auf ihre Hände. »Natürlich geben wir unsere Beziehung noch nicht öffentlich bekannt, aber ich wollte, dass du es weißt, da du Anna wahrscheinlich sehr oft in meiner Suite sehen wirst.« Inzwischen glühten ihre Wangen fast.

»Also, du steckst ja heute voller Überraschungen.«

»Für mich war es ein Monat voller Überraschungen.« Unfähig, noch länger still zu sitzen, stand Eden auf und lief zum Fenster. Sie schaute hinaus auf den Bostoner Hafen, der tiefblau in der Nachmittagssonne glitzerte.

»Gute Überraschungen?«, fragte Paris hinter ihr.

»Ja.«

Edens nächste Überraschung kam von Paris, indem diese zu ihr herüberkam und sie umarmte. »Ich freue mich für dich. Du wirkst glücklicher, seit du Anna kennst. Das ist uns allen aufgefallen. Ich dachte, das wäre, weil du eine gute Freundin gefunden hast. Ich meine, ich hatte ja keinen blassen Schimmer, dass du überhaupt auf Frauen stehst, aber ich freue mich wirklich für dich.«

»Danke«, erwiderte Eden und drückte sie auch. »Und nur fürs Protokoll: Bis vor Kurzem wusste ich das auch nicht.«

»Na, das war dann noch eine gute Überraschung, schätze ich«, sagte Paris. »Also, danke, dass du es mir gesagt hast. Ich sorge dafür, dass ihr zwei all die private Zeit bekommt, die ihr braucht.«

»Danke, das weiß ich zu schätzen. Du kannst es auch Taylor und Stella sagen, aber dabei möchte ich es vorerst belassen.«

»Alles klar.«

Und damit war das erledigt. Eden war unglaublich dankbar, dass sie Menschen in ihrem Leben hatte, die ihr Coming-out zu einer positiven Erfahrung machten. So viel Glück hatte nicht jeder. Nach der Trennung von ihrer Familie hatte sie sich die Menschen ausgesucht, mit denen sie sich umgab, und anscheinend hatte sie eine gute Wahl getroffen.

Da dies nun aus dem Weg war, konnte Eden sich wieder voll auf ihren bevorstehenden Auftritt konzentrieren ... ihren ersten Auftritt mit ihrer *Freundin*. Eden lächelte breit. Sie konnte es kaum erwarten.

KAPITEL 24

Der Tag war vollgepackt gewesen. Bis auf ein paar hektische Momente während der Probe hatte Anna Eden seit ihrer Ankunft in Boston kaum gesehen. Eden hatte ihr Bühnengesicht aufgesetzt, und Anna hoffte, das hieß nicht, dass sie Zweifel hegte. Für Eden würde es sicher hart werden, sich auf die erste Beziehung mit einer Frau einzustellen, während sie aus allen Richtungen unter ständiger Beobachtung stand.

Als Anna in dem lilafarbenen Kleid, das sie am Abend ihres ersten Kusses getragen hatte, für das Duett zu ihr auf die Bühne kam, erhaschte sie ein kurzes feuriges Aufblitzen in Edens Augen, als sie sich auf Anna richteten. Es wärmte sie von Kopf bis Fuß, und sie fragte sich, in wessen Hotelzimmer sie diese Nacht wohl schlafen würden … in ihrem oder in Edens?

Der Ausdruck verschwand jedoch schnell, und Eden verhielt sich für den Rest des Duetts rein professionell. Am Ende des Songs umarmten sie sich so wie jeden Abend, und die Menge brüllte anerkennend. Anna winkte dem Publikum und verließ die Bühne. Sie ging in ihre Garderobe, zog sich um und eilte dann seitlich an die Bühne, um sich den Rest von Edens Auftritt anzuschauen.

Manchmal war es unmöglich, Eden etwas vom Gesicht abzulesen. Wie ging es ihr damit, jetzt wieder zurück bei der Tour zu sein? Anna hätte ihr am Nachmittag eine Nachricht schicken und sie fragen sollen. Wieso hatte sie das nicht getan?

Eine Hand landete auf ihrer Schulter. Anna drehte sich um und erblickte überrascht Edens Assistentin. Normalerweise kam sie nicht zu ihr. »Hallo, Paris.«

Paris lächelte sie warmherzig an und beugte sich dann vor, um ihr ins Ohr zu sagen: »Ich wollte nur gratulieren. Ich freue mich wirklich sehr für dich und Eden.« Und ohne weiteres Wort war sie auch schon wieder verschwunden, ließ Anna mit vor Überraschung offenem Mund zurück.

Woher wusste Paris von ihnen? Eden hatte zwar gesagt, dass sie es ihrem Team erzählen wollte, aber Anna hätte nie gedacht, dass sie es derart schnell tun würde. Ehrlich gesagt, hatte sie sich darauf eingestellt, dass es Wochen, wenn nicht gar Monate dauern würde. Aber da waren sie nun, nur wenige Stunden nach ihrer Rückkehr zur Tour, und anscheinend hatte Eden ihr Wort gehalten.

Anna zersprang fast das Herz. Ganz ehrlich. Es gab keine andere Erklärung für das Flattern, das sie in ihrer Brust spürte. Gott, sie war so sehr verliebt in diese Frau, und es war völlig sinnlos, das zu leugnen, jedenfalls vor sich selbst. Wie konnte es sein, dass sie schon so früh mit derart tiefen Gefühlen dabei war? Eigentlich hatte sie vorgehabt, es langsam angehen zu lassen, um ihrer beider willen.

Anna schaute liebestrunken zu, wie Eden die letzten Songs sang, wobei sie kurz die Bühne verließ und für die Zugabe in einem goldglitzernden Kleid zurückkehrte. Bei den letzten Takten ging Anna zum Korridor hinter der Bühne, bereit, sie dort wie immer zu begrüßen.

Eden kam, nahm das Handtuch und die Flasche Wasser von Paris entgegen, bevor sie direkt zu Anna ging und sie in die

Arme schloss. Anna atmete ihren Duft ein und entdeckte den leisesten Hauch ihrer Rosenduftlotion unter den widerstreitenden Aromen von Make-up, Haarspray und Schweiß.

Kurz darauf löste sich Eden von ihr, ließ sie jedoch nicht los. Sie hielt Annas Hand in ihrer und führte sie mit Paris im Schlepptau in ihre Garderobe.

»Das Auto steht in zehn Minuten bereit«, sagte Paris, ging dann hinaus und schloss die Tür hinter sich.

Sie schnappte mit einem soliden Klicken ein, und Anna drehte sofort am Riegel und verschloss sie. Sie wirbelte Eden herum und presste sie mit dem Rücken an die Tür, als sie ihre Lippen auf Edens Mund drückte. »Hast du ihr von uns erzählt?«, fragte sie und verlor sich im Genuss von Edens Kuss.

»M-hm«, erwiderte Eden mit den Händen an Annas Hüften und zog sie fester an sich. »Hab ich.«

»Wow!« Anna knabberte hungrig an Edens Unterlippe und entlockte ihr ein Stöhnen. Edens Hüften drängten vorwärts, pressten sich an Annas.

»Das war doch okay, oder?«, fragte Eden und hielt kurz mit dem Küssen inne, um Anna in die Augen zu sehen.

»Mein Gott, ja. Ich dachte nur nicht, dass du es so schnell tun würdest. Dich vor deinen Leuten zu outen war ein Riesending. Ich bin echt stolz auf dich.«

»Danke.« Eden atmete aus und lehnte ihre Stirn an Annas. »Ich hatte ein bisschen Angst, aber insgesamt fühlte es sich gut an. Und Paris war super. Hat sie was zu dir gesagt?«

»Sie hat mir gratuliert.«

Eden lächelte und löste sich aus Annas Umarmung. »Wie schön, aber apropos Paris: Ich muss mich umziehen, bevor sie kommt und uns Bescheid gibt, dass das Auto da ist.«

»Na gut.« Anna spielte die Beleidigte.

Eden hob die Augenbrauen und begann, sich direkt vor Annas Augen auszuziehen, und Anna hörte auf zu schmollen.

Sie sah begierig zu, wie Eden sich aus dem goldenen Kleid schälte und es vorsichtig auf den Kleiderständer an der Tür hängte. Sie zog Leggings und ein übergroßes T-Shirt an, bevor sie ins Bad ging und sich frisch machte.

Anna nahm ihr Handy heraus und fing an, sich die Fanfotos vom Konzert anzuschauen, doch als Eden wieder herauskam, fielen sie augenblicklich wieder übereinander her. Diesmal landete Anna mit dem Rücken an der Wand, während Eden sie begierig küsste. Anna glitt mit den Händen unter Edens T-Shirt und legte sie auf ihre Brüste. Sie zwängte ein Bein zwischen ihre, und Eden begann sofort, sich an ihr zu reiben.

Sie küssten und befummelten sich, verloren sich vollkommen im Genuss ihrer Körper. Anna war so angeturnt, dass sie ernsthaft überlegte, ob sie die Zeit hatten, das, was sie begonnen hatten, auch zu Ende zu bringen. Eden rieb sich mit geschlossenen Augen an ihrem Bein, und gemessen an ihrem zunehmend verzweifelten Keuchen, war sie genauso aufgegeilt. Anna griff nach dem Bund ihrer Leggings.

Und in dem Moment klopfte Paris.

Eden stieß ein lautes Stöhnen aus. »Verflucht!«

»Merk dir, wo wir stehen geblieben sind«, sagte Anna, als sie sich voneinander lösten. »Zu dir oder zu mir?«

»Zu mir«, antwortete Eden mit rosigen Wangen und atmete ein paarmal tief durch, während sie ihre Kleidung glatt zog. »Ich brauche eine Dusche, aber *dich* brauche ich auch.«

»Gemeinsam duschen?«, schlug Anna hoffnungsvoll vor.

»Du hast immer die besten Ideen.« Eden küsste sie schnell noch einmal und ging dann voran aus der Garderobe hinaus. Es war, als legte sie einfach einen Schalter um, und schon setzte sie wieder das Bühnengesicht auf. Von ihren geröteten Wangen mal abgesehen, gab es keinerlei Anzeichen dafür, dass sie vor kaum einer Minute kurz vor dem Höhepunkt gewesen war.

Falls Paris etwas ahnte, ließ sie es sich nicht anmerken. Sie sah genauso professionell aus wie ihre Chefin, als sie sie den Korridor entlang zum Auto brachte, wo Kyrie und Taylor auf sie warteten. Sie setzten sich genau wie immer ins Auto: Taylor vorn neben dem Fahrer, Paris und Eden in der mittleren Reihe und Kyrie mit Anna hinten.

Anna schaute ihre Assistentin an, und ihr wurde bewusst, dass sie ihrem eigenen Team noch nichts von ihrer Beziehung mit Eden erzählt hatte. Sie hatte nicht erwartet, dass Eden schneller sein würde als sie, aber jetzt war nicht der richtige Moment. Sie würde es morgen tun. Unterwegs gingen Kyrie und Paris den Terminplan für den Folgetag durch, und kurz darauf fuhren sie vor dem Hotel vor.

Taylor begleitete sie beide zu Edens Tür, ohne dass ihr Gesichtsausdruck etwas verriet. Sie wünschte ihnen eine gute Nacht und zog dann die Tür hinter ihnen zu.

»Weiß sie auch Bescheid?«, fragte Anna, als sie abschloss.

»Ehrlich gesagt, keine Ahnung«, antwortete Eden. »Aber spätestens morgen wird sie's wissen. Ich habe Paris erlaubt, es ihr und Stella zu erzählen.«

»Du bist wirklich die coolste frischgebackene Lesbe der Welt, weißt du das?« Anna schob sie rückwärts durchs Zimmer und fand es herrlich, wie Eden der Atem stockte, als sie ihr die Hand in den Schritt legte. Sie spürte Edens Hitze durch den Stoff hindurch.

»O Gott, Anna!«, raunte Eden mit rauer Stimme und zerrte sich das T-Shirt über den Kopf. »Du hast ja keine Ahnung, wie nah dran ich in der Garderobe war. Ich will dich *jetzt*.«

»Wie ernst ist es dir mit dem Duschen?«, fragte Anna und fing auch an, sich auszuziehen.

»Wie viel macht es dir aus, wenn ich von zweieinhalb Stunden auf der Bühne verschwitzt und klebrig bin?« Bereits bis auf BH und Slip entkleidet, hob Eden eine Augenbraue. Anna sah den Schweiß tatsächlich feucht auf ihrer Haut glänzen, aber sie fand, es sah köstlich aus.

»Ist mir völlig egal, aber Sex unter der Dusche klingt gut.«

»Gutes Argument.« Eden löste den Verschluss ihres BHs und warf ihn beiseite, dann zog sie sich den Slip aus, und Anna konnte nicht anders. Sie zog Eden an sich und schob ihr die Hand zwischen die Beine. »Gott!«, stöhnte Eden, und ihre Hüften zuckten Annas Hand entgegen. Sie war unglaublich feucht.

Annas Mitte pulsierte vor Erregung. Sie streichelte Eden und schob sie gleichzeitig rückwärts zum Badezimmer. Eden stolperte, und beide kicherten, als sie trunken von Verlangen nacheinander ins Badezimmer wankten.

Eden drehte das Wasser auf, während Anna ihre Unterwäsche auszog, und dann stellten sie sich unter die Dusche, küssten und berührten sich voller Begierde. Annas Blick blieb am abnehmbaren Duschkopf hängen.

»Lust, auf ein bisschen Spaß?«, fragte sie und griff danach.

»Hm?« Eden schaute hinauf und hielt mit einer Hand auf Annas Brust und der anderen auf ihrer Hüfte inne. »Oh!«

Anna hielt die Dusche über ihre Köpfe. Eden seifte sich die Hände ein und ließ sie dann über Annas Körper gleiten, schenkte besonders ihren Brüsten Aufmerksamkeit. Sobald sie klitschnass waren, drehte Anna den Duschkopf so, dass das Wasser über Edens Brüste und ihren Bauch strömte, der sich unter dem Strahl sichtbar anspannte.

Eden warf den Kopf mit einem Schrei in den Nacken. »O bitte!«

O Gott, wie Anna es liebte, wenn sie bettelte! Sie liebte es, Eden zuzusehen, wie sie so geil wurde, dass sie die Kontrolle verlor. Anna richtete den Strahl tiefer, und Edens Hüften zuckten. Sie stöhnte auf, ihre Augen schlossen sich lustvoll. Anna konnte es kaum erwarten, sie kommen zu sehen.

Und dann, bevor sie wusste, wie ihr geschah, hatte Eden sich den Duschkopf geschnappt. Die Augen absichtsvoll glänzend, drückte sie Anna rücklings an die kalten Fliesen und richtete den Strahl auf Annas Brüste, reizte sie, bis Anna zu betteln begann.

»Bitte«, wimmerte sie keuchend und streckte ihr Becken vor.

Der Ausdruck in Edens Gesicht konnte nur als wollüstig bezeichnet werden, als sie hinunter zwischen Annas Beine blickte. Es kam ihr beinahe augenblicklich. Eden strich mit der freien Hand über Anna, spielte mit ihr, bevor sie sich ihrer endlich erbarmte und den Duschkopf so auf sie richtete, dass der Strahl direkt auf Annas Kitzler traf.

»O Gott!«, kreischte Anna und schwang ihre Hüften im Strahl. Es fühlte sich so gut an, unglaublich gut … sie krallte sich an Eden fest, um nicht umzufallen. Anna spürte, wie sich die Anspannung überall ausbreitete, als sie sich dem Höhepunkt näherte. Dann kam sie stöhnend, während der heiße Strahl der Dusche all ihre Lust aus ihr herauskitzelte.

Sie öffnete die Augen und sah Eden, wie sie sie mit der Unterlippe zwischen den Zähnen und vor lauter Verlangen benommenem Blick musterte. »Du bist unglaublich heiß«, flüsterte sie, bevor sie sich auf Annas Mund stürzte und sie gierig küsste.

Mit zittrigen Fingern nahm Anna ihr den Duschkopf ab und richtete ihn so auf Eden, dass er sie dort traf, wo sie ihn brauchte. Sie schrie auf, krallte sich an Annas Schultern fest und bewegte die Hüften sacht im Strahl, bis sie mit einem langen, tiefen Stöhnen kam. Als sie ihren Kopf zitternd und erschöpft auf Annas Schulter fallen ließ, steckte Anna den Duschkopf wieder über ihnen in die Halterung und hielt Eden fest.

»Ich liebe das«, murmelte Eden an Annas nasser Haut. »Ich liebe *dich*.« Beinahe sofort hob sie den Kopf und starrte Anna mit großen Augen an. »Tut mir leid. Es ist noch zu früh, um das zu sagen, oder?«

»Nein«, flüsterte Anna, die Tränen schnürten ihr den Hals zu. »Nein, ist es nicht, ich liebe dich nämlich auch.«

* * *

Allerdings war es doch zu früh gewesen. Anna bereute es nicht, Eden gesagt zu haben, dass sie sie liebte, denn das meinte sie auch aus tiefstem Herzen so. Sie wünschte nur, sie hätten sich nicht so schnell verliebt. Als sie am nächsten Morgen neben Eden erwachte, war Anna leicht beunruhigt. Dagegen schien Eden traumhaft glücklich zu sein. Anscheinend verschrieb sie sich einer Sache voll und ganz, sobald sie sich erst einmal darüber klar geworden war.

Und … na ja, vielleicht war es eher Anna, die sich besser langsam auf die Beziehung hätte einlassen sollen. Sie war seit Camille nicht mehr verliebt gewesen. Und ihre Gefühle für Eden waren jetzt schon stärker als alles, was sie für Camille empfunden hatte. Eden hatte mehr Macht als Camille. Eden hatte so viel Macht wie kaum jemand in der Musikbranche. Sie hatte die Macht, Anna das Herz auf spektakulär vernichtende Art und Weise zu brechen. Selbst wenn sie nicht die Absicht hatte, hieß das noch lange nicht, dass Anna nicht verletzt werden konnte.

»Paris kommt gleich hoch und bringt Smoothies mit«, murmelte Eden. Morgens nach dem Aufwachen sah sie so *weich* aus, so süß und zart. Es war schwer vorstellbar, dass diese vom Schlaf zerzauste Frau Eden Sands war, eine der wohlhabendsten und erfolgreichsten Frauen der amerikanischen Musikindustrie.

»Nach dem Frühstück muss ich los«, sagte Anna. »Ich treffe dann Kyrie.«

»Und Paris hat mir den Fitnessbereich oben gebucht. Kommst du heute Nachmittag hoch, und wir schauen ein

310

bisschen fern zusammen?«, fragte Eden. Am Abend lief ihr zweites ausverkauftes Konzert in Boston. Dann ging es nach New York für zwei Konzerte hintereinander im Madison Square Garden, wo Anna die Gelegenheit bekommen würde, Edens Wohnung in Manhattan zu sehen.

»Klingt gut«, stimmte sie zu.

Eden lächelte sie sanft an und streckte die Hand aus, um ihr eine Haarsträhne hinters Ohr zu streichen. Anna wurde es ganz warm. Warum hatte sie Bedenken bei dieser Sache? Hatte Camille ihr wirklich einen dermaßen großen Schaden zugefügt, dass sie nun jede Beziehung infrage stellen würde?

Es klopfte an der Tür, und Eden schlüpfte aus dem Bett und in einen Morgenmantel hinein, bevor sie hinging, um gleich darauf mit zwei Smoothies zum Frühstück zurückzukehren. Einen davon reichte sie Anna.

»Das schmeckt gut«, sagte Anna nach ihrem ersten Schluck. »Jetzt versteh ich, warum du den so magst.«

»Ja, oder? Das ist so ein guter Start in den Tag. Wahrscheinlich hätte ich den aufgegeben, wenn ich ihn jeden Morgen selbst machen müsste, aber, na ja … ich zu sein, hat eben auch Vorteile.«

Sie tranken genüsslich ihre Smoothies, dann zog Anna sich an. Sie gab Eden einen kleinen Kuss, bevor sie hinaus in den Flur trat, um in ihr Zimmer zu wechseln. Als sie auf ihrer Etage aus dem Aufzug kam, lief sie direkt in eine Gruppe Fans hinein.

»O mein Gott! Anna Moss! Ich liebe dich!«, kreischte einer.

»Danke«, sagte sie und war sich schmerzlich bewusst, dass sie dieselben Klamotten trug wie am Abend zuvor, als sie die Arena verlassen hatten. Kein Make-up, die Haare total verwuschelt, da sie nach dem Duschabenteuer mit Eden direkt schlafen gegangen waren.

»Kann ich ein Selfie mit dir machen?«, fragte eine junge Frau mit kurzen schwarzen Haaren.

So wie sie aussah, hatte Anna keine Lust auf Selfies, aber sie wusste nicht, wie sie höflich ablehnen konnte, also neigte sie den Kopf und lächelte. Die Fans redeten nun wild durcheinander, verlangten mehr Selfies und fragten, welches Kleid sie diesen Abend beim Duett tragen würde, ob sie und Eden ein Paar waren, wie Annas nächste Single hieß – eine Frage nach der anderen, bis ihr der Kopf schwirrte.

Die Tür des Aufzugs ging auf, und noch mehr Menschen kamen in das laute Durcheinander. Hatte die Gruppe ihren Freunden geschrieben? Anna lächelte weiter, posierte für Fotos und fragte sich, was sie tun sollte. Sie konnte nicht in ihr Zimmer gehen, ohne die Fans hinzuführen, aber beim Aufzug stehen bleiben konnte sie auch nicht. Die Dinge gerieten zunehmend außer Kontrolle.

Bevor sie in Panik ausbrechen konnte, öffnete sich der Aufzug erneut. Diesmal kam Kyrie heraus. Sie warf einen Blick auf das Chaos und übernahm das Kommando. »Komm mit«, sagte sie und zog Anna in den Aufzug, aus dem sie eben gestiegen war. Als einige Fans ihnen folgen wollten, streckte sie ihnen die flache Hand entgegen und schüttelte den Kopf.

Die Türen schlossen sich, und Anna sank erleichtert an der Wand zusammen. War das jetzt ihr Leben? Sie schenkte Kyrie ein dankbares Lächeln. »Danke.«

»Keine Ursache.« Kyrie drückte den Knopf für die Etage unter ihnen, und als die Türen aufgingen, warf sie einen Blick in den Korridor, bevor sie Anna hinauswinkte. Kyrie blieb nah bei ihr, als sie den Gang zum Treppenhaus entlang- und dann wieder eine Etage hinauf zu ihrem Stockwerk gingen, diesmal ohne das ganze Trara.

Kyrie tat so, als wäre das nichts Besonderes gewesen, und Anna fragte sich, wann sie so ein Profi geworden war, denn sie war genauso effizient damit umgegangen wie Paris oder Taylor es getan hätten. Nicht, dass Anna sie vorher für ineffizient gehalten hätte, aber als Anna sie engagiert hatte, waren sie beide unerfahrene Neulinge gewesen. Anscheinend waren sie jetzt beide erwachsen geworden.

»Da wären wir«, sagte Kyrie, als sie Annas Zimmer erreichten.

»Du bist meine Lebensretterin.« Anna holte die Schlüsselkarte heraus, zog sie durch den Schlitz und ging dann voran ins Zimmer, das sie bis dahin kaum betreten hatte. Nachdem sie ihre Koffer abgestellt hatte und zur Arena gefahren war, war sie nicht wieder hier gewesen. Das Bett war noch gemacht, eine Tatsache, die Kyrie mit leicht erhobenen Augenbrauen zur Kenntnis nahm.

»Seit dem Tourstart bist du sehr viel bekannter geworden«, erklärte Kyrie und ging zum Tisch am Fenster. »Ich habe letzte Woche mit David besprochen, welche Vorsichtsmaßnahmen wir ergreifen sollten. Ich glaube, ein guter erster Schritt ist, wenn du nicht mehr ohne Begleitung im Hotel herumläufst.«

Anna seufzte und setzte sich Kyrie gegenüber an den Tisch. »Da hast du wohl recht.«

»Wir können uns darüber unterhalten, ob du Security haben möchtest, so wie Eden, aber bis dahin gebe ich gern deine Leibwächterin«, sagte Kyrie lächelnd. »Ich bin sowieso immer hier im Hotel, so wie du.«

»Das wäre super«, erwiderte Anna. »Apropos Eden …« Sie fühlte sich im Verzug, da Edens Team bereits von ihrer Beziehung wusste. Anna und Kyrie waren Freunde, weshalb sich dieses Versäumnis schlimmer anfühlte, vor allem jetzt, da Kyrie offensichtlich gesehen hatte, dass Anna letzte Nacht nicht in ihrem Zimmer geschlafen hatte. »Wir sind zusammen.«

Kyrie lächelte breit. »Also, ich wollte nicht anmaßend sein, aber ich hatte schon so ein Gefühl, dass so was im Busch ist, als du letzte Woche mit ihr nach Vermont gefahren bist. Das ist toll, Anna, ich freue mich echt für dich.«

»Danke.« Anna atmete erleichtert aus. »Es ist der Wahnsinn. *Sie* ist der Wahnsinn, aber …«

»Aber was?« Kyrie neigte den Kopf zur Seite.

»Es ist einfach heftig, wenn wir auf Tour sind. Es gibt keinen Raum zum Atmen, und sie … sie war mein Idol, weißt du? Das ist eine Menge Druck für eine frische Beziehung.«

»Du neigst tatsächlich dazu, dich in deine Mentoren zu verlieben.« Kyrie klang nachdenklich. »Machst du dir Sorgen wegen der Parallelen zu Camille?«

Anna sank am Tisch zusammen. »Das ist genau, wovor ich Angst habe.«

»Eden ist völlig anders als Camille«, entgegnete Kyrie. »Ich habe euch zwar noch nicht als Paar erlebt, aber Eden machte auf mich immer den Eindruck, als wollte sie dich erfolgreich sehen. Dagegen hat Camille jede Gelegenheit genutzt, dir den Teppich unter den Füßen wegzuziehen. Sie wollte, dass du von ihr abhängig bleibst und dass du glaubst, du hättest nichts Besseres verdient.«

»Du hast recht.« Anna atmete laut aus. »Aber wenn du merkst, dass ich wieder meine Beziehungsscheuklappen aufhabe wie bei Camille, dann sag es mir bitte, okay?«

»Mach ich.« Kyrie fummelte an ihrem Tablet herum, und als sie Anna wieder anschaute, waren ihre Wangen unmissverständlich rot. »Ich habe übrigens auch jemanden kennengelernt in der Pause.«

»O mein Gott, wirklich?« Anna hüpfte praktisch auf ihrem Stuhl auf und ab. »Ich will alles wissen.«

»Ihr Name ist Tate.« Kyrie wurde sogar noch röter. »Wir haben ein paar Wochen lang online gechattet, und als ich letzte Woche zu Hause war, sind wir etwas trinken gegangen. Es lief wirklich gut.«

»Ich freue mich so, das zu hören.« Anna lief um den Tisch und umarmte Kyrie. Sie wusste, dass Kyrie nach ihrer Transition zögerlich gewesen war, auszugehen, das war also ein Riesending. »Tate benutzt die Pronomen sie-ihr?«

Kyrie nickte. »Sie bedient die Kamera bei der neuen Justizshow auf HBO. Als wir uns dann getroffen haben, schien es einfach nur so richtig zu klicken, weißt du?«

Anna dachte an Eden. »Ja, ich weiß, was du meinst, und ich freue mich unheimlich für dich, dass du auch jemanden gefunden hast, mit dem du klickst. Wie seid ihr nach dem Date verblieben?«

»Wir telefonieren und schreiben uns, bis ich nach der Tour wieder in L.A. bin. Ich glaube …« Kyrie schaute auf ihre Hände. »Ich glaube, die Entfernung tut uns vielleicht ganz gut, solange wir uns noch orientieren. Ich muss die Dinge sowieso langsam angehen, für mich funktioniert das also.«

»Da bin ich echt froh.« Anna hatte sich nach einer Möglichkeit gesehnt, das Tempo mit Eden etwas rauszunehmen, aber gleichzeitig konnte sie den Gedanken nicht ertragen, von ihr getrennt zu sein. »Auf einen Neuanfang für uns beide.«

* * *

Die folgenden paar Wochen waren wohl mit die besten in Edens Leben. Sie fühlte sich auf eine nie gekannte Art und Weise entspannt und wohl in ihrer Haut. Sie war voller Energie. Sie war glücklich. Sie war – ganz einfach – verliebt.

Während die Konzerttour an der Ostküste hinabwanderte, verfielen Anna und sie in eine neue Routine, bei der Anna oft mehr Zeit in Edens Zimmer verbrachte als in ihrem eigenen. Nachmittags schauten sie zusammen fern, und Anna verbrachte fast jede Nacht in Edens Bett.

Vielleicht hatte Eden erwartet, dass sie sich an ihre erste Beziehung mit einer Frau erst gewöhnen musste, aber wie lautete der Spruch? Wenn man's weiß, dann weiß man's einfach.

Und Eden wusste es. Sie ließ sich voll und ganz auf Anna ein. Seit Vermont hatte sie glücklich auf ihrer Wolke sieben gelebt. Doch als sie an diesem Nachmittag im Juli in ihrem Hotelzimmer in Atlanta saß, stand sie ihrer ersten echten großen Herausforderung gegenüber.

Anna hatte ihren Eltern und Zoe von ihrer Beziehung erzählen wollen, und Eden hatte dem auch bereitwillig zugestimmt. Aber sie hatte entschieden, das zum Anlass zu nehmen, ihre eigenen Eltern ebenfalls einzuweihen, und das war ... nicht gut gegangen. Eden hatte vor langer Zeit aufgehört, ihre Anerkennung zu suchen, also war sie von sich selbst überrascht, als sie auflegte und in Tränen ausbrach.

Die Worte ihres Vaters hallten in ihren Ohren nach: »Wenn das rauskommt, ist deine Karriere, wie du sie bisher hattest, zu Ende. Also mal ehrlich, Eden, was hast du dir dabei gedacht?«

Selbstverständlich hatte er sich mehr Sorgen darüber gemacht, was andere denken könnten, als darüber, ob sie glücklich war. Warum konnte er sie nicht als Mensch sehen – als seine *Tochter* –, statt als ein Produkt, das man vermarkten konnte? Nur dieses eine Mal?

Jetzt musste sie noch einen Anruf erledigen, der potenziell verstörend enden konnte. Sie trocknete ihre Tränen und atmete zur Beruhigung tief durch, bevor sie wählte.

Zach ging beim zweiten Klingeln ran. »Eden, das ist ja eine Überraschung. Wie geht's dir?«

»Gut, mir geht's gut. Und du? Wie geht's dir ... und ... und Hallie?« Eine kurze Schrecksekunde lang fiel ihr der Name seiner neuen Freundin nicht ein.

»Wir sind wirklich glücklich. Ich hätte nicht gedacht, dass ich mich so schnell wieder verliebe, aber da sind wir nun.«

Sie lächelte. Vor ein paar Monaten, als sie allein und unglücklich gewesen war, hätten seine Worte sie verletzt, aber jetzt empfand sie nichts außer aufrichtiger Freude für ihn. »Das freut mich.«

»Aber ich vermisse es, mit dir zu quatschen«, fuhr er fort. »Wir haben gesagt, dass wir Freunde bleiben, und dann haben wir irgendwie den Kontakt verloren. Ich schätze, daran bin ich nicht ganz unschuldig, weil ich ein schlechtes Gewissen hatte, vor dir von Hallie zu schwärmen, wenn du nicht … na ja, du hattest noch niemanden gefunden.«

»Ich glaube auch, dass ich mich deshalb zurückgezogen habe … damit ich nichts über sie hören muss. Nicht, weil ich eifersüchtig war, sondern weil ich mich dann einsam gefühlt hätte.«

»Das tut mir leid.« Er klang wirklich betroffen.

»Du brauchst dich nicht zu entschuldigen, und genau genommen … ich rufe an, weil ich dir erzählen will, dass ich mit jemandem zusammen bin.« Jetzt klopfte ihr Herz so richtig. Sie war sich ziemlich sicher, dass er es gut aufnehmen würde, aber nach dem Gespräch mit ihren Eltern lagen ihre Nerven noch blank.

»Das ist fantastisch!«, rief Zach, und sie konnte das Lächeln in seiner Stimme hören. »Erzähl mir von ihm.«

»Von ihr«, flüsterte Eden und wurde feuerrot. »Ich bin mit Anna Moss zusammen. Ich … liebe sie, vielmehr.«

Einen Moment lang herrschte Stille, und es schien eine Ewigkeit zu dauern.

»Also, wow … ich bin … also weißt du, das überrascht mich gar nicht so sehr, wie es eigentlich sollte«, sagte er, und sie zuckte zusammen, weil sie nicht wusste, wie sie das verstehen sollte. »Das ist wunderbar, Eden. Ich freue mich für dich, und du liebst sie? Das ist super! Wirklich super!«

»Wirklich?« Sie atmete erleichtert aus und ließ die Faust locker, als ihr plötzlich bewusst wurde, wie angespannt sie auf seine Reaktion gewartet hatte.

»Ist das nicht die Frau, die auf deiner aktuellen Konzerttour die Vorband ist?«

Sie lachte zittrig auf. »Ja.«

»Ich schätze, du hast eine aufregende Zeit auf Tour.« Er lachte leise. »Sehr gut. Das hast du dir verdient. Manchmal habe ich mich aber schon gewundert …«

»Worüber gewundert?«

»Wenn wir zusammen bei Partys waren, war mir manchmal so, als hätten wir beide einen Sinn für die schönen Frauen dort gehabt, das ist alles.«

Sie atmete erschrocken ein. »Nein!«

»Das ist keine Wertung, Eden, es ist mir einfach nur aufgefallen. Liebe ist Liebe und so weiter. Ich will nur, dass du glücklich bist.«

»Warum hast du nichts gesagt?«, flüsterte sie perplex, weil er es anscheinend vor ihr gewusst – oder geahnt – hatte.

»Was hätte ich denn sagen sollen? Hey, meine wunderschöne Ehefrau, bevorzugst du vielleicht Frauen? Nein, ich dachte mir, du würdest es mir schon sagen, wenn ich's wissen sollte, und ehrlich gesagt, hab ich darüber nicht wirklich nachgedacht. Es war eher ein verschwommener Gedanke im Hinterkopf.«

»Ich wusste es nicht«, sagte sie schnell. »Als wir verheiratet waren, wusste ich nicht, dass ich auf Frauen stehe.«

»Also, ich freue mich, dass du es jetzt herausgefunden hast, und hey, ich kann's verstehen. Frauen sind verdammt sexy.« Er lachte, und sie merkte, wie ihre Wangen heiß wurden, aber sie lachte auch. »Wie wär's, wenn ich dich und Anna zu einem Abendessen mit Hallie und mir einlade, wenn du wieder in L.A. bist? Oder wäre das komisch für dich?«

»Nein, das fände ich toll. *Wir* fänden das toll.«

Ein Weilchen später legte sie lächelnd auf. Sich zu outen war anstrengend und stressig, und trotzdem … sie fühlte sich bestätigt, auch wenn es hart war. Jetzt hatte sie das Gefühl, in ihrer Beziehung mit Anna angekommen zu sein, sie war sich sicher, dass es etwas Festes war. War es an der Zeit, damit an die Öffentlichkeit zu gehen?

Gewiss würde sie auf etwas Gegenwind stoßen, wenn sie das tat, andererseits hatten die Medien immer nach etwas Negativem gesucht, das sie über sie sagen konnten, und das hatte sie in der Vergangenheit nie davon abgehalten, sich selbst treu zu bleiben. Vielleicht würde das sogar ein paar ihrer Fans helfen, denen der Mut noch fehlte, sich zu outen.

Der #Edanna-Hype wurde stetig größer. Eden hatte ein paarmal auf die Hashtags geschaut, und es gab ihr insgeheim einen Kick, dass so viele ihrer Fans sie und Anna als Paar sehen wollten. Sie konnte sich die Begeisterung kaum vorstellen, wenn sie erfuhren, dass sie recht gehabt hatten.

Am nächsten Tag flogen Eden und Anna nach Miami, zu ihrem letzten Konzert in den USA. Am selben Abend schmiss Eden eine Party für die Crew und weitere VIP-Gäste in ihrem Hotel, um das Ende des US-Teils der Tour zu feiern. Und vielleicht war das ein guter Zeitpunkt für Anna und sie, um auf dieser Party als Paar aufzutauchen und ihre Beziehung vor aller Welt zu verkünden. Sie wollte Anna auf der Bühne küssen und sehen, wie die Menge ausrastete. Sie wollte Anna nicht mehr in ihr Zimmer schmuggeln und beim europäischen Teil der Tour ganz offiziell die Unterkunft mit ihr teilen.

Eden war bereit, aber war Anna es?

Paris klopfte an die Tür. Für den Rest des Tages absolvierten sowohl Eden als auch Anna ein Interview nach dem anderen, also würden sie sich heute nicht sehen. Morgen gab es im Flugzeug jede Menge mit Anna zu besprechen. In ihrem Bauch kribbelte es vor Erwartung, als sie zur Tür ging.

KAPITEL 25

Donnerstagfrüh, wenige Stunden, bevor sie für die letzten beiden Konzerte des US-Teils der Tour nach Miami fliegen sollten, kam Kyrie mit frischem Kaffee zu Anna ins Zimmer. »Ich hab gehört, du willst dir in Europa vielleicht das Zimmer mit Eden teilen?«

»Wo hast du das gehört?« Anna trank mit gerunzelter Stirn ihren Kaffee.

»Paris hat gesagt, Eden hätte es erwähnt.«

»Was erwähnt? Dass ich in Europa kein eigenes Zimmer brauche?« Aus unerfindlichem Grund ärgerte sie das. Okay, sie verbrachte nicht viel Zeit hier, trotzdem hatte sie gern ihren eigenen Freiraum. Die Beziehung war nach wie vor geheim, also konnte sie ja wohl schlecht ihre Interviews in Edens Suite geben.

Und in letzter Zeit hatte Anna viele Interviews gegeben, für Zeitungen und Magazine, von denen sie bisher nur geträumt hatte. Sie hatte sich für diese Tour verpflichtet, um aufzusteigen, um als Musikerin ernst genommen zu werden, und anscheinend hatte sie das erreicht. Sie hatte zwar keinen wichtigen Preis gewonnen – noch nicht –, aber immer mehr von der Presse, die David ihr schickte, war vom höchsten Niveau.

Kyrie zuckte mit den Schultern. »Das ist, was Paris gesagt hat.«

»Tja, Paris arbeitet nicht für mich, sondern du, und ich will mein eigenes Zimmer.«

»Dann kriegst du auch eins«, bestätigte Kyrie mit einem Nicken.

Anna trank noch einen Schluck Kaffee. Wieso hatte Eden zu Paris gesagt, Anna bräuchte auf der Tour in Europa kein eigenes Zimmer? Das kam ihr unangenehm bekannt vor, denn Camille hatte auch auf diese Weise Entscheidungen über ihren Kopf hinweg getroffen. Darüber musste sie später mit Eden reden.

»Okay, für die Party heute Abend …« Kyrie hielt mit zögerlichem Blick inne.

»Ja?«

»Na ja, ich habe eine Anfrage von Camille bekommen, sie möchte eine Einladung haben. Anscheinend kommt sie morgen zum Konzert.«

»Camille?« Anna drückte den Rücken durch. Was in aller Welt hatte Camille diese Woche in Miami verloren? Sie lebte in L.A., und als sie noch zusammen gewesen waren, hatte sie die Stadt so gut wie nie verlassen. Sie wollte immer nah bei den am hellsten strahlenden Stars sein. Camille liebte es, gesehen und fotografiert und überall erwähnt zu werden. L.A. war wie geschaffen für jemanden wie sie. »Auf keinen Fall. Sie ist nicht eingeladen zur Party. Nein.«

»Ich bin ganz deiner Meinung, aber ich denke, ich sollte dich darauf hinweisen, dass sie trotz deiner Weigerung, sie einzuladen, heute Abend eventuell auftauchen und eine Szene machen könnte.«

»Verdammt!« Anna stellte ihren Kaffee ab und rieb sich mit den Händen übers Gesicht. Das war genau Camilles Tour, aber ihrer Forderung nachzugeben fühlte sich an, als gäbe Anna alle Fortschritte auf, die sie in Hinblick auf Camille gemacht hatte.

Wie dem auch sei, Anna wollte nicht, dass sie am Abend eine Szene machte. »Na schön. Schick ihr eine Einladung. Was soll schon Schlimmes passieren?«

»Dass sie dir die Party ruiniert«, antwortete Kyrie mitfühlend.

»Das ist eh schon klar«, sagte Anna. »Und ich kann ihr nicht mal meine Beziehung mit Eden unter die Nase reiben, weil wir das noch nicht öffentlich gemacht haben. Mist, und ich hatte mich wirklich auf heute Abend gefreut!«

Als sie am Nachmittag ins Flugzeug stieg, war sie deswegen immer noch sauer. Eden war dagegen der reinste Sonnenschein, als sie die Treppe hinaufging. In ihren Skinny Jeans, der blauen Seidenbluse und mit der großen Sonnenbrille sah sie sehr glamourös aus. An Bord nahm sie sie ab und winkte Anna zu, sie solle sich zu ihr setzen.

»Was hältst du davon, wenn …«

»Camille kommt zur Party heute Abend.«

Sie hatten gleichzeitig gesprochen, und dann fiel Eden die Kinnlade herunter.

»Oh«, sagte sie nach einem kurzen, peinlich stillen Moment. »Hast du sie eingeladen?«

Anna stöhnte. »Gezwungenermaßen.«

»Na ja, das ist bedauerlich.« Eden schaute aus dem Fenster, obwohl das Flugzeug noch gar nicht rollte.

»Selbstverständlich will ich sie nicht dabeihaben«, ergänzte Anna. »Sie hat Kyrie wegen einer Einladung genervt, und anscheinend kommt sie morgen zum Konzert, also werde ich sie so oder so sehen müssen.«

»Sie wird doch heute Abend keinen Ärger machen, oder?«

»Ich hoffe, nicht.« Mehr konnte Anna nicht sagen.

»Ich auch nicht«, echote Eden ausdruckslos.

»Überlass sie einfach mir, okay? Wenn sie aus der Reihe tanzt, sage ich ihr, dass sie gehen soll.«

Eden hob das Kinn. »Okay.«

»Okay.«

Das Flugzeug rollte los, und Anna wünschte, sie wären auf dem Weg zurück nach Vermont. Überallhin, nur nicht nach Miami. Seit ihrer ersten Begegnung hatte sie Eden immer ungewollt mit Camille verglichen, und jetzt wurde sie das Gefühl nicht los, dass dieser Abend in einer kompletten Katastrophe enden würde.

* * *

Eden hatte so große Hoffnungen in den Abend gesetzt, und jetzt war sie trotz allem allein in ihrer Suite in Miami und starrte sich wütend in dem hautengen schwarzen Kleid im Spiegel an. Sie konnte sich die Gefühle nicht erklären, die nach der Nachricht, dass Camille zu der Party am Abend kommen würde, in ihr aufgestiegen waren. Enttäuschung. Frustration. Und etwas Dunkles, Besitzergreifendes, das sie nur als Eifersucht bezeichnen konnte.

Anna hatte ihr erzählt, dass sie und Camille die Art Chemie miteinander hatten, die sie immer zusammen im Bett landen ließ, wenn sie sich sahen, sogar nachdem sie Schluss gemacht hatten. Was würde heute Abend passieren? Würde Eden zusehen müssen, wie die beiden einander mit glühenden Blicken anschmachteten?

Nein. Sie wusste, dass Anna nicht fremdgehen würde, aber würde sie versucht sein? Hing sie nach wie vor an Camille?

Eden starrte sich noch wütender an. Dieses brennende Gefühl in der Brust war ihr völlig unbekannt, und es gefiel ihr nicht. Sie war kein eifersüchtiger Mensch. Sie hatte nie so empfunden, wenn andere Schauspielerinnen Zach angeschaut hatten, nicht einmal, wenn eine davon eine Ex gewesen war.

Es klopfte an der Tür, und Eden riss sich zusammen, schenkte sich ein höfliches Lächeln im Spiegel. Dann öffnete sie die Tür und zeigte absolute Beherrschung, um die hässlichen Dinge zu verbergen, die in ihrem Inneren brodelten. Paris und Taylor waren gekommen, um sie zur Party zu begleiten.

Als sie zum Festsaal kamen, spielte drinnen bereits Musik, nur leicht gedämpft vom Stimmengewirr. Auf der anderen Seite des Vorraumes grüßte hinter den Fenstern der Hafen von Miami. Mehrere große Kreuzschiffe lagen gleich rechts vom Hotel, hell erleuchtet vor dem zügig dunkler werdenden Himmel. Wunderschön.

Sie fragte sich, wie es wohl sein würde, wenn sie so eine Party irgendwann einmal mit Anna an ihrem Arm betreten würde. Sie konnte es ehrlich nicht erwarten. Eigentlich hatte sie gehofft, es wäre schon an diesem Abend so weit, allerdings hatte Anna die Bombe mit Camille platzen lassen, bevor Eden eine Chance gehabt hatte, es anzusprechen.

Selbstverständlich konnten sie ihre Beziehung nicht bekannt geben, wenn Annas Ex dabei war, nicht, wenn Camille derart eifersüchtig und theatralisch war, wie Anna sie beschrieben hatte. Also hatte Eden geschwiegen.

Und da stand sie nun, wie immer allein, obwohl sie im Zentrum der Aufmerksamkeit stand. Taylor und Paris blieben nah bei ihr, als die Partygäste auf sie zudrängten, um sie zu begrüßen, sie mit Lob zu überschütten und mit Bitten für Selfies. Über die verschiedenen Crewmitglieder hinaus hatte sie auch lokale Presse und Influencer eingeladen, die alle begierig auf ein Statement von ihr waren. Wenn sie die Augen schloss, setzte sich das Blitzlichtgewitter hinter ihren Lidern fort.

»Möchtest du was trinken?«, fragte Paris.

»Ja, bitte.«

»Champagner?«

Eden nickte, bevor sie sich umdrehte und mehrere Nachrichtensprecher begrüßte. Wenn sie einen Auftritt hatte, trank sie nie, aber an diesem Abend konnte sie sich ein oder zwei

Gläser gönnen, solange sie nicht vergaß, auch Wasser zu trinken. Die letzten Monate hatten ihren Tribut gefordert, ohne dass sie sich beschweren wollte. Konzerttouren waren kräftezehrend, andererseits gab es nichts, was sie mehr liebte.

Fast nichts. Denn jetzt hatte sie jemanden, den sie sogar noch mehr liebte als einen Konzertauftritt. Was für ein Glück sie gehabt hatte! Aber wo war Anna eigentlich? Eden schaute sich nur kurz um, da sie in einer Unterhaltung mit den Fernsehreportern feststeckte, konnte Anna jedoch nirgendwo entdecken.

Eden lächelte und winkte und posierte für Fotos. Sie schaffte es kaum, einen Schluck vom Champagner zu trinken, den Paris ihr besorgt hatte, aber irgendwann – *endlich* – lichtete sich langsam die Menge, die sie umgab. Gut möglich, dass sie buchstäblich jeden Anwesenden begrüßt hatte.

»Hast du Anna gesehen?«, fragte sie Paris.

Paris nickte zu den Fenstern hin.

Eden folgte ihrem Blick und wünschte sich sofort, sie hätte es nicht getan. Da stand Anna … mit Camille. Sie standen dicht beieinander, und Camilles Hand lag besitzergreifend auf Annas unterem Rücken. In diesem Augenblick begriff Eden, dass man nicht buchstäblich rotsehen konnte, sondern sie *fühlte* sich rot. Etwas feurig Heißes schoss durch ihre Adern, und sie ging mit großen Schritten zu ihnen.

* * *

Anna blickte auf und sah, wie Eden in einem unglaublich sexy schwarzen Kleid auf sie zugerauscht kam – von Kopf bis Fuß ein Superstar. Haare und Make-up waren allererste Sahne. Alle anderen hier hätten Edens Gesichtsausdruck wahrscheinlich als freundlich beschrieben, doch Anna konnte das Feuer in ihren Augen sehen. Eden war angepisst.

Und Anna wusste nicht so recht, was sie davon halten sollte. Sie führte ein völlig unverfängliches Gespräch mit Camille. Zu ihrer Überraschung verhielt sich Camille an diesem Abend vorbildlich und war nur voller Lob für Annas jüngste Erfolge. Anna konnte sich ehrlich nicht daran erinnern, wann Camille sie schon einmal mit so vielen Komplimenten überschüttet hatte. Das fühlte sich überraschend gut an.

Als Eden neben ihr stehen blieb, erinnerte sie das an die Szene vor den Grammys, als Eden Camille zurechtgewiesen hatte. *Diese* hochmütige Eden hatte sie seither nicht mehr gesehen, und jetzt war sie mit aller Macht zurück.

»Camille Dupont«, sagte sie, und ihr frostiger Tonfall lief Anna eiskalt den Rücken runter. »Mir war nicht bewusst, dass Ihr Name auf der Gästeliste stand.« Das war natürlich gelogen, aber Eden brachte es mit einer derart unerschütterlichen Überzeugung rüber, dass es Anna den Atem verschlug.

»Ach nein?« Camilles Augen funkelten. »Anna war so lieb und hat mich eingeladen, als sie erfuhr, dass ich in der Stadt bin.«

»Das war aber furchtbar nett von Anna«, erwiderte Eden, und ob es ihr bewusst war oder nicht, so nah, wie sie bei Anna stand, war das nicht mit platonischen Gründen zu erklären – es war besitzergreifend nah.

Anna machte unmerklich einen Schritt Richtung Fenster, und brachte etwas Abstand zwischen sich und die beiden Frauen, die einander wie Widersacher in einem Boxring beäugten. Das Ganze war unglaublich lächerlich. Sie hatte sich schon Jahre nicht mehr so herzlich mit Camille unterhalten, und jetzt war Eden aufgetaucht, und alle standen angespannt da.

Camille wusste nichts von Annas Beziehung mit Eden, aber Edens territoriales Gehabe bekam sie definitiv mit. Inzwischen stand ein raubtierhaftes Leuchten in ihren Augen, der Anblick einer Frau, die soeben im Angesicht einer Rivalin ihre metaphorischen Krallen ausgefahren hatte. »Ich habe Anna gerade gesagt, wie begeistert ich über ihren Erfolg bin. Ich habe sie jahrelang ausgebildet, wissen Sie. Man könnte sagen, ich habe den Grundstein für ihre Karriere gelegt.«

»Mir ist Ihre gemeinsame Vergangenheit bekannt«, erwiderte Eden spitz. Sie wusste Bescheid und wollte, dass Camille das wusste.

»Dann müssen Sie auch wissen, dass Anna etwas ganz Besonderes für mich ist.« Camille legte Anna die Hand auf den Arm, und einen Augenblick lang befürchtete Anna, Eden könnte ihr die Hand tatsächlich wegstoßen. Edens Augen blitzten gefährlich.

»Nicht wirklich«, widersprach Eden. »Sie haben doch nicht einmal ein Wort mit Anna gewechselt, seit Sie bei den Grammys ihr Kleid runtergemacht haben, oder?«

»Anna weiß, dass ich ihre Karriere immer verfolge.« Camilles Blick ging laserscharf von Eden zu Anna und zurück. »Und ein wenig Kritik, wo sie angebracht ist, kann Anna nur helfen, in Zukunft besser zu werden.« Sie ließ diesen prüfenden Blick über das rot und schwarz bedruckte Kleid wandern, das Anna heute trug, und gab einen anerkennenden Laut von sich.

»Anna hat Ihre Kritik nicht nötig … genauso wenig wie Ihre Anerkennung!«, blaffte Eden.

Anna wollte nur noch weg. Diese Seite mochte sie überhaupt nicht an Eden … oder an Camille, deren vorherige Freundlichkeit verpufft war. Sie hatte Edens Köder geschluckt, und jetzt hackten sie aufeinander herum, als wäre Anna überhaupt nicht da.

»Anna hat sich dieses Jahr so richtig gemausert. So reif, einfach herrlich anzusehen«, sagte Camille. »Bald verkauft sie vielleicht sogar mehr Platten als Sie, Eden.«

»Das reicht!« Anna hielt die Hände vor sich. »Hört auf damit! Alle beide!« Entsetzt, weil sie Tränen in ihren Augen spürte, drehte sie sich um und floh zum nächstgelegenen Ausgang. Sie hoffte, sie könnte ganz ohne Aufsehen von der Party verschwinden.

Leider vergebens.

Vor dem Festsaal warteten Unmengen an Fans mit erhobenen Handys und schrien ihren Namen. Anna erstarrte und wurde sich plötzlich bewusst, dass ihre Wangen tränennass waren. Sie schnappte nach Luft und konnte nur hoffen, dass sie nicht ganz so emotional mitgenommen aussah, wie sie sich fühlte.

»Hier lang.« Kyrie tauchte neben ihr auf. Sie führte Anna zurück in den Festsaal und bugsierte sie zu einem anderen Ausgang.

»Anna, warte!«, rief Eden irgendwo hinter ihr.

Anna legte einen Schritt zu, eilte auf eine Tür zu, die sie nun als Personaldurchgang erkannte. Kyrie öffnete die Tür in einen herrlich leeren Korridor, in dem nur zwei Kellner mehrere Tablette mit Champagnerflöten beluden.

»Anna …« Jetzt klang Eden näher, außer Atem, als wäre sie gerannt, um sie einzuholen.

»Nicht hier, Ladys«, mahnte Kyrie, mit ihrer Hand nach wie vor auf Annas Schulter.

Schließlich drehte sich Anna doch zu Eden um, die von Paris und Taylor flankiert war. Und war das nicht super? Sie konnten nicht mal ihren ersten Streit haben, ohne dass ihre gesamte Entourage daran teilnahm. Anna wischte sich über die Wangen, erleichtert, dass die Tränen versiegt waren. Edens Wangen waren pink, aber sie sah so unausstehlich gefasst aus wie eh und je.

Kyrie, Paris und Taylor begleiteten sie zum Personalaufzug, und sie fuhren qualvoll schweigend hinauf zu ihren Zimmern. Anna warf einen Blick auf das Bedienfeld und sah, dass der Knopf für die fünfzigste Etage leuchtete. Jemand – wahrscheinlich Paris – hatte Edens Etage als Ziel ausgewählt, und das machte

Anna sogar noch wütender. Sie streckte die Hand aus und schlug auf den Knopf für die siebenundvierzigste Etage, denn heute Abend wollte sie verdammt noch mal in ihr eigenes Zimmer.

Als der Aufzug auf ihrer Etage hielt, stürmte sie hinaus. Zu ihrem Ärger folgte Eden ihr mit Taylor, Paris und Kyrie im Schlepptau. Was für eine absurde Prozession! Noch nie hatte Anna es so sehr gehasst, ein Promi zu sein, wie in diesem Moment.

Sie zog die Schlüsselkarte durch, öffnete die Tür und war kein bisschen überrascht, als Eden hinter ihr hereinschlüpfte. Anna schlug die Tür so heftig sie nur konnte zu und fand das solide »Rumms«, als sie zuknallte, irgendwie befriedigend. Dann wirbelte sie zu Eden herum. »Scheiße, verdammt, was sollte das eben?«

»Warum bist du so sauer?«, fragte Eden mit verschränkten Armen. Ihr Bühnengesicht war im selben Moment verschwunden, als die Tür zuging, und jetzt sah sie so aufgebracht aus, wie Anna sich fühlte.

»Weil du … du hast dich da unten wie Camille benommen!«, schrie Anna und hoffte, im Korridor war niemand, der sie hören konnte. Allerdings hatte sie so eine Ahnung, dass Taylor noch dort war und darauf wartete, Eden nach ihrem Streit von hier weg zu begleiten.

»Was?« Eden hatte die Frechheit, getroffen auszusehen. »Ich bin *kein bisschen* wie Camille.«

»Normalerweise nicht«, antwortete Anna. »Aber Camille hat sich heute einwandfrei verhalten. Wir haben uns nett unterhalten, und dann bist du einfach wie ein Alphamännchen zum Schwanzmessen aufgeschlagen und hast alles ruiniert.«

Eden schnaubte. »Ich wollte dir helfen.«

»Ich habe keine Hilfe gebraucht!«, brüllte Anna, und sie brüllte sonst so gut wie nie. Ihr Hals tat weh, und in den Augen brannten Tränen.

»Was glaubst du denn, weshalb Camille heute so nett war, hm? Was glaubst du, weshalb sie überhaupt hier in Miami ist?« Edens ruhiger, beinahe herablassender Ton machte sie wütend, und Anna hielt es nicht mehr aus, heute nicht.

»Um mich zu sehen!« Ihr Gesicht fühlte sich heiß an, Tränen liefen ihr über die geröteten Wangen. »Vielleicht wollte sie mich zur Abwechslung mal unterstützen. Tut mir leid, wenn dich das eifersüchtig macht.«

»Sie hat versucht, dich zurückzugewinnen«, sagte Eden. »Du bist ein aufsteigender Star, Anna. Camille sieht das, und sie will dich haben. Sie will dich überall vorführen und allen sagen, dass sie der Grund für deine Karriere ist. Sie will sich den Ruhm für deinen Erfolg einstecken. Sie ist eine Blutsaugerin. Glaub mir, ich habe dir einen Gefallen getan, dass ich reingeplatzt bin.«

Glaub mir, Anna. Damit habe ich dir einen Gefallen getan.

Annas Sicht verschwamm, als Eden einen von Camilles herablassendsten Lieblingssprüchen von sich gab. Anna hatte ihn einfach zu oft gehört. Ihre Hände ballten sich zu Fäusten. »Du hast mir einen Gefallen getan? Im Ernst jetzt?«

»Ja, ganz im Ernst.« Eden schlang die Arme fester um sich und blinzelte schnell. »Aber es tut mir leid, wenn ich zu weit gegangen bin. Ich wollte nur helfen.«

»Ich hatte die Sache mit Camille im Griff, genau, wie ich es dir vorher gesagt habe. Jetzt hast du völlig umsonst eine Szene gemacht, und wer weiß, wie viele das mitbekommen haben.«

»Ich habe keine Szene gemacht.« Rote Flecken machten sich auf Edens Hals breit, und ihre Stimme war höher als jemals zuvor. Vielleicht kam das einem Brüllen bei Eden am nächsten.

Anna verspürte den irrationalen Drang, ihr ins Gesicht zu schreien, nur um zu sehen, ob sie Edens Selbstbeherrschung erschüttern konnte. »Doch, hast du! Du warst besitzergreifend, und Camille kann sich bestimmt ausrechnen, wieso. Man kann ihr vieles unterstellen, aber blöd ist sie ganz sicher nicht. Wenn sie den Verdacht hat, dass wir zusammen sind, wird sie anfangen, Gerüchte zu verbreiten. Hast du schon mal daran gedacht?«

»Ich … also …«, stammelte Eden. »Weißt du was? Das ist mir egal. Ich hatte vor, dich zu fragen, ob du zu der Party heute Abend als mein Date kommen möchtest, weil ich bereit war, die Sache öffentlich zu machen, und dann hast du Camille eingeladen und alles ruiniert.«

»Du wolltest allen von uns erzählen?« Anna war wie vor den Kopf geschlagen.

Eden atmete zittrig ein. »Ja. Ich liebe dich, und ich will, dass es alle wissen. Ich wollte heute Abend mit dir am Arm zur Party gehen. Und morgen Abend wollte ich dich auf der Bühne küssen, damit die Edanna-Fans für uns ausrasten können.«

»Und ich wollte zur Abwechslung einfach mal jemanden, der hört, was *ich* sage!« Anna schrie immer noch. Tränen brannten ihr in den Augen, und sie bekam kaum Luft. Sie war sich nicht einmal ganz sicher, weshalb sie dermaßen aufgebracht war, denn sie liebte Eden genauso sehr, aber plötzlich traf Eden Entscheidungen für sie, so wie es Camille getan hatte, und das konnte Anna unmöglich noch einmal durchmachen.

Sie *wollte* es nicht.

»Ich höre, was du sagst!«, rief Eden. »Ich habe heute Abend kein Wort über uns verloren, weil ich deine Zustimmung nicht hatte. Ich … ich konnte es einfach nicht ertragen, dich mit ihr zu sehen.«

»Aber du hörst nicht auf mich! Du hast Paris gesagt, ich bräuchte kein eigenes Hotelzimmer mehr, ohne mit mir darüber zu reden, und dann – obwohl ich dich gebeten hatte, die Sache mit Camille heute Abend mir zu überlassen – hast du dich eingemischt und eine Szene gemacht, die morgen wahrscheinlich für Schlagzeilen sorgt.«

»Es tut mir leid, dass ich wegen Camille eine Szene gemacht habe.« Eden bedeckte das Gesicht mit den Händen, und als sie sie wieder wegnahm, waren ihre Wangen mit Tränen bedeckt. »Aber ich habe Paris nicht gesagt, dass du kein Zimmer mehr brauchst. Ich habe nur angedeutet, dass du vielleicht keins mehr haben willst, dass ich dich fragen wollte, weil du fast jede Nacht bei mir schläfst. Es schien überflüssig, zwei zu haben.«

»Und warum hast du mich dann nicht gefragt?«

»Noch nicht, Anna.« Eden klang trotz der Tränen frustrierend gefasst. »Ich habe dich *noch* nicht gefragt. Auf dem Flug heute habe ich eigentlich über viele Dinge mit dir reden wollen, aber dann hast du Camille angesprochen, und das hat das Gespräch in eine komplett andere Richtung gelenkt.«

Doch Annas Gedanken hatten sich weiter zu Europa gesponnen, zu der Tatsache, dass Eden Annas Hotelzimmerreservierung einfach stornieren konnte, wenn sie wollte. Das hätte in ihrer Macht gelegen. Sie traf alle Entscheidungen bei der Tour, denn sie war der Star. Was, wenn sie sich trennten? Würde Eden die Tour benutzen, um sie abzustrafen, um Annas frisch erreichten Erfolg zu untergraben?

Camille hätte das so gemacht.

Anna presste die Hände auf ihre Augen. »Ich fühle mich gerade so machtlos.«

»Was? Wieso?«

»Weil du *du* bist.« Anna zwang sich, Eden anzusehen. »Das ist deine Konzerttour. Ich bin nur die Vorband. Ich bin … austauschbar.«

Eden gab einen Laut von sich, als hätte sie einen Tritt in den Bauch bekommen. »Das bist du *nicht*!«

»Doch, bin ich. Du könntest jemand anderen bekommen, der für dich die Vorband in Europa ist, wenn wir … wenn wir Schluss machen oder so.« Anna schluckte schwer.

»Hör auf!« Eden nahm Annas Hände in ihre. »Wir machen nicht Schluss, und sogar, wenn doch, würde ich dich nie als meine Vorband ersetzen. Anna, es tut mir unheimlich leid, wie ich mich unten benommen habe, aber das ist jetzt wirklich albern.«

Sei nicht albern, Anna. Übertreib nicht.

Camilles Worte hallten in ihrem Kopf nach, und als Anna ausatmete, erwartete sie fast, Rauch aus ihren Nasenlöchern strömen zu sehen. Auf jeden Fall fühlte sie sich, als hätte sie lichterloh gebrannt. »Nenn mich nie wieder albern! Ich hätte nie gedacht, dass du dich wie Camille benehmen würdest. Ich erkenne dich überhaupt nicht wieder.«

»Da sind wir schon mal zwei.« Edens Stimme zitterte und noch mehr Tränen liefen über ihre Wangen. »Ich kann nämlich nicht glauben, dass du mir vorwirfst, ich wäre auch nur annähernd so wie sie.«

Anna entzog Eden ihre Hände. »Ich … ich brauche einfach etwas Abstand.«

»Oh.« Eden blinzelte. »Das heißt …«

»Ich will, dass du gehst. Ich will heute Nacht allein sein.«

»Okay«, flüsterte Eden. »Aber … mit uns ist alles okay, oder?«

»Ich weiß nicht. Ich … ich brauche Zeit zum Nachdenken.« Und sie brauchte eine Frau, die ihren Wunsch nach Abstand respektierte. Das war Camille nie gewesen. Sie hatte Anna gedrängt und erdrückt, wenn sie um Zeit zum Nachdenken gebeten hatte.

Aber Eden nickte. »Okay, ich bin dann … in meinem Zimmer. Ruf bitte an, wenn du weiterreden möchtest, okay? Oder komm einfach hoch.«

»Heute nicht«, antwortete Anna. »Wir reden morgen früh.«

»Okay«, murmelte Eden mit gesenktem Blick. Ihre Wangen waren tränennass. »Ich, ähm, ich muss nur Taylor Bescheid geben.«

333

»M-hm.« Anna drehte sich zum Fenster. Auch wenn sie aufgebracht war, wollte sie nicht, dass Eden ohne die Unterstützung ihrer Leibwache hinausging. Sie hörte, wie Eden etwas in ihr Handy tippte und hin und wieder ein herzerweichendes Schniefen. Und dann …

»Tschüss, Anna.«

»Tschüss.« Anna zuckte zusammen, als sich die Tür hinter Eden schloss. Anders als Anna hatte sie sie sacht zugezogen. Sie war mit einem Schluchzer gegangen, statt mit einem Knall.

KAPITEL 26

»Und dann ... dann hat sie gesagt, ich wäre albern«, schluchzte Anna ins Handy.

»Also das ist ja total scheiße!«, regte Zoe sich auf.

»Ich fühle mich einfach ... keine Ahnung. Überfordert.« Anna wischte sich mit dem nassen Ärmel ihres Kleides übers Gesicht. Seit Eden gegangen war, hatte sie nicht aufhören können zu weinen. Sie hatten furchtbar verletzende Dinge zueinander gesagt, und Anna fühlte sich krank. Das Gedankenkarussell drehte sich und die Auseinandersetzung mit Eden vermischte sich mit jedem Streit, den sie je mit Camille ausgetragen hatte, bis es ihr von den Parallelen schwindelig wurde. Warum verliebte sie sich ständig in Frauen, die mehr Macht über sie hatten als umgekehrt? Sie hasste dieses Gefühl.

»Na ja, im Moment lebt und arbeitet ihr ja quasi zusammen, und das ist für jede neue Beziehung heftig. Gibt's eine Möglichkeit, dass du eine Tourpause einlegst, damit du nach Hause und wieder zu Atem kommen kannst?«

»Nein«, antwortete Anna unglücklich. »Wir fliegen bald nach London, und dann geht's nonstop durch Europa, und ich ... vielleicht brauche ich *tatsächlich* eine Pause.«

»Dann komm nach Hause«, sagte Zoe. »Scheiß auf die Tour. Nach allem, was du mit Camille durchgemacht hast, habe ich bei Edens Verhalten heute ein echt schlechtes Gefühl. Wenn sie dich wirklich liebt, wird sie verstehen, dass du eine Pause brauchst.«

Anna wischte sich unaufhörlich die Tränen von den Wangen und dachte daran, was Kyrie ihr über ihre neue Beziehung mit Tate erzählt hatte. *Ich glaube, so weit voneinander entfernt zu sein, könnte uns guttun, während wir uns orientieren. Ich muss die Dinge sowieso langsam angehen, also passt mir das ganz gut.*

»Ich müsste meinen Vertrag brechen«, gab Anna zu bedenken.

»Und ich sag's noch mal: Wenn sie dich liebt, wird sie's verstehen«, wiederholte Zoe überzeugt.

Wenn Anna die Tour abbrach, konnte Eden sie verklagen. Und vielleicht war das genau der Grund, weshalb Anna das tun musste. Wenn Eden sie wie eine Marionette behandeln wollte, musste Anna eben die Fäden durchschneiden. Sie würde sich keiner fremden Kontrolle unterwerfen, nie wieder.

»Ich rufe jetzt David an«, flüsterte sie.

»Viel Glück«, sagte Zoe. »Ruf mich danach an.«

»Okay.« Als Anna auflegte und Davids Nummer wählte, spürte sie Hysterie in sich aufsteigen. Unter Tränen berichtete sie ihm alles, was sich am Abend ereignet hatte. »Ich brauche eine Pause, David. Ich will den europäischen Teil der Tour nicht mitmachen.«

»Puh, hey, immer mit der Ruhe«, riet ihr David. »Wenn du aussteigst, begehst du Vertragsbruch. Edens Team kann dich unter Druck setzen und dir drohen, dich zu verklagen, wenn du die vertraglich vereinbarten Auftritte nicht ablieferst. Oder sie können dir deine Einnahmen wegnehmen.« Er hielt inne. »Die von der gesamten Tour. Dann hast du nichts verdient. Genau genommen verlierst du sogar Geld, weil du deine Crew und die Tänzer nämlich trotzdem bezahlen musst.«

»Und deswegen muss ich es tun.« Annas Stimme bebte. »Ich kann nicht mit ihr zusammen sein, wenn sie so viel Macht über mein Leben hat. Das muss ich um unserer Beziehung willen tun.«

»Okay«, antwortete David leise. »Aber schlaf erst mal drüber. Solche Entscheidungen sollte man nie treffen, wenn man so aufgebracht ist wie du jetzt.«

»Nein, ich muss es jetzt tun, eben *weil* ich aufgebracht bin, bevor ich vergesse, wie ich mich heute ihretwegen gefühlt habe. Bitte, David, versprich mir, dass du es noch heute Abend erledigst.«

»Anna, nein.«

»Doch.« Sie legte jedes Fünkchen Kraft in das Wort.

Er seufzte schwer ins Handy. »Na schön. Wenn du dir hundertprozentig sicher bist.«

»Bin ich. Danke.«

»Ich rufe dich an, wenn ich mehr weiß.« Er beendete das Gespräch.

Anna legte mit tränenüberströmtem Gesicht ihr Handy hin. Sie reagierte völlig überzogen, und das wusste sie auch. Aber genauso wusste sie, dass sie das zu ihrem eigenen Schutz tun musste. Sobald sie Eden nicht länger vertraglich verpflichtet war, konnten sie ihre Beziehung hoffentlich mehr auf Augenhöhe weiterführen. Aber das hing davon ab, wie Eden auf das reagierte, was Anna soeben losgetreten hatte. Sie wischte sich über die Wangen, zog sich dann aus und stellte sich unter die Dusche.

Wenn Eden sie wegen des Vertragsbruchs verklagte, war das das Ende ihrer Beziehung. Und selbst wenn nicht, konnte sie dermaßen wütend sein, dass sie Anna nie wiedersehen wollte. Anna schluchzte an der Fliesenwand der Dusche und wusste trotz allem, dass sie dieses Risiko eingehen musste. Das Treffen mit Camille hatte sie rechtzeitig daran erinnert, was sie für immer hinter sich lassen wollte. Jetzt war sie stärker. Sie hatte sehr hart daran gearbeitet, so stark zu werden.

Als sie aus der Dusche kam, klingelte ihr Handy. Davids Name leuchtete auf dem Display. Plötzlich fühlte sich ihr Entschluss viel realer an. Sie hatte ihren Vertrag gebrochen, und jetzt musste sie sich den Konsequenzen stellen. Sie fing an zu zittern.

»Okay, ist erledigt«, sagte er, als sie ranging.

»Oh.« Ihre Knie gaben nach und sie sank, eingewickelt ins Handtuch und mit tropfnassen Haaren, aufs Bett. Die Ereignisse der letzten Stunde kamen ihr wie ein alkoholberauschter Albtraum vor, obwohl sie fast gar nichts getrunken hatte. Heute Abend hatte sie allerdings emotional über die Stränge geschlagen, und jetzt war sie wieder nüchtern und verstand, was sie angerichtet hatte. Anna wurde es schlecht.

»Sie hat dich aus dem Vertrag gelassen, ohne Strafen. Du kannst die Einnahmen für die Konzerte behalten, die du bereits abgeliefert hast, was, ehrlich gesagt, mehr ist, als was du für so einen Stunt verdient hättest.« David schnalzte mit der Zunge. »Damit ist das also geklärt. Ich habe Kyrie gebeten, für euch beide einen Rückflug nach L.A. für Sonntagmorgen zu buchen.«

»Oh.« Anna schnürte sich schmerzhaft der Hals zu. Das war's. Sie hatte es geschafft. Sie war raus.

Camille hätte sie verklagt. Sie hätte ihr gedroht und alles in ihrer Macht Stehende unternommen, um Anna zu zwingen, mit ihr nach Europa zu kommen. Eden hatte nicht einmal versucht, sich ihr in den Weg zu stellen. Sie hatte nicht versucht, Anna zu beherrschen. Eden hatte ihre Entscheidung respektiert, ohne jede Frage.

Eden war nicht einmal annähernd so wie Camille.

O Gott! Was hab ich getan?

»Ich sage Kyrie, dass sie morgen früh nach dir sehen soll, okay?«

»M-hm«, brachte sie unter Tränen heraus. »Danke.«

»Kein Ding. Tut mir echt leid, dass das nicht funktioniert hat. Dann bis bald.«

»Danke, mach's gut.« Sie legte auf. Auf dem Display glänzte eine Mischung aus Tränen und Wasser. Als sie die Tropfen vom Glas wischte, sah sie Edens Namen auf dem Display aufleuchten.

Eden: Mein Gott, Anna!

Eden: Wie konnte es nur so weit kommen?

Eden: Es tut mir leid. Bitte entschuldige.

Eden: Bitte ruf mich an, okay? Oder kann ich dich sehen?

Eden: Bitte.

Die erste Nachricht war kurz nach Annas erstem Anruf bei David gekommen. Sie schluchzte heftiger, als es ihr plötzlich wie Schuppen von den Augen fiel, dass sie ordentlich Mist gebaut hatte. Camille zu sehen hatte sie in einen schlechten Gemütszustand zurückkatapultiert. Und jetzt hatte sie *alles* ruiniert.

Eden zog nicht an ihren Strippen. Nein, das war immer noch Camille. Nach all der Zeit ließ Anna es *immer noch* zu, dass Camille bestimmte, wie sie auf gewisse Situationen reagierte. Und das hatte sie jetzt vielleicht die Frau gekostet, die sie liebte. Damit war jetzt Schluss!

Ohne weiter darüber nachzudenken, tippte Anna die Nummer ein, die sie nach wie vor auswendig kannte, obwohl sie Camille schon vor Jahren aus ihren Kontakten gelöscht hatte. Nach dem ersten Klingeln ging sie ran.

»Anna? Was für eine schöne Überraschung.« Camilles Stimme war wie Samt, ganz weich. Doch Anna vernahm die

Dornen darunter, und sie hatte es satt, ständig aufs Neue den Schaden zu reparieren, den sie verursachten.

»Ich rufe nur an, um dir zu sagen, dass ich fertig mit dir bin, Camille. Falls du je wieder um eine Einladung zu einer Party bittest, werde ich das ablehnen. Wenn wir uns irgendwo bei einer Preisverleihung über den Weg laufen sollten, werde ich höflich Hallo sagen und weitergehen. Jetzt. Ist. Schluss.«

»Anscheinend hast du's am Ende doch noch geschafft, dich an Eden Sands festzubeißen, was?«, schnurrte Camille. »Tja, Schätzchen, das wird nicht halten. Mit solchen Frauen hält das nie.«

»Du hörst mir nicht zu.« Anna wurde lauter. Ihr Hals tat noch weh, nachdem sie Eden angeschrien hatte. Morgen aufzutreten würde heftig werden, außer … es gab keinen Auftritt. Sie war raus aus der Tour. Weil sie es zugelassen hatte, dass Camille ihr den Blick vernebelte. Schon wieder. Erneut rollten Tränen. »Du bist das reinste Gift, Camille. Deine Kritik hilft mir nicht, mich zu verbessern. Sie macht mich nieder. Ganz ehrlich, ich könnte dir stundenlang erklären, wie sehr du mich über die Jahre hinweg verletzt hast, aber dazu habe ich nicht die Kraft, und du würdest sowieso nicht zuhören. Ich habe viel zu lange zugelassen, dass du mein Leben vergiftet hast, aber damit ist jetzt Schluss.«

»Wie kannst du es wagen, so mit mir zu reden, du undankbare kleine …«

»Tu uns beiden einen Gefallen und beende diesen Satz nicht. Ich bin fertig mit dir. Ich weiß nicht, wie ich das noch deutlicher sagen kann. Leb wohl, Camille. Kontaktiere nie wieder mein Team oder mich.«

Sie riss sich das Handy vom Ohr und drückte auf den roten Knopf, der den Anruf beendete. Dann rollte sie sich auf ihrem Bett zusammen und schluchzte. Eine Schwere legte sich erdrückend über sie, und sie zitterte. Da ging ihr plötzlich auf, dass sie nach wie vor in ein Handtuch eingewickelt war. Endlich hatte sie Camille das gesagt, was sie ihr vor Jahren hätte sagen sollen, aber hatte sie es zu spät gesagt?

Mit zitternden Fingern nahm sie ihr Handy, tippte auf Edens Namen und drückte »Wählen«. »Es tut mir so leid«, keuchte sie im selben Augenblick, als sie hörte, dass abgenommen wurde.

* * *

Eden hatte geglaubt, ein gebrochenes Herz sei nur ein weiteres dieser romantischen Klischees. Als Zach sie um die Scheidung gebeten hatte, hatte es nicht *so* sehr wehgetan. Sie war enttäuscht gewesen, traurig, aber auch – tief im Inneren – erleichtert.

Aber jetzt … sie spürte einen Schmerz in der Brust, der mit jedem Herzschlag pulsierte. »Warum?«, flüsterte sie ins Handy, denn sie hatte keine Ahnung, wie aus ihrem eifersüchtigen Moment bei der Party Annas Ausstieg aus der Tour geworden war.

Es war völlig unbegreiflich. Und es tat weh. Mein Gott, es tat *so sehr* weh.

»Ich hab Mist gebaut«, antwortete Anna einfach leise. »Kann ich dich sehen?«

»Ja. Komm auf mein Zimmer … oder ich komme zu dir.«

»Ich komme zu dir.« Dann war Anna weg.

Eden saß in ihrem Schlafanzug da, das Gesicht vom Make-up gereinigt. Zum Glück waren bereits vor dem Vorfall alle Hände geschüttelt gewesen, die sie hatte schütteln müssen, also brauchte sie nicht zur Party zurückzukehren, nachdem sie Annas Zimmer verlassen hatte, sondern konnte sich in ihr Zimmer zurückziehen. Sie hatte gerade geweint, als Stella mit der Neuigkeit angerufen hatte, die Edens Welt auf den Kopf gestellt hatte.

Vielleicht würde sie nun zumindest herausfinden, warum Anna das getan hatte. Es vergingen zehn quälend lange Minuten, bis Eden das Klopfen an der Tür hörte. Als sie sie öffnete, stand dort Anna in Leggings samt Hoodie, die Haare nass und ungekämmt.

»Tut mir leid, ich musste mich noch anziehen, und ich ...« Sie zeigte auf Kyrie, die verlegen neben ihr stand. »Ich kann nicht mehr allein durch die Korridore laufen.«

Eden nickte und bat Anna mit einer Handbewegung herein. Sie war erleichtert, dass Kyrie ihr nicht folgen wollte. Eden schloss die Tür und drehte die Verriegelung zu. Dann wandte sie sich zu Anna um und versuchte nicht einmal, ihren Schmerz und die Wut zu verbergen. »Verdammt, Anna, was soll das?«

»Ich bin total ausgeflippt.« Annas Stimme zitterte, und Tränen strömten ihr über die Wangen. »Das tut mir so sehr leid.«

»Tja.« Eden wusste nicht, was sie sagen sollte. Vor allem war sie traurig. So abgrundtief traurig. Sie hatte sich so sehr darauf gefreut, mit Anna durch Europa zu reisen. Die Vorstellung, dass sie nicht dabei sein würde ... Eden spürte, wie auch ihr die Tränen kamen. »Machst du mit mir Schluss? Oder willst du einfach nicht mehr mit mir auf Tour gehen?«

»Weder noch.« Ein Schluchzen entwich Annas Mund. »Ich habe dich noch nie so erlebt wie vorhin mit Camille. Das hat mir Angst eingejagt, und ich ... ich bin einfach durchgedreht.«

Eden atmete aus und ballte die Hände zu Fäusten. »Es tut mir leid, dass ich unten eine Szene gemacht habe. Ich wollte nicht eifersüchtig oder besitzergreifend sein. Es ist nur ... ich hasse diese Frau. Ich hasse es, wie sie dich behandelt, und ich wollte, dass sie dich in Ruhe lässt.«

»Das weiß ich«, erwiderte Anna schluchzend. »Trotzdem glaube ich, dass du die Sache mit ihr hast eskalieren lassen, anstatt zu helfen, aber das ist keine Entschuldigung dafür, wie ich reagiert habe.«

»Wir haben beide Mist gebaut«, stimmte Eden zu.

Anna nickte. »Ja, haben wir, aber ich habe mich so richtig in die Scheiße gesetzt, indem ich meinen Vertrag gebrochen habe. Ich dachte, du würdest mir die Hölle heißmachen. Ich glaube, ich *wollte*, dass du mir die Hölle heißmachst. Ich wollte sehen, ob du deine Macht ausnutzen und versuchen würdest, mich unter Kontrolle zu bringen, so wie Camille damals.«

»Ich hab dir doch gesagt, dass ich das niemals tun würde.« Eden konnte nicht fassen, dass Anna von ihr geglaubt hatte, sie würde so was tun … auch nur in einem verwirrten Moment. Das tat so ungeheuerlich weh.

»Das hast du, und ich hätte dir vertrauen sollen. Wenn ich's zurücknehmen könnte …«

»Wahrscheinlich könntest du das«, erwiderte Eden schulterzuckend. »Das heißt, wenn du das wirklich willst.«

Anna wischte sich die Tränen weg. »Was?«

»Wenn du den Vertragsbruch zurücknehmen willst, verstelle ich dir auch dabei nicht den Weg, aber … zuerst müssen wir uns unterhalten. Logischerweise. Das alles ist nämlich ziemlich heftig, und ich bin wirklich aufgebracht. Und verletzt.«

Anna sah sie voller Hoffnung an. »Meinst du echt, das wäre möglich?«

»Keine Ahnung, ich bin kein Anwalt. Aber erklär's mir bitte, Anna.«

Anna ließ sich aufs Bett plumpsen und schlug die Hände vors Gesicht. »Ich bin komplett durchgedreht. Habe ich das schon gesagt? David wollte, dass ich eine Nacht drüber schlafe, aber ich habe ihn überstimmt. Ich rufe ihn gleich an und sage ihm, dass er mich so etwas nie wieder tun lassen darf.«

»Klingt nach einer guten Idee.« Eden setzte sich neben sie, ließ aber etwas Platz zwischen ihnen.

»War das wirklich dein Ernst, was du vorhin gesagt hast? Dass du zusammen mit mir zur Party gehen wolltest? Und auf der Bühne küssen? Dafür bist du bereit?«

»Dafür *war* ich bereit.« Eden brannte es in den Augen, und ihr war ganz flau im Magen. »Aber dann hast du deinen Vertrag gebrochen, ohne erst mit mir zu reden, und jetzt … ich weiß nicht, was ich denken soll. Du hast mir heute das Herz gebrochen.«

Anna schaute zerknirscht drein und ließ die Schultern sinken. »Das tut mir unheimlich leid. Ich hab dir ja erzählt, wie es mit Camille war, wie sie mich kontrolliert und blockiert hat. Und heute hat mir Kyrie erzählt, du willst, dass ich mein Hotelzimmer aufgebe, und dann hast du dir mit Camille dieses Hickhack geliefert, und ich … ich hatte dich noch nie so erlebt.«

»*Ich* habe mich auch noch nie so erlebt«, gab Eden zu. »Ich habe nicht vor, das zur Gewohnheit werden zu lassen, ich mochte mich nämlich auch nicht besonders. Aber das ist alles Neuland für mich. Ich habe noch nie jemanden so geliebt wie dich. Ich will dich beschützen, aber das ist nicht dasselbe wie manipulativ oder besitzergreifend zu sein. Ich habe nicht geglaubt, dass du mit Camille durchbrennen würdest. Ich wollte einfach nur nicht, dass sie dir wehtat, und es tut mir leid, dass am Ende *ich* es war, die dir stattdessen wehgetan hat.«

»Danke«, flüsterte Anna. »Siehst du? Du bist so wunderbar, und ich habe total überreagiert. Kann ich jetzt sofort David anrufen und ihm sagen, er soll alles rückgängig machen?«

»Ehrlich gesagt, glaube ich nicht, dass wir schon so weit sind.« Eden hob den Blick zur Decke und versuchte, ihre Gedanken zu sammeln. »Ich verstehe nämlich immer noch nicht, weshalb du aus der Tour raus wolltest. Ich verstehe, warum du sauer auf mich warst, aber warum hast du nicht einfach mit mir geredet? Warum hast du das auf diese Art hinter meinem Rücken getan? Ich bin aus allen Wolken gefallen, als Stella mich angerufen hat … als hätte ich alles an unserer Beziehung falsch interpretiert.«

»Na ja, ich … mir war, als könnten wir nie auf Augenhöhe miteinander sein, solange du diese Macht über mich hattest. Wenn ich gehen wollen würde, könntest du mich verklagen, und das ist schrecklich.«

Eden atmete aus. »Okay. Wow. Ich würde unseren Tourvertrag nie gegen dich einsetzen, nur weil wir uns gestritten haben, und wenn dir das Sorgen gemacht hat … Anna, du hättest es mir *sagen* sollen. Wenn du gefragt hättest, dann hätten wir den Vertrag auflösen und einen neuen machen können.«

»Wirklich? Das würdest du für mich tun?«

»Selbstverständlich. Wir können gern einen neuen Vertrag ausarbeiten, der dir die Freiheit gibt, jederzeit ohne Vertragsstrafen auszusteigen … oder was auch immer nötig ist, um dir Gleichberechtigung in unserer Beziehung zu geben. Die Tour ist mir nicht annähernd so wichtig wie du, Anna.«

»Und das sind die Worte, die Camille nie gesagt hat«, hauchte Anna.

»Ich bin nicht sie. Wenn das funktionieren soll, musst du aufhören, uns ständig miteinander zu vergleichen.«

»Ich weiß.« Anna atmete tief durch und drehte sich zu Eden um. »Du hast recht, und wenn du mir noch eine Chance gibst, tue ich alles, um damit aufzuhören. Bitte verzeih mir, dass ich heute so überreagiert habe. Ich könnte es nicht ertragen, wenn das das Ende für uns wäre, Eden. Du bist die Liebe meines Lebens.«

Tränen liefen Eden heiß über die Wangen und wuschen die letzten verletzten Gefühle fort. »Und du bist meine. Natürlich verzeihe ich dir. Paare streiten sich. Und ich stehe zu jedem Wort, das ich eben über den neuen Vertrag gesagt habe. Ich gebe dir alles, was du brauchst, um dich in unserer Beziehung auf Augenhöhe zu fühlen.«

Anna nickte, lächelte breit und schluchzte zugleich. »Ich will den neuen Vertrag. Ich will mit dir nach Europa, und ich will dich morgen Abend vor aller Welt auf der Bühne küssen.«

»Sogar vor Camille?«, fragte Eden. »Du hast gesagt, dass sie morgen zum Konzert kommt, oder?«

»Eigentlich bezweifle ich das. Ich hab sie vorhin angerufen und ihr quasi gesagt, sie soll sich verpissen. Aber selbst wenn sie morgen kommt ... ich hab's satt, ihr Macht über mein Leben zu geben.«

Eden streckte die Hände aus und drückte Annas Hände fest. »Dann lass uns das machen.«

* * *

Anna strich den bestickten Rock ihres Kleides glatt. Es war das Kleid von den Grammys, dem Auftritt, mit dem alles begonnen hatte. Und jetzt trug sie es für einen weiteren Neuanfang.

Als Eden »After Midnight« anstimmte, ging sie auf ihren Platz hinter der Barriere auf der Bühne. Freudentränen stiegen Anna in die Augen, als sie Eden singen hörte. Am Morgen hatten sie beide eine Telefonkonferenz mit David und Stella abgehalten. Dabei hatten sie die Details für einen neuen Vertrag mit Anna besprochen, der ihr die Freiheit gab, die sie brauchte, um Herrin ihrer eigenen Lage zu sein.

Wie Eden ihr frech mitgeteilt hatte, brauchte sie Anna nicht länger, um ihre Beliebtheit anzuschieben. Eden war wieder ganz oben in den Charts und brach ihre eigenen Rekorde. Annas Zahlen waren auch besser denn je. Zusammen hatten sie einander beflügelt und einen Schub für ihr bisher bestes Jahr gegeben.

Camille hatte Kyrie Bescheid gesagt, dass sie nicht zum Konzert kommen werde. Sie saß bereits in einem Flugzeug zurück nach L.A. Vielleicht hatte sie nach Annas deutlichen Worten letzte Nacht endlich begriffen, dass sie geschiedene Leute waren.

»Doch nach Mitternacht ...«

Bei ihrem Stichwort trat Anna hinter Eden hervor. Sie wandte sich ihr zu, und für einen kurzen Moment verschwand Edens Bühnengesicht. Sie lächelte Anna mit ungezügelter Freude breit an, bevor sie wieder in ihre Rolle schlüpfte. Sie sangen und bewegten sich mit der eingeübten Leichtigkeit zweier Menschen umeinander, die das seit drei Monaten fast jeden Abend aufführten.

Als der Song endete, zog Eden sie in ihre Arme, so wie immer. Dann drehten sie sich zum Publikum. Die Fans standen und schrien vor Begeisterung. Anna entdeckte mindestens drei EDANNA4EVER-Schilder. Sie und Eden winkten der jubelnden Menge zu, bevor sie sich zueinander drehten.

Eden senkte das Mikro und sah Anna in die Augen. »Sicher, dass du das tun willst?«, flüsterte sie.

Anna nickte, atemlos vor Erwartung.

Eden beugte sich zu ihr, drückte ihre Lippen auf Annas, und das Aufbrüllen der Menge riss sie fast von den Beinen. Was als ein Küsschen auf die Lippen begann, wurde bald zu einem echten Kuss, angespornt von der Menge, die nun rief: »E-dann-ah! E-dann-ah!«

Edens Hände lagen auf Annas Hüften, während sie sie langsam und bedächtig küsste, und Anna schmolz einfach nur so dahin. In ihren Ohren vibrierte der Lärm der Menge. Sie war ungeheuer glücklich. Fühlte sich so lebendig. War so verliebt.

Zum Schluss löste sich Eden von ihr und lächelte sie leicht benommen an. »Ich liebe dich.«

Anna konnte sie unter dem Gebrüll des Publikums kaum verstehen. »Ich dich viel mehr.«

Sie drehten sich zur Menge und verbeugten sich theatralisch, was noch lauteres Schreien hervorrief. EDANNA-Schilder hüpften enthusiastisch über den Köpfen der Menschen. Anna sah mehrere Frauen mit Tränen in den lächelnden Gesichtern.

Anna spürte selbst Freudentränen im Gesicht. Dann wirbelte sie herum zu Eden und gab ihr noch einen Kuss, bevor sie die Bühne verließ. Sie konnte es kaum erwarten, sie nach der Zugabe wieder zu küssen ... und dann für den Rest ihres Lebens.

EPILOG

Sechs Monate später

Nach wochenlanger gründlicher Planung drohte alles an einer Katze zu scheitern. Eden saß im Schneidersitz auf Annas Bett und starrte Nelle an. Ihre smaragdgrünen Augen schienen sie ganz ohne Scheu quasi herauszufordern, doch herauszufinden, was passierte, wenn sie versuchte, sie vom Bett hochzuheben. Zaghaft streckte Eden die Hände aus. Nelle hob eine Pfote und fuhr die Krallen aus.

Eden seufzte. Heute konnte sie sich keinen Kratzer leisten. In wenigen Stunden würde es in Annas Haus nur so wimmeln vor Leuten: Stylisten und Visagisten, Assistenten und Pressebetreuern. Sie sollten Eden und Anna für die heutige Grammy-Zeremonie fertig machen.

Auf dem roten Teppich würden unendlich viele Fotos geschossen werden, und wenn Eden gewann – wenn *sie* gewannen –, würden unter diesen Fotos auch Großaufnahmen ihrer Hände sein, die den Preis hielten. Also nein, heute konnte sie sich nicht Nelles Rache aussetzen.

»Komm her, Nelle.« Eden schnipste mit den Fingern und versuchte, die Katze auf diese Weise zu sich zu locken.

Nelle kniff die Augen zusammen und rollte sich noch enger auf ihrer Beute zusammen.

Eden beugte sich vor und wirbelte mit der Kordel ihres Hoodies vor ihr herum. Sie und Nelle waren grundsätzlich verschiedener Auffassung, ob diese Kordel nun ein Spielzeug war oder nicht. Nelle sah den Sinn ihres Lebens darin, sie dem Hoodie zu entringen, wogegen Eden den Standpunkt vertrat,

349

dass Kordeln an Bekleidung tabu waren. Aber heute hätte sie sogar ihren Lieblingshoodie geopfert, um Nelle von der Stelle zu bekommen.

Doch Nelle, die Edens zunehmende Verzweiflung womöglich spürte, steckte ihre Vorderpfoten unter die Brust und richtete sich auf eine längere Belagerung ein.

Natürlich kam Anna ausgerechnet in diesem Moment mit einem Paket in der Hand ins Schlafzimmer. »Meine Eltern haben uns ein Geschenk geschickt. Dad sagt, das soll uns heute Abend Glück bringen, und wie ich ihn kenne, kann es nur etwas Schräges sein.« Sie setzte sich auf die Bettkante und sah erst Eden und dann Nelle an. »Steckst du in einem Patt mit meiner Katze?«

Eden wurde es ganz heiß. Verdammt, so hatte sie das nicht geplant. »Ähm …«

Nelle erhob sich plötzlich, und die mit schwarzem Samt bezogene Schatulle, auf der sie gesessen hatte, kam zum Vorschein. Sie stieß sie mit der Pfote zu Anna, als wollte sie ihr damit ein Geschenk machen.

Anna jauchzte und schlug sich die Hand vor den Mund.

Scheiß auf unzerkratzte Hände bei den Grammys! Eden schnappte nach der Schatulle, doch als Nelle zur Strafe blitzschnell nach ihrer Hand schlug, tat sie es mit einer samtweichen Pfote. Edens Herz schlug wie wild, und ein zittriges Gefühl hatte sich in ihr breitgemacht, denn … jetzt gab's kein Zurück mehr. Die Schatulle mit dem Ring fest in der Hand umklammert, glitt sie vom Bett und kniete sich auf den Boden vor Anna hin.

Annas Hand lag noch immer vor ihrem Mund, und Tränen schimmerten in ihren Wimpern.

Eden konnte nicht anders und lächelte sie einfach nur an. Sie liebte diese Frau von ganzem Herzen. Dann räusperte sie sich. *Dann mal los …*

»Anna, bevor ich dir begegnet bin, dachte ich, ich wüsste, was Liebe ist. Ich dachte, ich wäre glücklich. Ich dachte, der einzige Ort, an dem ich mich komplett wie ich selbst fühlen kann, wäre auf der Bühne vor einer Arena voller Menschen, aber das war so was von falsch. Du hast meine Welt auf den Kopf gestellt und mir all die wunderschönen, wundervollen, leidenschaftlichen Dinge gezeigt, die mir gefehlt haben. Du warst für mich da, als ich mir über meine sexuelle Orientierung klar wurde, du wusstest immer, was zu sagen ist. Du bist meine beste Freundin und die Liebe meines Lebens, und nichts auf der Welt würde mich glücklicher machen, als wenn du einwilligst, mich zu heiraten.«

Tränen liefen Anna über die Wangen, als sie die Schatulle öffnete und den Ring darin sah. Eden hatte einen simplen Platinring mit funkelnden Diamanten gewählt; ein großer Stein war von vielen winzigen in einer Pavé-Fassung umgeben. Der Ring hatte sie an Anna erinnert, so strahlend und wunderschön, wie sie Eden mit Liebe umgab.

»Ja«, antwortete Anna schluchzend und hockte sich zu Eden auf den Boden. Sie nahm Edens Gesicht in die Hände und küsste sie ausgiebig, wobei sich ihre Tränen auf ihren Wangen vermischten. »Tausendmal Ja. Eden, ich liebe dich so sehr, so sehr … auch wenn du eben quasi meiner Katze den Antrag überlassen hast, weil du zu große Angst hattest, sie wegzuschieben, nachdem sie sich auf den Ring gesetzt hatte.«

»Hey!«, protestierte Eden. »Was, wenn sie mir die Hand so kurz vor den Grammys zerkratzt hätte?«

Anna lächelte sie liebevoll an, bevor ihr Blick auf den Ring fiel. »Er ist unheimlich schön. Ich kann nicht glauben, dass du mir eben einen Antrag gemacht hast! O mein Gott, das ist der schönste Tag meines Lebens!«

Eden nahm den Ring aus der Schatulle und steckte ihn Anna an den Finger, und kurz bewunderten sie beide einfach nur, wie er an Annas gebräunter Haut funkelte. »Mir ist, als hätte ich schon auf dich gewartet, bevor wir uns überhaupt begegnet sind«, flüsterte sie. »Ich habe mein ganzes Leben lang auf dich gewartet.«

»Und ich habe mein ganzes Leben damit verbracht, von einer Fantasieversion von dir zu träumen«, sagte Anna. »Die echte Version liebe ich so viel mehr.«

Eden floss das Herz über vor Freude und mit der Aussicht auf die Zukunft. »Letztes Jahr um diese Zeit hätte ich nie gedacht, dass ich mal eine Frau heiraten würde.« Sie strich mit dem Daumen über den Diamanten an Annas Finger. »Oder dass ich überhaupt jemandem einen Antrag machen würde.«

»Ich finde diesen Moment einfach wundervoll«, sagte Anna verträumt. »Sogar Nelles Einmischung.«

Eden schnaubte und schaute zur Katze, die sie vom Bett aus beobachtete. »Ich habe den Ring nur *ganz kurz* abgelegt, und sie hat sich einfach draufgehockt, als wollte sie ihn ausbrüten.«

Anna lachte und streckte die Hand aus, um ihre Katze liebevoll unterm Kinn zu kraulen. »Sie passt auf, dass es immer spannend bleibt.«

»Ich liebe dich.« Eden beugte sich vor und küsste sie, und bevor sie wusste, wie ihr geschah, saß Anna auf ihrem Schoß und küsste sie mit einer Intensität, die in den Monaten, in denen sie zusammen gewesen waren, nicht nachgelassen hatte. Eden hoffte, dass die Leidenschaft zwischen ihnen niemals schwächer werden würde.

Sie krabbelten aufs Bett hinauf und schoben das Geschenk von Annas Eltern zur Seite, während sie sich auszogen und in eingeübter Leichtigkeit miteinander bewegten, bis sie einander schnell zum Höhepunkt gebracht hatten.

»Am liebsten würde ich den ganzen Nachmittag hier mit dir liegen.« Anna hob ihre Hand und bewegte sie hin und her, um zu bewundern, wie der Diamant das Sonnenlicht brach und es überm Bett verteilte. Er warf ein Regenbogenmuster über Edens nackte Brust.

»Aber leider rückt die Kavallerie bald an, das heißt, wir duschen lieber schnell, bevor alle kommen.« Eden strich Anna mit der Hand durchs Haar und machte keine Anstalten aufzustehen.

»Wenn wir zusammen duschen, können wir noch zehn Minuten liegen bleiben.«

»Du hast immer die besten Ideen.« Eden griff nach Annas Hand und bekam nicht genug davon, wie der Ring an ihrem Finger aussah und sich an ihren eigenen Fingern anfühlte, als sie sie mit Annas verschränkte.

»Möchtest du, dass ich ihn heute Abend trage?«, fragte Anna, ihrem Blick folgend. »Sollen wir es auf dem roten Teppich offiziell machen?«

»Wie du willst, aber ich stimme für Ja. Ich will, dass die ganze Welt weiß, dass wir heiraten.« Insgesamt hatte Edens Coming-out keine Wellen geschlagen. Die Medien waren mehr an ihrer Beziehung mit Anna interessiert als daran, ihre sexuelle Ausrichtung zu diskutieren, und genau so hatte sie es auch gewollt. Wie zu erwarten, hatte sie auch ein paar verletzende Kommentare bekommen, aber ganz überwiegend fanden es alle toll, dass #Edanna Wirklichkeit geworden war, also sah Eden keinen Grund, ihre Neuigkeiten erst später zu teilen.

»Ich auch. Das machen wir.« Anna drehte sich zur Seite und griff sich das Paket, das sie zuvor mit ins Schlafzimmer gebracht hatte, das Geschenk ihrer Eltern. »Du hast ihnen doch nicht schon vorher davon erzählt, oder?«

»Nein. Sosehr ich deine Eltern auch liebe, ich habe vorher nicht um deine Hand bei ihnen angehalten. Diese Tradition habe ich noch nie verstanden.«

»Ich auch nicht. Dann ist das nicht unser erstes Geschenk zur Verlobung. Mal sehen, was es ist.« Sie setzte sich hin und riss den Streifen zur Öffnung auf. Im Paket befand sich ein weiterer weißer Karton ohne jede Aufschrift. Anna öffnete ihn und fand ein Modellboot ihres Vaters darin. »Oh«, sagte sie und nahm es heraus.

Es war ein schnittiges Segelboot mit weißem Rumpf, und Eden wurde es ganz warm ums Herz, wenn sie daran dachte, dass Annas Vater es speziell für sie beide angefertigt hatte. Da sie nun verlobt waren, hatte sie bereits angefangen, darüber nachzudenken, dass sie sich bald zusammen ein Haus kaufen könnten, denn weder Annas Doppelhaushälfte noch ihre Wohnung waren für sie als Paar geeignet. Sie brauchten ihr eigenes Zuhause, und das Boot war perfekt für den Kaminsims.

Anna hatte ihr erzählt, dass sie schon immer eins der Strandhäuser entlang der kalifornischen Küste hatte haben wollen, und Eden konnte sich nichts Besseres vorstellen, vor allem, wenn sie ein Haus finden konnten, das ein Stück Privatstrand hatte, damit Eden ihre Zehen vom Ozean umspülen lassen konnte, ohne von einer Meute Paparazzi bedrängt zu werden.

»Sieh mal!« Anna drehte das Boot zur Seite, damit sie den Namen sah, der in blauen Buchstaben aufgedruckt war: »EDANNA«.

»O mein Gott!« Eden fing an zu lachen. »Das ist großartig!«

Anna lächelte breit. »Das ist ein Schiff. *Unser* Schiff. Hat mein Dad etwa den Spitznamen der Fans korrekt verwendet?«

»Ich glaube schon. Dein Dad ist der Hammer.«

»Das ist er wirklich.«

* * *

Anna wollte fast aus der Haut fahren. Eden saß in einem schicken weißen Kleid neben ihr und sah so gefasst aus wie immer, doch Anna wusste inzwischen, dass sie wahrscheinlich innerlich gerade ausflippte. Vor ihnen auf der Bühne hatte man damit angefangen, die Nominierten für das beste Popduo beziehungsweise den besten Gruppenauftritt zu verlesen. Das war sowohl Annas als auch Edens einzige Nominierung dieses Jahr, denn keine von beiden hatte ein Album veröffentlicht, da sie die meiste Zeit auf Tour gewesen waren.

Allerdings hatten sie letzten September eine gemeinsame Single herausgebracht … ihr Duett. »Turbulent« war sofort ein Hit gewesen und die Charts hochgeschossen. Ihre Fans hatte es zu Unmengen an Zuspruch und Unterstützung bewegt, weil sie von der bestärkenden Botschaft wie gefesselt waren.

Anna schaute auf ihre Hand, die fest in Edens lag. Die Diamanten zwinkerten ihr im grellen Schein der vor ihnen schwebenden Kamera zu. Sie hatten es noch nicht einmal zum Ende des roten Teppichs geschafft, da trendete bereits »Edanna ist verlobt!«, zusammen mit einem Foto, auf dem Eden sie küsste, während sie die Hand mit dem Ring in die Kameras hielt.

»Und der Grammy geht an …«

Anna stockte der Atem. Egal, wie es heute Abend ausging, sie hatten beide bereits gewonnen. Anna hatte im letzten Herbst mehrere Billboard Music Awards gewonnen, und ein neues Album war auch in den Startlöchern, das das Potenzial hatte, ihren Status als erwachsene Musikerin zu zementieren. Allerdings hatte sie immer noch keinen Grammy …

»Eden Sands und Anna Moss für ›Turbulent‹!«

Die Kamera kam für eine Großaufnahme näher, als Eden sich strahlend zu ihr beugte und sie kurz küsste, bevor sie sie aus dem Sitz hochzog. Anna konnte ihre Füße nicht spüren. Ihr war, als liefe sie wie auf Wolken, während Eden sie den Gang entlang auf die Bühne führte, wo ihr ein goldglänzendes Grammofon in die Hände gedrückt wurde.

Anna war wie benommen und schaute verzweifelt zu Eden, weil sie nicht wusste, was sie tun sollte. Eden sah sie mit so viel

Liebe, so viel Stolz an, dass es Anna den Atem verschlug. Als sie auf den Grammy in ihren Armen blickte, glitzerte der Diamantring an ihrem Finger hell daneben. *Was für ein Tag …*

Eden trat so beherrscht ans Podium, wie Anna sprachlos war. »Herzlichen Dank an alle, die uns diesen Preis heute Abend möglich gemacht haben, vor allem Stella Pascual, Paris Kemsley und der Rest meines Teams. Es ist mir eine Ehre, für einen Song anerkannt zu werden, der für mich enorm persönlich ist, einen Song, den ich zusammen mit der Frau geschrieben habe, die ich liebe. Das hier ist für alle da draußen, die turbulente Zeiten durchgemacht haben.«

Sie drehte sich um und gab Anna einen Kuss auf die Wange, während sie sie zum Podium zog. Anna trat neben sie und starrte in die Arena voller Kollegen und Musiklegenden, eine Gruppe, bei der sie im letzten Jahr nicht das Gefühl gehabt hatte, sie hätte es verdient, vor ihnen zu stehen. Heute Abend schon.

»Vielen Dank«, begann sie mit zitternder Stimme. »Danke, dass Sie an den queeren Popstar geglaubt haben, der Regenbögen an seiner Kleidung trägt und mit seiner Musik Regenbögen macht. Von diesem Augenblick habe ich mein ganzes Leben lang geträumt, und ich kann nicht ganz glauben, dass ich jetzt hier stehe, ganz zu schweigen davon, dass ich meinen ersten Grammy neben der Frau empfange, die mich dazu inspiriert hat, meine Träume zu verfolgen. Eden, du bist mein Idol und mein Ein und Alles, und ich bin total geflasht, dass ich diesen Augenblick mit dir teilen darf.«

Sie drehte sich zu Eden und lächelte sie an, und alles glitzerte durch die Tränen in ihren Wimpern. Dann wandte sie sich erneut dem Publikum zu. »Mom, Dad, John, danke, dass ihr immer an mich geglaubt habt. Kyrie und David, das wäre ohne euch nie möglich gewesen. An alle Fans, ich liebe euch mehr, als ihr es euch vorstellen könnt.« Breit lächelnd hob sie den Grammy über den Kopf. »Edanna forever!«

Musik fing an zu spielen, ihr Signal, die Bühne zu verlassen, und Anna schlang die Arme um Eden und wirbelte sie ausgelassen im Kreis herum. Heute war wirklich der beste Tag ihres Lebens. Sie verließen die Bühne, neben der ein Platzanweiser auf sie wartete, um sie in den Presseraum zu bringen.

Auf dem Weg betrachtete Anna ihren Preis und rempelte ganz abgelenkt Eden an. Eden schlang ihren Arm um Annas Taille, um sie zu stützen. Die Glitzersteine an Annas Kleid verhakten sich im Chiffon von Edens Kleid und ketteten sie aneinander, genau wie in jenem Moment letztes Jahr bei den Grammys. Es funkte in Annas Gehirn. »Ich glaube, ich habe eben den Titel für unser nächstes Duett gefunden.«

Eden lächelte sie an. »Ach ja?«

Anna nickte atemlos. »Sterne auf Kollisionskurs.«

FOLGE DER AUTORIN AUF AMAZON

Wenn dir dieses Buch gefallen hat, folge Rachel Lacey auf Amazon. Dann erhältst du eine Benachrichtigung, wenn die Autorin ihr nächstes Buch veröffentlicht. Um der Autorin zu folgen, gehe bitte folgendermaßen vor:

Desktop:

1) Suche auf Amazon.de oder in der Amazon App nach dem Namen der Autorin.
2) Klicke auf den Namen der Autorin, um auf die Autorenseite zu gelangen.
3) Klicke auf den »Folgen«-Button.

Smartphone und Tablet:

1) Suche auf Amazon.de oder in der Amazon App nach dem Namen der Autorin.
2) Klicke auf einen Titel der Autorin.
3) Klicke auf den Namen der Autorin, um auf die Autorenseite zu gelangen.
4) Klicke auf den »Folgen«-Button.

Kindle eReader und Kindle App:

Wenn du dieses Buch auf einem Kindle eReader oder in der Kindle App liest, wird dir automatisch angeboten, der Autorin zu folgen, nachdem du die letzte Seite des Buches gelesen hast.

Zeitfracht Medien GmbH
Ferdinand-Jühlke-Straße 7
99095 Erfurt, Deutschland
produktsicherheit@kolibri360.de

Druck:
CPI Druckdienstleistungen GmbH
im Auftrag der
Zeitfracht Medien GmbH
Ein Unternehmen der Zeitfracht - Gruppe
Ferdinand-Jühlke-Str. 7
99095 Erfurt